魅丽文化

恋爱擂台

love battle

W 舞天流萤 T L Y 著

廣東旅游出版社
GUANGDONG TRAVEL & TOURISM PRESS
悦读书·悦旅行·悦享人生

中国·广州

图书在版编目（CIP）数据

恋爱擂台 / 舞天流萤著. — 广州 : 广东旅游出版社,
2019.2
ISBN 978-7-5570-1625-8

Ⅰ. ①恋… Ⅱ. ①舞… Ⅲ. ①长篇小说－中国－当代
Ⅳ. ① I247.5

中国版本图书馆 CIP 数据核字 (2018) 第 295122 号

出　版　人：刘志松
总　策　划：邹立勋
责 任 编 辑：梅哲坤

广东旅游出版社出版发行
（广东省广州市环市东路 338 号银政大厦西楼 12 楼）
邮编：510060
邮购电话：020-87348243
广东旅游出版社图书网
www.tourpress.cn
湖南凌宇纸品有限公司印刷
（湖南省长沙县黄花镇黄垅新村二业园财富大道 16 号）
880 毫米 ×1230 毫米　32 开
10 印张
268 千字
2019 年 2 月第 1 版第 1 次印刷
定价：34.80 元

目录

第一章
连环 PK

刘月和往常一样，洗完澡就打开了电脑，熟练地登录了网游《仗剑江湖》。

她在这个游戏里的名字叫流月，简单又好记。刚进游戏的时候，她选择的是峨眉派这样一个治疗系的医生型职业，不过拜和她一起玩这游戏的表姐刘浅所赐，她把一个好好的治疗职业，生生玩成了暴力峨眉，她在游戏里杀人的时候比治疗的时候要多得多。

如梦似幻又气势磅礴的开场动画过后，一袭白衣的峨眉仙子就出现在了城外。刘月还没来得及整理一下自己的包裹，一个组队邀请框就弹了出来。她点了接受，然后加入了一支队伍，随意看了几眼，队伍里已经有十来个人了，都是帮派里的主力和元老。

刘月所在的帮派是游戏里数一数二的大帮派，名叫战盟，而帮主则是一个叫天下无贼的天王，天王在游戏里就是一个类似狂战士的近身物理输出职业。

刘月先检查了一下自己的游戏包裹，然后又买了几组大红，就有些迫不及待地前往 PK 台。当战盟所有的长老都到达家族 PK 台外面的时候，刘月悄悄数了数，竟然有十六个人，还有几个是新提升上来的长老，以前都没怎么见过。

事实上刘月此前还没打过家族 PK 台，也不知道《仗剑江湖》里的 PK 台是怎么设计的，心里隐隐还有些期待。

晚上八点整，天下无贼和 NPC（指电子游戏中的非玩家控制角色）对话之后，他们战盟的一群人被集体传送到一个黑漆漆的房间里。里面还算宽敞，跑动起来也足够了，四面墙壁上都插了火把，火光微微地晃动，气氛也显得有点儿不同了。

战盟的人都聚集在西南角，听无贼安排战术。刘月一个人脱离大部队，走到了房间中央去，这时候房间的另一边突然闪了一下，传送进来一个人。刘月鼠标移过去的时候，立刻就呆住了。

一个身穿雪白道袍的武当剑侠站在她面前，那身裁剪得非常雅致的道袍无风自动，雪白的袍子上还有用蓝线绣上的八卦图案。乌黑的头发被梳成一个简单的发髻，只用一根银白通透的簪子绾住。他的身后是一把散发着七彩光芒的长剑，炫目得无与伦比。

刘月心里激动得一塌糊涂，发七彩的光！那可是神器啊！据游戏官网公布，整个游戏到目前为止只刷出过一把神器，而那把神器毫不意外地落在了游戏第一人孤夜寒星的手上。

谁能想到现在游戏第一人就这样站在刘月的面前？她发现自己激动得都快不会呼吸了，这种感觉就像小粉丝第一次见到自己崇拜了许久的偶像一样。刘月现在只想扑过去膜拜对方，哪里还记得她现在是在打 PK 战呢？

刘月傻傻地站在房间中间，还不知道该如何跟大神打招呼，对面的大神却慢慢地走过来了。他微微停了一下，然后一步一步地靠近，再靠近。刘月刚刚缓下来的心跳又一次加快了，跳得完全乱了节奏。

大神一步一步地走进，靠近，重叠，穿过，走远……

眼睁睁看着大神走远，刘月顿时伤感了，大神竟然就这样完全无视了她。

就在刘月还在发着呆的时候，走过去的大神和战盟的大部队相遇了。华丽炫目的技能闪烁起来，在这个房间里，技能的眩光甚至有些刺眼起来。

刘月终于想起来，自己来这里是要和战盟的兄弟们一起挑战大神的，结果还没等她移动步子，战盟的大部队已经被杀得片甲不留。

PK台上死亡的玩家会被直接传送出房间。当所有的眩光都消失时，刘月惊恐地发现，整个房间只剩下她和大神了。

她吓了一跳，然后赶紧躲到角落里。可是大神早就发现了她，刘月紧张万分地看着大神朝她的方向走过来。

就连电脑前的刘月都忍不住闭上眼睛等死了，可是等了很久也没听到自己角色死亡时的惨叫。

刘月悄悄地睁开眼睛，屏幕上那个身负长剑、穿着白色长裙的峨眉仙子还在老地方站着，反观大神的反应，他完全无视自己，坐在房间中央打起坐来。

刘月不知道是该笑还是该郁闷，大神难道觉得她连被杀的价值都没有？

规则上PK时用的房间是没有出口的，除非把敌对玩家杀光，系统自动传送出去，要么就是等半个小时后，房间自动关闭。

刘月有些搞不清大神的想法，杀了自己不是就可以马上出去了吗，他难道准备在这儿打坐二十九分钟？天知道大神把战盟的人清理完只用了一分钟而已。

刘月面对着大神坐下，也开始打起坐来，只是眼睛一动不动地盯着坐在对面的武当剑侠，然后开始忍不住幻想起来。她还是第一次发现原来武当的剑侠和峨眉的仙子，在一起的画面是这么协调和唯美。

正幻想得高兴呢，她突然发现大神正在打字。这里只有他们两个人，难道大神在和她讲话？她急忙回话，可惜大神隔着电脑看不见她那紧张的样子。

[附近][孤夜寒星]：喂。

[附近][流月]：在呢。

[附近][孤夜寒星]：你男人被我秒了。

[附近][流月]：谁是我男人？

刘月不解地看着屏幕上的字，她的男人？她什么时候有了男人，她怎么不知道？

[附近][孤夜寒星]：流星。

看见那个名字，刘月忍不住嘴角抽搐起来。不知道哪个该死的偏偏取了个网名叫流星，害得不认识的人看见他们都猜是情侣号。

以前在不同的帮派也没什么，可是后来这个流星从其他帮派转到战盟，拿他们开玩笑的人就越来越多了。这流星来了没一星期竟然还被提升到了长老的职位，现在他们连称号都一样了，刘月更加郁闷了。

[附近][流月]：只是凑巧取了类似的名字而已。

[附近][孤夜寒星]：我不杀你。

[附近][流月]：谢谢大神，不过为什么呢？

[附近][孤夜寒星]：你的名字。

刘月问大神为什么不杀她，大神的回答相当微妙啊，让人觉得相当任性啊。

刚开始刘月还觉得半个小时太长太难熬，结果她就这么在小黑屋里冲着大神发了会儿呆，时间就到了。房间里的两个人被一阵眩光传送出去了。

刘月出来以后还想找找大神，结果发现他们根本没被传送到一个地方，她只好略带失望地回到城里，准备下线睡觉去。

退出游戏后，刘月才后知后觉地想起一件事来，她竟然忘记截图了！

第二天大清早，刘月就被恼人的门铃声吵醒了。她愤怒地踩着拖鞋去开门，结果门一打开，她就愣住了，她的表姐刘浅站在门口巧笑嫣然地看着她。

刘月下意识地退后一步，有种不太妙的感觉，然后刘月眼尖地瞟见刘浅身后那一大堆行李。刘浅很有眼力见地马上靠过来，带着讨好的笑容说："小月啊，我失业了，现在只能靠你救济了。"

刘月抽了抽嘴角，无语地把人迎进来，她已经习惯刘浅这三天两头换工作的节奏了。

刘浅就是那个拖着刘月一起玩网游的家伙，而且还是游戏 PK 狂！事实上刘浅也是年轻有为，握着金融硕士学位不说，还熟练掌握两门外语，可惜一切都坏在她长得太漂亮上，每次到了新公司，总是会遭遇来自顶头上司的骚扰，害得她不得不频繁跳槽，说起来也是心塞得很。

刘月的父母基本全年居住在国外，国内这套公寓往常也只有刘月一个人住，这正好给刘浅的投奔提供了便利的住宿环境。

刘浅来到刘月家做的第一件事，就是马上把她家的 4M 宽带换成了光纤，然后刘月还算宽敞的书桌上又分了"半边天下"出去。

一切准备就绪的时候，刘浅突然想到什么似的，拍拍坐在旁边也准备登录游戏的刘月说："忘记问你了，你们帮派那天怎么和大神打起来了？而且十六个打一个都输了。"

刘月想了想说："那天点苍山你被好几个人 PK，还记得吗？"

"和那事有什么关系？"刘浅有点无语地看着刘月，完全猜不到这两件事之间的联系。

"你杀的那个女翠烟是游戏第一美人，叫什么烟雨。她现在到我们帮派来了，帮主大概是想帮她找回场子，这不就找上你们家族了吗？"

刘月满头黑线地看过来："这报仇不是该找我吗？怎么找到大神

那儿去了？”

“他们在世界刷屏骂的是你们家族，大神又是你们嗜血堂的族长。”刘月解释着，连自己都觉得好像说不太通，但是事情就这么发生了。

刘浅当年凭借在游戏中的排名，非常幸运地加入了嗜血堂。刘月虽然也想跟着加入，但嗜血堂收人的标准极高，必须是上了排行榜名单的玩家。所以，加入嗜血堂这种事情，她也就只能在心里想想而已。不过说起大神，就想到PK战的时候，大神杀了其他人却唯独放过了她，刘月倒没有自恋到以为大神对她有意思，她只是单纯地好奇，大神放过她的原因是她的名字，她的名字有什么特别之处吗？

刘浅沉默了一会儿，突然把 iPad 一丢，猛地看向刘月道：“我想起那个游戏第一美人是谁了！不就是那个在论坛发帖说要追大神的烟雨迷情吗？”刘浅得意地挑眉。

刘月却一脸茫然：“她还发帖说要追大神？”

“看你的样子就是从来不逛游戏论坛的吧？这个烟雨迷情的照片在论坛里有，确实是大美女一个，还被版主选为《仗剑江湖》论坛的代言人了，不过我们大神看见后只留了两个字。你不知道我看那帖子的时候，都快笑死了。”

刘浅讲得眉飞色舞，刘月听得认认真真，和她的偶像大神扯上关系的东西，她都能提起百分之两百的兴趣来。听完她就忍不住打开游戏论坛去看那篇帖子，因为是第一次上论坛，还得注册个账号。

刘浅说的那篇帖子还在论坛首页，刘月点进去一看，发帖子的人就是烟雨迷情。帖子里只写了一句话：“孤夜寒星你听着，本小姐看上你了！”然后下面附了两张她的生活照。刘月仔细地看了看，果然就如刘浅说的，是一个长相妖娆中带点甜美的女子，五官精致，气质也挺不错，而且还挺耐看，当真是大美女一个。

接下来就是漫天跟风的回帖，夸她漂亮顺便问联系方式的数不胜数。刘月一条一条仔细地看下去，竟然意外地发现一个熟人的回帖，在第三页的中间，天下无贼的回复：“烟雨妹子，你跟我吧！我一定会好好对你的。”

刘月像是发现什么大秘密似的赶紧扯刘浅的衣袖，正在刷怪升级的刘浅伸过头来看了一眼，一副见惯不怪的样子：“你们帮主也是个正常的男人，看见美女当然会动心啦。那烟雨迷情不是去你们帮派了吗，搞不好这两个人又发展出什么奸情了！”说完又继续专心刷怪去了。

终于在第七页发现了大神的留言，刘月一下子打起十二分的精神，其实大神就留了两个字：无聊。

刘月忍不住叹气，大神还是一如既往的任性啊！

逛完论坛刚上线，刘月就看到几条私聊消息在闪，帮派里一个跟她关系很不错的妹子绝代双骄说：“小月你终于上了，帮派里闹翻天了，好多人都说你是叛徒，你快来解释啊！”

看得出应该是很急，同样的内容绝代双骄复制了好几遍发过来。刘月满脸不解，怎么这么会儿工夫，她就成帮派的叛徒了？她赶紧点开帮派频道，一大堆乱七八糟的发言看得她有点头晕。

[帮派][绝代双骄]：大家都安静，小月上了，大家先听她解释啊，别乱指责！

[帮派][一代天骄]：大家先冷静冷静！

[帮派][要钱不要命]：还用得着解释吗？昨天PK的时候，孤夜寒星谁都杀了就是没杀她，她肯定是嗜血堂派来的奸细！

[帮派][玲珑]：你们别胡说，月姐姐在战盟这么久，一直都在为帮派出力！

[帮派][天下无贼]：大家先别刷屏，让我问刘月几个问题。

帮主都出来说话了，大家都停止了讨论，静静等着刘月出来解释。刘月突然感觉脑门上有层薄汗，怎么这么像批斗大会呢？

[帮派][流月]：我来了，无贼你问吧。

[帮派][天下无贼]：昨天的家族PK你也参加了，兄弟们都死了

的时候你在哪儿?

[帮派][流月]: 我一直在PK房里，当时我还没来得及加血，大家就都死了。

[帮派][天下无贼]: 那为什么你一直到房间关闭才出来?

[帮派][流月]: 因为他没有杀我。

[帮派][天下无贼]: 为什么他杀了其他人，唯独放过你?

[帮派][流月]: 这个……可能看我是个女的，也许……

刘月突然觉得胸口很闷，这算怎么回事?无贼和自己是刚玩游戏的时候就一起练级的老朋友了，怎么能这么不相信自己，甚至这么话中带话地逼问自己?

刘月气得有点发抖，旁边专心刷怪的刘浅感觉到刘月有点不对劲，凑过来问了句:“怎么了啊?”

刘月有点气愤地指着屏幕让她看。

[帮派][天下无贼]: 昨天的十六个人里，烟雨迷情和倾城之恋也都是女孩子，这个理由不成立。

[帮派][烟雨迷情]: 你以为一句你是女的就可以糊弄过去了吗?

[帮派][天下无贼]: 小雨，你乖乖看着，先别插话。

刘浅眯着眼睛看完，不屑地一笑:“还看不出来吗?那个烟雨迷情现在想对付你了，我看她的主要目的可能是想赶你出战盟，你怎么解释也没用。还有，你看看他们之间的对话那么暧昧，果然已经发展出奸情了!”

刘浅一分析完，刘月心里也明白今天怎么解释都没用了。

[帮派][天下无贼]: 流月人呢?不会是不敢出来对质了吧?

[帮派][绝代天骄]: 无贼你这话是什么意思?怎么像认定小月是

叛徒了一样?

[帮派][天下无贼]：我是实话实说，都给我安静！我要听流月的解释。

看到这里，刘月心里拔凉拔凉的。她一直当无贼是好朋友，战盟从那么多帮派里脱颖而出成为第一大帮派，她也出过不少力，当时大家一起艰难地坚持着，还说就算脱离了游戏，大家也要做一辈子的好朋友，怎么一眨眼什么都变了呢？刘月的眼睛有点湿润，也许她看重的这些所谓的情谊，在其他人眼里根本就算不上什么。

刘浅看到她这样委屈也有点心疼，温柔地拍拍她的肩膀，然后把她的笔记本挪过来，风风火火地开骂了！

[帮派][流月]：你这什么垃圾会长，连自己的长老都不信任！就你这小胸襟还能让帮派里的人信服？笑死人了！

[帮派][天下无贼]：流月！你别以为你是元老玩家，我就不敢逐你出帮派，讲话给我注意点分寸，你还欠大家一个解释呢！

[帮派][流月]：我是流月的姐姐浅浅忧愁，有什么直接和老娘说，不用拐弯抹角！这么大一个帮派联合起来欺负一个小姑娘，你们还要脸不?

[帮派][烟雨迷情]：大家看见了，连嗜血堂的浅浅忧愁都出来了，还需要解释吗？难不成还想玩里应外合?

[帮派][流月]：你给我闭嘴！我是看不惯你们这种行为才出来讲句公道话的。别说得那么难听，我看是你在玩里应外合才对吧。

[帮派][天下无贼]：浅浅忧愁，我们帮派的事轮不到你插嘴！告诉流月，如果她继续沉默，那就别怪我逐她出帮派了，这也算对大家有个交代!

眼看自己越解释越乱，刘浅很为难地看向刘月。

刘月摇摇头，已经彻底对这个帮派失望了。

当所有人认定了的时候，不管怎么解释都是越描越黑，特别是还有人故意栽赃的时候。刘月下定决心：与其被踢出去，不如自己退出帮派吧！

因为烟雨迷情的那句里应外合，帮派里又冒出一堆迎合的角色。看着那越来越乱的场面，刘浅也气得咬牙切齿：“烟雨迷情！我早晚有一天要把今天的一切回报给你！”

刘月点开战盟的帮派界面，毫不犹豫地点击“退出帮派”。

看着游戏里的峨眉仙子头上战盟的名字消失，刘月忍不住轻轻呼出口气，然后她对刘浅说：“玩游戏果然要敢爱敢恨，难怪都说快意江湖。”

刘浅赞许地拍拍她的肩：“就该这样，游戏而已。”

刘月无奈地笑了，虽然退出了一直当成家的战盟，但是她心里突然松了口气。

还没等刘月好好享受下自由的感觉，刘浅就脸色很差地看向她。刘月这才感觉不对地挪过自己的笔记本来看，只见世界频道不知道什么时候已经刷屏了。

[世界][天下无贼]：战盟从今天开始通缉本帮派叛徒流月，请各帮派家族注意，决意收留的后果自负，若有刷屏请见谅。

刘月的心冷到冰里去了，她原以为被冤枉得退出帮派已经够惨了，没想到对方更是一点情谊都不讲，竟然上了世界通缉她，甚至不准其他帮派收留她，这是打算逼她退出游戏的节奏？

刘月以前从来没刷过世界，但是她今天破例了！虽然这四个字一点儿都不威武霸气。

[世界][流月]：清者自清。

[世界][浅浅忧愁]：要通缉我家小月，先问问姐姐同意不同意！

[世界][无毒不丈夫]：既然是毒婆娘的妹妹，那也得先问我同意不……

[世界][播音员 1 号]：我是游戏的战地记者，流月，请接受我的采访！

[世界][无毒不丈夫]：没空没空，没看见大家正忙着呢！

刘浅本来因为小月的事气得一肚子火，她这个妹妹什么都好，就是性子有点软，就算有什么事，也抱着退一步海阔天空的态度，不争不抢。今天她看见那破帮派集体针对小月的时候，就觉得特别憋屈！她这么宝贝的妹妹，就这样被外人欺负去了，这显得她这个姐姐很没用啊！再说了，全服通缉可不是闹着玩的，难道让她眼睁睁地看着小月天天被认识的、不认识的追杀？

于是世界频道刷通缉刘月的时候，刘浅第一个忍不住跟出去对刷。让她意外的是无毒不丈夫那个祸害，平时老爱找她碴又爱针对她，竟然头一次站出来声援她，难不成吃错药了？

就在刘浅在世界和战盟的人对刷时，嗜血堂的家族频道也热闹起来。

[家族][夜色]：浅浅，世界上吵的是什么啊？

[家族][浅浅忧愁]：战盟的人太过分了，诬陷我妹妹是帮派的叛徒！刚才还在帮派里头开审判大会，那么多人欺负一个小姑娘，实在太不要脸！

[家族][夜色]：这也太过分了吧！我这儿还有两千多个喇叭呢，拿去刷死他们！

[家族][无毒不丈夫]：毒婆娘，哥哥帮你顶了半天世界频道了，怎么都不说声谢？

[家族][浅浅忧愁]：我当你吃错药了，要不就是神经搭错线。

[家族][无毒不丈夫]：我这是好心被雷劈啊？

[家族][浅浅忧愁]：老大在不在啊？

[家族][孤夜寒星]：嗯。

[家族][无毒不丈夫]：哟，老大还真在啊……

屏幕前的刘浅一看到无毒不丈夫那幼稚的话，就忍不住翻白眼。

[家族][浅浅忧愁]：老大，看见世界频道了吧？

[家族][孤夜寒星]：嗯。

[家族][浅浅忧愁]：因为你而造成了难以弥补的错误，你准备怎么补救？

[家族][孤夜寒星]：所以？

[家族][浅浅忧愁]：怒！要不是你对她手下留情，她能被怀疑成叛徒吗？你怎么能见她被战盟通缉而不帮忙！

[家族][孤夜寒星]：你想怎样？

做了这么久的铺垫，终于转入正题了，刘浅邪恶地笑着，既然让小月命运悲惨的这件事，大家都有参与，那就把所有人拖下水！嘿嘿……嘿嘿……

[家族][浅浅忧愁]：收她进我们家族啊，顶着“嗜血堂”的名字，就算被通缉，一般人也不敢下手吧。

[家族][孤夜寒星]：收人有条件。

[家族][浅浅忧愁]：老大，她现在这么惨都拜你所赐啊！

[家族][夜色]：老大，我觉得浅浅说得对，人家确实是被你牵连的。

[家族][孤夜寒星]：下不为例。

[家族][浅浅忧愁]：哇！老大万岁！

出于意料地，刘浅竟然几句话就说服了孤夜寒星，之前可是不管什么事也不管谁来说情，规矩都没变过，这一次为啥老大这么轻易松口了呢？

第二天，刘月从床上迷迷糊糊爬起来就看到已经端坐在电脑前的刘浅了。天啊！这家伙真是精力旺盛，刘月无奈地想。

刘浅一看见她，马上就招呼："小月，你起来啦，过来一起刷怪！"

刘月按着额头无奈地说："你忘了我被通缉啊，和我一起打怪你会死得很惨……"

结果刘浅笑得花枝乱颤，一脸得意："姐姐已经说服了老大，今天他上线就收你入嗜血堂！谁不要命敢惹嗜血堂的人？"

刘月听到这个消息有点傻了……

"喂！你没事吧？！"

刘浅皱着眉叫了她好几声，刘月还是有点反应不过来，傻傻地说："加入嗜血堂？那不是可以见到大神……天啊！你没骗我吧！"

有了加入嗜血堂近距离接触大神这个诱惑作为动力，刘月以最快的速度洗漱完毕，迅速登录游戏。

她一上线，就看到浅浅忧愁穿着青色的长裙站在她的旁边，刘浅嘀咕："呀！不愧是两姐妹，我们在一起的画面多和谐啊！"

刘月看着两个窈窕女子静静地站在一起的画面微微一笑，然后接受了刘浅发的组队邀请。

进了队伍刘月才看到队伍里还有几个人，都是嗜血堂的，其中有她经常在世界频道上看到的不要杀我和无毒不丈夫，还有一个叫夜色的昆仑派女子。

刘月很礼貌地和大家打招呼："大家好。"

那个昆仑派的夜色很快回话："流月妹妹，欢迎你加入嗜血堂哦，整个家族只有我和刘浅两个女孩子，多么寂寞无助啊！"

"老婆……寂寞无助这个词不要乱用。"不要杀我突然回了一句。

刘月看得忍不住在电脑前笑起来，刘浅也笑了，告诉她："我们家族里有趣的人多了，大家也没架子，就是一家人。"

"小月妹妹，让我来自我介绍一下，我就是那位人见人爱，花见花开的五毒大师兄，PK 榜排名前十的无毒不丈夫哦，你叫我无毒哥哥就好了！有谁敢欺负你直接报我名字！”无毒不丈夫突然来了个自我介绍。

看完无毒的自我介绍，刘月回头看了一眼刘浅，她正一副咬牙切齿的样子，刘月就知道这家伙又戳到刘浅的痛处了……

那个五毒大师兄的位置，刘浅已经刷了好几个月，每次都是惜败，然后和五毒大师姐这个名头擦肩而过。而那个 PK 榜，就是因为那个无毒不丈夫占住了第十的位置，让刘浅排在第十一位，就差那么一点儿就能上首页。据说这家伙还老喜欢找刘浅的碴，刘月几乎每天都能听到刘浅咒骂这家伙好几回。

果然，刘浅立刻郑重地告诉她说：“这个人是整个家族里我最不喜欢的！不准和他来往！”

后来大家又聊了点别的，不过主要是刘浅和无毒在互相打击和针锋相对。刘月看他们打打闹闹的，心里隐隐藏着的不快也消失得无影无踪了，昨天战盟的事就这样忘了吧，以后在这个新家庭里也会过得很开心的。

跟嗜血堂的人走在一起，刘月完全不用担心自己被通缉了。远远有战盟的人看见她，刚想靠过来，看到她旁边四个嗜血堂的玩家，就赶紧上马走了。刘月不由得在小队里感慨了一句：“你们四个一出现，简直和 BOSS（游戏中出现的体形大、难缠、耐打、有专属技能的敌方对手或者 NPC 怪物，统称为 BOSS）一样啊，一下子就清场了！”

这话听得夜色他们哈哈大笑，然后夜色告诉她，真正能瞬间清场还是老大孤夜寒星。那家伙要想在哪片地图打 BOSS 或刷点材料，只要一去到那块地图，人家骑马就跑，生怕他追过来，有些跑慢了的，还赶紧发话声明自己马上就走，求他不要动手。

刘月看得一愣一愣的，原来大神的威慑力这么惊人啊……

刷了一个多小时，不要杀我突然说：“寒星来了，刘浅加他进队。”

刘月的心咯噔一下，下一秒就见队伍里多了个人。看着队伍里显示出新的小队成员孤夜寒星，刘月马上想到——截图！能和大神在一支队伍里，以前她都没敢想过。

孤夜寒星淡淡地问了句："在哪儿？"

不要杀我回道："不老峰，带她们三个女的升级呢，来吗？"

刘月觉得大神这样的人肯定是不屑来带人升级的，还好自己早就截了图，谁知道……

孤夜寒星回答："好。"

刘月有种跌破眼镜的感觉，如果她有眼镜的话。

片刻之后，穿着雪白道袍的武当剑客翩然而至，这一幅画面印在刘月的眼里，不但自动增加了迷蒙的仙气效果，甚至大神整个人都是金光闪闪的。

看着刘月眼里不住冒出来的崇拜，刘浅不屑地吐槽："崇拜吧，崇拜吧，相处久了你就知道他的为人了！"狂热的粉丝刘月又哪有多余心思去听刘浅的抱怨，激动得就差匍匐在地给大神跪拜了。

孤夜寒星倒是不甚在意，环视了一下忙着刷怪的几人，不冷不热地说了句："怎么不进洞？"

进洞？刘月看见这话很茫然，又见不要杀我回道："你当我们能和你一样把BOSS当小怪刷？"

刘浅也跟着说道："我进去过一次，打我一下掉一半血，怎么刷得动？"原来这个地方还有BOSS可以刷，刘月再次觉得自己很小白……

"我来带。"说完，孤夜寒星就先上马朝地图右上角骑去了。

其他几人见状也赶紧上马跟过去，乖乖，老大亲自带队刷BOSS，这可是天大的好事！作为啦啦队员存在的他们，只需要在旁边摇旗呐喊就好了，BOSS倒了以后再上去收拾尸体，因为孤夜寒星是不需要别人帮忙的。

可惜初次入队的小白刘月当然不知道，进了从来没发现的隐秘的山洞后，刘月左看看右看看，有些不敢相信，玩游戏那么久的她，竟然还有没去过的地方。

BOSS 很快就发现了他们。一只巨大的变异灰熊凶猛地扑过来，刘月立刻习惯性地刷出一个群体治疗术天降甘露，谁知道大神相当神勇地迎上去了，很轻松地把 BOSS 的大招挡了下来，雪白的道袍轻轻翻飞，让他有种谪仙的出尘，一把七彩的长剑熠熠生辉。生怕大神吃不消的刘月，迅速给大神加上攻击和防御的增益效果，看见 BOSS 打在大神身上掉血不多，于是就只丢了一个普通的恢复治疗术。

等她做好这一切，一看队伍频道，有点傻眼了……

[小队][无毒不丈夫]：小月，别瞎操心了，旁边看戏就好了。

[小队][夜色]：小月别这么敬业啦，过来当啦啦队员。

[小队][浅浅忧愁]：她是老大的头号粉丝，就让她为心中的偶像尽点力吧。

[小队][无毒不丈夫]：原来小月喜欢老大啊！

[小队][浅浅忧愁]：我怀疑你小学没毕业，崇拜都不懂？

[小队][无毒不丈夫]：嘿嘿，我不小心乱想了。

[小队][浅浅忧愁]：你那龌龊的思想，不乱想才怪。

看见他们的对话，刘月有点不好意思，只好在频道里解释。

[小队][流月]：看到男神太激动了！

[小队][夜色]：小月，咱们家族里一个峨眉都没有，平时打 BOSS 刷怪都习惯了自己加血，突然有了你，我怎么感觉咱们的春天来了！

[小队][不要杀我]：你高兴是因为可以省下药水钱了吧？

[小队][夜色]：老公！你怎么能这么说我，那只是其中一个很小很小的原因。

[小队][浅浅忧愁]：嘿嘿，小月一直都是我 PK 时的御用医生哦。

[小队][流月]：以后大家要治疗的话喊我就是了。

[小队][无毒不丈夫]：好啊，好啊！那下次PK的时候换你给我加血啊！

[小队][浅浅忧愁]：给谁加都不能给他加！让他去死！

结果那两人又风风火火地在队伍里吵起来了，众人无奈……

第二章 家族对战

除了刘月会一直注意大神掉血的趋势，偶尔补上恢复治疗术，其他人真当自己来郊游的，一人选块地方坐着开始聊天。

直到大神在频道里发了句："捡东西。"那些人才反应过来，已经打完了啊，这么快？

除了几件装备外，还出了一堆高级材料。夜色笑得眼睛都眯起来了，乐滋滋地在频道里算起账来，每样装备、每样材料可以卖到多少钱，一个 BOSS 掉落的材料就可以卖几千金币了。

就在这时，一条邀请突然弹出来。

刘月吓了一跳，仔细一看心跳得更快了，竟然是大神发过来的，"孤夜寒星邀请您加入嗜血堂"，她忙不迭地点了同意。刘月的眼神又不自觉转到游戏中那个白道袍的剑侠身上，然后移不开了。

嗜血堂的成员都非常友善，看见刘月进了会，刷怪的、做生意的，甚至 PK 中的，都抽空在家族频道对刘月表示了欢迎。刘月的心里非常感动，这样的一个小家族，人虽然不多，但是人情浓厚，让人有家的感觉。

刘月正感慨着呢，那个身负七彩长剑的武当剑侠已经站在她面前了，并且发出了交易的请求。刘月有些不解，结果就看见大神放上来一条发紫光的极品发带。

刘浅也看见了，在刘月旁边大呼小叫：“哇！这是好东西啊，抗定身和昏迷的，还加了攻击速度呢，真的是极品啊！”

刘月也觉得这装备实在太贵重了，这要是拿出去卖，可以开价好几千金了，于是就取消了交易，她对大神说：“太贵重了，我受不起！”

夜色在一旁劝她：“你客气什么，都是一家人了啊！这是刚才那头熊爆的，你一直都在帮寒星老大加血，劳苦功高，这功勋章，有他的一半也有你的一半啊！”

刘月看得哭笑不得，夜色这人讲话有时候真的很不着调。

这时，一直不怎么说话的孤夜寒星在屏幕上打出了一句：“见面礼。”然后又发了交易请求过来。

总不能连续拒绝两次吧？而且对方是大神啊，大神送的东西，只这么想着刘月就有点脑子发热。她现在就像那些小粉丝拿到最爱的偶像的签名一样激动，刘月小心翼翼地接过了那条发带。换上以后，淡淡紫光的发带衬着她身后同样发着紫光的长剑，竟然分外地搭配。

BOSS 杀了，战利品也分配了，一伙人正准备换地图继续刷怪，结果走了几步，大神站在原地不动了，其他人也不知道是怎么了，只得都站在原地等他。

过了一会儿大神才追上来，然后在家族频道丢了个炸弹：“今晚八点，战盟申请家族战。”

刘月看见这句话就呆住了，为什么战盟的人要这么咄咄逼人呢？她已经一让再让，他们还是不打算放过她吗，甚至连累了这些刚认识的朋友。

刘月心里很憋屈，她在家族里向大家道歉：“对不起，因为我的事又连累大家了，我会主动退出家族的，真的非常抱歉。”

结果她这句话一出口，大家更不爽了，甚至有几个人说她没把他们当一家人看。不就是家族战嘛，他们很久没动手了，因为嗜血堂的名气在外，一般人都不敢来挑衅，好不容易战盟主动给了这么个机会，家族里的好战分子们都显得摩拳擦掌、跃跃欲试。

刘月内疚的心情被大家的安慰冲淡了，可是她心里还是有点不安，傻傻地看着家族里的人讨论晚上怎么杀战盟个片甲不留。

突然私聊闪了下，她点开来看，竟然是大神发过来的！话不多，却让刘月心里暖暖的。既然来了，就把这儿当成家，大神这么说，是想让她安心待下去吧，刘月突然觉得大神其实是个很温柔的人。

随后，大神在小队频道说了句“有事先下”，就离开队伍下线了。

刘月现在已经完全不沮丧了，既然大家都把她当成自己人，而且就连大神都亲自劝她了，她还见外什么呢，她也会为这个大家庭尽自己的一份力的。

大神刚下，队伍里的夜色就忍不住问道：“你们说，怎么战盟突然就要申请家族战啊？平时再怎么看我们不顺眼，也只敢申请 PK 台，他们不怕输了要降级啊。”

刘浅看出刘月也很奇怪，就给她解释：“其实嗜血堂不是没人来挑衅的，只是大家都不敢直接申请正规的家族战，毕竟打输了就要降等级。帮派和家族等级那么难升，也没人舍得押那么重的筹码。”刘月突然想起那天打的家族战，就问刘浅：“战盟不是之前已经申请过家族战了吗？”

刘浅非常不屑地说：“那哪是家族战啊，那是天下无贼以战盟的家族名义申请和老大一个人打。”

听完这话，刘月有些吃惊。天下无贼怎么那么卑鄙，她一直以为那天是家族间的比试，只是嗜血堂太自负所以才来了一个人，原来申请的时候选的就是一个家族打对方一个人！真是太卑鄙了，她怎么之前都没看出来呢？

“那平时是不是也有很多家族这样申请和嗜血堂 PK 啊？”刘月问刘浅。

刘浅点点头说：“很多啊，你不知道这游戏里卑鄙的人多了去了，很多就是一个家族的几个人一起挑战我们家族的一个人，不过敢直接和老大叫板的还是少。”

刘月还想问点什么，却眼尖地看见队伍频道里有不要杀我的发言。

不要杀我说：“我问过寒星了，刚刚可能有战盟的人看到流月和我们在一块刷怪，然后就回去告诉了他们帮主。天下无贼就以帮主的名义和寒星交涉，让我们和流月保持距离，不要插手他们的家务事。”

刚打出一段，夜色就等不及地插嘴问：“老大回绝了他，所以他就要和我们家族战？”

不要杀我回答：“是啊，老大说流月已经是家族的人了，天下无贼就威胁老大说，‘不要因为一个人就影响嗜血堂和战盟之间的和谐，如果你执意如此的话，那晚上八点战盟就只能向嗜血堂申请家族战了，你考虑一下吧’。结果老大就回了他一句‘随便你’……”

“哈哈哈哈！天下无贼肯定气炸了！”夜色听到这里打出一个大大的笑脸来。

无毒不丈夫也发了“顶”的表情出来。

刘浅忍不住跟了句：“果然是老大的风格，打就打，谁怕谁啊！”

不要杀我最后来了句总结性的发言：“天下无贼当时就下线了，估计气得不轻。”

大家一听更乐了，说话也更加肆无忌惮起来，刘月被他们这种轻松的气氛带动了，也不自觉地跟着微笑。

吃过饭后，刘月和刘浅早早地就上了游戏。虽然刘浅一直和刘月说，家族战嗜血堂赢定了，但是毕竟是自己惹出来的麻烦，刘月还是想着要多为家族做点准备什么的。

《仗剑江湖》这款游戏里有很多种生活技能，但有些人觉得练起来太费时间，像刘浅就是纯粹升级的玩家，从来不碰生活技能的。刘月却对生活技能有些兴趣，因为生活中喜欢烹饪，在游戏里选的也是烹饪，甚至还四处刷怪做任务，收集烹饪的图纸。

因为材料很难弄，所以一般人都只选其中一样为主要生活技能来练，练得最多的是武器锻造，其次就是裁缝和首饰类的，剩下的生活技能几乎都乏人问津。烹饪更是冷门得不行，也有练了一半就放弃的，因为初期的烹饪完全没有什么用途，而且图纸还非常难弄，只有刘月一个人傻傻地坚持了下来。

网游通常有个普遍的规律，越是难练的技能，练到最后就越是有用。已经练到满级厨师的刘月，现在就算用一些最普通的食材，也能做出加强各种属性的食物来。

这个生活技能的特别之处曾让刘浅大呼过瘾。你想一下，两个差不多等级的玩家 PK，两个人的装备和血防都差不多，但是其中一个吃了满级厨师烹饪的有增加气血 30% 的效果的食物，一下子就比对方多出近三分之一的血来，怎么打都是自己占了优势啊。

刘月早早就在长安的杂货一条街上到处搜罗食材，刘浅也没闲着，到处查看玩家摆摊的小店。看了好久，只买到了一点点，看来大家对烹饪真的很不上心，平时打怪出的食材别说懒得去捡，估计连看都不看。

正在刘月愁闷的时候，刘浅眼尖地瞥见夜色上线了，她灵机一动，发了个私聊给夜色，问："小夜，你的商铺里有没有食材卖啊？"

原来夜色是一个以做生意为主要目的的玩家，等级虽然不高，但是夜色开的商铺在整个游戏里都是鼎鼎有名的。除了被孤夜寒星垄断了的那些高级材料，其他的稀有货物和需求量比较大的材料商品，夜色那里是应有尽有。

刘浅就是想到了这一点，才去询问了夜色。果然，别人都不屑去收集的食材，夜色的小号仓库里放着一堆。夜色边开了仓库小号过来交易给刘浅，边唠叨着："我也不知道有什么用，平时朋友打怪出了的我都收集着，就想着也许哪天可以发一笔横财！"

刘浅不由得想笑，这个夜色天天就变着法子地想在游戏里捞一笔。

等给了刘浅一大堆高级食材后，夜色才想起来问了句："我说，你们拿这些东西干吗啊？烹饪吗？"

知道像夜色这样只做生意，完全不懂生活技能的人肯定不清楚烹饪的好处，刘月就耐心地给夜色解释了一遍。

刚讲完，夜色发过来一个“双眼放光”的表情过来，然后噼里啪啦地打出一大段话来：“小月，我想到一个发财的主意了！你可是本服唯一的满级厨师，那你做出来的加了属性的食物，别人可都是求之不得啊！干脆我们联手，我替你收集食材，你加工了以后交给我来卖，到时候赚了钱，咱们再来分红！你说怎么样？”

刘月看了不由得有点傻眼，她以前都没想过烹饪还可以赚钱，当初只有帮派间切磋和BOSS战的时候，她才想起来做一点分给队友吃，而且平时因为食材太少，练满级之后，这个技能就被她抛之脑后了。

刘浅也想到了这里面的巨大商机，跟着激动得不得了，马上就替刘月答应下来。

晚上快八点的时候，在线的二十二个嗜血堂成员都在长安城的PK台处集合完毕。长安摆摊的玩家隔老远就看见了，这可是跟看见UFO一样，可遇不可求啊！马上整个交易频道和世界频道都刷上了，有称赞嗜血堂八面威风的，也有因为进不了嗜血堂泛酸的，更有看不惯嗜血堂嚣张作风刷着骂的。总之，这一天的这个时候，整游戏里的人都沸腾了，更有好多游戏的战地记者空降到长安PK台，准备为大家全程直播这一场世纪决战！

刘浅和刘月可没闲着，把做好了的烹饪食物拿出来，挨个地交易给所有的嗜血堂兄弟。嗜血堂的兄弟们都是游戏里有头有脸的高手，但是有一半以上的人还是第一次看见这种满级厨师做出来的附带了属性的食物，一个个直呼过瘾。

刘月又在家族频道里告诉大家，以后如果刷怪打到了食材都别丢，拿到她这儿来，她义务帮大家加工成食物。

看到这里，刘浅不免有些得意地发了条私聊给孤夜寒星：“看吧老大，我可是给你捡了个宝回来哦。”

孤夜寒星回了一个“深沉”的表情给她。刘浅一时也搞不清老大这表情是高兴呢还是不高兴，这个人的想法真是猜不透。

八点马上就快到了，嗜血堂内部的氛围是非常轻松欢快的，本来就十分有信心，再加上刘月发的一堆附带各种属性的极品食物，更加胸有成竹了。

PK 台周围聚集了一大堆看热闹的玩家，刘月有点搞不懂状况，待会儿 PK 开始，大家都要被传送到专门 PK 的场所去，外面的人又看不到里面的情形，围在外面有什么意思呢？

刘浅敲了敲她的头骂她："你笨啊！里面打架看不到，但是死了的要传出来的嘛，他们在外面看到哪边先被传出来就知道哪边输了啊。"

突然，屏幕里的人群开始出现大的晃动，东南角那片的玩家开始大弧度地散开来。刘浅硬是在人群里挤出一条路来，凑到东南角去看了看，原来是战盟的人过来了。隔很远就看见那个她最为鄙视的天下无贼骑着马过来，马上还载着烟雨迷情，而旁边还有一群战盟的人负责开路，搞得跟皇帝亲临一样，她忍不住嘴角抽搐，打个架而已……

战盟的人确实排场很大，除了参加家族战的战盟精英玩家，战盟里其他不参加战斗的玩家也几乎都来了，还非常嚣张地刷着口号："战盟必胜！血洗嗜血堂！"

大概是为了整齐统一显得气势，他们集体穿上了游戏里搞庆典时发的彩衣，花花绿绿的刺目得很，一群人在那儿扎着马步喊口号，可谓声势壮大。

刘浅实在是承受不了更多的刺激了，赶紧退了回来，万般无奈地在家族里说了一句："好像电视剧里的街头卖艺啊！"

这句话一出，原本都不动声色看着战盟耍宝的兄弟们，都忍不住笑了出来，夜色点头同意："没看出气势在哪儿，倒是让人觉得尴尬。"

刘月也跟着哈哈地笑，刘浅白了她一眼："我有说错吗？真的很像搞杂耍的……"

晚上八点整，一阵白光一闪，PK 台上参加了家族战的玩家，全部被传送到了等待大厅。家族 PK 分为两种：一种是以家族的名义和玩家决斗，但是人数限制不得超过对方十五人，所以才有了当初战盟十六个人挑战孤夜寒星的那一幕。然后是家族互战，游戏里家族的满人数是六十人，而申请方可以选择场地，一种是一百二十人的大广场，另一种随机分配玩家到小房间内进行战斗。然而大家都错估了天下无贼的阴险程度，对方满六十人还选择了随机战斗方式，将所有人打散到不同的小房间，于是人数多的瞬间占了绝对优势。

当嗜血堂的玩家被传送进 PK 房间后，他们才后知后觉战盟的阴谋。刘浅气得在家族里骂出来，家族里的人互相询问了其他人的情况，暂时摸清了现在的情势。嗜血堂的玩家被分为了四组，基本上就是以五人左右为一个小组，而战盟是六十个人，也就是每个房间的敌人可能有十五个，是己方人数的三倍，嗜血堂这次面对着前所未有的挑战。

孤夜寒星在家族频道说："我会负责所有人的损失。"

了解他性格的人都能听出来，他应该也是不太看好这一次的结局，甚至心里还有些自责。家族频道里寂静了一会儿，其实游戏里就算是死了，也不算是什么大不了的事，有些人甚至一天要死好几次，只是没想到孤夜寒星竟然会如此在意，这说明他是真的把大家都当成家人。

说不感动那是骗人的，就连一直大大咧咧的刘浅都忍不住有点感动，摆出一副就算是死也得拖几个战盟的人当垫背的样子。

无毒不丈夫首先在家族频道里发了一个"顶"的表情，表示自己会永远顶老大。然后，嗜血堂里的兄弟，接二连三地，都发了一个"顶"的表情在家族频道里，连刘月也发了，她觉得在这一刻她算是彻底地融入这个游戏和这个家族了。

进入 PK 房后，有三分钟准备时间。嗜血堂的人经过了刚才那一下心灵的融合之后，前所未有地团结和凝聚起来，被随即分散开来的四个小队，都很严肃地在自己的小队里商量了一下战术。由于有些以经商和生活职业为主的玩家不擅于 PK，所以就由擅长 PK 的玩家打头阵，再想办法破坏对方的阵形和战术，大家都在紧锣密鼓地商量着对付对方的办法和克制对方各职业的窍门。

刘浅和刘月被分到了同一个房间，还没来得及高兴呢，刘浅就苦着脸和刘月说：“我们这一组可能要成炮灰了。”

刘月不解，刘浅指着队里的人告诉她：“喏……除了我和无毒不丈夫是PK型玩家，另外三个都是生活型玩家，赚钱他们最拿手，不过PK他们可能就束手无策了，再加上一个治疗，我们这组可能是战斗力最弱的一组了，愁啊！”

听刘浅这么一分析，刘月也开始愁了。

刘浅和无毒不丈夫首次没有话里藏针、夹枪带棒地互相嘲讽了，而是很友善地约定了一起去殉情……啊！不！是他们觉得输也不能输了骨气，要死也要拖一堆垫背的！他们同是五毒派玩家，在临死状态都会散发大量的毒雾，算是同归于尽的死法。不过在最后一刻若是能被加满血救回来，就成了一个超级好用的必杀技能。

就在离开战不到一分钟的时候，刘月的私聊突然闪了，竟然是以前战盟的朋友绝代双骄发来的。当初因为被冤枉离开了战盟，后来又被战盟通缉，刘月就刻意地疏远了之前在战盟里的朋友，一来是觉得对战盟太失望了，二来自己既然已经背上叛徒的称号，再和他们来往，搞不好会连累别人。

绝代双骄打字很快，很快就发过来一大堆话，看得出她也很赶，估计是想在开战前说完。刘月扯了扯坐在旁边的刘浅，刘浅也伸过头来一看，两个人同时呆了……

绝代双骄说：“战盟六十个人，翠烟玩家至少有三十个人，就算分散后每组人数也不会少。开战时，由高血高防职业充当肉盾推进，法系在后面用范围法术攻击，吸引和扰乱你们的注意力，翠烟玩家绕道后方实施偷袭暗杀。天骄也在PK房间里，系统不让发送消息给敌对玩家，我特意来给你们传个话。”

内行的玩家一看天下无贼这布置，知道是要把对方往死里打压。刘月和刘浅对视了一眼，异口同声地骂了句：“卑鄙无耻！”

当时间倒数到零的时候，家族 PK 战正式开始了。战盟几个少林派的和尚，顶了金钟罩这个防御技能，开始朝嗜血堂的人推进，身后跟着的法系职业不停地释放着群体技能，看上去对方人数似乎很多的样子。

就在两边的距离靠得越来越近时，战盟的玩家开始感到奇怪了，已经进入对方的攻击范围了啊，怎么嗜血堂的人一个技能都不放呢？难道他们已经集体放弃抵抗了吗？

其实嗜血堂的人心里都在默数，翠烟玩家隐身了以后，行走速度要比平时稍慢，所以他们在等，等对方靠得够近……

感觉时间差不多了，刘浅和无毒以小队为中心，瞬间就释放出两个群体的蛊毒，结果战盟那些刚刚靠过来还来不及动手的翠烟玩家一瞬间就被打个正着。失去了隐身效果的翠烟玩家，只是一个血低防更低的布衣职业，根本不足为惧。

身上同时带着两种蛊毒的翠烟玩家血条开始狂掉，他们根本没想到，天衣无缝的办法竟然出了差错，有几个反应快的知道血低防低的自己在地方阵营讨不到好处，转身就往自己的阵营逃去。

嗜血堂的玩家哪会给他们这样的机会，铺天盖地的群体技能砸过来，几道白光一闪，几个战盟的玩家光荣地退出了战场。

刘浅激动得边操作着游戏边大声地问坐在旁边的刘月：“刚才那一下杀了几个？”

刘月埋头边加血边回道：“我刚才数了一下，应该是五个。”

对方一下子丢掉了王牌，明显乱了阵脚，那几个和尚就那么扛在中间，不知道是该退还是该进。刘浅和无毒马上抓住空子，给对方每个人都上了毒。队伍里那三个平时只顾做生意的玩家，看到刚才那一击成功，也大胆地站出来攻击对方玩家。

战盟的队伍全是攻击型玩家，虽然掉血很厉害，但胜在人多，而且还有两个翠烟没有现身，说不准什么时候就会突然冲出来偷袭。

有刘月这个超级治疗在，嗜血堂这个小组的人基本满血。战盟因为没有治疗，也没把握能把嗜血堂的人一举歼灭，只能耗在那里，而嗜血堂的人要防范着隐藏在暗处的翠烟的偷袭，也不敢轻易地靠上前去，战斗现在完全进入胶着状态。

刘浅突然一拍头，想起了什么，对着刘月喊："小月，最开始的那个计划！我到他们家里去放把毒，你看着点我的血，让我坚持得久一点，这样我死了也能拖上几个垫背的了。"

比起现在这样耗着，刘浅说的也是唯一的办法了。刘月马上给刘浅加了个提速，刘浅动作轻快地就钻到了敌方的阵营去了。

这突如其来的变故，让战盟的人根本来不及准备，几个高级的群体蛊毒术就这么炸在对方阵营。

无毒不丈夫一看刘浅已经杀到敌人中央去了，马上也想起开战前就商量好的战术，动作迅速地跟了过去。两个五毒玩家的毒相互叠加，战盟的玩家掉血的速度就像开了水龙头一样，一个劲地往下降！

可战盟的精英也不是吃素的，所有人的目标都切换到他们身上，一时间刘浅和无毒被他们围在中间接受轰炸。

嗜血堂中的两个攻击主力都脱离大部队出去了，剩下的四个人，除了治疗，还有三个生活型玩家。战盟里一直藏在暗处伺机行动的翠烟玩家觉得是时候了，就隐身摸了过去，才刚靠近他们，突然就发现自己不会动了……

原来这又是刘浅和刘月的一个小计谋，由刘浅主动出击，过去打乱他们的主力，无毒看见她冲了上去，肯定也会忍不住上去帮忙，翠烟就能很放心地偷偷摸过来，但他们还是忽略了刘月的存在，虽然峨眉是治疗职业，但是也有攻击技能啊！就在刘浅冲过去的那一瞬间，刘月已经往地上丢了一个冰天雪地技能。

藏在暗处的两个翠烟玩家一被冰住，顿时就失去了隐身的优势。刘月这边的四个人就像打木桩一样，非常轻松地就将他们两个解决出局。

再看刘浅他们，虽然有刘月一直不停地刷血，但是也被打得很惨，稍微不注意就会死掉。不过战盟的玩家也好不到哪儿去，每个人差不多也都只剩层血皮而已。刘月旁边的三个嗜血堂兄弟抓住机会，上去几个群体的技能，战盟又有一半的玩家支撑不住，变作白光消失了。

眼看局势已经完全转变，战盟最后的四名玩家全力一击打在同样只剩层血皮的刘浅和无毒身上。任刘月加血的速度再快，也拦不住他们掉血的速度。

最后的关头，战盟的阵营中突然释放出大量的毒雾，这是五毒玩家临死预兆。那片绿色的毒雾也挡住了刘月的视线，可她依旧还是疯狂地加着血，等毒雾淡了，只看见刘浅一个人孤独地站在那里。

虽然他们赢了，但是牺牲了无毒那个家伙，刘浅在旁边干巴巴地笑了两声："哈哈，那白痴那么爱出风头活该他死了……"刘月却能听出刘浅的语气里多了点愧疚。

刘月也觉得很内疚："我刚才加血切换慢了……"

刘浅转过头来看着刘月，扯出有点难看的笑容，说："才不是，那个白痴跟着我冲进人群的时候，故意挡在我前面，平时就爱出风头，所以死了活该。"

刘月隐隐觉得刘浅说话声音有点怪，也没出声，等了一下，又听见刘浅带着气愤地重复了一句："那个白痴！他以为他是谁啊，还玩英雄救美，我绝对不会感谢他的。"

突然间，刘月觉得虽然刘浅和无毒平时在一起老喜欢吵架，但其实刘浅也不是很讨厌无毒。

刘月他们这个小组的战斗已经结束了，虽然损失了一名队友，但在战斗力如此低的情况下，不全灭已经是上天保佑了。刘浅和刘月在家族频道里询问别的组情况怎么样，别的小组也有少量的人员损失，但相对来说，嗜血堂这一战还是完胜。

就在大家互相聊着刚才战斗的激烈时，夜色也蹦出来了。她假装咳嗽了几声作为清屏，然后开始发表演说："这一次战斗，作为老大这一组的队员，我感到相当自豪与骄傲，也很荣幸地为大家解说嗜血堂四个小分队里最精彩的一场打斗。因为刘月给出的情报，我们也事先就做好了准备。战斗一打响，就见老大一个人英姿飒爽地直奔敌人大本营而去，我和其余几位队友甚为震惊，不知其用意。结果老大相当威风地一个剑荡群魔式加一招横扫千军，对方大本营瞬间有一半以上的人化为白光而去，侥幸活下来的几个人四散奔逃，其中有一位叫流星的玩家，甚至当时就认输求饶！”

不少好奇的兄弟就问了：“流星和流月是不是一起的呀？”

刘月微窘地解释：“只是名字相似，我和他压根就不认识！”

夜色又接着往下说：“老大走到他面前眉头都不皱一下地顺手秒了，本来一直在旁边观望形势的几个翠烟玩家看老大那么勇猛，都有点不敢上了。他们觉得八个人联手也许有希望能搞定老大，当时最少有五个玩家同时偷袭老大，有两个当时就因为自己的伤害反弹死了，还有的也只剩血皮，老大呢？老大当时只掉了三分之一的血啊！一个横扫千军，一片白光啊，我就看见我们的房间显示：完胜！”

家族的人听得有些呆掉了，都觉得夜色夸大了，虽然一直知道老大很猛，但是没强到这个程度吧？

可能夜色也看出大家不太相信，又接着说：“其实我说这么多，只是想表达我对老大的敬仰之情，不是故意吹嘘和搞个人英雄主义。当时我们那一小队的人都被老大震撼到了，那一场战斗就两分钟左右，我们小队除了老大没有一个人有机会出手……惭愧啊！”

这时，和夜色他们一起的小队队员也出来说自己根本没有出手，全是老大一个人杀的。

刘浅在旁边怪声怪气地叫着：“怎么我们没能和老大分到一组？天啊！这实在是太爽了！”

这时候，不小心挂掉的几个兄弟也都在PK台复活了，无毒不丈夫在家族里哭诉：“我们那一组才叫可怜，一个峨眉，还有书生他们几个专业从商的，就我和刘浅两个扛下来了，不简单啊不简单，我还因为英雄救美死了呢！”

刘浅一看见他又在吹嘘自己，马上就风风火火地和他吵上了。刘月看得有些头疼，这两人什么时候能和平相处一下啊，刚才无毒死了，刘浅还为他难过了一下下，转眼间这两个人又闹得和仇人一样了。

嗜血堂四个小队全部胜利的时候，游戏的屏幕中间刷出一条系统红字。

[系统]：战盟家族申请挑战嗜血堂家族失败，降级为四级家族，家族威望降低20%，家族资金减少20%。

这样的消息一连刷了三次，所有的玩家都看到了。

嗜血堂的家族内部高兴得几乎都要吵翻天了，终于把战盟的阴谋粉碎了，不知道那位战盟帮主天下无贼现在的脸色是不是比青菜还要绿，想他机关算尽，最后还是输得一败涂地。

等嗜血堂的玩家被系统统一传送到长安的PK台上时，一直在旁边等着看热闹的玩家都沸腾了，很多玩家还特意买了烟花来给他们庆祝。一时间，长安的天空上烟花灿烂，绚丽夺目。原本一直都很嚣张的战盟啦啦队员，一脸沮丧地开始撤退，那鲜艳统一的服装，在这个时候看上去都暗淡了不少。

嗜血堂家族内部也没闲着，大家的情绪相当亢奋，说一定要好好庆祝一下，结果又为了去哪儿庆祝争论起来，最后决定到游戏里的最高峰——华山顶。

嗜血堂的生活型玩家这个时候就显示了重要的作用，都是财富榜上的大款，这一出手就是底气十足！游戏里有很多美丽的烟花，都是提供给玩家用来庆祝的，也根据烟花的效果分为不同的价格，一般玩家都不愿意买最贵的烟花，那可不是，最贵的烟花要一百金，一下子就放没了，简直是糟蹋金子！在这游戏里，一百金都可以买件高中档的装备了。

当一群人风风火火地赶到华山顶，夜色笑嘻嘻地拿出了三十个“普天同庆”，一群人都呆住了，这不是一百金一个的烟花吗！这游戏里还从来没人这么大手笔地买过呢。

夜色笑着解释道：“这是我们这些生活型玩家凑钱买的，为了让大家高兴一下。我平时还没放过这么贵的烟花呢，今天大家都开开眼好了。”

别的几个生活型的玩家，像书生他们，也凑过来说：“还有各式各样的烟花，每个品种买了两百个，我来分给大家，到时候一起放！”

就在大家欢天喜地地分烟花时，孤夜寒星一个人骑着马姗姗来迟。他是最后一个到的，刚才他说了句要回去准备点东西，就一个人先走了。

现在一出现，无毒不丈夫免不了要拿他开涮：“老大啊，我说大家都在这儿等你呢，你来得可真慢啊，不是偷偷会情人去了吧？”

孤夜寒星也不和他多话，直接在频道里发了个“白眼”的表情。

刘月忍不住捂着嘴偷偷地笑，刘浅在一旁得意地说：“嘿！这小子就老大克得住他，看吧，又吃瘪了！”

结果孤夜寒星走到中间，又朝地上丢出二十个“普天同庆”出来。这时候一群人都沉默了，视线全集中到他一个人身上去了，孤夜寒星似乎感觉到不太对劲，打出了一句：“怎么了？”

大家继续沉默，到最后夜色才特酸地说了句：“我们大家凑了钱才拼出三十个，你一个人就买了二十个，你成心想刺激死我们啊！”

书生他们也附和道：“老大，你这样显得我们很没用啊，风头又全被你一个人抢去了！我都想哭了！”

孤夜寒星早就习惯他们耍宝了，也不搭理他们，默默地开始逐一交易。

刘月也收到了他给的东西，打开包一看，是一个可以使用的蜡烛。这种东西她还从来没有看到过，难道是生活型玩家制作的稀有物品？

最后在刘浅和夜色的建议下，所有嗜血堂的成员都围成了一个圆圈，把孤夜寒星围在中间，然后每个人都点击使用了老大给的蜡烛。

就这样，在夜晚的华山之巅，嗜血堂的玩家都手捧一支蜡烛站成圈，那画面非常温馨。

随着夜色倒数的声音落下，所有的玩家都点燃了自己包里的烟花，一时间天上的烟花灿烂到掩盖了夜空。

这个游戏设计得非常逼真唯美，刘月一直奇怪为什么烟花可以卖到一百金一个，等真正放的时候，才知道什么是物有所值！

当他们同时将“普天同庆”放上天时，天空中瞬间炸开了巨大的烟花海。七彩的烟花在天上闪耀着，又逐一分散成小小的五角星，不断地变换着颜色，最后从天空散落下来时，所有的星星都闪耀着分散成更细小的粉末，一串一串发着淡淡银光的粉末状烟花散落到玩家身边，然后慢慢地消失。大家都被这唯美的一幕震撼了。

刘浅有点傻傻地在频道里说：“果然是一分钱一分货啊！这算是我见过的最美的烟花了。”

夜色也说：“看得我好感动，好想哭！”

刘月笑着出去打断那两个女人的感性时刻，说道：“行了行了，还剩一半没放呢，大家再放一次，然后统一打出口号哦！”

这一次，当美丽的烟花在天空绽放成花海的时候，所有的嗜血堂成员，统一打出了他们的家族口号：“敢问天下，谁是英雄！”

漫天的烟花加上所有人手中的烛光，实在是太唯美、太震撼了！

刘月被感动得不得了，悄悄地扯着刘浅的衣袖说：“谢谢你！”谢谢你拉我来玩这个游戏，能认识这群人，能遇到这么多感动的事。

刘浅自己也被感动得不行，傻笑着对刘月说：“我自己都没想到，能认识到大家真好！”

第三章
初恋男友

第二天，整个游戏最拉风、最惹火的就是论坛上发的一个帖子。

刘月和刘浅早早就上了游戏，本来准备去收集些食材做成食物赚钱的，结果各个频道都在讨论游戏论坛上的那个帖子，两个人实在忍不住好奇，赶紧打开了游戏论坛。

等两人一前一后打开游戏论坛，就看到一个醒目的标题——《华山论剑——嗜血堂之战》。两人赶紧点进去看，发帖的人竟然是无毒不丈夫。昨天大家一直放烟花玩闹到凌晨才散伙，谁也没想到他竟然给庆祝会截了图。

无毒不丈夫首先简单地介绍了战盟主动申请和嗜血堂家族战，然后他还配上了一张对方的战前动员图，就是战盟的啦啦队像杂耍一样扎着马步喊口号的截图。

然后第二张是进入 PK 房间以后的图，上面正好有系统显示的双方人数，以及战盟选择了随机分配模式的那段字，估计是想用这张图来揭露战盟的无耻。

第三张就是战斗时的场面，因为在战斗中，所以画面不是很清晰，还略显得有些杂乱，不过还是能看见一堆人中间，有一片浓密的毒雾正散出来。无毒不丈夫在这张图的下面配上了小字——“为了拯救家族里的一名美少女，我选择了英勇献身！”

刘月觉得很好笑，这个无毒不丈夫真是够有趣的，还不忘在众人面前吹嘘一下自己的英雄主义。

第四张是所有的房间都显示了完胜，然后系统刷红字公告嗜血堂胜利的图片，下面还配了他发的很得意的大号卡通笑脸。

接下来就是嗜血堂在华山之巅庆祝时的图片了。有一张是大家同时放出“普天同庆”时的照片，被烟花照亮了的夜空，美得让人心动不已。特别是图中间那一群人手持蜡烛围成了圈，将孤夜寒星圈在了正中间，显得非常团结和温馨。

最后的一张图是所有嗜血堂的玩家一起喊口号的画面，他们的身后还有那灿烂绚丽的烟花海作为背景。每个人都捧着蜡烛，头上顶着嗜血堂的名字，还有口号：“敢问天下，谁是英雄！”

最后是无毒不丈夫自己的感言：“一直以来都把游戏当成消遣，直到遇见了嗜血堂，遇到了寒星。他有一种独特的魅力，可以把每一个人都凝聚在一起，虽然他总是一副很得意的样子（老大，你不要打我，我实话实说而已），但是因为有他，嗜血堂才真正像家一样温暖。他不爱讲那些虚的，但是兄弟们有难，他绝对第一个站出来。嘿嘿，老大，我们都愿意誓死相随！”

刘浅边看边骂：“这家伙怎么截了那么多图？还讲那么多煽情的话，真是够狗血的！”然而刘浅还是用自己的 ID 去跟了帖。

刘月偷偷地斜眼去看，刘浅回复：“虽然我很看不惯无毒不丈夫这个人，但是我愿意为嗜血堂的兄弟们两肋插刀，誓死跟随老大！”

这下换刘月窘了，刚刚才骂人家太过煽情，自己却回复得更煽情，这两人真是冤家啊。虽然心里这么想，但是刘月也悄悄地回复了一条：“我是最后一个进入家族的人，但是嗜血堂浓厚的亲情让我很感动，对于老大，我也愿意誓死相随。”

才一天的时间，回复已经有十几页了，甚至比以前烟雨迷情发照片的那个帖子更火。刘月一页一页地看过来，有很多支持嗜血堂的，也有好多在帖子里申请加入嗜血堂的，有羡慕，有祝福，当然也有来踢场子的，估计是战盟的马甲。

刘月逛着逛着也发现了很多嗜血堂的熟悉面孔在顶帖子，像夜色、不要杀我他们都回复了。嘿嘿，看来大家对自己的家族的事都很在意啊。

等她俩看完帖子回到游戏的时候，熟悉的一幕出现了！刘月脑海中马上浮现出一句很应景的话：“啊！久违的世界频道……”

[世界][烟雨迷情]：嗜血堂的出来！你们在论坛上发那个帖子是什么意思？我们战盟虽然输了，但是也没出来叽叽歪歪，你们在论坛上说三道四，这就是你们家族的素质吗？！

[世界][不要杀我]：论坛上那帖子相信大家都看过了，那是嗜血堂玩家自己截的图，目的是再现昨天的家族战经过，里面可有一字一句辱骂过战盟？你所谓的说三道四，这结论从何而来？

[世界][夜色]：你们战盟的找碴在前，拜托你们睁大眼睛，哪一句是故意针对你们了？

[世界][烟雨迷情]：还想赖吗？最后那张图上，你们所有人喊的“敢问天下，谁是英雄”不明摆着是暗示你们是英雄，而我们输了就是狗熊吗！

[世界][夜色]：我服了你，辱骂战盟的话我总算看到一句了，还是你自己亲口说的，原来你觉得你们是狗熊……

[世界][烟雨迷情]：夜色，你不要太过分！别以为有嗜血堂给你们撑腰，你们一个个就不把别人放在眼里！

下面又跟了一片战盟里出来拥护烟雨迷情的……

家族频道里，不要杀我特别无奈，作为嗜血堂的副帮主，这种与外界交涉的事都是由他负责。

于是他在家族频道里抱怨道：“谁愿意去和这个疯女人解释！她已经是非不分了！”

夜色也叹了口气：“老公……我服了她了，我和她根本解释不清！”

刘月出来安慰两人说：“别气别气，他们就是输了所以心理不平衡罢了！”

结果刘浅很仗义地说了句：“让我去！”

[世界][浅浅忧愁]：战盟的听着！“敢问天下，谁是英雄”是嗜血堂的家族口号，难道你们战盟就没口号了？别以小人之心度君子之腹……

[世界][流星]：你们嗜血堂的讲话，可别话中带话，我们战盟的人站出来都是响当当的汉子，不屑和你们玩文字游戏。

[世界][浅浅忧愁]：昨天那个谁还跪在孤夜寒星面前求饶来着，也配称为汉子?

此话一出，世界频道里马上笑开了。那个流星自觉无趣，灰溜溜地下线了。

此时，主角无毒不丈夫也上了游戏，等不要杀我在家族里和他解释后，他才明白又是战盟的来挑刺了。

[世界][无毒不丈夫]：我说，静一静！帖子是我发的，哪句话针对你们了？

[世界][烟雨迷情]：就是你们那所谓的口号，不明显是故意来埋汰我们的吗！

[世界][无毒不丈夫]：这位大姐，敢问你语文学到几年级？这八个字哪个字也看不出有针对你们战盟的意思……

[世界][爱江山更爱美人]：烟雨大姐，虽然我比较偏心美人一些，但是你再这样闹下去，只会变成笑柄哦。

[世界][紫色风铃]：烟雨迷情你不会小学没毕业吧？你快把大家乐死了！

[世界][天下无贼]：好了，都别争了，这件事可能是误会，小雨也只是太过激动。大家都各让一步，这事就这么过去吧！

天下无贼这么说了一句，战盟的就没再敢叫板。

无毒不丈夫在家族里来了个总结性的发言："这女人要是想故意惹事啊，真是让人头疼，都能无中生有、颠倒黑白！"

可这一句话，又让刘浅看不顺眼了，这句话明显有歧视女性的含义在里头，于是刘浅又杀出去和他吵上了。对此其他的家族成员已经见怪不怪了，都默契地选择了无视……

论坛的事过去一个多月了，战盟的也没再来挑衅，嗜血堂难得能清闲一阵日子。做生意的继续努力赚钱，要升级的继续努力刷怪。

这一个多月来，刘月和嗜血堂的人都混得很熟了。因为家族里就她一个治疗，商人要去打材料得找她，练级刷怪的也喜欢喊上她，就连 PK 的都喜欢喊她给加上几个增益效果。刘月的烹饪食品也已经占据了市场，并且变成了夜色商铺里的独家货物。

夜色做生意的确很有一套，原本最简单、便宜的食材，经过刘月加工以后，夜色就标上高价拿去出售。开始刘月还觉得太贵了没人会买，结果……竟然热销到断货，很多帮派为了 BOSS 战，还下了不少订单给夜色，夜色趁机狠狠地敲了他们一笔。

最让她高兴的还是她和大神也混熟了，虽然大神的话还是很少，但是刘月总能从字里行间揣测出大神的意思。能这么近距离接触到自己的偶像，她暗自高兴了好久，结果被刘浅评价为"花痴不可救药也"。

这一天，刘月又提前上线准备去加工烹饪，而平时一见她上线就忙着催货的夜色，今天竟然没搭理她，而是在家族里讨论最新活动。

又有什么新活动吗？刘月有些茫然，像她这样几乎不看官网的人，消息能灵通到哪儿去？好在她嘴巴够甜，叫了夜色几声“姐姐”以后，夜色就恨不得把自己知道的全倒出来！

原来《仗剑江湖》又要推出新的活动，明天就要开放游戏的婚礼系统。游戏里的情侣算是有福了，不仅可以正式地结成夫妻，还能学习夫妻技能，系统会给予很高的经验和高级材料作为奖励。

夜色看中了那个高级材料奖励，正在家族里激动得哇哇大叫：“那可是刷BOSS都不一定出的好东西啊！”

刘月这才恍然大悟，这么说来，肯定会有很多人冲着那丰厚的奖励去结婚……看来结婚马上就要成为游戏里的一股潮流了。

刘浅边登录游戏边告诉她：“她说的只是一部分，你知道结婚系统最变态的是什么吗？”

刘月可怜兮兮地回答说：“你明知道我什么都不知道，还故意这样问。”

刘浅这才解释给她听：“据说夫妻任务里有一个是隐藏任务，触发的条件是夫妻双方都是满级生活玩家，再把月老的缘定三生任务全部做完，就可以接到这个任务。做完以后，还可以再奖励玩家一个最新的生活技能，虽然没有透露具体是什么样的技能，但是一般人都知道啦，最难完成的任务奖励肯定最好，而且它的触发条件还那么严格。”

刘月点点头，也觉得这个婚礼系统实在是太有意思了，越来越丰厚的奖励，越来越难的挑战，感觉好期待的呢！

最戏剧化的是，就在刘浅进入游戏的时候，那位一直和刘浅互相打击、针锋相对的无毒不丈夫竟然在家族频道里向她求婚了！

刘月赶紧回头一看刘浅，呀！刘浅气得嘴角抽搐，咬牙切齿地骂：“他今天头被门框夹到了？”

刘月无奈地叹气，这一对小冤家明明相互间有那么点意思，怎么就老吵吵闹闹的，就连这别出心裁的求婚也是。

原来无毒不丈夫在家族里说：“毒婆娘，结婚系统的事你也知道，既然奖励那么丰厚，干脆咱们也结婚得了。反正就你这性子，别人也受不了你，放你出去毒害别的男同胞，不如我委屈点接收了算了。你也别害羞了，爽快点，咱们明天就去登记了！”

刘浅过了很久才回了一句：“你妈生你的时候肯定忘记给你长脑子了，咱们梁子算是结大了！”

虽然平时刘浅和无毒吵架也吵得很凶，但这次似乎是最生气的一次，骂完直接下线了。

刘月看着刘浅，刘浅撇下一句：“心情不好，出去玩了！”

无毒也察觉到不对劲了，赶紧私聊问刘月：“她真的生气了啊？”

刘月回过去一个“愤怒”的表情：“这次是真的生气了。”

无毒有点傻眼了，过了好半天才问刘月：“那怎么办呢？你们也看出来了，虽然是个游戏，但是我真的很喜欢浅浅……”

刘月同情地对他说：“你三天两头故意来招惹她，有点脑子的都看出你喜欢她了！浅浅虽然很豪爽，也很大大咧咧，但是人家是女孩子啊！”

无毒有点摸不着头脑地说：“我没有把她当男的啊。”

流月哭笑不得：“虽然我觉得浅浅对你也有点感觉，但是有你这样求婚的吗？开玩笑是一回事，求婚是另一回事吧？再说哪个女孩子不喜欢别人对自己好一点？”

无毒好像有些明白了：“我会和她好好道歉的。其实浅浅喜欢的还是温柔体贴又能陪她打闹的人吧？”

刘月看见自己的劝说终于见效，发了个大大的笑脸过去：“就是啊，浅浅这个人，只要你对她好，她会对你更好！”

傍晚的时候刘浅才回来，问她去哪儿玩了，她回答说：“出去找工作了。休息了也快一个月了，天天这么泡在游戏里也不是个事，再说你也快开学了，一个人待着更没意思。”

刘浅果然不是那么记仇的人，今天的那事估计也忘了吧，然后刘月就看到刘浅坐在沙发上看起资料来了。

刘浅解释道：“这是我新公司的简介，我先看下熟悉一下。”

刘月睁大眼睛，有些难以置信："你找到工作了？这么快？"

刘浅点头："我之前就有投过简历的，这家跨国集团在我们L市的分公司招人。人家看了我的简历后，就直接面试我，提了很多专业问题，还让我对他们的财务规划提了看法。这些都是我的专业所长嘛，就一一回答了，结果他们很满意，明天就可以上班了。"

听到这个消息，刘月很为刘浅高兴，她终于能找到一家好公司发挥自己所长了。

刘浅自己也很高兴，本来还为无毒那件事生气的，现在也不放在心上了，按她自己的话来说："人总是生活在现实里的，为了那些虚拟的东西生气，不值得！"

就在刘月以为无毒这孩子彻底没戏的时候，又爆出一个爆炸性的消息，浅浅忧愁和无毒不丈夫准备去月老那儿结婚了。

刘月吓了一跳，赶紧跑去找刘浅。刘浅边低着头看公司的财务报表，边回答她："是啊，那小子转性了，对我百依百顺的。我就想着以前在他那儿受那么多气，要是不全回报给他，那我就不是刘浅了。你就等着看我怎么折磨他吧！"说完，还很得意地笑了两声。

刘月忍不住全身泛起寒意来，看来无毒要悲剧了……

刘月开学的那天正好是刘浅在游戏里办婚礼的日子，本来想早点回去上游戏给刘浅准备新婚贺礼的，结果临时接到通知要开班会。刘月倍觉无奈，不得已只好发短信告诉夜色自己晚上上不了，让她帮忙买十个"普天同庆"的烟花送给刘浅。

等开完班会登录游戏，刘浅的婚礼已经结束了，刘月无奈地想：算了算了，还有夜色的婚礼可以参加。说实话，她真的很想见识一下这个结婚系统。

谁知道，开学没几天，学校又突然弄出一个测验，而且还要计入平时成绩，刘月再次感叹世界的不公。因为测验，夜色的婚礼也错过了，刘月现在一上游戏就抱怨："我好想见识一下婚礼啊！就我一个人没见识到！好不公平啊！”

夜色出来打趣她：“想见识？自己去结一个呗！”

刘月可怜兮兮地回答：“根本就没人要我。”

家族里和刘月混得很熟的那些玩家也趁机出来作乱，嚷嚷着说不管刘月什么时候想结婚，他们都候着呢。

刘浅看刘月被大家逗得不好意思，赶紧出来救火：“那么想看结婚，我去离了再结一次不就好了！”

此话一出，整个家族都安静了，然后就看见无毒可怜兮兮地出来哭诉：“老婆大人，怎么才结婚你就想着离婚啊，人家不依啦！”

刘月忍不住打了个冷战，这个无毒自从和刘浅结婚以后，简直变成妻奴了！

她赶紧出去回话：“不要啦，浅浅你别吓人，你结婚一次我就小破产一次，再结一次我真的要出去捡垃圾卖啦！”

大家都出来打趣新婚的情侣们，然后自然而然地就聊到了线下聚会。无毒不丈夫最积极，明眼人都能看出他在想什么，无非是为了在现实中见见刘浅。

没想到家族里还真有一部分人赞成，毕竟大家一起在游戏里奋斗这么久了，生活中认识一下也未尝不可。

眼看支持的人越来越多，无毒马上想到了那个能做决策的人，于是在家族里追问孤夜寒星：“老大，老大，现在就等你决定了，你看到底怎么样吗？”

孤夜寒星淡淡地回道：“你安排吧。”

无毒看老大发下话来，激动得欢呼起来，线下见面这事就这么定了下来。

平时大家在游戏里基本没怎么谈及生活，这次一问才知道，竟然几乎都在A市，只有刘浅和刘月，还有神之右翼是L市的。好在L市到A市坐高铁也只需要一个多小时，所以大家决定就在A市聚会。

就在所有的行程都讨论得差不多时，无毒才想起来还没决定具体碰头地点，刚在频道里问了句：“到底在哪儿聚会呢？”就见孤夜寒星插了一句：“伊人如月会馆，费用我出。”

“啊！！！老大万岁！”夜色第一个叫了出来。

无毒也惊住了，半天才打出几个字：“老大，你全部报销啊？”

孤夜寒星只回了一个“嗯”，就又下线了。最近他总是很忙，不知道在做什么，家族里的人也没多问，生活里的事大家还是习惯性地不多问。

聚会时间就是这个周末，正好刘月学校里也没什么事，她周五下午就回了家。

才进门就听见刘浅的声音，她进去一看，愣住了！刘浅正躺在沙发上打电话呢，而且还笑得很甜蜜，难道这电话是无毒打来的？

刘月看刘浅没注意到她，悄悄凑到沙发后面去听，果然两个人在讨论明天聚会的事。这两人原来已经这么好了啊，刘月突然觉得自己去学校的一周里发生了太多太多的事。

这天一早刘浅就起来了，又是敷脸又是美甲。刘月突然觉得很无奈，是不是女人一旦心动了，就会特别在意自己的外表呢？

刘浅斜着眼瞟她：“怎么说今天也要去见你的偶像，你好歹打扮打扮吧。”

刘月笑着说：“去见偶像又不是去相亲。”

刘浅无奈地摇头：“你不是还念着你的初恋情人吧？也许人家早结婚了，再说你暗恋这么多年别人也不知道，真是死心眼啊！”

刘月无所谓地笑笑：“反正我就是死心眼嘛。”

刘浅无奈叹气。

到了A市才上午十一点多，她们打了个车就直奔伊人如月。

远远就看到门口有个男子在四处张望，穿着一套很休闲的运动装，长得阳光英俊。刘浅她们一下车，那个人就靠过来，犹豫了几秒开口问：“浅浅吗？”

刘浅好奇地抬头打量他，也有点犹豫地问：“无毒？”

那个人看着刘浅笑得一脸灿烂道：“是我，老婆大人！”

听他这么光明正大地叫自己“老婆大人”，刘浅的脸竟然红了。本来就很明艳的一张脸，更带了点娇媚的感觉，看得无毒有些痴了

好一会儿无毒才反应过来要给刘浅带路，然后他语气温柔地介绍：“已经有很多人到了，我带你上去，在二楼的包间里。”

刘浅回头示意刘月跟上，就被无毒很温柔地带到楼上去了。

果然大家都一样，有异性就没人性了，刘月无奈地跟上。

待看到里面精致的摆设和独特的装修风格，刘月忍不住咂咂嘴，看来大神恐怕不是一般的有钱，这么豪华的包间想要包下来，没有一定的地位和身份肯定不行。

无毒先进入包间里给大家介绍刘浅，而刘月则在外面好奇地打量这个包间，看得出这是这家餐厅最大、最豪华的包间了。

刘月进去后就看见夜色坐在最里面，旁边有一个穿着打扮得很正式的男人。

她也看见刘月和刘浅了，马上走过来笑嘻嘻地说：“让我猜猜啊，这个美得冒泡的是浅浅吧？旁边这个清纯小美人是流月对吧？”

刘浅也凑上去搭话：“夜色你什么时候到的？我还以为我们来得很早了呢。”

夜色回身指着跟在她身后的男人说：“我们也是刚到。喏，他是不要杀我。”说完，凑过去挽着他的手臂说，“是我老公！”

刘月和刘浅平时和不要杀我的关系也很不错，一起打过招呼，就找位置坐下和周围的朋友聊开了。

过了一会儿，无毒慎重地给大家介绍：“老大到了，准备接驾啊！”

听了这话，刘月忍不住笑了起来，可笑容还来不及收，一个高大的身影就晃进她眼里。一身裁剪合身的高级西装，完美地展现出主人的气质。

所有人愣住了，现场的气氛自然地凝固起来，大家不自觉地就停

下手上的动作。

反应最大的还是刘月，她的身子不自觉地颤抖起来，有些失控地用手紧紧捂住嘴巴，怕自己发出声来。

孤夜寒星走进来以后，环视了大家一圈，对大家点头示意，于是气氛终于缓和了一点。

刘月趁他还没有注意到角落这边的自己，悄悄地半蹲下身子以半爬的姿势挪向门口。

她以为自己可以神不知鬼不觉地逃离现场，没想到本来靠在一旁沙发上休息的孤夜寒星突然侧过头看着那个小心翼翼地缩着身子往门外逃的人。他的眼里没有任何一丝意外，似乎早就料到会这样，反而微微地挑起眉，就像是耐心的猎人早就锁定了自己的猎物，哪怕猎物再能逃，也逃不出他的手心。

女人的直觉告诉刘月，有人在看这边，她微微侧目看去，是他！

刘月被这个发现吓了一跳，她顾不得丢脸不丢脸了，抓着自己的小包就冲出了包间，狂奔着往楼下跑。可惜逃出去的刘月没看见，孤夜寒星脸上那“暂且放你一马”的表情，还有嘴边一抹淡淡的笑意。

刘月冲出房间的时候，很多人都看到了，甚至有些人很奇怪，怎么突然就这么急地跑掉了？刘浅更是惊奇，她怎么看着小月刚才的样子像是在逃命？

自以为逃过一劫的刘月，一个人在A市的街上散步，恍恍惚惚中，她感觉自己回到了从前。

她是在国外长大的。刚移民到美国的时候，因为不懂英语，和周围的人没办法沟通，也没人和她玩，她觉得自己与这个世界格格不入。

父母看到她闷闷不乐就微笑着告诉她：“下周我们隔壁要搬来一户新邻居，而且是华裔，也许他们会说中国话哦。”

她永远忘不了那天，天空又阴又低沉，似乎马上就要有一场暴雨。大家不愿意在这样的天气出门，只有她一个人扒着屋外院子的木栅栏，不停地向远处张望着。搬家公司的货车过来了，她就像小雀一样飞到货车前面，好奇地侧过头看着他们。

车上下来几个大个子的黑人，他们对着她友好地笑笑，就很有效率地开始从车上卸家具。

最后又从车上走下来一个少年，她先看见的是他黑色柔顺的头发，然后像是感觉到她的视线，那个少年慢慢地转过头来，还略显青涩的脸庞上已经有些刚毅的棱角，不难想象长大后会多么俊逸不凡。

他的眼神和她对上了，她心跳突然漏了一拍，然后有些傻傻地笑着对他打招呼："你好！"

好半天，他没有回话，只是视线静静地落在她的身上。她开始觉得不安和局促起来，就在这时，他淡淡地对她点点头，然后转过身去帮忙搬家。

她傻傻地愣在原地，心里只有一个念头：他听得懂自己讲话！

这时，又有一辆车停下来，车上下来一对夫妇。那对夫妇一眼就看到了站在路边发呆的她，招呼道："是刘月吧？一转眼都这么大了啊！"

她有些莫名其妙，礼貌地回答："您好！"

还来不及问他们"你们怎么认识我"，刘月的父母已经从屋里出来了，他们非常开心地走过来，熟悉地打起了招呼。刘月才明白过来，他们早就认识，难怪自己的父母会知道他们什么时候搬过来。

刘月没理寒暄着的父母们，凑到正忙着搬家的人群里帮着搬些小件的东西。抱着东西朝屋子里走的时候，她又遇见正放好东西准备出来的少年，那少年淡淡地瞥了她一眼，对着她礼貌地点点头。刘月有些好奇地想，他怎么不讲话呢？

等所有的东西都搬完后，刘月的父母也过来帮忙收拾，两家的父母相处得非常融洽，看得出是认识了很久的朋友。

少年还是不讲话，很认真地盯着电视。刘月看着电视里放的美剧，也不懂是什么意思，视线就四处乱飘，结果飘啊飘又不由自主地落在了他的身上。她认真仔细地研究起他，最后不得不承认他长得真好看！

似乎是终于受不了她的眼神了，他侧过头来看着她，好奇地问：“看什么？”他的声音还带着少年时期的清脆。

刘月更傻了，连声音也这么好听！然后才意识到她已经傻傻盯着他发呆很久了，她摇摇头说：“你长得真好看，呃……不是，我是想问你叫什么？”

那个人还是一副很冷淡的样子，在刘月以为他不想搭理自己时，那个人的声音传过来了：“叶涵，你可以叫我涵。”

当时她就知道从那天起，叶涵这个名字会深深地刻在心里，在那一年她第一次尝到了心动的滋味。

一声凄厉的刹车声把刘月吓了好大一跳，她这才发现陷在回忆里的自己竟然走到马路中间了。

司机伸出头来骂道：“不想活了你！”

刘月连忙跟他道歉，然后司机才骂骂咧咧地开走了。刘月不敢再走神，打了车又搭了高铁回家去了。

晚上刘浅回来，第一件事就是去问刘月，为什么在餐厅落荒而逃？

刘月只好撒了个小谎混过去，说自己学校里突然有事，所以就先回来了。

刘浅狐疑地看着她：“学校有事需要你从餐厅像逃命一样地溜走？”

刘月只好笑着转移话题：“你怎么才回来？聚会不是只有中午吗？”

这次轮到刘浅扭扭捏捏了，刘月像是猜到了什么打趣问：“是不是和无毒出去约会了？”

刘浅竟然脸红了，点点头说：“嗯，聚会散了后我们就自己去玩了，他刚送我回来。”

刘月只得咋舌，无毒兄弟的速度好快啊，看来不久后就得改口正式叫姐夫了。

晚上上游戏时，刘浅又和无毒一起去玩了，夜色也在和不要杀我忙着做月老任务，刘月正觉得无聊，私聊突然闪起来。

点开一看，她的呼吸有些乱了，是孤夜寒星发过来的："小月，来我这儿。"

其实聚会以前，孤夜寒星偶尔也会喊刘月一起去刷一些高难度的BOSS，但是在知道了孤夜寒星就是他之后，刘月的心已经混乱了，她做不到像以前崇拜偶像那样单纯地面对他了。

她沉默了几秒，不知道该怎么回应，明明心里想拒绝他的邀请，但是又生出了更多的渴望，最后还是忍不住回复道："在哪儿？我马上来。"

孤夜寒星回了一句："昆仑山脚等你。"。

看着"等你"两个字，她的心又忍不住生出一些软软的情绪来。刘月迅速地赶到了山脚处，那边的树下有一个白色道袍的剑侠。他正盘腿在树下打坐，身旁那若有似无的淡淡雾气，配上身后那闪烁着七彩光芒的长剑，让他看上去就像一个误入凡尘的谪仙。还没等刘月多留恋一下这唯美的画面，树下打坐的剑侠已经站起来了。

刘月赶紧走到他旁边，他带路走在前面，刘月一步一步地跟在他的身后。通向昆仑的路很曲折也很艰险，路上还有不少拦路的妖怪，但是有大神开路，那些小怪基本上一剑就消失一片，完全不用刘月帮忙，而刘月首先想到的是，又麻烦大神了。

昆仑山从半山腰往上就渐渐被雪覆盖，山顶更是白茫茫的一片。刘月有些不明所以，她犹豫了一下还是在小队里问道："大神，我们到这里来是干什么？"

前面带路的人停了下来，刘月知道他在打字回复自己，心里竟然冒出了迷之感动。

孤夜寒星回答道："这儿有个隐秘地图，那个BOSS没治疗不好打。"

刘月看见这些话不觉有些吃惊，大神竟然详细地向自己解释了原因呢！这是大神第一次讲这么多话，第一次会解释这些给别人听，以前的大神只会说一句"里面有BOSS"……于是刘月的迷之感动又增加了几分。

到了大神所说的那个山洞，里面有一只巨大的雪白皮毛的怪物，刘月有些好奇地把鼠标移过去点击了一下，属性显示这个怪物是雪人……

大神也没知会刘月一声，持剑就过去了。刘月赶紧跟上去，并非常迅速地给他加上了攻防。大神进入雪人视野范围时，雪人大吼一声扑了过来，它的吼声竟然是范围内的群体魔法，两个人都掉了三千的血，这个 BOSS 果然不简单。

刘月也开始专心地对付起它，大神抗住了这个 BOSS 的所有攻击，让刘月可以很安全地在后面加血。大神的装备不愧是游戏里最好的，这么厉害的 BOSS 打在他身上，掉血也不是很恐怖，刘月加得很轻松，就抽出时间来用攻击技能帮大神一起打它。虽然身为一个主治疗的峨眉，但是刘月的攻击也不输那些专门攻击的门派职业，有她一起帮忙打后，BOSS 掉血更快了，战斗也更轻松。

就在刘月一心想着解决掉这个 BOSS 时，大神在队伍频道打了一句话：“你的峨眉伤害不弱。”虽然只是一句简单的称赞，但是刘月高兴极了。

当 BOSS 倒下时，大神赶紧过去查看掉落的装备，仔细找了几遍后，有些失望地在队伍里说：“没出你需要的。”

刘月心里涌起一股暖流，虽然他不知道她是谁，虽然他对每一个家族的成员都这么友善和负责，但是刘月真的很开心。

最后大神还是把打出来的装备和材料都给了她，刘月没敢要，点了拒绝。

大神奇怪地在队伍里问：“高级材料你不要吗？”

刘月忙解释说：“不用了，我要那些材料没用，而且我不缺钱。”

大神没再强求，把材料收拾了，就带着她回城去了。

一回到城里，刘月就赶紧和他告别。已经知道大神就是他，她怕自己控制不了自己的心情，但是又舍不得那一点可以和他靠得更近的机会，她现在是既欢喜又害怕。

就在她解释说自己明天要回学校，得下线了时，大神又问她："明天会上吗？"

刘月傻傻地回答道："会的，晚上都会来。"

大神就说："那明天继续。"说完大神也下线了。

刘月看着那句话，思考着大神的意思是不是明天继续去刷BOSS？那就是明天又可以见，还没到明天，她已经开始隐隐期待起来了。

那天晚上，刘月做了一个梦，梦里又有熟悉的他。

他们全家搬过来已经快半年了，她把他家当成自己的家一样，每天都会跑去报到。他对她也没那么冷淡了，甚至还教她讲英文，在他的指导下，她的英文水平提升得非常快，已经能很流利地对话了，她的父母也准备给她找个合适的学校。

那天，她又溜到他的家里，到处逛了一圈没有找到叶涵，皱着眉有点不太开心。不知从什么时候起，她只要一天没见到叶涵，就会浑身没劲，做什么事都提不起兴趣，心里就只想着他。

她失望地准备回家，突然想到什么，又悄悄地摸到楼上他的房间，轻轻地推开他的房门，原来叶涵靠在躺椅上睡着了。

刘月不敢打扰他，轻手轻脚地靠过去。熟睡中的叶涵卸下了平时的冷漠，坚毅的轮廓也柔和了不少，那双总是能让她心跳加速的墨眸轻轻合上，卷翘的睫毛让身为女性的她都有些羡慕。然后是他挺直的鼻梁，顺着向下，是他平时总喜欢抿着的嘴唇，那嘴唇带着淡淡诱人的粉红。

她看得眼睛都直了，心跳越来越快，内心深处也涌现出一股渴望，于是她踮着脚，屏住呼吸，慢慢地把自己的脸凑了过去。终于，她的唇轻轻触到了他的唇，他的唇比她想象中更柔软，和他的冷漠不同，他的唇是温热的。

她被这种感觉震撼到了，好半天才反应过来自己竟然做了这么惊天动地的大事。她被自己的所作所为吓了一跳，然后再也顾不得什么，急忙就飞奔出去，快速地跑下楼梯。一回到家，她就扑到自己床上，心跳的速度太快，她都怀疑它会不会跳出来。她用力深呼吸平复自己的心情，一个人傻傻地躺在床上笑了一下午。

其实她不知道，在她刚转身跑出房间的那一刻，那个原本沉睡的人睁开了眼睛。他的眼神清明如水，哪有一点睡着过的痕迹，他刚才完全是在闭目养神而已，而那个笨丫头偷吻他的事，他怎么可能不知道。看着她像被吓坏了一样逃跑了，他伸手触摸自己的唇瓣，若有所思地想着什么出了神。

第二天醒来后，刘浅就发现刘月很不对劲，她自从起床以后，要么发呆，要么就是一个人摸着嘴唇傻笑。

刘浅实在忍无可忍，走过去质问道：“你一大早起来失神了？就知道一个劲地摸着嘴唇傻笑，不是昨晚做什么春梦了吧？”

刘浅本来是想开个玩笑，谁知道她话一说完，刘月的脸一下子就红透了。这回换刘浅吃惊了：“不是吧！你还真做春梦了？你梦里吻了哪个帅哥啊？”

刘月又羞又气，不想再搭理刘浅，提着自己的包就跑出去了。

第四章
情敌决斗

晚上刘月早早地上了游戏。她刚上线，孤夜寒星就发了私聊过来，然后她再次控制不住自己，赶紧奔去了大神那里。

他们再次来到那个山洞里，刘月熟练地替他加好攻防，然后两个人配合默契地开始刷BOSS。没有了第一次的好奇，刘月不自觉地把眼光停留在孤夜寒星的身上，那干脆利落的剑招，好一个君子如玉剑如鸿！

其实刘月心里很好奇，为什么大神如此执着一定要刷这个BOSS。她昨天看了这BOSS掉落的高级材料，也没比一般的小BOSS好太多，大神每天都要来刷一次，是这里会掉落什么特别的东西吗？

这么想着她已经忍不住问出来了："大神，你来这里到底是要刷什么啊？"

孤夜寒星凌厉的剑招稍微缓了些，然后就看见队伍频道里他的回答："这里出逆天级别的衣服。"

可是大神已经有一身逆天的装备了啊，游戏里还有更好的装备吗？

BOSS倒下了，孤夜寒星又过去细细地看，然后在队伍里简单地说了声：“没出。”

他把其他的材料收了起来，来到刘月旁边又要交易，刘月忙说：“材料我不需要的，不用给我了。”

大神淡淡地说：“材料我卖了，分钱。”

啊！刘月这才扭扭捏捏地收下大神交易过来的钱。

每次打完 BOSS 后找不到什么事转移注意力，两个人沉默地待在队伍里，让她无来由地觉得紧张，更怕大神看出她的紧张和不自在。

结果还没等她想出什么话题来转移注意力，大神先开口了：“我们去月老那儿结婚吧。”

刘月为了缓和紧张的情绪，刚漫不经心地喝了一口水，一看到这话，忍不住全喷了。她都没想到要先擦擦满屏幕的水渍，便迅速打字过去确定：“大神，你打错字了？”

然后刘月才半梦半醒地拿起旁边的卫生纸，边擦水渍边紧紧盯着屏幕，看对方有没有回话。等了一会儿，那边回话了：“月老任务奖励不错，我们结婚吧。”

刘月心猛地一跳，又往下沉得更深了。她知道那是期望被打破后的失落，但是一想到那个人是叶涵，她又忍不住有些期待，生活里永远不会实现的事，在游戏里体验一把也算圆满了，这算不算是对她痴心的一种补偿？

刘月看着屏幕发着呆，心里早就百转千回，最后她坚定地打出一句：“好，我们结婚吧。”

孤夜寒星似乎很高兴，第一次在游戏里发了个笑脸。

刘月看着那个笑脸，也笑得和个傻瓜一样，就算叶涵不知道她是谁，就算叶涵不知道她喜欢他这么多年，但是她能有这么一个机会，可以和他一起站在月老面前，就已经足够了。

然后大神又问她：“哪一天你有时间？”

刘月想了想，告诉他：“周末才有空。”

谁知道她才把这话发出去，大神就在家族里宣布了。就像是不给她反悔的机会一样，大神在家族里说："周六我和刘月的婚礼，大家有空就来参加吧。"

又是一颗炸弹扔在了家族频道里，无毒似乎习惯了大神这种随意扔炸弹的风格，并没像其他人那样被炸得晕晕乎乎，但还是好奇地问："老大，你什么时候搞定我小姨子的？"

无毒这句话似乎提醒了其他人，刘浅也立刻追问："小月，你和老大什么时候这么熟了？"

夜色也出来加了一句："说！你们瞒着大家搞地下情多久了？"

刘月看着家族里的人左一句右一句的追问，突然觉得脑门上全是汗，交友不慎啊！

好在事件的男主角是大神，大神是什么人，一句话就把这些人全解决了："再问婚礼别参加了。"

夜色马上就不要脸地说："我们只是好奇而已。嘿嘿，怎么能不参加婚礼呢？还等着老大给红包呢。"

刘月很奇怪，结婚为什么还要发红包？应该是别人包红包吧？她在队伍里问大神："为什么说要等着你的红包？"

大神耐心地解释给她听："游戏里结婚，是结婚的夫妻发红包给来参加的人。"

原来还有这种说法，她开始后悔自己错过了两次婚礼，少收了两个红包啊！现在还得贴出去给别人，于是她又小心翼翼地问："那是不是要花很多钱啊？"

大神像是误会了她的意思，说："那些钱都我出。"

刘月马上解释道："不是的，我是觉得我好像又给你添麻烦了。"

"这种麻烦我乐意。"大神看似心情很好。

这话一出，刘月的脸又开始升温，烧红的笑脸比擦了胭脂还漂亮。

同寝室的几个女生看见了，都凑过来起哄："怎么对着台破电脑脸能红成这样？"

刘月隔壁床的晓韵也凑过来说："我说，你不是网恋了吧？"

刘月被她们这一起哄，更加不好意思了，不敢再继续这个话题，更怕被同寝室几个姐妹看到她和大神的聊天记录，赶紧给大神发了一句：“明天我有课，先下了。”

刘月只要一想到她马上可以和大神结婚了，就欢天喜地起来，结果折腾到半夜都没有睡意。她又忍不住开始胡思乱想起来，不自觉地想到了从前她问过叶涵，如果他以后要结婚，会选择一个什么样的女孩子？

叶涵还是和往常一样，慵懒地斜躺在沙发上，俊秀的眉峰斜挑，不经意地说：“应该是找一个会做菜的女人吧。”

刘月被他那一瞬间散发的风情迷住了，没留神听他的话，等她从自己的花痴中回过神，脸皱成一团了。做菜啊，她不会！小时候她一时性起也跟着妈妈学过几天，结果把厨房搞得鸡飞狗跳，于是老妈对她下了最后通牒，再也不准她踏入厨房一步。

叶涵嘴角带着坏笑，特别是看到刘月傻眼的样子，笑得更深了。

从那天之后，刘月开始在厨房里发愤图强，终于在毁坏了好几个厨具之后，厨艺小有所成。

就这样胡思乱想到天快亮时才睡着，等她突然惊醒，想起自己还有早课的时候，已经上午十一点了。

刘月心情郁闷地起床洗脸，没过一会儿，寝室的姐妹们都回来了，还有说有笑的，看得她更郁闷了。结果还没等她先发作，晓韵见她起来，第一件事就是不怀好意地冲她笑，然后其他几个人一起靠过来，作逼供状。

晓韵先问：“嘿嘿，早上我们喊你起床的时候，你不小心透露了一点点秘密，现在恐怕要交代一下哦。”

刘月听完，冷汗直冒，早上她们有喊过她吗？她一点都想不起来了。更危险的是，自己好像说了什么不该说的。形势转换，本来心情还有点郁结的刘月，瞬间做讨好状问晓韵：“韵姐，我天快亮的时候才睡着，要是讲了什么梦话，你们别当真！”

晓韵笑得更不怀好意："这件事不能不认真对待啊！关系到你一生的大事哟。"

这么一说，刘月更好奇自己讲的是什么了，难道她把她的糗事全部用梦话重复了一遍？

旁边的姐妹忍不住了，问刘月："你是不是谈恋爱了？早上叫你起床的时候，你突然对着我们说了一句'我终于可以嫁给你了'，吓得我们啊，都以为你中邪了。"

天哪！她怎么会说出这种话来？刘月听完，彻底窘了。

因为早上的课被自己睡过去了，所以下午的课刘月是抱着一种补偿的心情去的，准备认真听课弥补一下。结果想是一回事，做是另一回事，一坐到教室里，她就开始发起呆来，眼前似乎总是闪现出游戏画面。

她随意抽出一张纸来涂鸦，结果脑子里出现的第一个画面，竟然是大神一身白色道袍、手持长剑的画面。刘月吓了一跳，糟糕！又想到他了，然后甩甩头，赶紧把大神从脑子里丢出去，然后又开始无意识地发起呆来。

直到下课的时候，晓韵过来喊她，她才恍恍惚惚地从座位上站起来，开始收拾桌上的课本。这一看不要紧，她才发现刚才自己抽出来的白纸上，密密麻麻地写满了字，全是"叶涵"两个字。

晚上又上游戏，刘月心里忐忑不安，既期待见他，又有些害怕见了不知道说什么。结果还没等她内心挣扎出结果，一上游戏就又被吓到了。

[世界][无毒不丈夫]：战盟的给我听着，造谣也要有个限度，嗜血堂从来就不是怕事的主。

[世界][夜色]：小事不和你们计较，真以为我们好欺负了？

[世界][流星]：嗜血堂的流月原是我老婆，为了装备水性杨花勾

搭上孤夜寒星，今天开始我要刷死这对奸夫淫妇。

[世界][刀断水]：兄弟，戴了绿帽子还出来刷，你不嫌丢脸，我们还嫌你丢了所有男人的脸呢，赶紧滚下世界。

[世界][烟雨迷情]：嗜血堂的，别以为你们凶就可以当事情都没发生过！

刘月看世界上吵得乱糟糟的，还没弄明白，私聊已经开始狂闪了。

刘浅说：“小月，这流星脑子有问题，从我们上世界频道刷通告说你和老大周六举行婚礼后，就突然冒出来刷他才是你老公，我被搞得烦死了！”

夜色说：“小月月你才来啊，都吵翻天了！凭空冒出一个你的前任老公来抓奸了，战盟的剧本越写越新颖了。”

无毒不丈夫：“小姨子，这还没拜堂呢，就闹绯闻了？还好老大没上，看见估计得气死！”

还有几个关系不错的朋友过来询问，刘月逐个回复了，也把事情搞清楚了。就如夜色说的，战盟的清闲太久了，又无事生非来了，事情的导火索估计是自己要和大神结婚这件事。但是刘月又有一点想不通了，和大神结婚这事又碍到战盟他们什么事了？难道是烟雨迷情还不甘心？可她不是和天下无贼在一起了吗？

正想得头大的刘月，突然看到自己私聊又闪了，一看马上觉得一身冷汗。天啊！事件的另一男主角上线了。

大神上线肯定也第一时间看到刷得轰轰烈烈的世界频道了，私聊她说：“战盟找你麻烦了？”

刘月想过他会怒气冲冲地质问自己真相，也想过他会很冷酷地不再搭理自己，就是没想过他会先关心自己的处境。

她又忍不住被感动了，赶紧回复：“我也才刚上来，还没搞清是什么事。”

过了一会儿，大神回复她：“这事我来处理，你别放在心上。”

刘月有些愣住，大神不是最讨厌这些麻烦的事吗？以前大神都是直接置之不理的，这次竟然主动说要去处理？还没等刘月得出什么突破性的结论，又被世界频道吓到了。

[世界][孤夜寒星]：流月是我未婚妻，有事直接找我。

[世界][浅浅忧愁]：吵什么吵，有证据就拿出来，别以为光刷屏就可以颠倒黑白了！

[世界][夜色]：有什么事你敢和我们当面讲明吗，只刷世界算怎么回事？

[世界][烟雨迷情]：哟，我们好怕啊！孤夜寒星你娶了个水性杨花的女人还当宝？

[世界][隐藏的善良]：我说你们世界上的人太闲了是吧，人家愿意跟谁就跟谁，你们吵个什么劲，这年头谁抢到了归谁！

[世界][我是一个演员]：别吵了，刷那么起劲不就是因为人家快结婚了吗，是男人就自己抢回来。

吵了一晚的世界频道，因为其他玩家的不满开始安静下来，刘月还有些忐忑不安，刚才烟雨迷情那话老在她脑子里打转。

家族频道里依然乱成一团，嗜血堂是个非常护短的家族，所有人在为刘月抱不平，甚至很多人都按捺不住，决定等会儿就去找战盟的麻烦。

大家在家族里讨论时，事件的主角刘月和大神倒是特别安静，一句话也不说，刘月是在旁边心烦，但是大神呢？他在做什么？

系统突然刷出红字。

[系统]：江湖无情，刀剑无眼。玩家孤夜寒星申请与玩家流星进行生死对决（一级）。

连续刷了三次，刘月看得眼睛都直了，大神这是唱的哪一出？

本来逐渐平静的世界频道又一下子热闹起来，说什么的都有，都在讨论这场决斗。

《仗剑江湖》里决斗分为三等，惩罚分别为：随机掉落一件装备、降级一级且掉落一件装备和降级三级且掉落一件装备，而大神刚才发出的是惩罚最厉害的降级三级且掉落一件装备。

本来论PK，大神的实力那是绝对的，这游戏里根本挑不出对手来，他自己可能也知道这场决斗实力悬殊，系统通知完后，他在世界频道发了一句话。

[世界][孤夜寒星]：为了公平，我换全套蓝装，用八十级清霜剑，是男人就接下战书。

[世界][灵魂]：哇！偶像你这样不是把自己逼入绝路吗，全蓝装加把垃圾剑能打赢谁哟！

[世界][无毒不丈夫]：老大，这样太便宜他了，那小子是逆天级别的武器啊。

世界频道依旧吵成一团，大家基本站在大神这一边，认为这场战斗有失公平，大神那套装备怎么打得过装备精良的战盟精英，就算PK技术再精湛，但是在这游戏里对装备是非常依赖的，没有好装备根本没办法打。

可能是看到孤夜寒星的保证，系统公告之后，一直沉默的流星出来说话了，而且是非常嚣张地在世界发了消息。

[世界][流星]：孤夜寒星，这是你自寻死路，到时候降级了可别怪爷没手下留情！

然后系统又通知道：战个痛快！玩家流星接下了玩家孤夜寒星的

生死对决（一级）。

流星接下决斗邀请之后，游戏里的所有玩家都沸腾了。游戏里的恩怨情仇并不少，决斗的事也不少见，可是申请处罚最高并且换一身垃圾装备去和别人决斗的，那绝对是第一次。孤夜寒心是不是太自负了？大家心里原本偏向大神的天平开始不安地左右晃动起来。

离决斗还有十分钟左右的时候，决斗的另一男主角出现了，同时出现的还有战盟来为流星打气的人。看着流星一身极品装备，围观的玩家心里的天平瞬间倾斜，不是他们不支持大神，这装备级别也差太多了，大家心里都觉得其实大神那么厉害，和他那套全服数一数二的装备脱不了干系，更何况他拿的还是神器。

就连刘月本人都是这样想的，所以她比其他人都更急，要是输了怎么办，她担心大神会受不了，大神是那么骄傲的人。然后又担心输了还要降级三级，这游戏是出了名的难升级，九十级以后，每升一级都需要几千万的经验，降三级那已经是游戏里最严厉的惩罚了……

换了一身垃圾装备的大神，一直安静地坐在旁边打坐，完全不理会旁边人的议论，就连平时很喜欢吵闹的嗜血堂的兄弟们，此刻也集体安静地围在大神周围，默默地等待着决斗的开始。

他们越是这样安静，刘月越是觉得凝重，正不知如何是好，她的私聊闪了，点开一看，竟然是大神发来的。

孤夜寒星说："要相信我。"

难道大神看出她的不安了吗？无来由地，刘月突然生出一种释怀的心情，她回复大神："就算输了，我也会陪你从头再来。"

这话发出去以后，刘月的脸又忍不住泛红，她怎么觉得她说的这话，有点告白的意味在里面呢。

过了一会儿，大神回复了："我怎么会让你吃苦。"

这句话让刘月心头的小鹿乱撞，大神这样说是代表着他有那么点在乎她的吗？还没等刘月多回味一下，一直安静打坐的大神突然起身。

[系统]：江湖恩怨江湖解决，来战吧！玩家孤夜寒星与玩家流星的生死对决开始（一级）。

系统刷过三遍之后，大神与流星被同时传上了PK台。

上台之后，战盟的流星显得非常嚣张，很不屑地在附近频道打出："孤夜寒星，今天看我虐死你！"

本来周围一些为孤夜寒星抱不平的玩家，一看他出言挑衅，都忍不住破口大骂，一时间，PK台附近又吵吵嚷嚷起来。只有站在台上的另一位主角，一直仗剑而立，一副云淡风轻的模样。

看着大神那个样子，刘月突然也开始坚信，大神是不可战胜的，就算他落魄到只穿一身垃圾装备，他依旧是最厉害的。

决斗开始了，大神加了梯云纵，增加移动速度。他迅速跑到了流星的身后，使出太极剑，流星一下子掉了八百多血。但是对装备极品、拥有一万多血量的流星来说，这一剑和抓痒一样。

流星反身就是一个昆仑派的大招五雷轰顶，一片巨大的雷光闪烁，那绚丽的技能效果，让PK台外的一干玩家揪心不已，难道大神就这样挂掉了？

雷光刚刚暗淡下来，就有玩家看见大神不知何时已经绕到流星身后了，又是一个太渊剑，流星身上就多了一个昏迷的效果。

就在大家以为大神要狂砍流星的时候，大神竟然退开了，站在远处放出了一个风生水起，一片巨大的龙卷风的效果拔地而起。

流星被狂风扫过之后，血已经掉了三千，现在他还有七千血。场边观战的玩家都开始兴奋起来，按这种趋势下去，大神要赢得比赛也不是不可能啊。

狂风刚过，流星的昏迷效果消失，他迅速丢出一个束缚术，大神移动的速度开始慢下来。

刘月的心提到了嗓子眼，昆仑的PK伤害可能不是最高的，但是他拥有各种减益的技能啊，现在怎么办？！

流星在给大神减速以后，又朝大神的方向丢出一个五雷轰顶，大家都想着，这下糟糕了！

没有了梯云纵的优势，现在绝对逃不过了。可是大神又让大家大跌眼镜了，他开始一直朝着左边绕着圈地和流星打，流星也抓紧了时机在他前方一点的位置丢了五雷轰顶。一般情况下，一直跑的人肯定会因为惯性的问题，自己冲到五雷轰顶的技能范围里，可是大神在他放招的时候突然一个转身开始朝右跑了。一个昆仑的终极技能又被躲了过去。

台下看决斗的玩家里，有几个也是经常PK的高手，看到这一幕不禁开始大声叫好！刘月看到那些人的话，心里也跟着乐起来，比夸自己还要高兴。

连续两击都失败了，流星有些懊恼却还没有失去理智，他和大神在PK台上玩起了猫捉老鼠的游戏。两个人都是一边跑动着一边放技能，稍微接近，流星就一个五雷轰顶丢出去，好几次大神都险些中招，看得场外的人心惊胆战。

其中有一个叫战败的玩家看了他们的对决后，对自己帮派的其他朋友讲解道："孤夜寒星果然不是省油的灯，我一直以为他嚣张不过是靠那套装备而已，原来他的实力更强。他居然完全摸清了对方的技能和心理，就连对方的技能范围他都能精确地算出来了，流星想要打到他，难了！"

他旁边的同伴也提出自己的看法来，一致认为孤夜寒星输定了的玩家们，都开始改变想法。就算不靠那套极品装备，孤夜寒星的PK技巧也是很难超越的。

就在嗜血堂和周围玩家都松了一口气的时候，一直被孤夜寒星压着打的流星突然开始反击，一个迷心术让孤夜寒心定在原地，然后又释放了一个五雷轰顶，这一次大神无处可逃，甚至是想逃也动不了，就这么硬生生地扛下了这个技能。

刘月看着他无法挣扎地扛下了这个五雷轰顶，感觉比打在自己身上还疼。

五雷轰顶完了，大神原本只有可怜的六千血，吃了一个大招后，只剩下两千不到了。但是孤夜寒星并不焦急，依旧按着以前的套路，开始和流星玩起猫捉老鼠。流星眼看他只剩一层血皮，以为自己胜券在握，追得更加起劲了，边追边在后面不停地丢着技能。

场外一群人看得跌宕起伏，刚才认为大神会赢的玩家又开始不看好他了，只有那个叫战败的玩家不以为然，甚至对大神刚才的表现赞不绝口："说你们业余吧还不信，装备档次差太多，孤夜寒星打的一直都是消耗战，昆仑派的迷心术五分钟才能放一次，刚才已经用过了，流星却没把握秒掉孤夜寒心，这场决斗一定是孤夜寒星赢。"

刘月有些不确定，在家族里悄悄问，到底谁说得对。

不要杀我回答她："小月别急，老大赢定了。战败说得不错，老大打的是消耗战，胜负马上就要揭晓了。"

不要杀我是游戏里 PK 榜的第二名，他的话应该不会有错，刘月放心了。

台上的流星还在不亦乐乎地追杀孤夜寒星，却没想到他逃着逃着突然转身，向着自己冲过来了。流星心里一乐，又想放一个五雷轰顶，可是连按几下，技能就是出不来。他愣了，然后一看自己的人物头像，他已经空蓝了。

孤夜寒星来到流星面前，又是一个太渊剑。然后一个风生水起，流星只剩层血皮了。孤夜寒星直接冲到他面前放出了武当的大招横扫千军，流星玩家相当光荣地化为一道白光而去。

然后 PK 台附近的所有玩家都愣住了，这种戏剧性的结局，很多人还没有完全地接受。

[系统]：胜败乃兵家常事，英雄可从头再来。玩家流星在与玩家孤夜寒星的生死对决（一级）中战败，受到惩罚降级三级，并随机掉落一件装备。

系统的红字又来了，看到这条系统消息，PK台附近的玩家欢呼起来，开始膜拜大神的PK技巧。以前对大神颇有微词，甚至觉得大神一直靠装备仗势欺人的人，都不约而同地转变看法。能用一身垃圾装备打赢极品装备的战盟精英，这可不光是靠运气。

刘月都感觉到所有的人都用粉丝般狂热的眼神看着她面前的这个人，他的装备还没换回来，一身极普通甚至还略显寒酸的装备穿在他身上，似乎也变得与众不同。

嗜血堂的兄弟们一直在场下安静地看着决斗，直到大神获得完胜被传下PK台，他们才一窝蜂地激动地围上去，家族频道里也开始活跃起来，甚至连一向内敛的不要杀我都说道："老大，这一战确实相当精彩！"

无毒不丈夫更是像个小孩子一样："老大，刚才我们可为你揪着心呢，小姨子就更不用提了，还是我和不要杀我两人安抚她的呢。"

孤夜寒星还是老样子，语气淡淡地："我看见了。"

看见了？刘月一惊，那时候他不是在忙着决斗吗，还分出心来看了家族频道，这人到底有没有在这场战斗里用尽全力啊？

第二天上游戏的时候，刘月又被吓到了。

服务器出奇地卡，城里的每条街都站满了人，根本就寸步难行。

有疑问就找夜色，这是刘月玩了这游戏后得出的一个结论，因为游戏里各种八卦都逃不过夜色的耳朵。

"夜色姐，怎么今天突然这么多小号啊？我在城里卡得都走不动了。"刘月赶紧私聊夜色。

夜色回复过来的话也显得很烦恼："小月你来啦，我正骂无毒呢！都是他惹出来的，他把昨天老大的PK截图发到论坛上去了，结果好多其他区的玩家慕名而来要围观老大呢，真是卡死了！"

啊？又上论坛了？！刘月赶紧上了游戏论坛，果然，无毒的帖子又被顶到了第一个，题目还取得特别拉风——"谁是仗剑江湖的神"。

刘月点进帖子里一看，和往常一样，都是截图配上无毒自己的介绍。第一张图竟然是流星刷世界的截图，旁边有无毒的介绍：“带着喜悦与祝福的心情替老大发喜帖时，突然杀出一个程咬金，咬定与我小姨子有一段‘过去’，试图颠倒黑白，破坏别人姻缘。”

第二张图是系统发出生死对决（一级）的邀请。无毒在旁边讲解道：“老大忍无可忍，冲冠一怒为红颜，发出生死对决的邀请。”

第三张图就是流星接受决斗的截图，截图的时候还正好把流星发在世界频道那句挑衅截到了。无毒是这样介绍的：“这小子开始一直闷不吭声，老大一说换全套蓝装带八十级破剑和他决斗，他立刻出来挑衅。”

第四张图是决斗的时候，孤夜寒星正在释放风生水起。截图上可以看到流星还有七千血，但是孤夜寒星满血量才六千。无毒很简单地在后面写了句：“战斗开始了。”

第五张图是孤夜寒星被迷心术定在原地，被迫扛下了五雷轰顶。无毒在后面跟着写：“难道对手要翻盘？昆仑派的大招五雷轰顶中。”

下面那张是孤夜寒星用横扫千军将流星秒掉的瞬间，正好能看到流星倒地的时候。无毒非常得意地在图后面说道：“神一样的操作，神一样的意识。”

最后是系统公布流星被降级三级且随机掉落一件装备的图，还有很多激动得不能自已的玩家把孤夜寒星包围了的画面。

最后这一张的后面，无毒很认真地写道：“就算没有了那一身光鲜亮丽的装备和称霸江湖的神器，他的实力依然让人害怕。这就是我们《仗剑江湖》的神——孤夜寒星。本区所有玩家都向你致敬！”

然后下面跟了很多的回帖，有那一天看了整场 PK 的玩家，疯狂地顶帖子，对孤夜寒星的表现赞不绝口的，也有很多当时没在线，错过了这次决斗悔得肠子都发青，更有很多慕名而来膜拜大神的。

刘月带着微笑一张一张地看过去，自己也忍不住想留言支持一下大神，她想了想才写道：“你从来没有让期待你的人失望过。”

重回游戏中，刘月发现自己的私聊开始闪，她以为是刘浅他们找她，点开一看竟然是大神发过来的：“去看邮箱。”

她一愣，邮箱里怎么了？因为城里人实在太多，她只得一卡一卡地点开邮箱，一看，竟然是一件逆天级别的衣服！

天啊！她不敢相信地取出来，然后她立刻发私聊给大神：“这衣服怎么会在我邮箱里？”

看吧，她脑子都开始不清楚了，怎么在她邮箱里？肯定是人家邮寄给她的呗。

大神还是淡淡地说：“我刷出来了。”

刘月没明白过来：“刷出来？”

大神这才解释道：“我们一起刷过很多次啊，昨天终于出了。”

原来大神一直坚持每天去刷一次的雪人怪，是出女性逆天级别的衣服啊，那大神不是从很久前就想刷这件衣服给她了吗？她被自己的想法吓到了。

大神又发了一条私聊过来：“就当嫁衣吧，穿上给我看看。”

嫁衣？刘月的脸忍不住升温，结果私聊又闪了，难道又是大神发来的？她犹豫了一下才点开来看，原来是刘浅发过来的。

“小月，衣服收到没有啊？”

刘浅是怎么知道衣服这事的？刘月奇怪地问她：“你怎么知道邮箱有衣服？”

“是我和无毒陪老大去刷的。”刘浅解释道。

刘月刚刚有些释怀，但是又突然想到另外一个问题，急忙问：“你们是不是每天都陪他去刷一次？”这话问出来后，刘月的心就揪起来了。

果然刘浅回复了一句：“是啊，每天中午都去一次啊，刷了好多天了。”

刘月这才算真正明白了，那 BOSS 每天只刷新两次，大神除了每天晚上和她去刷一次，中午还要和刘浅他们去刷一次。他这么辛苦就是为了打出这件衣服给她？刘月突然觉得自己无意中给大神添了太多麻烦。

正想着，屏幕里突然弹出一条组队邀请。她一看是大神发来的，连忙点了接受，就看见大神在队伍里说："到点苍山来。"

刘月赶紧找出传送符，直接到了点苍山，然后就看到了传送点旁边守候着的大神。

看到她以后，大神主动走了过来，停在她旁边，等了一会儿，在队伍里问一句："衣服，不喜欢吗？"

刘月怕他误会，赶紧解释："不是的，非常喜欢。"

"穿上让我看看。"

大神都这样说了，再不穿上显得自己太见外了。刘月打开包袱，点击那件衣服选择了装备，然后原本那件浅粉色的长裙，换成了纯白的纱裙。

刘月看了看，忍不住赞叹，这游戏设计得真唯美，这纯白的长裙穿在身上，真的有一种不食人间烟火的感觉。

隔了一会儿大神在队伍里说："嗯，很好看。"

刘月心里也悄悄得意，因为大神穿的也是白色的，两人走在一起，别提多般配了。

收了别人的礼物，总要礼貌性地道谢吧。刘月忙在队伍里对大神说："谢谢大神送的衣服，我真的很喜欢！"

结果大神隔了很久都没回话，刘月正想自己这样做是不是太见外了时，大神终于回话了，只不过回的是："叫我寒吧，不用太见外。"

寒？涵？刘月突然乐得和偷了蜜一样，她想这样称呼他很久了，终于有了机会，她喜滋滋地在队伍里喊道："嗯，寒。"

周末又到了，刘月喜滋滋地收拾了一下，背个小包回家了。开门就看见刘浅窝在沙发上打电话，看见刘月进来，对着她点了个头，就继续煲电话粥。

等刘月洗完澡出来准备上游戏时，刘浅的电话已经打完，正坐在沙发上等她。就知道逃不过，刘月认命地坐到她对面，刘浅挑着眉看她："这么合作？"

刘月无奈地说："不合作难道你会放过我吗？"

刘浅听了马上笑得很邪恶："当然不会啦。"

刘月做出一副很老实的样子等着刘浅逼问，刘浅清清嗓子问："你和老大到底是怎么回事？我一直都想问清楚呢。"

果然！就知道她会问这个。刘月整理了一下思路，对刘浅说："嗯，得从那次聚会说起。知道是他以后，我根本就没办法拒绝他的任何要求，他说要结婚，我就答应了，就这样子。"

刘浅揉揉自己的额头，又用手在刘月额头上弹了一下："你这样解释谁听得懂啊！"

然后刘浅顿了一下，像是想起什么似的，狐疑地盯着刘月问："他？！你不是指你初恋吧？老大就是他？！"

刘月怯怯地点头。刘浅抓着她更激动地问："所以你们相认了？然后他对你有点意思，你们就决定结婚？"

刘月很佩服刘浅的想象力，用很凄凉的语气说："错了。那天我逃走了，所以我知道是他，他根本就不知道是我，他要结婚只是因为月老任务的奖励不错。而我，没办法拒绝他的任何要求，而且你知道，我根本就不想拒绝嘛。"

这次换刘浅无奈地翻白眼了："你这个小呆瓜，那你这样不还是暗恋嘛！"

刘月再次怯怯地点头说："好像是哦。"

刘浅像是下定决心一样对刘月狠狠地说："姐姐决定了！为了你的幸福，我一定要让老大爱上你！"

"好像不大可能吧。"刘月毫无自信地说。

不可能吗？刘浅可不这么觉得，月老任务的奖励是不错，可是对孤夜寒星来说，怎么会为了那点东西就轻易决定去找个女人结婚？还有那个流星的事，老大明知道是战盟在造谣，还反常地插手，这段时间还每天辛苦地刷衣服给小月，种种迹象表明，老大对小月和对别人可不一样。

刘月和刘浅一起登录游戏，无毒马上就很亲热地发了好多私聊过来，刘月也不小心看见了。她真不是故意偷看他们聊天的，只是有点好奇。

就看两个人“老公”“老婆”地叫个不停，甜蜜得不行。看见刘月看着她的聊天记录发呆，刘浅也不太在意，只是摇摇她问：“怎么了你？想什么呢？”

刘月略带酸意地说：“原来游戏也可以这么亲密，大神对我一直都比较冷淡，偶尔也只是喊我一声小月。”她皱着一张小脸抱怨道。

刘浅白她一眼：“废话，要是老大哪天转性了，喊你一声甜心，我们肯定会以为这游戏要倒闭了。”

刘浅的话好毒！刘月的小脸更苦了，她连幻想一下都不行。

刘月把心思放回游戏，点开好友列表看，大神居然在线。她赶紧发了句私聊过去：“寒，你在做什么？”

这话一发出去，她自己就先乐开了。惹得刘浅也忍不住伸头过来看：“不是说对你很冷淡吗，称呼都变了，你是身在福中不知福啊！”

大神马上回复了：“我今天很忙，你自己玩吧。”

看了这句话，刘月的脸又垮了，她最近上游戏，都是因为想见到他。

刘浅忙安慰她：“来来，无毒正要带我去打做武器的材料，一起去，有个峨眉加血更好。”

刘月答应了，但心里隐隐有些失落。明天就是周六了，她一直期待着能在月老面前和他拜堂的，怎么还没拜堂，她就先被冷落了。难道是发生了什么事？越是这样想，刘月的心里越不安，就连加血也越来越不专心，无毒好几次都差点挂在BOSS面前。

最后无毒实在忍不住了，直接在频道里问：“小姨子，该不是明天要出嫁了，你紧张吧？怎么心神不宁的？”

刘月也不知道该怎么回答，只好和他道歉。

刘浅只好回头安慰刘月：“老大可能是真的有事，你别瞎想了，没什么大事。”

刘月对她笑笑，心里其实还是挺凄凉的。她也没资格没立场说他什么，毕竟只是游戏里的夫妻，而且还是未婚，不像刘浅和无毒，现实里也是一对了。大神就算有什么事也不用和她交代，她不是从一开始就打定主意了吗，只要能在旁边看着他，她就会满足，怎么他对她好了一点点，她的胃口就越来越大，甚至开始想要他的爱了？

心情还没恢复，刘月发现她的私聊已经闪了很久，只是刚才一直没想去点开看。这一看不得了，竟然是烟雨迷情发过来的。她说："流月，我想和你谈谈。"

刘月很好奇她到底想谈什么，回复："刚才没看见，你想谈什么？"

那边马上也回复："我喜欢孤夜寒星你也知道，只要你不和他结婚，想要多少现金你开个价吧。"

这句话吓到刘月了，她怎么也没想到烟雨迷情会在这个时候对她说这些，刘月扯扯刘浅的衣服。

刘浅过来看了一眼，脸色就变了，破口大骂道："这女人什么意思，拿钱买通你？"

刘月还算礼貌地回复她："对不起，感情不是钱买得到的，就算我不和他结婚，但是你能保证他就一定会娶你吗？"

结果对方立刻回复："你不会真以为孤夜寒星爱你吧？他找你结婚恐怕是为了月老任务的奖励吧。"

刘月一看这话，脸色瞬间变成菜色，确实，她说对了，大神要和自己结婚，不过是为了月老任务而已。不想再和那女人纠缠不休，刘月直接点了退出游戏，然后就一个人跑进房间里，把门反锁上，连刘浅叫她也不答应。

生活里并不都是快乐，就如同回忆不都是幸福。刘月一直有一个梦想，那就是一辈子都像现在这样，可以每天看见涵，可以每天跟在他身边。

那时她还在读中学，叶涵已经是加州大学的学生了。帅气俊朗又带着神秘感的东方帅哥不论在哪里都是那么的吸引人，有很多大胆的女孩都勇敢地追求叶涵，甚至有很多大胆的，在假期的时候还主动跑到了叶涵的家里来。

刘月吃过饭后，心情愉悦地换了清凉的夏装，然后准备去找涵，因为叶涵答应说今天下午要带她到海边去玩的。她把东西收拾好放在一个小包里，就背着出门去找叶涵了。

一进叶涵家，刘月就看到有两个打扮非常时尚性感的金发美女，她们也看见了她。两个女孩还算礼貌地和她打着招呼，刘月也略显腼腆地和她们回礼。她扭头四处找叶涵，找了一圈也没看见他的影子，倒是那两个国外的女孩子，主动地问她：“你是来找涵的吧？”

刘月看着她们点点头：“你们知道他去哪儿了吗？”

那两个女孩子咯咯地笑，似乎很开心：“涵上去换衣服了，我们待会儿要去海滩。”

刘月茫然地看着她们，涵不是说带她去海边的吗？为什么又和她们俩约好了呢？

其中一个短发的女孩问她：“你是涵的妹妹吗？”

刘月不知道怎么回答，点点头算是承认了。

谁知她这一点头，那边两个女孩子笑得更开心了，很热情地靠过来，长发的美女亲热地挽着她的胳膊说：“妹妹一会儿和我们一起去海滩玩吧，好吗？”

刘月当时移民过去还不到两年，还是不能适应外国人的热情。她们这么一靠过来，她立刻显得拘谨起来，只得赶紧向楼上跑，准备找叶涵求救。

正好叶涵换好衣服下来，她就这么直直撞进他怀里。叶涵带着淡淡不满的声音响了起来：“你能不这么莽撞吗，急什么？”

刘月抬起小脸有些不好意思地说：“我是来找你的。”

叶涵放开她的胳膊，语气还是不太好地说：“自己小心点，别摔了。”

刘月忙点头，然后指着在楼梯下一直盯着他们看的两个人问叶涵："她们是谁？"

因为说的是普通话语，所以也不怕她们听见。叶涵的眉头似乎微皱，然后依旧语气淡淡地说："同学，一起去海边吧。"

刘月当时也没想太多，只想着能和叶涵一起去海边就很高兴、很满足了。

等到了海边后，刘月才发现自己的想法实在太天真。那两个女生一人一边挽着叶涵的手，她根本就插不进去，只好跟在他们后面，还替走在前面的三个人拿着行李。

前面的三个人那是标准的俊男美女组合，中间的东方男子，俊秀的外表非常吸引人，身旁依偎的两位美女，都是高挑性感的尤物。相比之下，跟在她们身后的刘月就显得太平凡了，像一棵没有发育的豆芽菜。

刘月本以为到了海滩后，自己能有时间和叶涵多相处一下的，结果等她把太阳伞和毯子都弄好后，两个美女立刻挽着叶涵去换泳衣，又把刘月一个人留下看东西。

刘月气得脑门都快冒烟了，之前对这两个女生一点好感顿时荡然无存。

等他们都换上泳装出来，刘月看得眼睛都直了。一直都知道叶涵身材很好，可是换上泳裤之后，刘月才算真正地见识到。他修长匀称的身体、紧实的肌肉，让刘月悄悄地咽着口水。啊！她真是个罪恶的女人。

等视线移到旁边两个女生身上，刘月就再也高兴不起来了，她们竟然故意用胸去挤压叶涵的手臂。凭什么！叶涵是她一个人的，怎么能这样子啊，不就是胸比较大吗，她……她以后也会长那么大的！刘月咬牙切齿地想着。

叶涵走到她面前，蹲下身子询问她："怎么不去换泳衣？"

刘月又瞥了那两个女生一眼，心里更加沮丧了，然后说："我没带衣服，而且我不想游泳。”其实她的泳衣早就准备好了，还是她特意去买的，很可爱的粉红小花的图案，但是和那两个女生的豹纹图案相比，别提有多幼稚了，更别提她那尚待发育的小笼包身材了，一点料都没有，她更没自信穿出来了。

叶涵还想说点什么，可是被两个兴奋不已的女生拽走了。刘月闷闷不乐地在伞下等着他们，心里酸成了一团。

过了一会儿，叶涵自己回来了，在刘月的旁边躺下。

刘月不解地看着他，心里很奇怪，他不是和美女去海边嬉戏了吗，怎么自己回来了？

叶涵漫不经心地说：“那边太吵了。”

刘月看着躺在自己旁边的叶涵，突然心情大好，看着那修长结实的好身材，她心里隐隐有种冲动，然后她控制不住地说：“我帮你擦防晒油吧。”

叶涵有点惊讶地转过头看她，然后沉默了一下，点点头答应了。

刘月强忍着剧烈的心跳，轻手轻脚地靠近他，把防晒油倒在自己的手上，然后缓慢而轻柔地擦在叶涵的背上。刚触碰到他的脊背，她就觉得像触电一般，全身都酥麻了。然后她的手有些不受控制地轻轻颤抖起来，抚摸着那细腻光滑的肌肤，她默默感受着皮肤下充满力量的结实的肌肉，心跳得越来越厉害，脸也忍不住开始发烫。

突然，原本俯卧在地上的叶涵爬了起来，捉住她的手，然后将她往后推开，神情不自然地说：“够了。”

刘月还没弄明白是怎么回事，就看到了他后面正在朝这边走来的那两个女生，一下子明白了，原来他是怕被她们误会呀。

这个想法让刘月的心很痛。可是让她更痛的事还在后面，叶涵和来叫他的两个女孩又去玩了，这一次他没有再自己跑回来。

刘月就那么傻傻地在伞下坐着，直到回去的时候，叶涵也没开口和她说话，态度比平时还更冷淡一些。是因为害怕被她们误会所以才不理她吗？

回到家时，刘月胡乱地道了别，就赶紧跑回自己家了。她不能再待下去，她怕她的眼泪会马上就掉下来。

看着那两个女孩进了叶涵的家，刘月又管不住自己，开始胡乱猜测他们在里面做什么，叶涵是喜欢其中的哪一个呢？

等刘月回过神来的时候，她竟然已经在他家的窗台下了，做贼似的缩在窗台下，而里面聊天的内容正好跟她有关。她更加小心翼翼地缩紧自己的身体，偷偷地听着他们的对话。其中一个女孩问："刚才的女孩真的是你妹妹吗？总觉得哪里不太对劲。"

叶涵那特有的冷淡又带着点不耐烦的声音响起："只是邻居家的小女孩罢了。"

后来又讲了什么，她再也听不进去了，她也不知道那两个女生是什么时候走的，更不知道自己是怎么回到房间里的，她只觉得自己那颗为他而勇敢跳动的心，在听到那句无所谓的"邻居家的小女孩罢了"时，就开始停止跳动。

那晚她躲在房间里流了一夜的泪，却仍然收不回自己交付出的真心。发现自己还是没办法不爱他之后，她很郑重地和父母说自己决定回国去读书和生活。

后来刘月一个人回到国内。她也曾想过，她就这样一个人生活下去，一个人默默地爱着他，其实也不错。她的心太脆弱，禁不住他任何的伤害，可是她又不可能不爱他，所以就这么躲起来默默喜欢他就行了。

等天亮时，刘月刚醒来就发现自己的枕头上有一大片水渍，然后她的心情更加黯淡。为何过去了这么久，又让她梦到了那个时候的事？

第五章
新娘逃婚

这样的自己实在太可悲了，刘月突然生出反抗的念头。在这个她和大神游戏婚礼的日子，她一个人早早醒来，然后跑到街上吹冷风，事实上这样做很傻，而且毫无用处，可刘月控制不住自己。

刘浅醒来时去敲刘月的房门，结果门一扭就开了，再一看，人哪去了？这么早就出门不像平常的刘月啊。

结果这一晃就晃到了天黑，其实刘月也没做什么，就一个人坐在步行街的椅子上，看着来往路人发呆。终于到了傍晚，刘月去KFC抱了一堆吃的，又晃到街边。本来是准备在路边吃完继续发呆的，但是不知为何，刘月心里总是焦躁不安，无法平静，最后还是忍不住跑到了附近的网吧。

包括刘浅这个和刘月关系最亲近的人都没有想到，刘月竟然做了一个如此大胆的决定——逃婚！

大神和刘月约的是星期六晚八点，眼看时间差不多了，刘月犹豫了一会儿，最后还是上线了，不过她很可耻地建了个小号上去围观。

关于逃婚这件事刘月花了一整天想了很久，若是大神只是为了月老任务的奖励，那么就算她逃婚也无所谓吧，最主要的是刘月再也不想那样卑微地去暗恋一个人了，对方只不过把她当作一个邻居妹妹而已。

屏幕上一个穿着新手装的少女，拿着一把木剑，小心翼翼地从新手村出发，一个人前往长安月老庙。

还好这条路她很熟悉，所以小心地避开了比自己高很多级的怪物后，她一路有惊无险地到了长安的月老庙。还没靠近，就发现门口人山人海，已经挤成了一片。那重叠得密密麻麻的名字，让刘月看得一阵头晕。

这门口堵得这么厉害，怎么进得去呢？因为是大神结婚，很多人都来看热闹，别的服务器过来围观的小号也不少，刘月的那个小号掺杂在一堆小号里，一点都不起眼。不过看到大多数人被堵在门口，刘月还是有点傻眼。

刘月完全没想到会是这个情况，毕竟前两次朋友的婚礼，她都没参加过，哪知道参加婚礼原来还需要喜帖，没有喜帖的人根本就进不了月老庙，想围观婚礼都不成。

八点已经过了，无毒看新娘还不见人影，忍不住在家族里抱怨道：“都什么时候了啊，小姨子呢？”

刘浅安静得反常，在人群里呆站着，也没有回话。

还是夜色憋不住了，追问刘浅道：“浅浅，小月呢？出去一天了还没回来？”

刘浅无奈地说：“我哪知道，一大早就不见人，手机还关机。”

他们的对话引起了家族众人的注意，大家都忍不住一人一句地讨论起来。

刘月在外面的人群中站着，看着周围的人一直猜测为何婚礼迟迟不举行、系统的结婚刷屏为何一直没出来之类的，也不知道想些什么，就这么盯着月老庙的门口发呆。

时间一分一秒地过去，原本很热闹、很拥挤的月老庙，开始慢慢地散场了。开始，外面聚集的玩家很失望地一点点撤退，然后，月老庙里的玩家也开始撤退。

最后就剩下嗜血堂的玩家还没走，孤夜寒星对着还在等待的嗜血堂的玩家说："大家都散了吧，今天到此为止。"然后嗜血堂的玩家也无奈地撤退了。

刘月就这么看着月老庙从人声鼎沸，变得慢慢地安静下来。大家一个个地离开，她甚至看到无毒骑着马载着刘浅从她身边离开，想来里面嗜血堂的人也走了吧。

既然婚礼取消了，月老庙也恢复了随时出入的状态。不少八卦的玩家都钻了进去，但是似乎并没有发现什么，一会儿就走了。刘月有些好奇，也假装是来参观的，跟着走了进去，结果就看到一个空荡荡的月老庙。

刘月心里突然一酸，大神果然是无所谓的吧，也许会有被人耍了的愤怒，但是肯定没有不舍吧，所以才这么毫不犹豫地取消婚礼，然后离开。虽然取消婚礼是自己的决定，可是这一刻看到这么空荡荡的月老庙，刘月还是很矫情地难受了。

也不知道站了多久，等刘月回过神的时候，她身边突然多了一个穿着白衣的身影。刘月恍惚地看了一眼，然后瞬间精神了。她身边站的竟然是孤夜寒星！

刘月这一次真的是被吓了一跳，她几乎是习惯性地就想跑。可又强迫自己镇静下来，她怕个什么劲啊？她现在用的可是小号。如果她这么一跑，不就是心虚的表现吗？她强装镇定，看着对面的大神，装出一副他的崇拜者的样子说："大神，今天是你的婚礼呀，恭喜哟！"

大神就这么站在她旁边，和她一样面对月老站着，然后打出一行字来："你不想和我结婚吗？"

这话吓得刘月几乎魂不附体，大神是怎么了？抽风了吗？她连忙回道："大神你发错了吧？我怎么听不懂，呵呵。"

结果那边肯定地回答她："我知道是你。"

刘月一下子愣住了，她被认出来了？可是没道理啊，为何大神连她这样一个新建的小号都能认出来？正不知道说什么时，大神自己说起来：“你这么讨厌我，为什么要答应？”

刘月突然觉得鼻头很酸，难过地说：“大神你在说什么呢？我都听不懂。”

“流月，告诉我原因。”大神寸步不让，执着于那个问题的答案。

刘月向来拿他没辙，根本不知道如何回答，恍恍惚惚间竟然已经打出了一句话：“我不知道，我心里很乱。”

就在她以为大神会责备她的时候，大神竟然用安抚的语气道：“昨天发生的事我都知道。”

昨天发生的事？刘月脑子里第一个冒出来的就是烟雨迷情找她那件事，难道大神以为她逃婚是因为那件事？好吧，虽然也有那么一点点影响。

刘月还没来得及说什么，孤夜寒星又道：“不管什么事，你都可以告诉我。我会解决。”

莫名地逃婚，非但没有被责怪，反而被温柔地安慰了。刘月看着今天显得特别温柔的大神，内心深处不小地感动了一把。

然后刘月才后知后觉地意识到自己像个闹脾气的孩子，而孤夜寒星则是一个成熟的大人，不但没和她计较，还包容和安慰她。她让大神在这么多人面前被悔婚，大神的面子往哪儿搁啊？她发现自己真是作得一手好死。

于是刘月忍不住问了出来：“你不生气吗？”毕竟是这么丢面子的事。

大神一下子就懂了她的意思：“不气，我更担心你是不是出了什么事。”

大概是今晚的大神实在是太有耐心、太温柔，又或者是其他什么原因，才使得刘月遵从心意地说出了早就想说的话：“其实你和谁结婚，都可以做月老任务，并不一定要是我。”虽然这话一出，她立刻悔得要死，她好像又在打大神的脸了，真是作死小能手。

“那不一样，我想娶你。”万万没想到，大神竟然这样回答她。

这算是表白吗？刘月觉得心跳都快停了。她犹豫地说：“烟雨说，其实你只是需要个老婆做任务，谁都可以。”

“我不稀罕奖励，我只是想和你结婚而已。懂了吗？”大神的语气很强硬，刘月都能感觉到他隐隐的怒气。他在气什么，难道是气自己不信他？而且他的这句话，说得那么清楚，现在她想当不懂也不行。

刘月的脸顿时红透了，只好别扭地转移话题：“你是怎么认出我的？”

这一次孤夜寒星并没有直接回答，只说：“不管你逃到哪儿，我都能找到你。”大神的话让刘月感觉有点奇怪，是她多心了吗？总感觉大神好像在暗示什么一样。

还没有等刘月想明白，大神突然对她说：“来，我带你去一个地方。”

刘月正准备答应，后来想了想又说：“我换号吧，小号去哪儿都会被怪秒。”

大神还很体贴地嘱咐她：“最好把私聊屏蔽了。”

刘月当然知道会很吵，因为她今天放了所有人的鸽子，首先刘浅就不会让她好过。果然她一登录，就看到私聊在疯狂闪烁。她立刻点了屏蔽，然后马上清静了下来，最后她又把家族频道也屏蔽了，整个世界彻底地清静了。

女峨眉流月穿着一身纯白的纱裙，粉紫色的发带打了个蝴蝶结束在脑后，加上她那把发着淡淡紫光的长剑，真是一个出尘脱俗的美女剑客。不管看多少次，刘月都喜欢得不行。

等刘月赶到月老庙时，看到已经等候在门口的大神。她有些羞涩地走过去，大神也迎过来说：“走吧。”然后大神就走在前面，走了几步又停下来，就见刘月站在原地没有动，他不解地问，“不想去？”

刘月在电脑前面咬了好几次牙，最后才豁出去地打字道：“今天是我们结婚的日子。”

毕竟刚才大神都已经和她说了那种类似表白的话了，刘月心里或多或少有点自信了。结果孤夜寒星回复了一句：“不是今天，已经过了十二点。”

刘月一看，差点气哭！逃婚是她的错，现在对方如果不愿意和她结婚也是正常的。然而大神又走了回来，突然跪在她的面前：“你愿意嫁给我吗？”

啊！刘月吃惊地捂着嘴，茫然中又带着惊喜，然后赶紧答复：“我愿意。”

孤夜寒星站了起来，对她发出了拥抱的请求。

刘月在游戏里常见到情侣们用这个表情动作，男玩家可以把女玩家抱在怀里，当时她还羡慕过呢。结果今天大神竟然发出这个请求，刘月点了同意，马上就发现她已经在大神的怀抱里了，大神是要抱着她去刚才说的那个地方吗？

结果他抱着她走到了月老面前，然后对着月老的NPC申请了结婚。NPC月老弹出了一个框，竟然需要青鸟的羽毛才可以结婚，晕！

刘月根本就不清楚结婚的程序，现在才叫苦，原来结婚也不容易啊！青鸟可是一百级的精英怪物，而且它的羽毛也不容易出，市面上卖的价格也很高。

看来这个婚礼得拖到下次了，刘月才这样想着，就看见大神拿出羽毛放在框里。NPC很开心地说：“两位确定要结为夫妻吗？”

大神很迅速地点了同意。刘月还在奇怪大神怎么会有羽毛，愣了一下，大神以为她又要反悔，反问她：“不愿意吗？”

刘月这才回神，赶紧点了同意。然后系统马上刷了红字。

[系统]：喜从天降！孤夜寒星与流月喜结良缘，从此执子之手，与子偕老。

那时候已是深夜，虽然有很多玩家都已经下线，但是剩下的那些玩家依旧吵得要翻天，世界频道上刷满了祝福的话。刘月看得特别开心，和喜欢的人结婚又被祝福的感觉真好。

大神又申请要与她拥抱，她点了同意后就喜滋滋地看着峨眉仙子被大神抱在怀中。大神带着她骑上白马，这一幕真是如诗如画，刘月都忍不住看得痴了。

一路上左拐右绕，刘月看得都头晕了，大神终于带她来到一个地方。他们下了马，她这才打量周围。奇怪了，这里她从未来过，她打开地图看，竟然显示没有该地图。刘月很好奇地问："这是哪里啊？"

大神来到她身边，靠着她坐下："打羽毛时发现的，未开放地图。"

孤夜寒星这么一说，刘月马上想起羽毛的事："我刚才就想问了，羽毛是什么时候刷到的？"

孤夜寒星打字回复："昨天晚上，太枯燥了，没让你来。"

原来是这样。刘月回想起昨天大神没怎么理睬她，原来是因为去刷羽毛了，她当时还以为自己很不受重视，原来大神其实还是在意她的。

"为什么不说？害我误会了。"刘月完全没发觉，自己正在跟大神撒娇。

结果大神竟然和她道歉："抱歉，我不知道会有人和你说那些话。"

刘月不想再继续这个话题，也不愿意在自己新婚的晚上谈论一个她讨厌的女人，赶紧转移话题。

大神似乎也不太想谈论这些，从包里丢出一堆烟花来。把所有的烟花都堆到一边去，大神开始专心地摆弄起他的蜡烛来。

刘月跟在他旁边看着他摆弄，就见他用蜡烛在地上摆出了一个"心"的样子，然后左右看了一下，觉得可以了，就开始点蜡烛。

刘月也赶紧在旁边帮着点，全点完以后，孤夜寒星拿了几个"普天同庆"过来，分别点燃了就抱起刘月坐在蜡烛爱心的中间。刘月很好奇地问他："这是干什么？"

他打出一个笑脸说："笨老婆，结婚照！"

刘月一看他那句"笨老婆"，脸红得像火烧。嗯，怎么说呢，现在的大神和平时不太一样。但是这样的他，更加让她心跳不已。

就这样，两个人在这个美如仙境的小潭边，开心地放着烟花。

一直玩闹到所有的烟花全放完了，这时候孤夜寒星突然问起：“你在哪里？”

刘月也才从极度喜悦的情绪里回过神来，哎呀，她一颗心全在大神身上了，竟然没想到现在已经凌晨了，而她还在网吧。她怯怯地说：“我在网吧呢。”

“在哪儿？我去接你。”大神果然生气了，这话一说出来，刘月又被炸到天上去了，他说他要来接她？！神啊，让她死了吧，她根本就没做好心理准备，要是他认出她就是那个邻居小妹，会不会觉得特别失望？

只是这样一想，刘月心里就开始发闷，她回道：“不用了，我可以自己打车回去，而且你在A市呢。”

谁知道，大神竟然说：“我也在L市，这么晚打车不安全。”

没想到大神竟然来了L市，刘月吓出一身汗来，于是拼命地找借口。那不打车走路回去总行吧，谁知道这个提议也被否决了，刘月只得无奈地说，那就在网吧通宵一晚吧，大神更不同意了。刘月真是欲哭无泪了，什么都不行，难道真的要等你来接？

真是一结婚什么都变了，现在的大神完全以她的保护者自居了。虽然刘月心里高兴得不行，因为这样是代表大神很重视她，可是一想到要见面，她又有些拿不定主意。

但是迟早会见面的，难不成这样躲一辈子？这肯定是不可能的，就凭无毒和刘浅的关系，刘月就知道自己的身份早晚会暴露。但是真要见面她又不敢，想来想去，她脑子有点晕。

最后大神在游戏里给她下了最后通牒：“立刻告诉我地址。”

刘月怯怯地说：“不用了吧……”

“不听话我生气了。”大神发了个“生气”的表情。刘月本来就比较怕他，这一吓马上乖乖地把地址交代了。

讲完之后刘月就后悔了，可是又不敢跑，生怕他来的时候自己没在，他更生气。一得到她的具体位置，孤夜寒星就立刻下线了，于是就只剩刘月一个人傻傻坐在原地发呆。

刘月在网吧里坐立不安，一直朝门口的方向看，不知道是不是紧张的时候，时间会过得特别慢，感觉似乎都过了一个世纪。

不知过了多久，刘月突然看到从门口走进来一个人，一套休闲西装，个子很高。然后那个人缓缓地转头寻找着什么，接着刘月就看到了那张在她梦里出现过很多次的俊脸。

刘月习惯性地在对方还没看到自己的时候，趴在桌上，把脸埋在手臂间。她心如擂鼓，好似这样就可以逃过一劫般。

刘月在心里祈祷着，但愿他找不到人就会自己回去了。时间似乎过去了很久，也好像才刚刚开始。她虽然趴在桌上，但是眼角的余光依然在观察周围，希望那人赶紧离开。结果视线中突然出现一只手，那只手白净修长，很好看，看得刘月愣了一下。

而那只手并没有停顿，直接伸到刘月的面前，然后屈起食指，在她视线所及的桌面上轻敲了两下。刘月一时间看呆了，竟然没反应过来敲的是她的桌面。

直到那只手又敲了一次，她才缓缓地抬起头，视线沿着桌面的那只手一点一点地往上看，直到看到那张带着笑意的俊脸。刘月顿时感到自己被上帝抛弃了，嘴角抽搐，笑得特别不自然，装出偶遇的样子招呼道："呀！这么巧啊，你什么时候回国的？"

对方挑着眉看她，嘴角依旧是一抹玩味的笑意。该死的！她最萌的就是他这个表情，害她小小防线差点又失守。

看着她又走神了，对方才无奈地开口："别装了，走吧。"

刘月正想装傻，对方那修长的手指直接指向她的游戏屏幕。屏幕上的女峨眉正站在长安街上发呆呢，这一下真是证据确凿。

最后的结果就是刘月认命地跟在他后面走人。出了网吧她突然觉得很冷，不自觉地打了个寒战，下一刻一件带着体温的西装外套披在了她身上。

刘月吓了一跳，反射性地转身瞪着他。对方只得无奈地表示：“小姐，想轻薄你的人会脱你衣服，而我是在给你加衣服。”

叶涵说完就继续朝前走。刘月被他那些话弄得羞红了脸。她没有以为他要非礼她，而是叶涵对她这么温柔、这么体贴，她的防线会崩溃得更快的。

这家网吧位于步行街的中心地带，而停车场在步行街的地下。这段路说远不远，说近也不近，她老老实实地跟在他后面，叶涵走在她的前面，没有再搭理她。刘月心里闷闷的，是因为刚才衣服的事吗？

微凉的夜里，有冷风徐徐吹过，看着只穿了一件衬衣的他，刘月突然觉得有些心疼，然后更觉得刚才自己那举动很伤人家自尊心。带着补偿的心理，她快步走着追上他，静静地走在他身边，还很细心地挡在风来的那一边。

刘月细心，但有人比她更细心。那人稍微停下来，然后又和她换了一边，淡淡地说：“我不冷。”

刘月惊讶于他知道她所想的，一下子说不出话来。

地下停车场里没剩多少车了，刘月看着他径自走到一辆黑色的奔驰面前。她瞪大了眼睛，脑海里想到一件事。

好像很久以前，他们一起看电视的时候，她曾开玩笑地指着电视画面说：“哇！黑色的奔驰好气派啊！”他懒洋洋地答道：“你喜欢这样子的？”

她兴奋地点头，然后他淡淡地哼了句“哦”，就闭上眼睛开始午睡。

当时她还有点郁闷，以为是和她谈话太无聊，他才这么冷淡。看到这车以后，刘月脑子里有个想法呼之欲出，她都有点害怕去承认。难道叶涵从来都没有无视她，还把自己随口说的话记在了心上？

叶涵看着她那恍恍惚惚的样子，很有风度地为她打开了副驾驶座位的门。坐上车以后，刘月又发现，他车里用的空气清新剂竟然是她喜欢的橙花香。她记得他以前并不喜欢这味道，还曾经嫌弃这味道熏人。

等叶涵上车以后，两人一起挤在这个小空间里。刘月变得非常紧张和不自然，也不知道该开口说些什么，而叶涵也没有想开口的迹象，于是气氛变得诡异起来。

最后还是刘月先忍不住打破了沉默，她怕在这么安静的空间里，被叶涵听到自己剧烈的心跳声，忙问："你怎么会买这辆车？"

一问出口，她又后悔了，因为他没回答，车里安静的气氛比刚才更压抑了。

等了好一会儿，叶涵才像想起有她这个人存在般回道："这个问题你该比我更清楚。"这似是而非的回答，让刘月更加胡思乱想。

于是这一路上刘月不再敢乱说话，两个人就这么一路安静着，直到他熟练地把车停进自家停车场。

停稳后，刘月才回过神打量着周围，然后奇怪地问他："这是什么地方？"

叶涵很自然地回答道："我家啊。"

刘月不讲话了，而是更仔细地打量周围，她怎么觉得莫名熟悉啊？直到她跟着他进了家，走到二楼的露天阳台时，她终于确定了自己为什么会觉得莫名熟悉了！

叶涵家的阳台视线很好，可以看到小半个 L 市的夜景。而且刘月发现自己的学校离这里很近，走路也只需要十分钟。

然后刘月想起了这里是哪儿了。前段时间 L 市的房产商投了巨资，在这一面的山坡上盖了很多欧式的豪华别墅，当时她还和寝室的姐妹们开玩笑，说里面住的肯定都是超级有钱人，姐妹们下课了可以过来散散步，搞不好会有艳遇。

叶涵回到自己家，显得轻松了很多，给她倒了杯牛奶，自己则倒了杯红酒，然后坐在沙发上慢慢喝。

刘月拿起杯子小口喝起来，心情逐渐放松："你还记得我喜欢喝牛奶啊？"

叶涵把玩着自己手里的红酒杯，然后朝着刘月点头："记得很多呢，你想知道吗？"

刘月看着斜靠在沙发上慵懒而魅惑的叶涵，心又不规律地跳动着，然后像着魔了一样："为什么你会记得我喜欢的车、喜欢的香味、喜欢喝牛奶？"

叶涵冷不防地把身子靠向刘月坐的这一边，伸出手指玩弄她肩上的碎发，然后慢慢地对她说："这次你得自己猜。"

叶涵说话的时候，那带着淡淡酒香的气息，就这么散落在她的耳后和发间，刘月觉得自己似乎也快跟着这酒香一起醉了。

刘月顿时气息有些不稳，讲话也不对劲了："那……你……你怎么会到L市来？"

叶涵又喝了一口红酒，然后似乎毫不在意地说："公司扩张到这儿来了。"

当时刘月只觉得有他在旁边，氧气变得似乎不够，也没仔细去想，就算是在这儿开了分公司，总裁需要亲自过来吗？还没等刘月最终想出什么决定性的结论，他起身离开了。

刘月趁机打量着四周，然后心里的那个答案越来越清晰。叶涵通常都喜欢深色的家具和窗帘，而这里呢，竟然是米白系列的家具。而且还是粉红的窗帘，就连顶上的吊灯还有厅里的设计，都不是叶涵一贯喜欢的风格，却是她偏爱的。可这不是他的家吗？他这么做有什么用意？

叶涵从房间里出来了，手上拿着一条新毛巾，还有一套新的睡衣。刘月接了过来。叶涵带着她朝里走，然后在一个房间前停下来："以后这就是你的房间。"

刘月乖巧地点头答应，然后立刻感觉不对劲，他刚才说什么？！

"以后这是我的房间？"

叶涵似乎料到她会是这个反应："我和你父母说好了，在你学习期间，我来照顾你的起居。"

“然后？”刘月傻傻地追问。

“明天开始搬过来。”他淡淡地说着，只是在陈述一件既定的事实，而没有给她反驳的机会。

就在叶涵转身要出去的那一刻，他轻轻地说了句：“房间是按你的喜好装修的，喜欢吗？”虽然是问句，可是语气并没带着疑问。也没等她回答，似乎认定了她会喜欢一般。

因为睡得太晚，加上又激动了很久，等刘月迷迷糊糊醒来的时候，一看时间就傻了！已经下午三点了啊！

昨天睡前，叶涵似乎在说今天要帮她把东西搬过来。这是她第一次在他家过夜，就这么懒散，叶涵心里会怎么评价她啊？觉得她就是一个生活散漫、完全没有上进心的人？虽然她确实是这样没错。

想了一大套解释自己今天晚起原因的说辞，刘月才从房间出来。结果一到客厅就有点傻眼，沙发的旁边摆放了几个大大的旅行箱，都是她的！她不记得她有告诉过叶涵她住在哪儿啊，这东西怎么来的？

正在刘月纳闷的时候，一声咳嗽轻轻地打断她的神游。刘月转身一看，一个看起来很亲切的大婶站在她身后，笑眯眯地看着她：“我是叶先生请来负责小姐生活起居的，喊我王婶就好了。”

刘月看她这么亲切，也就稍微放松了：“王婶，这些东西是什么时候搬过来的？”

王婶似乎特别喜欢笑：“那个啊，先生早上就搬过来了啊，还说等小姐醒了让你看看还少了什么没有。”

刘月听话地点点头，和王婶一起把箱子搬到房间，然后开始整理自己的东西。王婶本来想帮忙的，但是刘月一个人住习惯了，觉得自己的事自己做就好，也不好意思麻烦别人。王婶也没坚持，笑眯眯地下去给她准备晚餐了。

刘月打开行李箱，发现所有的东西都准备齐了，甚至连卫生巾都没落下，竟然还是她喜欢的牌子。刘月忍不住脸红，在那儿兀自幻想着，叶涵是在什么情况下买的那些东西，是不是装出一副无所谓的样子，往收银台丢几包卫生巾，然后冷冷地问："多少钱？"想到这里，她就忍不住抱着肚子笑了起来。

等她以最慢的速度把晚饭吃完后，还是没等到叶涵回来，她只好问王婶："叶涵平时都不回这里住吗？"

王婶笑道："先生这段时间挺忙的，一般都要挺晚才会回来的。"

刘月听她这么一说，也觉得当总裁还真辛苦，那么大一家公司要管理，那他怎么还有时间和精力玩游戏呢？

叶涵回来的时候，刘月正在他的书房里玩游戏。其实刘月一个人在游戏里也不知道该做什么，平时都觉得这游戏特别有意思，但是自从和叶涵扯上关系了后，这游戏就变成了和叶涵联系的纽带，只要叶涵没在，她就不知道要做些什么。

女峨眉无聊地在城里发呆，结果刘浅上线了。还没等刘月和刘浅解释这些事，刘浅一看到刘月在线，先开喷了。

刘浅说："你是不是嫌我命长，想气死我是吧！先是一声不吭就跑了出去，然后又一夜不归。"

刘月一看这话，知道刘浅是真的生气了，马上解释道："对不起，我真的知道错了，害你担心了！"

刘浅似乎看她认错态度还行，气也稍微消了点，只是语气依旧不太好："我看你有必要先给我个合理的解释，然后我还有问题要问你！"

刘月只得整理了一下，然后把这件她认为很复杂的事，尽量简单地告诉刘浅："我本来是打算逃婚的，后来又忍不住想上去看看，结果被大神认出来了，然后我们就结婚了，最后他知道我在网吧玩，不放心我一个人回去，就接我到他家来了。"刘月觉得自己解释得挺合理也挺清楚的，不过刘浅就不这么想了。

"是什么让你又想结婚了？你不是都逃婚了吗？"刘浅第一个问题就让刘月不知道该怎么回答。

"因为他说他只是想和我结婚，而不是为了任务。"刘月这么回答的时候还觉得挺不好意思。

刘浅似乎知道她就是这么没原则的人，马上问第二个问题：“在他家住了一晚是怎么回事？”

“那个……我在网吧玩得太晚了，他知道以后就说不安全，不准我自己回去，硬要去接我。”

刘月还想扮无辜，谁知刘浅直接说：“我看你是求之不得吧，不然你早就跑回来了。”刘月被堵得哑口无言。

刘浅过了一会儿才和刘月说：“其实事情的经过我都知道了，今天早上老大过来帮你搬东西，还是我帮忙收拾的。我现在要嘱咐你的是另外一件事！”

刘月忍不住皱眉头，原来刘浅已经知道了。结果刘浅的下一句话，立马把她雷到了。刘浅说：“现在你们同住在一个屋檐下，孤男寡女，这可是你的好机会。只要你主动去色诱他，一定没问题，我看好你哟！”

刘月一看到这话就愣在电脑前好久没回过神来，连嘴里含着的那口冰红茶都忘记咽下去。谁知道她身后传来熟悉的声音：“嗯，确实是个不错的机会，我也看好你。”

这声音怎么这么熟悉？刘月下一刻才反应过来，这是叶涵的声音！瞬间被嘴里那口忘记咽下去的冰红茶呛到了。

叶涵很绅士地伸手过来帮她轻拍了几下背，然后转身出去了。刘月的脸一下子红得和番茄酱一样，也不知道是羞的还是呛的。

等叶涵拿了条干净的毛巾过来时，就看见刘月一个人抱着头，在电脑前呻吟着，还不时用自己的手捶自己一下。叶涵看到也忍不住弯了嘴角，这孩子的情绪一直都这么明显，让人一眼就能看出来，从小就是这样。

等他把毛巾盖在刘月头上时，刘月才装模作样地拿着毛巾擦擦，然后找话题掩饰：“你什么时候回来的？别随便吓我，我差点呛死了！”

叶涵一看就知道她又想转移话题赖过去，嘴角一挑，戏谑地说：“这个机会确实不错，前提是你知道怎么色诱吗？”

刘月不知道他为什么特别在意这事，而且还说出这么暧昧的话，只想着别被他认为自己是色女才好，于是立刻义正词严地申辩：“不是的，那是浅浅在开玩笑，我怎么可能会做那种事呢！”

“哦……”叶涵的声音拖得有点长，刘月还听出了些许失望。可是他怎么会失望呢，难道他希望她那样做？刘月努力让自己不要想歪，不要曲解了别人的意思。

叶涵似乎有些累，随便坐了一会儿，就揉揉脑袋起身，准备洗澡睡觉去了，还嘱咐了刘月别玩太晚，明天要上课了。刘月一听他特意提起，让自己别睡太晚，就知道他肯定认为自己是个很懒散的人，都是今天起晚了惹的祸啊！

刘月目送着叶涵起身，看他走到门口又回过头来，她不解地看着他，以为他还有什么要吩咐的。结果他突然深深看了刘月一眼，留下一句：“其实我挺期待你色诱我。”

然后，刘月彻底石化了。

接下来的几天，和刘月猜想的有点不一样。那天他对她说出那么暧昧的话以后，她心里一直七上八下的，其实也暗暗地期待过，但是叶涵实在是太忙了，根本没给她任何发展出奸情的机会。

刘月有些纳闷，怎么以前没住一起时，感觉他似乎还有时间上游戏。王婶笑眯眯地解释道：“叶氏那么大的公司要把重心迁到L市来，当然得忙上一阵子啦。”

刘月听完就傻了，叶涵告诉她只是公司扩张到这里了而已，怎么王婶的意思是整个公司的重心都迁到这里来了？

刘月又仔细地询问了些关于叶涵和公司的事，王婶很耐心地告诉她，还带着热情的笑。这笑过于热烈，让刘月有些吃不消。

这一晚，叶涵提前回来了。刘月都已经习惯了他的晚归，这突然的出现，让她有点惊喜。

叶涵一回来就告诉王婶晚饭要到外面去吃，王婶忙不迭地答应下来，然后带着更热情和暧昧的笑容看向刘月。

刘月被她弄得很尴尬，正好叶涵对她说：“走吧，我带你出去吃饭。”

刘月趁机抢着就下楼了，借以避开王婶那热情的笑容。叶涵也跟着下了楼，然后在开车门的时候，轻轻地讲了句："王婶人还不错。"

刘月当然知道王婶是好心，只是她那么急着把他俩凑成一对，她会觉得很不好意思。刘月冲叶涵笑笑，表示自己根本没在意。

叶涵开着车很熟练地带刘月来到一家餐厅门口。刘月在L市住了这么久，却很少光顾那些高档消费的场所，她从来都是过着从家到学校，两点一线的生活。所以在这家法式餐厅的面前，她不小心闹了个笑话。

刘月下了车后看着这家餐厅，发觉它的装修非常典雅别致，忍不住感慨道："哇！想不到L市竟然还藏着一家这么好的西餐厅啊！"

叶涵听完，忍不住勾起嘴角，然后带着笑意接话："我也想不到一个在L市住了这么多年的人，会不知道这家餐厅。"

刘月在叶涵面前反应力向来都要打折，这次也不例外。她傻傻地问道："什么意思？"

叶涵边绅士地在她前面为她引路，边取笑她："小笨蛋，这家餐厅可是L市的招牌。"

这样一说，刘月也发现自己确实显得很无知，而且还是在他的面前。她脸皮又薄，一下子和火烧一样，本来白皙清丽的脸庞，一瞬间显得有些艳丽。叶涵看着那样的刘月，走路的步伐不自觉地放慢了。

等两人到了叶涵预定好了的包厢时，侍者递上了两本精致的菜单。刘月翻开第一页立刻就觉得头大了，全是法语，虽然那字体优美，纸张上还带着典雅的暗花，可是刘月无暇去欣赏这些，她脑子里第一个念头就是："糟糕！这下该出丑了！"

就在刘月脑门几乎冒出冷汗时，她听见对面的叶涵用非常流利的法语，跟一直站立在旁边的侍者点餐了。

刘月一脸崇拜地看向叶涵，叶涵一时有些不解，然后下一秒就从那丫头崇拜和羡慕的眼神了解了她想要表达的意思。

"我在法国待过一段时间。"叶涵淡淡地对刘月解释着。

然后刘月滔滔不绝地表达着对叶涵的敬仰之情。两人头一次这么轻松地谈话，刘月心里忍不住雀跃着，这是不是代表着他们有进一步的发展了？还没等她继续乐下去，叶涵的手机铃声打断了他们之间那暧昧的气氛，叶涵在刘月没注意到的时候，轻皱了一下眉头，似乎也有些埋怨这不合时宜的电话。

叶涵还是接起了电话，用很公式化的语气“喂”了一声，那边似乎是个很熟的人，因为刘月注意到叶涵的表情有些放松，但是他立刻又皱起了眉峰。

刘月没发现自己一直不自觉地注视着叶涵的表情，还跟着叶涵的表情而变化心情。叶涵皱眉的同时，她也忍不住苦着一张小脸。叶涵在通话间隙，也不时瞥刘月一眼，一看到那张皱成团的小脸，叶涵嘴角不自觉地又有笑容悄悄漏出来。

等叶涵把电话挂了后，刘月忍不住追问道：“是公司的事吗？是不是很急？那我们别吃了，赶紧回去吧。”

叶涵还是习惯性地挑起眉，带着浅浅的笑意看着刘月，然后和往常一样语气淡淡地解释：“是孙铭打来的，嗯，你也认识，就是无毒。游戏里出了点事。”

这简单的一句话，又把刘月的好奇心挑起了，她自认是很了解叶涵的，如果是像他所说的一样，只是出了点事，他刚才怎么会皱眉？这就证明应该是出事了，而且不是小事。刘月坚持要叶涵说清楚。

叶涵见敷衍不过去，就耐心地给她解释：“孙铭刚刚说的是，我们没上游戏的这段时间，战盟的精英先后向我们嗜血堂下了一级生死决斗。”

刘月听到这里就忍不住打断他：“一级生死决斗？！他们难道不怕输了要掉装备吗？”

叶涵似乎料到了刘月肯定忍不住要发问，拿起桌上的红酒轻抿一口，继续道：“就怪在这里，战盟和嗜血堂 PK 实力的差距，明眼人都能看出来，但是到目前为止，战盟一个都没输，嗜血堂已经有四个玩家接受惩罚了。”

刘月忍不住瞪大眼睛，这怎么可能呢？战盟竟然打赢了，而且是连赢四场，这是游戏在恶搞吗？

叶涵也觉得很奇怪，所以接到电话的时候还以为是无毒在开玩笑，可是无毒的语气真的很急迫，而且今晚八点的时候，战盟的毒来毒往申请挑战不要杀我，按无毒的猜想，今天这一战又该是战盟胜。无毒想的是，战盟应该是耍了阴招，所以为了不让嗜血堂继续蒙受损失，他立刻打电话通知叶涵。

叶涵的第一感觉也是战盟耍了阴招，可是毕竟没有亲眼看到现场，他不能妄下定论。刘月又悄悄地询问叶涵："到底是怎么输的？"

叶涵微皱眉头说道："孙铭最近也没上线，我们都在忙公司里的事。不过据不要杀我和家族里的其他人说，似乎战盟的人身边都有层看不到的保护膜，不能靠近，也打不到人。"

"那嗜血堂的人不是都被动地等着战盟的人打吗？一直挨打又还不了手怎么会不输？"刘月很是生气，有些坐立不安地想立刻上游戏去。

叶涵安慰着她："离八点还早呢，吃了饭再回去。"

服务员很快把精致的食物端上了餐桌，只是卖相就让人食欲大增。刘月在叶涵的眼神示意下，尝了一口，嗯，相当美味！可是心里老是想着游戏的事，这一顿虽然色香味俱全，刘月还是觉得食不知味。

看刘月真没继续用餐的心情了，叶涵也没逼刘月全吃完，结账之后马上开车带刘月回家。

到了书房，刘月才后知后觉地想到，书房只有一台笔记本，她搬过来之后，叶涵也把电脑让给她玩，自己一直忙到很晚，可是今天两个人都在，一台电脑怎么玩呢？

叶涵看见她那发傻的样子，就知道她心里想的什么，不慌不忙地从身后的办公包里取出一台笔记本，放在那台旁边，然后熟练地插好网线，启动电脑，完全无视了刘月惊讶的表情。

刘月当时想的是，这人怎么老能知道她在想什么，该不是有读心术吧！

第六章
再次决斗

上了游戏，刘月的心情瞬间就沉重了。家族里的人看到好几天没上的叶涵，立马掀起一股小热潮，更有前几天被战盟挑战，莫名其妙失败而丢失装备的兄弟们，强烈要求老大给他们做主。

孤夜寒星一开口就稳住了气氛："先别乱，我问谁，谁答。"

刘月忍不住瞄了一眼坐在她身边不远处的叶涵，他微蹙的眉头让刘月很轻易就看出他现在心情不佳，那双让刘月羡慕的玉手在键盘上轻轻敲着字。

刘月赶紧回头看向自己的屏幕，原来叶涵刚才打的是："第一个被下战书的是谁？"

家族里的弯刀出来接话："是我。"

这下刘月更觉得这几次的决斗有鬼了。弯刀平时不爱讲话，玩游戏也就是因为热爱 PK 而已，家族里谁被欺负了，弯刀只要在线，都是第一个赶去帮忙的，也没听说他和战盟结过仇，最要紧的，弯刀也是游戏里 PK 榜上有名的玩家啊，战盟的一个无名小辈这么轻易就打败了他，说出去谁也不信。

叶涵那边似乎也停顿了一下，然后清脆的键盘声又跟着响起，不一会儿刘月就看到他在家族里说：“对方 PK 有什么特点？”

家族里很安静，不相干的人几乎没有出来插嘴的，都默默等着老大询问细节。

弯刀回复：“没什么特别的，平时也切磋过，完全算不上一流高手，就是无法近身。”

叶涵看完迅速地问道：“当时你觉得奇怪吗？有没有怀疑过？”

弯刀也立刻回：“当时我以为是自己卡住了，或者是出了 BUG，输了也没放在心上，可是后来他们屡次挑战我们家族，连输这么多次，我才觉得这事不对劲。”

其实弯刀这一句话，也说出了大家心里的想法，第一次输可能是意外，也可能是失误，可是家族里四大高手连续败给无名小卒，这事怎么看都不简单吧。

叶涵总结道：“他们可能用了外挂。”

这话有些出乎大家的意料，可又在意料之中。如果不是外挂，那怎么能解释战盟的二流角色可以那么轻易就赢过嗜血堂 PK 榜上的四大高手？

可如果是外挂，《仗剑江湖》这游戏是所有网游里封外挂最厉害的，那铁血的手腕和绝不留情的制度，让任何一个玩家都不敢在这游戏里使用任何疑似为外挂的东西，就因为这样，整个游戏的环境显得特别公平与稳定。

家族里本来很安静的气氛立刻被外挂这个猜测打破了，很多人激烈地讨论起来。无视其他人的争执，叶涵很轻易地就在混乱中抓住了重点：“神之右手在没？”大家以为第二轮的问话开始了，因为神之右手也是被下了战书的其中之一。

神之右手看到了马上回答：“我在呢。”

就在刘月以为叶涵又要问他一些细节时，叶涵的话出乎了所有人的意料：“你和你朋友去逛逛游戏交易网站。”

接到命令的神之右手很干脆地答应，然后在游戏里挂了个离开就忙去了。

无毒似乎是最先明白叶涵想法的人，他在家族里问道："老大，难道你怀疑战盟……"无毒这句话够损的，这似是而非的意思，让大家更摸不着头脑了。

相对于其他人含蓄的不满，刘浅很直接地表达了群众的愤怒："你头被门框夹到了？怎么讲话有上句没下句的！"

一看到这话，刘月直接在电脑屏幕前笑了出来。她的笑声吸引了叶涵的注意，叶涵也从屏幕前抬起头看过来，刘月马上害羞地咬住唇，生生把笑意憋了回去。

无毒自从"归顺"了刘浅后，日子一直过得挺凄凉。不过那也是他咎由自取，谁让他以前老爱和刘浅作对，现在可好，正宗妻奴一个。

无毒一看自己的爱妻发火了，马上做狗腿状地讨好："老婆大人，我以为凭你的聪明伶俐不需要小人说明，你如此明察秋毫。既然您想在大家面前谦虚一点，那就由小人来替你张罗吧。"

这段话说得很合刘浅脾气，无毒对于如何控制刘浅的脾气已经拿捏得相当好了。刘月不由得替刘浅默哀，虽然明看似乎都是刘浅在欺负无毒，可是刘月已经看出来了，刘浅的性子早就被无毒摸熟了。

看见刘浅没有生气，无毒赶紧抓紧时间说道："老大的意思很简单，每次决斗输的一方会随机掉落一件装备给对方，而嗜血堂的兄弟们装备又都比较极品，这很可能是对方想借这游戏的变态设定来发一笔横财。装备极品的玩家 PK 技术也不会差到哪儿去，对方很可能为了赢得比赛，不惜使用了外挂。"经过无毒这一解释，大家瞬间明白了，原来这几天战盟这么频繁地给嗜血堂下战书，背后还有这么个不可告人的原因。

叶涵在此时也插了一句："先别妄下定论，我们还需要证据。"

这样一说，嗜血堂的兄弟们又开始冷静下来。是啊，难道就凭几个人的一面之词，游戏公司就会无条件地信任他们吗，必须得拿出确切的证据来啊！

有几个热血分子也闲不住了，在游戏里挂了个离开，奔游戏网站上去了。这时，电脑前的刘月也忍不住转过头问叶涵：“你怎么就凭弯刀的几句话，能联想出这么多事来？”

叶涵听到刘月的问题，嘴角微微一扬，拿起桌边的杯子边喝水边给刘月解释：“其实弯刀的话只是让我确定了对方确实使用了外挂，至于其他的，完全是分析出来的。”

刘月有些不解，叶涵继续说：“这游戏对外挂的查封是出了名的严厉，一般人会拿自己的账号冒险吗？除非有暴利可图。而被下战书的四个人在游戏里的口碑都还不错，寻仇不大可能。”

刘月还是觉得不解：“但也有可能是寻仇啊，毕竟他们四个都是喜爱 PK 的玩家，有时候不小心得罪了人，他们可能自己也不知道。”

这时，叶涵抬起头来直视着刘月的眼睛。刘月的心跳忍不住开始加速，甚至连呼吸都有些莫名急促了。

叶涵慢慢地说：“寻仇会挑时间吗？还非得排着队？当然这只是我的推测，也没有确切的证据，所以你的推论也成立。”

刘月听完这话，呼吸又是一紧，她怎么觉得刚才是叶涵故意在让着她呢？然后刘月不好意思地对叶涵说：“继续说你的推论吧，我不是故意打断的。”

“还有就是被下战书的这四个人装备都非常极品，而下战书的人都是些无名小卒，这一看就是一场完全没有悬念的决斗，偏偏又连爆冷门，是什么让他们这么锲而不舍地连续下战书？就算有外挂做保障，可是随时都面临着封号的危险，这当中的理由，我唯一能想到的只有利益。”听叶涵讲完，刘月第一个想法就是，叶涵不愧是商人，能想得这么远、这么深。

过了片刻，神之右手回来了。他一回来，第一件事就是在家族里呼叫老大：“老大在吗？”

叶涵迅速地回应他。神之右手的情绪似乎有些激动：“老大你真的神了！我和兄弟们查了最近几天的交易记录，弯刀的那条极品暴击项链、小二哥的那双加闪避和移动速度的鞋子，甚至我的匕首还有昨天忍者刚掉的那件衣服都有交易记录。”刘月看完神之右手的话，忍不住又回头去看叶涵，竟然真的被他猜对了。

叶涵不像家族里其他人一样愤怒和焦躁，他依旧冷静而睿智地按照自己的思路给他们下达命令：“你把所有的交易记录都备份，做得到吗？”

神之右手马上回答：“没有问题。”

然后叶涵继续吩咐：“无毒还有不要杀我，录下决斗视频。”

那两人马上心领神会，一起答道：“好的。”

看着叶涵有条不紊地吩咐大家做准备，刘月心里突然也跟着激动起来，嗜血堂的反击开始了！

等到孤夜寒星都吩咐完以后，时间也差不多快八点了，他这才在家族频道里下令道：“好了，大家都到 PK 台前集合。”

等刘月和孤夜寒星一起到达 PK 台前时，才发现这里早就被围得水泄不通，但是孤夜寒星的名人效应还是很强大，周围等着看戏的玩家，远远看到他，就在世界和交易频道吼上了。

[世界][统一冰红茶]：号外！号外！嗜血堂老大孤夜寒星终于现身了！

[世界][拯救地球]：孤夜寒星出现！（坐标：长安 909，118）要合影的速度来啊！

[交易][绣球花]：出售孤夜寒星用过的金疮药啊，一百金一组，数量有限，先来先得啊……

[世界][毒来毒往]：战盟 vs 嗜血堂，四比一完胜！孤夜寒星你还敢来看，就不嫌丢人啊?

[世界][葡萄果果]：寒星偶像，我是你的星迷！我永远支持寒星，

支持嗜血堂!

[交易][绣球花]: 出售孤夜寒星用过的金疮药啊，一百金一组，数量有限，先来先得啊……

[交易][67955976]: 我凭借着小强的意志、不屈不挠的精神，终于冲破重重人墙到达孤夜寒星面前！特此刷屏留念一下！

刘月看着疯了一样的游戏频道，很无奈，然后转过头看向叶涵。只见他盯着屏幕若有所思，刘月以为他也被那些疯狂的粉丝吓到了，就安慰他说：“别想那么多，虽然这些粉丝很疯狂，但其实还挺可爱的。”

叶涵摇摇头：“我在看这金疮药……”

被他这么一提醒，刘月马上就在世界频道的间隙里找到交易频道卖得正火热的金疮药。刘月忍不住调笑他：“嘿嘿，以你为品牌的金疮药卖得不错啊。”

叶涵点点头，然后无限可惜地说：“我是六十金一组卖了她两百组，她转手就卖一百金一组，我亏大了！”刘月无语，原来这家伙一直纠结的就是亏了钱这事？！

过了片刻，叶涵下决定般宣布：“疗伤药的价格还得再提，这中间暴利太多！”

还要再提价？！刘月冷汗直冒，别的药商一组普通的金疮药只卖五十金一组，他六十金一组卖给别人已经够黑心了，结果转手卖一百金的这个更加黑！这游戏商贩里，没有最黑，只有更黑啊！

就在大家吵吵闹闹等着决斗开始，神之右手突然间又冒了出来，然后悄悄地挤到孤夜寒星身边。两人似乎在私聊，没一会儿了，神之右手又悄悄地离开了。

刘月有些好奇，就问叶涵：“神之右手弄好备份了吗？刚刚他和你说的什么？”

叶涵嘴角带着邪气的笑容，看上去心情很好的样子。刘月一看他这样，更加好奇了，通常叶涵露出这表情，就代表着有人要遭殃了，不知道这次倒霉的是谁呢？

叶涵眯着眼道："神之右手刚才告诉我，他的朋友刚才沿着游戏网站的交易记录查到售出的装备款都是打到同一个人的账号里，他们怀疑那个人才是最终的BOSS。"

原来真的是利用外挂牟利，现在整件事基本上已经被叶涵摸得差不多，只差上报游戏公司了。当然这只是刘月单方面的想法，以叶涵那有仇必报的性格，估计不会让对方好过。

但是刘月还有个问题："为什么你会让神之右手去查？而且他们是怎么拿到人家网站内部的交易记录的？"

叶涵无奈地说："你和他认识那么久了，就没打听过他是做什么的？"

刘月一脸茫然地说："既然大家在游戏是好朋友，现实中是什么职业都不要紧。"

叶涵一听就知道刘月误解了，他解释道："不是这个意思，我指的是他的特长。而且他的工作，整个嗜血堂，除了你估计大家都清楚。"

叶涵对着呆萌的刘月解释道："其实神之右手和他那几个朋友都是职业黑客。"

刘月彻底无语了，她看神之右手几乎每时每刻都在线，一直以为他可能是无业游民。但既然大家是朋友，她也没有看不起对方，只是尽量不提工作方面的事，想让他少点心理压力。直到现在才知道，原来人家是黑客，这么有前途的职业……

叶涵一看刘月那吃瘪的样子，忍不住笑出声来，他这一笑可不要紧，让本来还觉得尴尬的刘月，瞬间被电到失神了。

叶涵一直是属于感情比较内敛的人，就算有感情波动，他也习惯性地控制住，这是刘月第一次看到叶涵笑得这么开心。那帅气的脸庞上带着爽朗的笑容，微弯的眼眸，上扬的嘴角，无一不让刘月心跳加速、心潮澎湃。

叶涵当然也发现了刘月傻傻地盯着自己看，他笑得更邪气了。他缓缓把身子凑到刘月旁边，故意将脸贴到她面前，对她耳朵吹着气说：“怎样？夫人还满意吧？”

刘月的心简直跳到嗓子眼去了，她直着眼睛愣愣地回答道：“嗯，非常满意。”

听到她的回答，叶涵笑得更得意了，还想继续逗逗她时，刘月像触电一样突然惊醒了，然后尖叫着从椅子上跳起来，一瞬间就闪到离叶涵最远的角落去了，小脸羞得红红的。听到她的尖叫声，王婶从厨房跑了过来，上气不接下气地问：“怎么了，怎么了？出什么事了？”

刘月看着匆匆赶来的王婶，更加羞得不知道怎么解释，反观叶涵一副平静的表情，淡淡地替刘月解释道：“没事，刚才有只蟑螂。”

听他这么一说，王婶一副恍然大悟的表情。刘月知道王婶把她当成那些胆小又娇气的小女孩了，可是她又不好替自己解释。

王婶看没什么事了，又晃晃悠悠地出去了，边走还边嘀咕着：“怎么会有蟑螂呢？不是才打扫过吗，看来要再打扫一次了。”

等王婶出去后，刘月觉得更尴尬了，她站在原地进也不是，退也不是。叶涵看她那不知所措的样子，不怀好意地取笑她：“刚才吓到夫人了？”

刘月一听他这样称呼她，刚退下的血气又涌上脸颊，她又羞又气地说：“那只是游戏而已。”

叶涵挑眉道：“我以为我是在月老面前明媒正娶了的。”

刘月脑子里乱哄哄地说：“但是你也不要随便叫我夫人啊！”

叶涵很正经地说：“我没有随便乱叫啊。”刘月彻底无语了。

就在刘月扭扭捏捏地挪过来时，叶涵眼尖地瞥见了她的游戏界面，然后脸色突然一黑，声音都冷硬了不少：“快过来看看，有人向你下战书了。”

刘月更茫然了，战书？她可不记得自己得罪过什么人啊？她凑过来，这一看屏幕立刻就傻眼了，她的游戏界面弹出一个框，上面提示道：“玩家烟雨迷情向您发下战书，申请与您进行一级生死决斗，您愿意接受吗？”

刘月看完后就转过头看向叶涵，叶涵的眉头皱得厉害，表情也铁青着。刘月看了有些怕，这次叶涵是真的动怒了。

叶涵微眯着双眸，皮笑肉不笑地说：“竟然把主意打到我头上来了。”刘月一看他那样子，就知道他这次是动真格了。

在叶涵的交代下，刘月接下了烟雨迷情的战书。那时离不要杀我他们的决斗开始还有十来分钟，游戏里的人基本上聚集在 PK 台附近准备观战了，系统突然又刷出了三条红字，虽然生死决斗的战书最近看得太多没什么新鲜的了，但这次是两位传说中的八卦女主角的对决！

这可是惊天动地的大消息。

世界频道又闹开了，什么牛鬼蛇神都刷上了，更有人开了赌注，然后一堆无聊的人开始下注。刘月看得直接呆掉，这些人真是让人无话可说。

最让刘月无语的是，叶涵竟然也去下注了！这几天凡是战盟对战嗜血堂，无一例外都是战盟获胜，在绝大部分人都买烟雨迷情胜的时候，叶涵挤了进去丢了五千金，全买的刘月胜。

有好事者看到了，立刻上世界频道刷起来，结果一呼百应，世界频道又闹哄哄的。

[世界][别开枪是我]：最新小道消息，孤夜寒星花五千金币买自己老婆胜！

[世界][心相印]：我看到孤夜寒星下注了，五千金全买自己老婆了，同志们啊，让我们为这段感情做个见证！

[世界][葡萄果果]：偶像，我支持你！五千金咱不放在眼里！

[世界][统一冰红茶]：我上来只为说一句，孤夜寒星你真是有钱人，五千金你都舍得打水漂。

[世界][别开枪时我]：最新小道消息，孤夜寒星花五千金币买老

婆获胜！

[世界][武林笑笑生]：下注了！下注了！烟雨迷情vs流月，一赔十五啊！连孤夜寒星都买了，你们还犹豫什么呢？

眼看世界频道越刷越热闹，刘月很不满地问叶涵：“你买那东西做什么啊？”

亏她一直以为他是个很成熟的人呢，竟然也做这些无聊的事。叶涵理所当然地回答她：“总不能让你太可怜吧。”

刘月心里本来还没什么的，叶涵这么一说，她突然也觉得自己挺可怜的，赔率也相差得太悬殊了吧，为什么大家都那么肯定她会输？

还没等刘月发完牢骚，她的私聊闪了好几下。她点开一看，是刘浅和夜色发过来的，都在问刚才那战书是怎么回事。

刘浅的语气相当不善：“那小泼妇是不是又闲腻了，非得找点儿事出来折腾才算舒服，简直就一事儿精！”

夜色的语气相对要缓和很多：“烟雨那女人怎么又来招惹你了，小月你也别担心，我想老大心里已经有对策了。还有啊，刚才我也押了一千金买你赢哦。”

看完这话，刘月一脑袋汗。

就在刘浅和刘月私底下商量明天的决斗时，时间已经到八点了，系统开始倒计时。刘月忙回了刘浅一句：“待会儿再说，先看决斗。”

刘浅这时心思也全在决斗上了，字都懒得打了，直接回给刘月一个“0”。

整点的时候，不要杀我身上闪起一道白光，瞬间就被传到PK台的中央，站在他身边的就是战盟的毒来毒往。

刘月有些紧张，不自觉地抓着叶涵的衣袖，略带焦急地问：“怎么办？如果对方是真的开外挂，那不是要输吗？”

叶涵安抚地拍拍她的小手：“我们现在不为一场输赢而战，是为了找到证据，扳倒他们的幕后BOSS。”他这么一说，刘月豁然开朗了，她还是太小女人心性了，没有叶涵他们想得那么深远。

准备时间倒数完毕，毒来毒往起手就丢了几个毒在不要杀我身上，不要杀我是天王弟子，防高血厚，并且听从了叶涵的建议，装备全换成了加毒防和血量的。既然明知对方开了外挂，根本打不到人，攻击和暴击就显得鸡肋了。

不要杀我这时在场上和毒来毒往玩起了你追我赶。按常理，通常都是物理近身的职业追赶布衣类的职业才对，可场上的情形正好相反，一直都是毒来毒往肆意地逼近，而不要杀我则是游刃有余地东躲西藏，带着对方在场上玩起了躲猫猫。

刘月想，这是不是不要杀我用的拖延之策，身旁却传来了叶涵的指挥声："躲得好，你毒防高，他的毒一时半会儿威胁不到你，再绕远点，然后转身给他个冲锋，记得角度要让人能看得清楚。"

他这话刚完，刘月就看到一直躲藏着的不要杀我突然一个转身，瞬间就冲到毒来毒往的身边。大家明显地看见不要杀我的冲锋被毒来毒往身边看不见的气墙弹开了，毒来毒往看到准备反击的不要杀我被弹开后，更加肆无忌惮起来。

当然，满意这结果的除了毒来毒往，还有刘月身旁的叶涵，叶涵也微微一笑，忍不住赞扬道："干得不错，相当清楚。继续耗，逼他自爆。"

这时，游戏里的不要杀我开始肆意地激怒毒来毒往，毒来毒往一直追在他身后，稍微靠近可以打到他的时候，他立刻灵巧地就躲开了。这样来回几次，毒来毒往便有些急怒攻心。

想到自己完全无惧对方的攻击，毒来毒往更是死命地追赶，终于追了上去。毒来毒往几个大范围的毒攻都丢了上去，可是不要杀我的血太厚了，又有足够高的毒防，这连串的杀招只打了他一半的血，这时的不要杀我还剩一万多的血。

毒来毒往正忍不住咒骂，突然发现自己竟然开始掉血了，有些不明所以。难道这个看似无敌的空气盾只挡得了物理伤害？该死的，毒来毒往立刻开始向后退。

原来不要杀我身上还带着魔法反伤的装备，受到魔法系列的远程攻击后，能把一部分的伤害反弹给施法者。这游戏里最难打到的就是魔法反伤的装备，这类装备在游戏里都是千金难求，你出得起价还不一定有人有货。

嗜血堂的兄弟们偶尔刷BOSS的时候也出过几件，然后叶涵选了两件最极品的给他带上，以防万一，结果就这么巧合地撞上了。那个空气一样的隐形盾，只抵抗得了主动攻击，却挡不了装备自带的反伤效果。

毒来毒往慌忙退开以后，再看自己的血量，原本布衣职业就防低血薄，刚才这么一下，他也掉了一半的血。他不敢再冲动了，有些犹豫地远远地绕着不要杀我，不要杀我也在一旁静观其变，两方没有一方有主动攻击的意思。

场外的观众有些看不明白的，就开始乱吆喝起来，场面又开始有些失控。这气氛却正合叶涵的胃口，他嘴角勾起一抹意味不明的浅笑。

刘月正忍不住猜想，他是不是有什么邪恶的主意了？就听叶涵继续吩咐道："场面开始乱了，你再添把火，让他沉不住气。"

不要杀我开始靠近缓缓地靠近毒来毒往，然后他停住了，两个人竟似面对面站着发呆一般。接下来，不要杀我非常惊天动地地打出一句话来，那句话是用附近频道打出来的，正好顶在他的人物头顶，所有人看见了，那句话是："孙子，叫爷爷！"

刘月一个没控制住，笑喷在电脑前。身旁的叶涵也忍不住轻笑起来，一向沉稳内敛的不要杀我竟然会这样说，嗜血堂的兄弟们都忍不住瞪大眼睛，不可思议地呆住。

毒来毒往平时就属于非常嚣张的那类人，一看对方公然侮辱和挑衅他，当下也顾不得什么了，凡是能用的技能全往不要杀我的身上砸去。他这疯狂的攻击果然威力惊人，饶是不要杀我这么高厚的血防，也开始噌噌地往下掉血。

当然，同时掉血的还有毒来毒往，可是那家伙完全是不要命的自杀式打法。众所周知，五毒最可怕的一招就是在临死状态时，爆发出大片的毒雾。眼看毒来毒往和不要杀我的血同时掉到最低血量线了，叶涵突然在旁边说了一句“开盾”。

场下的观众也跟着沸腾了，谁胜谁负就看这一下了，到底是天王能顶住五毒的毒雾呢，还是死于这毒雾之下呢？

下一秒，PK 台中央涌起大片的毒雾，绿色的浓雾把两人的身影盖住了，可是大家还是隐隐约约看见毒雾中有白光一闪，谁输了？他们不由得瞪大眼睛等待着毒雾散去。

浓雾渐渐散开，屹立在其中的竟然是嗜血堂的不要杀我。大家都觉得不可思议，原来天王也有一个保命技能，就是盾墙。在生命值掉到最低血量线时，这个技能可以吸收一定的伤害，并反弹给对方。但是这技能也不是万无一失的，还得把握最佳的时机，若是没把握住最佳时机，用早了或用晚了，也是死路一条。

系统的红字又刷出来了，昭告天下战盟的毒来毒往战败。而不要杀我在嗜血堂的一片欢呼声中，战神般从 PK 台上走下来。他头上的血条只剩下可怜的四百多血。看他这样子，任谁都能体会到刚才那一瞬间的凶险。

事后无毒和不要杀我就去研究怎么剪切刚才那段视频了，家族里的人原本打算为这次的胜利庆祝一番的，结果主角都没在，只得取消了。

刘月趁这机会，悄悄地拉着叶涵的衣袖问出从刚才就一直憋在心里的问题：“刚才你是在指挥不要杀我吗？”

叶涵看她挺有兴趣，就解释道：“现在游戏基本是语音指挥，我们也要跟上时代啊。”

说完，他还把电脑的界面切换给她看：“这个是语音系统，不要杀我和无毒特意为家族弄的。”

刘月一下子明白了，笑嘻嘻地说：“这样以后不管是刷 BOSS 还是家族战都会方便很多了。”

还没等她再乐上一阵，游戏里叶涵给她发了个组队邀请，她不解地问旁边的人：“组队去哪儿？”

叶涵回她：“明天可是你上 PK 台了，我带你去集训一下。”他不提还好，这一说刘月又郁闷地想起了明天的决斗。

等叶涵骑着马带她到蜀山竹海时，她才惊觉，以前升级做任务的时候只知道不断地刷怪，从来没关注过这周围的风景。原来这竹林深处还有这么一个妙处，只见竹林间竟然有溪流穿梭而过，隐隐的还有虫鸣声，这游戏设计得可真写实。

叶涵率先下马，然后往竹林空地那么一站，飘飘若仙。刘月忍不住看傻了眼。半天不见马上的峨眉有动静，叶涵抬起头往旁边看去，忍不住勾起嘴角，然后用手轻敲她的小脑袋抱怨道：“真人就在你旁边了，你还看着游戏人物发呆，嗯？”

这一说刘月也不好意思了，喃喃地解释：“那是因为他太好看了啊！”

叶涵挑着眉闷闷地说：“你是说我没有他好看？”

刘月赶紧回头看一眼，呀，似乎是生气了，急忙改口说道：“不是不是，你比他要好看无数倍！”

她这一说正中叶涵的下怀，原本还假装板着脸的男人，突然邪气地一笑：“这可是你说的，那你以后就只看我吧。”

此话一出，多了一张大红脸，除了刘月还能是谁？她觉得叶涵的脸皮已经厚到刀枪不入了。

所谓的集训其实很简单，叶涵知道刘月平时甚少和人 PK，就算是 PK 大多也是被刘浅拖下水，而且通常情况下刘月都是很被动的，不会主动去攻击别人，也许大多数玩游戏的女孩子都是这样。

可是决斗不一样，你不杀别人，别人可不会对你手软。更何况烟雨迷情还是一个类似刺客的翠烟派，不但神出鬼没，而且以偷袭为主，最不可忽视的就是那个职业的高暴击，一个不小心可是能秒杀布衣职业的。

所以叶涵模拟着明天决斗的场景和可能出现的状况，和刘月练习起了 PK，在打的过程中还一直指导她的技能和跑位。

虽然叶涵教导了她一晚，可是第二天上游戏的时候，刘月还是觉得很紧张。她以前和刘浅也 PK 过很多次，可是确如叶涵说的，她没有真正 PK 过。

这一上 PK 台就不同了，这是生死决斗，而且台上完全没有遮挡物可以躲避，况且对方还是个可以隐身的职业，刘月心里很没底。刘月下课回来，发现叶涵还没下班，她一个人吃完饭，更觉得心里忐忑不安，就提前上了游戏。

家族里有几个人已经在线了，看到刘月，都热情地安慰她，让她别太紧张，反正胜败都无所谓，装备没了的话大家也都会陪她去刷回来。刘月心里还挺感动的。她看到神之右手也在，其实这家伙天天都在线。他突然发了私聊给刘月，让刘月到长安的北门等他。

刘月不知道是什么事，就去了北门等他。结果神之带她出了北门，就申请和她决斗，刘月觉得特别奇怪，连打出几个问号。

神之右手这才想起解释说："我也是翠烟，你和我比试几场，就能摸清烟雨迷情的打法了，到时候你心里也有底。"

刘月战战兢兢地接下决斗，迅速地给自己加好攻防，还没等她打量完周围的场景，神之右手瞬间在她面前隐身了。刘月脑门上多了一大滴冷汗，敌人在暗，自己在明，这感觉谁也不会觉得舒服。

不过她立刻想到了叶涵昨天教她的一些技巧，她在地上丢了个冰天雪地，然后绕着刚丢下冰天雪地的地面跑。果然想偷袭她的神之一靠近她，就被冰在了原地，然后她开始用带了冰雪减速效果的技能打神之右手。

果然神之右手中了这些效果后移动速度下降很多，不太追得上她了。可是突然间，神之右手一个强行隐身，又消失在她面前。她还没来得及丢冰天雪地，神之右手已经出现在她身后，几个偷袭就打得她只剩三分之一血。

刘月连忙跑开想给自己加血，结果技能还没用出来，就被神之右手强行打断了，然后又被他贴到身前，就那么一瞬间，刘月已经抱拳跪在神之右手面前了。系统提示，刘月在决斗中输给了神之右手。

神之右手也不和她客气，走过来直接说道："刚开始打得很不错，那个技能和跑位用得天衣无缝，我怎么绕都避免不了吃到你的技能，后来你就乱了。翠烟除了开始的隐身外，还有次强隐，你一定要估计着全盘战局，抓着时机算他会在什么时候再隐一次。最后就是加血，翠烟的技能可以打断施法，你加血的时候别面对他。其他的都还不错，应该不会有大问题。"

刘月有些不好意思地说："开始的那招是昨天寒星教我的，加血的方法他也给我说过，可是一紧张全忘了。"

神之右手听完笑笑："呵呵，我就说开始怎么跑位那么精确，原来是老大教的，你只要记着我和老大说的，一定没问题的。"

听完神之右手的指导，刘月心里稍微轻松了那么点，神之右手可是翠烟的首席大师兄，PK 榜上也排行前五，他的认同应该不会有错。这么想着，她突然听到楼下有停车声，马上跑到窗边去看，果然是叶涵回来了。

叶涵应该是赶时间回来的，看神色挺匆忙。他一回来就走到书房看刘月，见刘月已经上了游戏，马上安抚地说道："别紧张，没事的。"

刘月一听心里觉得挺甜，他是因为担心她所以才赶着回来的吧。她说："我不紧张了，刚才神之右手和我决斗，教了我一些技巧。"

叶涵接过王婶递过来的毛巾，边擦汗边说："哦，神之右手是翠烟大师兄，他教的肯定不会错。"

等叶涵迅速地把晚饭吃完，赶过来登录游戏时，时间已经接近七点了。

等叶涵上了游戏后，就直接喊刘月到仓库门口去。刘月还不清楚怎么回事，到了仓库那里，一看站了好多熟人，有夜色和不要杀我，无毒和刘浅，连弯刀都在。

刘月还没明白过来，夜色马上和她交易。她愣住了，不解地看向叶涵，叶涵朝她点点头说：“收下啊，都是为决斗准备的。”

她刚收下了夜色交易过来的两件装备，弯刀又给了她一件，刘浅也给了她一条项链，最后叶涵给了她一把逆天级别的武器。刘月突然觉得心里满满的全是感动，大家竟然给她准备了这么多装备。

刘月眼睛有些湿润，扯着叶涵的衣袖轻轻问：“都给我这么好的装备，就不怕我输了要随机掉落一件吗？”

叶涵轻轻摸了摸她的头，说：“大家是疼爱你，就算输掉了也没事，没有人会怪你。”

原来从昨天不要杀我赢了决斗后，叶涵他们几个都看出来那个外挂并不是无敌的。它虽然可以阻挡敌人的主动攻击，却挡不了装备自带的反伤效果。

所以夜色昨天用一个通宵高价收购了峨眉用的极品反伤装备，刘浅和弯刀也把自己打到的最好的反伤装备找了出来。叶涵也用高价给刘月买了把极品的逆天级别武器，附带冰霜减速效果。这把剑正好克制着攻击速度极快的翠烟派。

刘月把装备一件件换上，心里感动得不得了，又不知道怎么表达，只是傻傻地对大家说：“大家对我太好了，我感动得都要哭了。

家族里的人打趣道：“哭一个给老大看看，让他也心疼会儿呗。”然后一群人跟着哄笑起来。决斗前紧张的气氛一下子就烟消云散。

时间总是在不经意间就飞逝而过，等刘月他们笑闹着赶到场外时，PK 台附近和世界频道上已经先开骂了，更有很多喜欢添油加醋、唯恐天下不乱的人在。

当然最显眼的还是吆喝着下注的广告，刘月一看到那人，心下一动，想过去看看自己现在的赔率是多少了，却又碍于面子不太好光明正大地过去。

叶涵似乎知道她心里的挣扎，风度翩翩地径直插到人群间，也不知道他在搞些什么，过了一会儿他走到刘月旁边，然后十分潇洒地坐下开始打坐。

刘月不解地回头看旁边这人，然后问道：“你刚才过去干吗？”

叶涵笑得有点神秘：“你不是好奇赔率吗，昨天不要杀我赢了那一场，给你赢回点支持率，现在是一赔十。”

刘月一听，心里稍微舒服了点。结果回过神一看世界频道，她已经惊讶到无语了。

[世界][武林笑笑生]：江湖第一秘闻！孤夜寒星加注八千金，总计一万三千金全买夫人胜，时间不多了，要下注的抓紧速度啊！

[世界][放羊的大爷]：孤夜寒星你钱多人傻，又一个为女人装孙子的！

[世界][葡萄果果]：放羊的给我闭嘴，你就是典型的嫉妒！偶像这是代表全力支持夫人，那点钱咱偶像可不放在眼里，偶像，星粉们支持你到底！

[世界][浅浅忧愁]：老大，我真的服了你了，膜拜……

[世界][武林笑笑生]：江湖第一秘闻！孤夜寒星加注八千金，总计一万三千金全买夫人胜，时间不多了，要下注的抓紧速度啊！

[世界][无毒不丈夫]：老婆大人，我也会倾家荡产买你全胜的！

[世界][浅浅忧愁]：闪开，老娘无视你！你包里能有一百金就不错了。

[世界][最难消受美人恩]：下注了下注了！我也追加五百金买烟雨，孤夜寒星的钱不赚白不赚啊！大家赶紧来加注！

[世界][别开枪是我]：我也豁出去了，一百五十金继续买烟雨！

刘月已经失去了说话的能力，茫然地转身看着那人，只见他似乎一点自觉都没，倒是饶有兴味地盯着世界频道。

过了好一会儿，刘月似乎终于找回了自己的声音：“你疯了！”

叶涵挑眉侧目，看着刘月那呆呆的样子，似乎也觉得有趣，凑到刘月身旁，低头埋在刘月肩窝处撒娇：“夫人，为夫把所有家当都压上去了，以后得靠你养我了！”

这时刘月还没感觉两人的姿势有多么暧昧，听到这话，下意识地就打开自己的包裹，和夜色一起经营的烹饪生意给刘月赚了不少钱，可是比起孤夜寒星的资产来，她这两千金连人家的零头都比不上。

叶涵当然知道那傻孩子在认真考虑养他的问题，他得逞地阴笑，又在她的肩窝蹭蹭，看上去特别享受的样子。

看着刘月皱得越来越厉害的柳眉，叶涵收起使坏的心思，轻轻在她耳边说：“夫人莫急，为夫年轻力壮，多的是法子。”

他的气息吹在刘月耳边，刘月忍不住轻颤一下，然后才意识到两人现在贴得多近，脸唰地一下的又红了。她不自在地往后稍微挪开一点，又想到刚才叶涵那句年轻力壮，脑海里竟然浮现出叶涵出卖色相赚钱养家的画面，马上不乐意了，语气还带着点酸味：“我一定可以养活你的！”

叶涵听到她这么认真又斩钉截铁的一句话，唇边的笑意更深了。

此时，时间又到了八点，刘月端正地坐在电脑前，心里不是不紧张的。叶涵微笑着拍了拍她的手，语气轻柔地说：“有我在一切都会好的。”这句话竟然神奇地消除了她的紧张，刘月只觉得心里甜丝丝的。

当两位传说中的女主角被传送到 PK 台正中时，场外的气氛又掀起高潮，大部分人都没见过她俩同时出现。

流月身穿雪白的纱裙静立场内，身负一把荧光似水的长剑。因为剑上带冰霜效果，周身还环绕着淡淡的雾气，衬得流月更加超凡脱俗，仿佛仙子一般。

再看场上另外一个女主角，烟雨迷情穿的是一套贴身的短装，深紫色的露腰薄衫和性感小短裙，再配上同色系的精美靴子，最漂亮的还是她左脸上黑色的蝴蝶面饰。

如果把流月比作下凡的仙子，那烟雨迷情就好似那暗夜的妖姬，媚惑而迷人。场外的人把两人比较来比较去，最后还是分不出胜负，实在是各有风情，难分伯仲。

场内的倒计时结束，只见刘月立刻给自己加好了攻防，并且迅速地丢下一个冰天雪地，然后刘月开始绕着冰天雪地跑，烟雨迷情的动作也不慢，隐身后就一直潜伏在刘月的身边。

在看到刘月脚下的冰天雪地时烟雨迷情犹豫了一下，最后还是决定速战速决，然后她即刻逼近到对手身后，起手就是翠烟的杀招，偷袭加迅击，刘月的血一下掉了六七千。一般情况下，布衣只有一万血左右，按常理这时候已经快空血了。

可是烟雨迷情一看刘月的血条，差点被气死，这个刘月把峨眉当天王练的？整一个血牛，竟然有将近两万的血。反观她自己的血条，因为物理反伤的效果还掉了两千多。

站在冰天雪地里偷袭刘月的烟雨不可避免地吃到了冰霜的减速效果，加上刘月武器上附带的冰霜效果，烟雨迷情现在可谓是寸步难行。刘月一看战局对她有利，马上用今天和神之决斗时的打法，想继续在她身上丢减速的技能。可是她打出去的冰霜剑不但没有打到烟雨迷情，反而被她身边一道看不清的墙弹了回来。

刘月瞬间领悟到，这本就不是一场公平的打斗，烟雨迷情身边是有一个隐形盾的。叶涵当然很细心地注意到刘月攻击无效后那小小的失落，马上在旁指挥她：“和她拉开距离，千万别泄气。”

刘月听话地赶紧跑到远处，然后一个天降甘露，瞬间把自己刚才掉的六七千血加满了。远处还被冰着动弹不得的烟雨迷情一看，气得都想砸电脑。太无耻了！竟然把血加满了！

烟雨迷情似乎想通了些什么，和治疗职业PK，就是要打她个措手不及，然后不给对方回血的机会。冰天雪地消失后，烟雨迷情朝着刘月的反方向跑去，刘月还没弄清她什么意图，就看见她的身影再次消失，她又隐身了。也对，因为打不到烟雨迷情，所以烟雨迷情身上没带任何效果，出了冰天雪地又可以继续隐身，这对刘月可是相当不利啊！

叶涵也看出了这一点，但是他毕竟是PK高手中的高手，很冷静地分析着场上的情况。他让刘月绕着左边跑，刘月听话地向左跑，突然叶涵出声：“转身跑中场，丢冰天雪地。”

刘月全心全意地信任着叶涵，听话地突然转身回到中场，一个冰天雪地瞬间就把烟雨迷情给冰得显形了。刘月看到这情形，不由瞪大了眼睛，这可真是神了！

叶涵怎么能算出她会从中场绕过来的？果然是大神级别的人物，他们这些小角色一辈子都达不到这个境界。

烟雨迷情显形后也不管什么偷袭战术了，马上贴近刘月。翠烟的高爆发力这时候就显现出来了，刘月头上飙起的数字，看得周围人也跟着心跳加速。场外的人都心想，被翠烟贴身了，这峨眉死定了。

刘月刚刚把烟雨迷情冰住后，本想赶紧撤走，谁知道烟雨迷情这时候突然一个强隐，刘月正好离她也不远，就这么被偷袭到了。最让她没想到的是，烟雨迷情的武器竟然是带晕眩效果的极品神器。刘月勉强跑开两步，就被烟雨迷情晕在原地了，然后就只得被动地挨打。

刘月不由得乱了手脚，叶涵反倒挺满意这结果的，嘴角带笑继续吩咐：“用一级的天降甘露加血。”

刘月当时就想，一级的才加几百血，能顶什么用啊？可是叶涵大神的地位在她心里是不可动摇的，虽然满心疑问，却还是照做了。果然她的技能还没读出来，马上就被烟雨迷情打断了。

这时候刘月和烟雨迷情的血都掉到只有两千多一点了，只要血量低于两千，烟雨迷情就可以使出翠烟的终结技能，在对方血掉到最低血量线时，翠烟的血斩可以出百分之百的暴击，换言之，这个时候刘月肯定会死。

叶涵盯着屏幕，也没停下指挥。自从用小治疗骗出了烟雨迷情的打断技能后，叶涵就让刘月准备好预读最高级的天降甘露，眼看刘月的血下到一千八的时候，叶涵立刻吩咐：“加血！”

刘月自然半分迟疑都没，立刻开始读条加血。这边烟雨迷情一看刘月血下两千点，也马上开始读条自己的终结技能血斩。

场外的人张着大大的嘴巴不可思议地看着，烟雨迷情在稳赢的情况下化作一股白光而去。很多人还没看清楚，只得到处询问，怎么回事，怎么回事？

其实刚才要是刘月加血的速度慢上半秒，她就是躺下的那个人。这一战能赢，都该归功于叶涵，是他丝毫不误地把握了最佳时间，用最精确的指挥，也准确预知了对方的战术。

叶涵赌的就是那一瞬间的反应时间，血下两千点后烟雨就可以使用终结技能，这时候出爆击是百分之百的。换言之，刘月若能在她攻击打出来的前一秒把血加上，这时候烟雨迷情超高的暴击就会反伤到自己。

最终的结果是大神又延续了他不败的神话，当然刘月这笨丫头也有功劳，那就是她毫不犹豫、全心全意地信任叶涵。若不是她完全不犹豫地贯彻大神的指挥，只要稍微迟上那么半秒，现在躺在这里的可就换成是她了。

第七章 浪漫约会

刘月以前在游戏里也经常见到或者听说，某某某一战成名之类的事，可是当这个人突然换成了她，她真的是很不习惯。

这一下子成了万众瞩目的明星，她心里别扭得很。

其实她赢了比赛最高兴的应该数叶涵，可别忘了他可是压了全部家当赌刘月赢的。这下子，游戏里有半数玩家的家当都被叶涵接收了。

那个做庄的武林笑笑生一看见叶涵就苦了脸，然后禁不住抱怨道：“我就知道你的钱没那么好赚，现在我连家当都赔给你了。”

孤夜寒星站在那人面前，看似很愉快地打出个笑脸，然后吐出一句：“你也不是第一次栽我手里了，尽快习惯吧。”

然后那个武林笑笑生气得半天才打出一句：“我忍！”

刘月一直站在他们旁边，看到他们的对话，似乎是熟人，忍不住问叶涵：“原来你认识这个人啊？”

叶涵对着她一挑眉：“这家伙老是纠缠不休。”

他这样一说，刘月更感兴趣了，眨巴着眼睛等待下文。一看她这样子，叶涵无奈地解释着：“生意上常有往来，知道我玩这游戏，就跟过来了。”

只是这样吗？怎么刚才看他们讲话似乎是很熟的样子，因为很少看见叶涵会那么直接地打击别人。他通常都是不动声色，然后背地里再把别人往死里整，那是相当阴险。

提到叶涵的阴险，好像是从小时候就开始了吧。刘月不自觉地回忆起他们刚认识那会儿，那个时候刘月最黏的就是叶涵，基本上只要有时间就往叶涵家跑。

按理说叶涵的性格是最讨厌被人烦的了，可是那时候叶涵竟然从来没嫌她吵过。那时的刘月很单纯，单纯到完全看不透叶涵，她一直认为叶涵虽然是一个有点酷、不太爱讲话，但是很温柔的人。直到有一次叶涵的同学到他家玩，刘月当时也在叶涵家里。

叶涵捧了本书坐在沙发上，双腿微微交叉，随意搭在了茶几上。午后偶有凉风拂过，轻轻带起他额前的秀发，真是一个悠闲的午后。

刘月已经看呆了。刘月最喜欢在叶涵看书的时候悄悄窝在他身边，装模作样地也捧一本书靠在那儿。可是叶涵看的是书，刘月是透过书看人。专注于看书的叶涵真的很帅气，刘月每每都控制不住自己目光，她的视线根本就没办法离开叶涵，甚至连她自己都想和她的目光一样，死死地黏上去也说不定。

叶涵也不是傻子，旁边有人痴痴地看着自己，当然会发现，每当这时候叶涵会无奈地把书放下，然后微微扬起那尖尖的下巴，那双漆黑流光的眼睛盯住刘月，用他那带点沙哑而又慵懒的声音问：“你确定你真的有在看书？”

刘月当然是打死都不会承认自己一直在看他，小脑袋点成了拨浪鼓，还很认真地回答：“我一直在看书啊！”

叶涵也没有执意揭穿她，表情依旧很酷，不过用他那双很漂亮的眼睛，斜瞥了刘月手上的书一眼，状似很不经意地说道：“你的书拿反了。”

刘月像被踩到尾巴的猫一样，赶紧把头低下查看，然后确认了没有拿反。等她再抬起头的时候，才发觉自己又被叶涵耍了，然后她才不甘地说："你又逗我！"

叶涵没有回头再看她，不过嘴角勾起了一抹刘浅的笑。

这么悠闲又暧昧的午后，偏偏被不识相的人打破了。来的是一个身形比较魁梧，却有着一头漂亮金发的小伙子，应该是叶涵的大学同学。他应该不是第一次到叶涵家来，进屋的时候给叶涵打了个招呼后，就很自然地去厨房的冰箱里拿了一罐可乐，边喝着边絮絮叨叨地走出来。刘月当时英文还没达到可以畅通无阻地交谈的水平，只隐隐约约听了个大概，那人似乎是要让叶涵和他一起去打棒球，叶涵皱了下眉，声音有点冷淡："我不去，你自己去。"

刘月也认为那种流汗很多的运动，叶涵应该不会喜欢才是。她总觉得像叶涵这样任何时候都保持着清爽整洁又风度翩翩的人，不大可能在炎热的午后出去弄一身臭汗。

那人似乎不乐意了，大步走到客厅来。等他走进来以后，立刻就发现了坐在一边的刘月。对于国外不少正值青春期的男孩子来说，拥有东方血统又清纯可爱的女孩子，是很有吸引力的。

果然那人也顾不上劝说叶涵，径直走到刘月身边，一副很有绅士风度的样子，开始滔滔不绝地介绍起自己。

刘月有些不知所措，她大概听明白了，可是要和他交谈，她还是不太行，她用求救的眼神看向叶涵。结果叶涵冷冷地一挑眉，扭过头去看书了，竟然无视她。

没办法刘月只得说着很蹩脚的英文和他交谈，说得好听是交谈，基本上是对方说了十几句，刘月才憋出一句来。不过对方的热情非但没减退，反而对刘月青涩的表现更加感兴趣了。

最后对方似乎想起自己来的目的，既然叶涵不愿意去，他便把所有的热情放在刘月身上了。不知道是不是想在刘月面前表现一把，他非常积极地邀请刘月和他们一起去玩棒球。刘月本就不大会拒绝别人，又遇上个这么热情的，只能被牵着鼻子走。外国人可不像中国人这么含蓄，他一见刘月愿意去，马上握拉着刘月的手就准备要走。

刘月还是第一次被人这么强行拉住，确实有些慌乱了，然后忍不住再次回头看向叶涵。结果发现叶涵的脸色似乎很阴沉，而且还皱着眉头。

最后叶涵突然改变主意，决定一起去玩棒球。那个叫乔治的美国男孩一听当然开心了，本来他也是来找叶涵一起去玩的。当到达棒球场地时，已经有不少人到了。乔治给刘月安排了一个非常靠前的位置，然后和叶涵进去换衣服了。

等开始的时候，刘月才看到叶涵，原来叶涵竟然是一名投手，而刚才那个有点壮的乔治是个击球手。刘月对运动是一窍不通的，所以她也搞不懂棒球的规则。她纯粹就是坐在边上，然后一动不动地盯着叶涵看。叶涵穿上棒球服也好帅气，还有那顶黑色的棒球帽，真的好合适叶涵哦。

到叶涵上场的时候，刘月看得相当仔细，她以前从来不知道叶涵也会打棒球。只见叶涵投球的动作流畅自如，然后那颗球仿佛有生命一般，划出各种诡异的曲线，最后落入接球手手中，就连刘月这个外行看了也不得不说一句：“好厉害！”

叶涵连续淘汰了三个击球手，然后终于轮到了那个乔治上场。他上场的时候还很开心地朝刘月这边挥手，刘月很无奈，不过出于礼貌也对他挥挥手。叶涵依旧没有手下留情，连投两个好球，最后再投出个好球的话，乔治就要出局了。

刘月当时也是这么想的，可是这第三个球超乎所有人的意料。依旧是叶涵的风格，速度极快，力道十足，曲线也很诡异，不过这次球没打到接球手的手套里，而是直接砸在了击球手的右眼圈上。乔治痛得直接蹲下身子，然后周围的人都赶紧围过去看，叶涵也不紧不慢地走过去，乔治的右眼瘀青了一大块，不得不回去包扎一下。

刘月也赶紧走过去看，不知道叶涵和乔治说了什么，刘月过去的时候只听到乔治在安慰叶涵：“我这么强壮，这点小伤没事的，你也别放心上。”

然后看到刘月走了过来，乔治捂着眼龇牙咧嘴地跟她道了别。刘月也怕叶涵会往心里去，本想安慰他一下，正巧叶涵转身朝她这里走来，刘月发誓她确确实实看到了，那瞬间叶涵嘴角勾起的微笑。不知道为何，她突然想到了恶魔的微笑。

直到额头上传来一点痛，刘月才从回忆里走出来。然后就看到叶涵轻皱着眉看她，不满地说：“在发什么呆呢？出去了。”

刘月嘴角突然扬起一点点甜蜜的笑意，她才不会告诉他，她刚才又想到了他们以前在美国的事。刘月一边跟在叶涵后面出去，一边不解地问：“出门？去哪儿啊？”

她有些茫然地看着叶涵走进她的房间，从衣柜里拿出她的外套，然后再递给她。她疑惑地抬起头看着他：“带你出去玩啊。”叶涵边说边顺手关上房门。

她虽然还是不懂，为什么今晚要突然出去玩，不过还是老实地跟上叶涵的脚步。似乎知道她心里有疑问，叶涵在下楼的时候告诉她：“本来是怕你输了心情不好，准备带你去散心的。不过既然赢了，我们就改为庆祝。”

听完这话，刘月突然间有些感动，他是早就准备好了吗？虽然叶涵有点阴险，有点邪恶，有时还有点坏，可是刘月发现，自己真的是越来越喜欢他了。

直到上了叶涵的车，刘月还是搞不清楚到底是要去哪儿。问叶涵呢，他却故作神秘地说：“到了你就知道了。”没办法，她只好强忍着好奇，安安静静地坐在副座上听歌，然后微微侧着头欣赏叶涵认真开车的样子。

叶涵很喜欢穿黑色的西装，就连平时也偏爱黑色系的衣服，但是刘月确实找不出第二个人，能像叶涵这样把黑色穿得这么好看，穿出高贵的感觉来。

小小的封闭的空间里，只有流泻出来的轻音乐声，然后在一个等待红灯的路口，叶涵突然扭过头看了她一眼，和她一直黏在他身上的视线对了个正着。然后他毫不吝啬地给了她一个浅浅的微笑，这让她的脸稍稍有些发烧。只庆幸在这漆黑的环境下，就算她的脸烧成番茄，恐怕也是看不出来的。

车终于平稳地停了下来。她这才恍然回神一般，赶紧收回一直放在叶涵脸上的视线，四处打量车窗外的环境。原来已经到了L市的北郊，叶涵的房子也在郊区，却是在开发比较快的南郊。叶涵带她从南到北穿越了整个L市，是要来这儿做什么？

就在刘月还有些不明所以的时候，叶涵早已非常绅士地替她开打了车门，然后朝她伸出手来。一切都仿佛是电影里的画面，可是又那么真实。刘月也轻轻伸出手，把自己的小手放到叶涵宽厚的大手中，然后下车。

星光灿烂，晚风轻拂，在这样的夜晚，就连旁边那些茂密的野草似乎也沾染了星光，变得朦胧起来。刘月有些吃惊地看着叶涵，好奇他是如何发现这么美的夜景的。

叶涵依旧淡笑不语，只是牵着她的手，继续往上走去。刘月这才发现她脚下是一条平坦的山路，叶涵这么晚带她来爬山有什么用意吗？

没走出多远，刘月就兴奋的发现。在茂密的草丛中，翩翩飞舞着，星星点点的荧光。结成群的萤火虫描着不同的光弧，在草丛间夜色中游来舞去，从刘月的位置看去，沿着山路两边的草丛中，到处都是飞舞的萤火虫，无边无际，在小路的两边飞来飞去，忽明忽灭，仿佛天上细碎的星子不小心散落草丛之间。

刘月拉着叶涵的手，惊讶得说不出话，叶涵就这么站在她身后，微微扬着嘴角，静静地陪她一起看萤火虫闪烁。

待刘月从这美的异常绚丽的萤火虫之舞里醒来时，叶涵牵着她的手，继续带着她往山上走。刘月本以为叶涵带她来这里就是为了看萤火虫的，难道不是吗？走过那段不是很长的山路后，面前豁然开朗，前面的杂草被细心地修剪过，眼前竟然是一个还算宽敞的停车坪，而且还停放了好几辆车。

刘月更不解了，又回头去看叶涵，还没等她发问，叶涵难得地主动替她解惑："这是一个建在山顶的咖啡馆，来这儿看夜景相当不错。"

原来是这样，刘月有些明白了，那刚才叶涵把车停在下面那个路口，也是因为想带她走走小路，看看那些萤火虫吧。刘月的心不自觉地又软了，叶涵总是很细心、很周到，也许这就是他独有的温柔吧。

穿过停车坪，刘月终于看到这家建在山顶的咖啡馆了。本以为山顶这么偏僻的地方，规模什么的应该不怎么样。可是刘月猜错了，这个咖啡馆规模还不小，而且建筑风格是纯欧式的，里面所有的摆设都是纯木质的，让人一看就觉得很舒服。

而且咖啡馆的设计相当雅致，随处可见的清爽的绿色植物，还有用水晶串起的帘子。刘月几乎一眼就爱上了这个地方，就在她忍不住四处观望的时候，叶涵很熟练地对吧台的领班吩咐了几句，那人马上招来一个服务员，然后将叶涵他们带进一个精致的包厢。

刘月进了包厢后发现，原来包厢不是完全封闭的，竟然还连着一个小阳台。刘月赶紧凑过去看，果然这里的条件得天独厚，可以将整个L市的夜景尽收眼底。

看着山下灯火辉煌，绚丽闪烁的霓虹灯，还有大路上隐约可见的车灯，刘月今天第二次被眼前的美景迷住。亏她在L市生活了这么多年，竟然从不知道L市还有这么一个妙处。不过话说回来，她除了学校和家，平时也不大出来闲逛。

等刘月看够了再跑回叶涵身边时，叶涵已经点好了吃的。看着桌上摆放好的水果拼盘和冰激凌，刘月再次感叹，这里不但环境优雅，服务员的动作也很快。看着她喜滋滋地吃着巧克力口味的冰激凌，叶涵看似心情很好地喝起自己的红茶，然后顺手拿起身后书架上的一本杂志，开始慢慢地翻阅起来。

刘月最喜欢看叶涵专注于一件事时那认真的表情，于是又不自觉地傻盯着他看起来。叶涵也随她看，只是在翻页的时候提醒她：“笨蛋，吃完再看，冰激凌都融化了。”他这一句话，说得刘月好难为情，只好赶紧低下头把融得差不多的冰激凌先消灭掉。

原本气氛很好的包厢里，突然插入一个不速之客的声音：“哟！我们的叶大少怎么有空过来了？”

叶涵一听着声音，下意识地皱了下眉，抬起头来的时候，已经换了一副不耐烦的神色：“你怎么会在这儿？”

叶涵一开口就语气不善。刘月在旁边观望着，也不敢贸然插话，似乎是叶涵的熟人，否则叶涵不会这么直接地表露出自己的情绪。

果然对方很不客气地直接坐在叶涵旁边，然后转过头来跟刘月打招呼。这时刘月才看到对方的脸，对方戴着一副银框眼镜，脸上带着亲和的笑容，看上去竟然是带着点书卷气质的男人。

可是这个人一讲话，刘月就彻底对他改变看法了。这个男人笑着说：“我就奇怪你怎么突然下了游戏，结果接到小彬的电话，说你到这儿来了，还带着美女。我这不马上赶来一看究竟了嘛。”说完，还很暧昧地朝着刘月一笑。

刘月马上联想到披着羊皮的狼。看上去似乎斯文无害，可听他这讲话的语气，搞不好是个风尘老手。

果然叶涵眉头皱得更厉害了，不耐烦地说：“这下看过了，你可以走了。”

对方的表情马上变得苦兮兮的，竟然带着点讨好地对叶涵说：“别赶人家走嘛，让我多和美女聊几句。”

呃，怎么又扯到自己身上了，刘月赶紧低下头假装吃水果。

叶涵的声音更不耐烦了：“有什么好聊的，你不走，我们走。”

听语气，叶涵似乎有点生气了。刘月悄悄地抬起头看了一眼，果然脸色不善。反倒是对方突然间变得眉开眼笑起来，这是怎么回事？只听眼镜男得意地说：“哈！你生气了！如果我没猜错的话，你就是传说中的刘月吧，真是久仰大名啊！”

眼镜男突然话锋一转，又扯到刘月身上来了，不过刘月可没错过他话中那句“传说中的刘月”，什么意思？难道他以前就知道自己了。

刘月好奇地问他：“那个，你认识我吗？”

那人一听刘月这话，更得意了，笑得痞痞地说：“当然认识了，我可是久仰大名啊！这家伙身边的人，有几个不认识你的？”

说完，还得意地朝叶涵的方向大笑两声，貌似他在故意惹怒叶涵。本来还有一肚子问题想问的，可是看叶涵那黑得不行的脸色，刘月也没胆子再问下去了。

果然叶涵把书往桌子上一丢，就站起身来了。然后拉着刘月的手，理也不理眼镜男，就准备离去。这回换眼镜男脸色发黑了，跟在叶涵和刘月身后嚷嚷着：“叶涵，你太不够意思了吧，不就是专程过来看你妹子一眼吗，不用这么小气吧？”

叶涵本来打算不理会这家伙了，听到这句话，终于忍不住回过头：“你信不信你的股票从明天起会一直跌停板。”然后再附赠给对方一个很邪恶的微笑。

果然，那个人瞪大了眼睛，更凄惨地叫嚷着：“不是吧！你别这么狠心，我马上闪人，好吗？”说完，以迅雷不及掩耳之速消失了。

刘月眨巴着眼睛，还没完全搞清楚状况。叶涵牵着她走出去，到门口刘月才想起来问道：“我们还没付账呢。”

叶涵一副事不关己的样子说：“让那家伙去付。”

刘月点点头，然后又突然想起来那家伙不是在他们前面溜走的吗？

“他不是已经走了吗？”

“那就不付呗。”

刘月一瞬间有些茫然，傻傻地说：“啊？！”

叶涵看着她那笨笨的样子，突然间心情又好起来了，忍不住用手揉乱她的头发：“我是这家店的老板之一，不付账也行。”

刘月又被吓到，这家店竟然是叶涵的产业。叶涵不是才来L市吗？叶涵到底还有多少她不知道的秘密呢？最后她讷讷地开口对叶涵说：

“你还有多少我不知道的秘密，干脆一次性说出来，老这么多惊喜会吓死人的。”

走在前面的叶涵听到这话，回过头来冲着刘月笑。那双漆黑流光的凤目，在漫天星空的衬托下，仿佛带着星光一般。眼前的人温柔地看着她，嘴角带着甜蜜的笑意，用如夜风一般清凉的声音对她说：“你死了，我怎么办？”

于是，一整晚，刘月的脑子里就只有这一句“你死了，我怎么办”。她在床上翻来覆去就是睡不着。直到天光的时候，喉咙有些干渴，于是从床上摸到客厅去倒水喝。喝着喝着又忍不住走起神来，叶涵那话到底是什么意思?

终于回神决定去睡觉的时候，却发现叶涵的书房竟然亮着光。她不免有些困惑地悄悄走过去，刚到门口就听到里面清脆的键盘声。

叶涵一只手在键盘上打字，另一只手还要腾出来翻阅桌上的文件，手边的烟灰缸里已经堆了半缸的烟蒂。刘月知道叶涵不爱抽烟，如果是用来提神，那他……岂不是熬了一夜?

刘月本欲进去劝他休息，却在看到叶涵聚精会神地打字的时候，又迟疑了。应该是重要的事吧，否则他也不会熬夜也要做完才对。这样想着，刘月又退回自己的房间，躺在床上又是无眠，胡思乱想了一通，他那么忙的，却还抽出时间带她去散心。叶涵、叶涵……直到睡着，她还忍不住嘟囔着这名字。

再醒来的时候，已经是中午了。刘月简单地梳洗后来到餐厅，王婶早就贴心地准备了一大桌子好吃的。又不见叶涵，今天不是周六吗?

“叶涵呢？还在睡吗？”

“他很早就出门了啊。”王婶依旧一副乐呵呵的样子。

那他不是没睡？刘月心里突然闷闷的。王婶突然想起什么似的说道：“他给小姐留了话，说下午有聚会，他忙完了就来接你。”聚会？什么聚会？刘月有些莫名其妙。

对刘月来说，一个人在家，就等于无限地发呆。不论她干什么，脑子里总是浮现出叶涵的脸，耳边像不断重播一样，老是回响着那句“你死了，我怎么办”。为了不让自己疯掉，她马上登录游戏，给自己找点事做。刚上线，私聊不停地闪着，这一点开，全是刘浅和夜色等人的留言。

浅浅忧愁：“我就知道你能赢！哈哈哈，老大出手，无人能敌。再说老大这不就在你身边呢，怎么样，贴身指挥的感觉不错吧？哦呵呵。”

夜色：“啊！小月，我亲爱的。我太为你骄傲了！你这次可替我赢了不少银子！”

浅浅忧愁：“咦？人呢？这么快就下了，不是有奸情吧？死丫头！有了男人就不要姐姐了，我可是记住了啊！”

无毒不丈夫：“小姨子，恭喜你大获全胜啊！嗯？没在了？这么快就下了？”

看完这一堆留言，刘月无语了，还好昨天走得早，不然指不定要被他们几个折腾成啥样。还没等她喘口气呢，私聊又开始闪了，点开一看又是刘浅发来的。

浅浅忧愁：“小月，你个死丫头现在才上！昨天晚上你们去哪儿了？给我如实交代了！”

她正准备回复，突然弹出一条信息：“夜色邀请您加入组队。”马上点了同意，一进队就看到刘浅也在队伍里，刘月心里马上闪出个词——“逼供”。

[组队][浅浅忧愁]：抗拒从严，坦白从宽。哼哼。

[组队][流月]：你们合伙欺负我！

[组队][夜色]：小月你就说嘛，姐姐心里可是急死了。到底进展到哪一步了？

[组队][流月]：如果我说牵手，你们会不会掐死我？

气氛瞬间凝固了。一时之间，那两个人竟然同时沉默了，直到过了一会儿。

[组队][浅浅忧愁]：你们都同居半个月了，竟然只是牵手。我真想死！老大在我心中的地位，已经从神晋升到佛祖了。

[组队][流月]：汗，别那么夸张。

[组队][夜色]：告诉我这不是真的！牵手，啊！这个世界太纯洁、太和谐了！

[组队][浅浅忧愁]：老大该不是有别的嗜好吧？他身边有别的女人吗？

[组队][夜色]：老大该不是吃饱了才回家吧，那你怎么办……

[组队][流月]：我都不清楚他的事。女人……应该没有吧。昨天他朋友看到我，还很吃惊的样子。

[组队][夜色]：哇！都带你去见他朋友啦，进展不错嘛！

[组队][浅浅忧愁]：难道是你这棵豆芽菜对他一点吸引力都没有？

话题突然转移到刘月同志没有吸引力上面来了。

[组队][浅浅忧愁]：老实说，我不是让你去那引诱他的吗，你到底试过没有？

[组队][夜色]：对！对！对！

[组队][流月]：我哪有那个胆子，我看到他就发软了。

[组队][浅浅忧愁]：没用的家伙！

[组队][流月]：浅浅！

[组队][浅浅忧愁]：别给我装纯，爱情小说大家都看过，生搬硬套你至少会吧。

[组队][流月]：我看到他就没胆了，哪里还想得到那些东西。

[组队][夜色]：小月，姐姐用经验教导你。我和不要杀我在一起的时候，他闷得跟木头似的，都是我主动才有了今天这局面哟。

[组队][流月]：哇！你是怎么成功的?

[组队][夜色]：读大学的时候，好多女孩子喜欢他，可是他闷声不响的，一般女孩子都不敢追他。我就耍了一点点诡计，每次去上课还有自习的时候，我都坐在他身边，时间长了，所有人默认了我是他的女朋友！哦呵呵。

[组队][浅浅忧愁]：原来你才是真人不露相，佩服呀!

[组队][夜色]：然后我每次坐他旁边，就死皮赖脸地和他讲话。开始他都是问一句才答一句，就是个木头！后来慢慢习惯了，就会主动和我讲话了。牵手，拥抱，亲吻，都是我主动，所以他现在就是我的人了！啊哈哈!

[组队][流月]：我也想，可是我不敢。

[组队][浅浅忧愁]：你第一次强吻他时，就不怕他把你推开?

[组队][夜色]：哈哈！他哪敢，他紧张到全身都僵硬了，我轻松得逞!

这边三个人鬼鬼祟祟还没讨论出个最终方案来，无毒突然在家族里宣布，说晚上在A市搞个聚会，大家有空的都去。然后有人就问了：“怎么突然要聚会呢？”

无毒贼兮兮地宣布：“我们收集的证据已经交上去了，游戏运营商挺重视，明天就要查封使用外挂的账号。就连咱们家族失掉的那几件装备，他们也说会尽力帮忙找回，这还不值得庆祝？”

果然家族一下子又闹哄哄的，讨论起晚上的聚会来。

刘浅看到晚上有聚会，突然浮现出一个鬼主意，然后就对她俩说：“这是个机会，就今晚了！晚上聚会的时候，我们正好可以商议一下，然后拿出个可行的措施来，你就直接把老大正法了！”

刘月看到这话，冷汗直冒。她不确定自己要不要相信这两个狗头军师，可是又不甘心和叶涵一直保持这种暧昧不明的关系。

刘月抬头看看挂钟，已经快五点了。她估摸着叶涵差不多该回来了，赶紧让姐妹们结束这个话题，等到聚会时见了面再细谈。

刘浅一看刘月这鬼鬼祟祟的态度，转身就问：“我说你还没嫁过去呢，就这么怕老公，以后这小日子怎么过啊？”

夜色也不怀好意地打击她：“别这么被老大吃得死死的，你要想办法压倒他。这个才是王道！”

等刘月刚把电脑关上，就听到停车的声音，忙不迭跑到窗前一看，果然是叶涵回来了。叶涵也打开半个车门，正好抬头看楼上。视线在空中交集，叶涵对着她招手，示意她赶紧下来。

A 市和 L 市离得很近，坐地铁不用一个小时就到了，可是开车的话，就得一个多小时了。等叶涵载着刘月赶到时，已经快晚上六点半了。还是第一次见面时的那家伊人如月。

刘月心里突然冒出个念头来，然后扯着叶涵问道：“这也是你的产业？”

叶涵不知道她怎么突然会问，不过还是点点头。刘月心里备受打击，总觉得她和叶涵之间的距离越来越远。

同一家餐馆，同一个包厢，不同的是上次刘月是逃命般溜走，这次却是被那人给带进来的。她不禁感叹，这世间的事真是变幻莫测。

刘浅和夜色已经凑到角落里嘀嘀咕咕半天了，看到大家都去门口打招呼，才抬起头来看。刘浅一见到刘月，就忙探着身子招呼她：“小月，这里！我和夜色等你好久了。”

刘月忙点点头，然后看了叶涵一眼，意思是自己先过去。叶涵看着她点点头，她这才赶紧走到刘浅她们那边去。两人小小的互动竟然被孙铭给看到了，他笑嘻嘻地过来搭着叶涵的肩膀：“老大，你把我小姨子给搞定了？”

叶涵似乎和他很熟，也习惯他一副很痞的样子了：“红军长征呢。”

这话一出，孙铭的嘴角也垮下来了，不是吧，都这么久了。

刘月走过去，就看到刘浅旁边的姑娘微笑着说：“小月，我是夜色！你叫我叶希就好。”

然后叶希和刘浅就对她不怀好意地笑起来。

刘月过去就苦着小脸，假装生气地说：“你们还取笑我，我可愁死了。”

叶希笑得贼贼的：“嘿嘿，刚才看老大对你温柔得很啊。”

刘浅也点点头：“老大看你的眼神有欲，你准有戏。”

这话听的刘月和叶希一身冷汗。

“刘浅，什么是有欲？”叶希马上提出问题。

刘浅白了她们俩一眼，一副你们这两个小白的样子解释道：“就是占有欲啊。笨！”

两个人这才恍然大悟，刘月小脸有些羞红地骂刘浅：“你就不能多说两个字啊？”

叶希也讪讪地笑着：“你害我白激动了一下。”

刘浅斜着眼看她二人：“你们俩真龌龊，随随便便就想歪。”一副只剩我最纯洁的模样，看得刘月和叶希直想掐死她。

刘月可没忘记最重要的事，扯扯两个人的衣袖，示意别闹了。

“两位姐姐啊，我是真心寻求帮助来了。”

刘浅白她一眼，也言归正传了，开始正经地说：“这事说来说去还是得你先下手。”

叶希也在一旁附和着：“你得拿出勇气来。女追男，隔层纱。我就是个成功的例子。”

刘月瞪大了眼睛认真地听着，就差拿本笔记本出来做笔记了。

刘浅稍微顿一下又说：“就说你今天这身装扮吧，你知道问题出在哪儿？”

刘月低头看了自己一遍，都是才换的，没哪里不干净，也没怪味啊，没啥问题吧。刘浅一副孺子不可教的模样示意叶希解释。

“小月啊，女人最重要的是要有女人味。你这T恤加牛仔裤，还有这帆布鞋，虽然轻便舒适，不过真是没任何魅力可言。”叶希说完也冲她摇摇头。

“那怎么样才能有魅力呢？”刘月很好学地提问。刘浅一下子来劲了：“女人的魅力分为好几种，还得看个人适合什么样的打扮。就比如说你，别人能把T恤、牛仔裤穿得很性感，而你呢？怎么看都像个女高中生。”

叶希点头表示赞同：“虽说我们不知老大喜欢什么类型的，不过咱们可以试试看嘛！”

叶希总是能提到最关键的东西，也许这就是她所谓的商人的直觉。刘浅和刘月一起把头凑过去，叶希笑得很得意：“网球场上的网球短裙、海滩边的比基尼、温泉旅店的日式浴袍、家居型的蕾丝睡裙，总有一款会是老大喜欢的。”

刘浅一听也来了想法：“对啊对啊，咱们周末相约去玩，到时候我俩还能助你一臂之力。”这个想法似乎不错，有她们在旁边，就不会那么尴尬了。

接下来又讨论了些细节上的问题，虽然刘月一度觉得这两个狗头军师的办法似乎有些脱离现实，不过比起被动相处，这些方法也聊胜于无。宴席间，他们十几个男的开怀畅饮，为这次家族血洗前耻而有些兴奋。

宴席结束后，刘浅提议他们几个先别忙着回去，然后使眼色给叶希，说要一起去看电影。叶希马上会意地拉着刘月说：“小月啊，我们好不容易能聚一次，一起看电影去嘛。”边说边轻轻掐了刘月一下。刘月马上领悟过来，原来她们俩在给她制造机会。

刘月回头看了叶涵一眼，叶涵看她一副很想去的样子，就点头同意了：“好啊，一起去吧。”

叶涵此话一出，刘浅和叶希比刘月更激动地小小欢呼了一下，惹得旁边两位男士有些莫名其妙，只有叶涵淡淡一笑，似乎不以为意。

A 市的影院生意非常红火，竟然有一堆人在那排队。孙铭一看就对旁边几个人说道：“人还挺多，要不我去排队，周逸凯你陪女孩子们去买爆米花，老大你就当护花使者吧。”说完，笑呵呵地排队去了。

这个叫周逸凯的就是游戏里的不要杀我，游戏里游戏外他都是叶希的老公。

此刻叶希挽着周逸凯的手臂撒娇道：“老公，我要吃草莓味的爆米花。”然后，一向不苟言笑的周逸凯，竟然用很宠溺的语气和叶希说：“除了爆米花还想要什么？”

跟在她们身后的刘浅和刘月，对望一眼，均觉得有些不可思议。这就是那个在游戏里言出必行、不苟言笑的不要杀我？而据说他在现实中则是号称铁面无私的周大律师？

刘浅忍不住赞叹道：“叶希果然是高手中的高手，木头也有春天啊！”然后她又转过头看向刘月：“你也要加油，用你那火柴般微弱的火光融化冰山吧。”

刘月听完这话，下意识地回过头看向身后的叶涵。也不知道叶涵到底是听到了还是没有听到，他正好也在看刘月，一副似笑非笑的样子，让刘月有些猜不透。

等到刘月她们三个每人一杯爆米花，拎着一大堆小吃，从影院旁边的超市里出来时，孙铭已经买好票在外面等着了。看到他们几个，他笑嘻嘻地说：“大厅的票都卖完了，我只好买了三个情侣包厢，没问题吧？”

叶希马上搂着周逸凯的手臂，喜笑颜开地说：“当然没问题。”其实她心里最想说的应该是，这简直是天意啊！

到底是天意还是人意呢？当孙铭把票分完，刘浅牵着他的手走在最后，笑得贼兮兮的。孙铭也一副得意的样子，说：“老婆大人，完美完成任务。有没有什么奖励啊？”

“奖励啊？今天多给你一个吻吧。”孙铭乐得欢呼万岁。刘浅白他一眼，这小样，就这么容易满足。

直到检票入场时，叶希挽着周逸凯先进。叶希在进场的那一瞬间，对刘月悄悄地眨眼，暗示她把握机会。

刘浅和孙铭进去的时候，刘浅则是瞪了刘月一眼，警告她千万不准怯场，这可是她精心布局策划的结果。

刘月傻笑着装什么都没看见，然后跟着叶涵进去了。这还是她第一次坐情侣包厢，包厢像是卡座一般把左右和前后排都给隔开了。坐进去之后，这个小空间里只有自己和对方，这种感觉非常棒。而且四周昏暗的灯光，让刘月不那么尴尬。

电影还没有开场，刘月坐在一边偷瞄叶涵。叶涵很随意地坐在沙发上，把身子向后靠，摆了个舒服的姿势，把手里提着的零食袋子打开，拿出几样递给刘月，然后自己开了罐可乐慢慢地喝。

刘月在心里给自己打气，好的！气氛不错，只少合适的时机了。

电影开场了，刘月虽然眼睛盯着屏幕，其实心一直放在旁边人的身上。她每次都假装无意地一点点挪到叶涵坐的那边去，心想，偷偷靠近一点应该不会被发现吧。

深呼吸了几次之后，她勇敢地转头，准备找个话题和叶涵培养点暧昧的气氛时，却傻眼了——叶涵靠在沙发上睡着了。

然后刘月才想到，对呀，叶涵昨天通宵看了一晚的文件，早上很早就出门了，然后是聚会，又陪着自己来看电影，真是难为他了。

而刘月也只有在叶涵睡着了时，才敢这么近距离地看这张脸。那飞扬的剑眉、浓密的睫毛，还有他那张微微抿起的唇，就算在影院这昏暗的灯光下，刘月也知道这唇是淡淡的粉色，笑起来嘴角会微弯，是她最喜欢的弧度。

时间仿佛都静止了。刘月看着看着，在自己完全没意识到的时候，已经贴上了叶涵的唇瓣，那微凉柔软的感觉，仿佛果冻一般，让她的心也泛起甜甜的滋味来。

回过神来的时候，刘月吓了一跳，然后赶紧离开，手摸着自己的唇又发起呆来。她怎么可以这样，又趁他睡着的时候偷吻他。

兀自沉思的刘月当然没有看见，她刚吻过的嘴角，习惯性地勾起了她最爱的弧度。

直到从影院出来，刘月也没搞清到底看的是部什么样的电影。刘浅和叶希在一旁讨论情节，她只得微笑着装傻，难道她要老实交代，她一直在看着叶涵的睡脸发呆，甚至还偷偷吻了人家么？天啊！她真是个罪恶的女人！

叶涵基本上从进影院后就开始睡，一直到散场。所以刘月敢肯定，他们六个人里，就她和叶涵是什么都没看的，然后更觉得心虚了。前面几人也不知道在讨论着什么，突然刘浅回过身问她：“小月，你说怎么样？”

她茫然地看着刘浅，什么怎么样？一看她那样子就是不知道又走神到哪儿去了，刘浅无奈地再重复一遍：“今天大家都喝了太多酒，又这么晚了，开车回去不安全啊。我们就商量着，干脆在这儿住一晚，明天是周末还能再一起去哪儿玩玩什么的，多好呀！”

听完刘月下意识地就看向叶涵，叶涵睡了一会儿，精神也好多了。看着刘月隐隐有些期待的眼神，他挑眉对其他人说：“好啊，难得周末有空。”

刘月一听心里刚刚有些开心，又突然想到叶涵应该是很忙的，他不是才熬了通宵吗？她的脸色又沉了下来，脚下的步子越走越慢，直到落到最后时，才扯着叶涵的袖子问：“你不是很忙吗？”

叶涵看着她不自在的表情，知道她的担心：“已经忙得差不多了。”

刘月不认同地说：“你要多爱惜自己的身体。”

叶涵不解地挑眉看她，她才犹豫着说：“我看到你熬夜了。”

叶涵听完勾唇一笑，牵起她的手赶上前面四个人。他们到了A市一家小有名气的酒店时，叶涵抢着先去订房间。刘浅一看这情形，有点得意地拉着叶希说：“老大似乎有点开窍了。”叶希听到也笑得贼贼的。

刘月站在一边，看着那两个女的朝她笑得贼兮兮的。这才突然领悟，原来这又是那两个人计划好的，她就奇怪怎么突然说要留宿A市，她们那么积极地劝说果然是有鬼。

叶涵拿着房卡过来了，分别递了一张给孙铭和周逸凯，就示意刘月跟上："我们不和他们一楼。"

他这话一出，刘浅和叶希又是鬼鬼祟祟地相视一笑，在对方的眼里看到"这下可真有戏了"。

刘月怯怯不安地跟在叶涵的身后，头都没敢抬。她心里一直纠结着，怎么办，怎么办，要和叶涵睡一间房，或者是一张床？天啊，她的心快跳出来了。

等到叶涵开了门，她羞答答地跟进去后，一抬头，她的心被淋了一盆冷水，一下子就凉了。她茫然地瞪大了双眼问叶涵："我睡哪里？"

叶涵一副很大方的表情说："你先挑。"

然后，刘月迈着苍凉的步伐随便打开一扇门，回头对叶涵说："那我睡这间吧，早点休息。晚安。"

直到她把门关上，叶涵才轻轻地吐出口气来，然后有些无奈地皱着眉，打开了隔壁房间的门。

刘月也不知道自己是怎么睡着的，等她醒来时，已经是早上十点多了。她忍不住皱眉，糟糕了，刘浅和叶希不知道会不会掐死她哦。

刘月迅速地梳洗了一下，开门就看到叶涵坐在客厅的沙发上看报纸，看到她起来出声喊她："过来随便吃点早餐。"

刘月咬着块三明治问他："叶希她们没来叫我吗？"

叶涵换了一份报纸，然后告诉她："我说你还没醒，然后她们就很开心地说千万别吵醒你。"

刘月听完，马上从叶涵的话里抓到点苗头，感情那两个人又搞错状况了。她无奈地在心中叹息，昨天她也搞错状况了。多无奈，多讽刺，多伤情。

刘月随便吃了两口也没胃口了，就急着想去找刘浅和叶希诉苦。叶涵带着她退了房，打了个电话给孙铭，才知道那四个人闲不住，跑去网吧玩了。约好中午吃饭的地方后，叶涵先载着刘月过去了，不一会儿了，他们也到了。

刘月一看到刘浅，激动地冲过去拉着她。刘浅以为这孩子高兴疯了，还故意刺激她："用得着这样吗？不就一晚么。"

此话一出，刘月的脸哭丧得更厉害了。

叶希看着觉得好像不对劲，然后三个人没理会几个男人探究的目光，立刻换根据地了。

在女洗手间里，叶希不解地问表情怪异的刘月："怎么了？老大不够温柔？"

刘浅也狐疑地看着她："老大也真是的，是不是吓到你了？"

刘月左手抓着刘浅，右手抓着叶希，开口的第一句话就是："你们昨晚住的什么房间？"

两个人对视一眼，一起开口说："豪华情侣房。"

刘月顿时备受打击地说："我们住的是豪华套间。一人一间……"

呃……这两个人头上同时飞过一只乌鸦，最后刘浅才干巴巴地说："不是吧！这么不幸？亏我以为我的主意天衣无缝呢，太失败了！我要开始怀疑自身价值了。"

叶希也摸摸刘月的头，万分同情地开口："可真苦了你了，要早知道是这样，我们就该提前给你准备个铁锤，好让你破墙而入。"

刘月撇撇嘴，也开始怀疑其自身价值："我觉得叶涵对我根本就没那意思，我还是老老实实地放弃吧。"

这话一出，刘浅马上不乐意了，连忙劝道："不行！不能因为这么小的失败就放弃。你甘心吗？"

叶希也劝道："对啊，这才是个开头嘛！我当年追我老公比这辛苦多了，坚持就是胜利。"

在她们努力的劝慰下，刘月的信心值又满了，三个女人又重新整理出一套新的方案来。

等她们回到包厢时，菜都上齐了。几个男人虽然奇怪她们怎么去了那么久，可是也不太好问，继续着刚才的话题。刘月坐在一旁边吃边听，然后惊讶地插嘴道："战盟解散了？"

不是吧，那么大的一个帮派，怎么会说解散就解散呢？孙铭知道她没听到之前的，就又重新给她讲一遍："小姨子，我们的证据交上去后，游戏运营商查证属实，就将所有和外挂事件有关的账号都给封号了，结果封的都是战盟的高层。这一口气封了二十多个号，战盟完全是群龙无首的状态，别的人想爬上去当老大，声望又不够，镇压不住下面的人，据说昨天闹了一晚，最后干脆就解散了。"

孙铭边说边得意得不行，战盟的人历来喜欢找嗜血堂的麻烦，现在解散了，他也的确觉得解恨。

刘月说不出什么感觉，她毕竟也在战盟待了一段时间，而且还不短。突然间听到它就这么解散了，难免觉得世事无常。可是它会有今天，也算咎由自取，明知游戏严厉打击外挂，竟然还想着用它谋取暴利。

一顿饭吃得倒还挺愉快。主要席间有刘浅和孙铭这一对活宝情侣在，夹个菜都能针锋相对半天。刘月看了觉得很羡慕，叶涵似乎就从来没这么轻松地和她打闹过。她在心里为自己打气，别泄气啊！就算是我这样火柴一般微弱的火光，也可以融化冰山的！

吃晚饭，刘浅再接再厉，提议去海滩玩，叶希也一个劲地煽动大家。刘月悄悄瞥了一眼叶涵，发现他表情冷冷清清的，眉头有些微蹙，似乎不大喜欢去海边。

刘浅一个劲地给刘月使眼色，刘月才吞吞吐吐地和叶涵说："我也想去。"

叶涵稍有些惊讶地看了她一眼，然后点头同意了。

毕竟是周末，海滩的人比较多。她们找了块人还算少的地方，然后就去换泳衣。来之前刘浅特意要求先去买泳衣，和叶希两个人在商场里挑了个遍，最后终于给刘月选了套清纯中带点诱惑，又很称她身形的泳衣。这不，一到海边就想让她赶紧换上，去给老大一个惊喜。

刘月忐忑不安地随着叶希、刘浅一起走出换衣间，很别扭地咬着下唇。刘浅安慰她说："别急，男人都是视觉动物，老大看了你这样子，肯定撑不住。"

叶希也给她打气："你要相信我和刘浅的眼光！"

到海滩边时，叶涵和周逸凯坐在太阳伞下闲聊。看到她们出来了，周逸凯招手示意了一下。叶涵也回头瞥了一眼，视线落在刘月身上时，他的身体微微有些僵硬。

叶希给刘月使了个眼色，就跑过去挽着自家老公闪人了。刘浅到处张望了一下，竟然没看到孙铭，脸色不禁变得有些难看。

刘月还没来得及告诉她孙铭在她身后，那边倒很识时务地先叫唤了："老婆大人，走！我带你水上冲浪去！"

刘浅回头一看，孙铭租了一辆水上摩托在那儿，不由得喜滋滋地走过去了。

刘月一看刘浅那样子，也忍不住羡慕。每个人都找到自己的幸福了，似乎只有她一个是被上帝不小心遗忘了。她走到叶涵旁边坐下，叶涵看也没看她，就把头偏向另外一边，声音有些冷硬地说："我过去买点吃的。"

然后就起身走开了，剩下刘月一个人看着他的背影，眼泪默默朝心里流。怎么会这样子？和预想的完全不同，亏她下那了那么大的决心，把这套比基尼给穿了出来，结果呢，叶涵连看都没看她一眼。

刘月失望地低着头，一个人蹲在沙滩上画圈圈玩。突然不知道从哪儿冒出来一群人，围着她问："嘿！美女，一个人吗？我们一起玩吧。"

刘月抬头看了他们一眼，礼貌地摇摇头。可是这几个人特别不识趣，还是不肯走，还有个人一直劝她："一起玩嘛，你一个人蹲在这里多无聊。"

"是啊是啊，来吧！"然后其中一个人就伸手来拉她。刘月这才觉得有些怕，突然她身后伸出一只手臂，帮她挡住那只咸猪手。

这时听到叶涵冷得像冰一样的声音："她不是一个人。"

说完，叶涵朝她伸出手，刘月小心翼翼地牵着他的手，叶涵拉着她就走，把身后那几个还没搞清状况的人丢在原地。

刘月抬起头看到叶涵铁青的俊脸，刚想和叶涵解释，她根本就不认识那些人，叶涵却先开口了，而且语气很愤怒："我就离开了那么一下，就有一群苍蝇黏过来，你打扮那么漂亮干吗！"

刘月微张着小嘴，有些呆呆地看着叶涵，原来他有注意到自己的打扮啊，他还说她今天穿得很漂亮。她心里一下子甜了起来，然后主动过去挽着他的手臂，笑得非常灿烂。

第八章
婚礼抢亲

自从那天从海边回来之后，叶涵就变得有点奇怪了。他不时会若有所思地看着刘月，然后眉头微蹙。

刘月每次被他这样看着，都会觉得全身不自在，但是当她鼓起勇气要问个清楚时，叶涵又跑掉了。对！她分明感觉到，叶涵这几天在躲她。平时叶涵下了班回来还会陪她玩玩游戏，最近却老是很忙，或者是装忙。

刘月有时上线了，分明看到他在线，正要打招呼。系统就提示："您的夫君孤夜寒星下线。"

第一次可能是凑巧，接连几次，刘月气得快吐血了。而且每天晚上都是她睡了以后才回家，早上都是她起之前就出门。这到底是怎么回事？！她还以为从海边回来后，他们之间的关系算是进了一步，结果呢？他们直接退回到从前了。

事情是这样子的。那天在海边，因为岸边人比较多，几个人游到远一点的礁石那儿去玩。后来刘浅提议打水上排球，两个人一组。刘月和叶涵正好对刘浅和孙铭，水里本来就不好施力，再加上刘月本来就是个运动白痴，这场比赛还真不公平，不过好在是游戏而已，输赢并不重要。

开打以后，基本是叶涵一个人顶俩，刘月完全就是陪衬用的，而且她看到球来了，非但不接，反而吓得调头就躲。

然后，就发生了一件匪夷所思的事。刘浅知道他们这边都是靠叶涵在打，所以很无耻地故意把球朝刘月这打。刘月一看到球，下意识就转身，叶涵又过来接球。

结果变成刘月扑到了叶涵怀里，叶涵瞬间就僵硬了，结果球也没去接，掉在了水面上。刘浅得意地大叫："哈哈，你们输了，换叶希组！"

就在叶涵准备把刘月推开一点，转身游回礁石下时。一向害羞又脸皮薄的刘月竟然死命抱紧了他，不让他走。叶涵又石化了，不过他看到刘月的表情不太对劲，便僵硬地问："怎么了？"

刘月一副快哭出来的样子："我的带子松开了。"

叶涵的视线顺着她的话看去，果然有两根纤细的带子在水里若隐若现。叶涵的眼神一下子变得幽深，他忙撇过头去，然后揽着刘月朝礁石那边游去。身后的几个人玩得正疯，谁也没发现他们的不对劲。

总算到了礁石这边，因为有石头遮挡，那边的几个人已经看不到他们了。刘月的脸羞得更红了，也不知道现在该怎么办，只能把头埋在叶涵怀里。所以她没看到，叶涵当时微微泛红的双颊，还有那不自在的表情。

看到死死赖在自己怀里不肯动的刘月，叶涵实在没办法，只好将手轻轻伸到水里，抓住那两根带子，然后替她系了个蝴蝶结。刘月虽然没能看到当时叶涵的表情，可是她感到叶涵的手在不小心碰到她的背时，带着微微的颤抖。

直到系好了，刘月才后知后觉地发现，自己竟然死死地赖在叶涵怀里那么久，然后马上闪开。叶涵也觉得很不自在，赶紧转身走了。

留下刘月一个人在那里慢慢回味——叶涵的胸膛好温暖，他的身体好结实，他的身材好好，这次来海边真的是赚到了！刘月心情好得不得了，她觉得就连空气都仿佛变成了粉红色的。

不过，每次她的期望似乎都会落空。看叶涵自从那天后对她那冷淡的态度，她的心冰凉冰凉的。她怒气冲冲地上了游戏，心想着，要是你再看到我就下线，我晚上不睡也要抓到你问个清楚！

上线一看，人物头像竟然是灰色的。倒是刘浅看到她来了，马上和她打招呼。刘月正好一肚子苦水无处可诉，马上就跟刘浅诉苦："叶涵上线今天上线了吗？"

刘浅也不知道他们最近的关系正诡异，就老实地回答："是啊，才下线不久。"果然是这样……刘月欲哭无泪。

"自从那天从海边回来后，叶涵就一直在躲着我。"刘浅一看她这话，感觉事情有点诡异，马上把正在交易频道做生意的叶希喊来。三个女的又凑在一起商议大计。

[组队][夜色]：怎么了？这么急着喊我。

[组队][浅浅忧愁]：比基尼计划失败，老大已经躲着小月好几天了。

[组队][夜色]：不可能呀，那天我明明看到老大牵过小月的手，打球的时候还挺护着她呀。

[组队][流月]：每次我上线他就下线，我睡了他才回来，我起床他已经出去了……

[组队][夜色]：看来情况确实严重，不过你到底做了什么天怒人怨的事了？

[组队][浅浅忧愁]：你想想出了什么事？不可能无缘无故就躲你吧？

[组队][流月]：可能是那天海滩的事……

[组队][夜色]：海滩的事？说具体点。

[组队][流月]：就是那天打球的时候，那个，我的带子松开了，他帮我系上的。

[组队][浅浅忧愁]：这么大的事你不早说！这么关键的发展！

[组队][夜色]：浅浅先别激动，事后呢？

[组队][流月]：事后他就躲着我啊，我都不知道我做错什么了。

[组队][夜色]：那个按我分析，老大要么是不喜欢你，要么是尴尬害羞。

[组队][流月]：他果然是讨厌我……

[组队][浅浅忧愁]：别乱想，哪有的事！我们这么多双眼睛还会看错吗？老大平时对你怎么样，我们都看着呢，八成是害羞。

[组队][夜色]：我也觉得可能是害羞。小月，我觉得你干脆一鼓作气表白吧，这样耗着不上不下的，也不是个事儿啊！

[组队][浅浅忧愁]：就是！你不能再这么被动了，直接上吧。

看到她们的劝说，再加上叶涵确实好几天没理她了，刘月心里有点动摇。干脆就这样豁出去吧，要是真的被叶涵拒绝了，最坏也不过是收拾东西搬出去。

[组队][流月]：好！就这样。

[组队][浅浅忧愁]：啊？！你真决定了？不是逗我们玩吧？

[组队][流月]：我真的决定了，反正他拒绝了，我就搬回去嘛。

[组队][夜色]：就是这样！拿出勇气来，当年我就这样豁出去，才追到我老公的。

[组队][浅浅忧愁]：别怕，不管结果如何，你还有我们呢。

[组队][夜色]：我看就这周末吧，咱们把老大约出来，你就直接揪着他领子问“我喜欢你，你不准不喜欢我”，这样就完了。

[组队][流月]：我绝对说不出这样的话！

[组队][浅浅忧愁]：果然是你的风格……

又是周末。这几日刘浅和叶希每天都在安慰刘月，给她做思想工作，让她千万不能怯场，毕竟人生中总要有那么全豁出去的一次。刘月虽然已经下定了决心，但是这天来到了，她还是紧张得手脚都是汗，甚至整个人都变得有些奇怪。

叶涵躲了刘月一周，周末实在是躲不过去。在家待着又怕和刘月单独相处，会很尴尬。还好孙铭打了电话来，说要一起去温泉旅店。叶涵想也没想就答应了，刘月知道他是想人多一点好不用面对她，心里更是闷得厉害。

平时刘月总喜欢偷看叶涵开车，今天在路上三个小时，她一言不发地看着窗外的风景，头也不回。叶涵的心情也跟着郁闷，眉头紧皱着。

到了目的地，车一停稳，刘月立刻就下车了。叶涵默默地看着刘月的背影，心里闷得厉害。几个人一起走的时候，刘月也不像平时一样陪在叶涵旁边，而是尽量走在刘浅身边。

刘浅和叶希知道她害怕，也尽量为她打气。可是她还是没勇气看叶涵，就怕一看到他的脸，所有的勇气都没了。叶涵不知道，他只是觉得今天的刘月有些怪，而且很明显地在躲他。前几天都是他躲着刘月，现在换刘月躲着他，他眉头皱得更紧了，真不喜欢这种感觉。

刘月直到晚饭的时候才出现。席间她坐在叶涵的旁边却始终没看叶涵一眼，旁边的刘浅和叶希神色有些不对劲，一直盯着他们这边看。一顿饭吃了很久，孙铭和往常一样，总是喜欢拿几瓶酒来，然后几个人一起玩游戏，输了的要喝酒。平时刘月都不参加的，今天却硬要一起玩，一来就输了几局，但是今天的刘月很豪爽，举杯就干，也没二话。看她那豪气，连孙铭都忍不住夸道："呀！小姨子今天好豪爽啊！"

叶涵在一旁越看眉头皱得越紧。眼看又输了，刘月拿起杯子又灌下一杯，叶涵有些忍无可忍了，明明从来都没喝过酒，还这样狂灌，她到底是想怎么样啊！

刘月拿起另外一杯，还准备喝的时候，手突然被叶涵抓住了。她转过头来看叶涵，叶涵的脸变得有些不清晰了，她的头也有些晕乎乎的。

叶涵一脸铁青地对她讲话，她却走神了，没听到他在讲什么。她的目光停留在他好看的嘴唇上，看着它们一张一合，似乎很柔软、很甜美，好像咬起来很舒服的样子。

刘月下意识地就凑过去了，叶涵根本没料到会变成这样。一时间什么反应都没了，意识也空白了，任凭刘月在他的唇上咬来咬去。

旁边的几个人也全呆住了，愣愣地没说话。

刘月只觉得叶涵的唇好柔软，咬起来好舒服，舔着的时候还带着淡淡的甜味。好想这样一直咬下去，然后就慢慢地失去意识了。

等叶涵从石化状态恢复时，刘月已经完全倒在他怀里，睡得不省人事了。其他几个人也回过神来，孙铭看着叶涵怀里的刘月，忍不住咋舌："小姨子真是不鸣则已，一鸣惊人啊！"

叶涵没办法，只得把怀里睡得不省人事的刘月抱回房。等把她放到床上，盖好被子，叶涵才坐在床边，眼神复杂地看着她的睡脸，半晌才长长地叹出一口气："真是上辈子欠你的。"

然后，他缓缓地凑过去，开始细细地吻她的唇，动作是那么轻、那么温柔，似乎生怕吵醒了她一样。

一早醒来叶涵就莫名有些心神不宁，觉得似乎会有事发生。他怀着不安的心情去敲刘月的门，没有动静。他又喊了两声，因为住的是日式温泉旅店，都是很薄的推拉门，不可能听不到，可还是没动静。最后实在是顾不得男女有别了，他把刘月房间的木门给拉开了，一看，果然被子叠得很整齐，人已经没在了。

叶涵的心瞬间就凉了，当下就出去找人。刘浅他们都还在睡，也被他叫醒。一听说刘月不见了，都吓了一跳，也都赶紧爬起来找人。突然叶涵想到了什么似的，也顾不得和别人交代，直接开了车就往回赶。

刘月天还没亮的时候就醒了，宿醉后头疼得厉害。她坐在榻榻米上边揉着脑袋边回忆，自己到底是怎么睡着的，一觉醒来竟然就在房间里了。

这一回想，吓得刘月想把自己掐死，她竟然做出了那种事，天啊！丢脸就不说了，她这还没告白呢，就先出了这状况，这就是所谓的"出师未捷身先死”吗？她已经没脸再面对叶涵了。想到就做，她悄悄收拾好就蹑手蹑脚地溜了出去，拦住辆车就赶回L市。

到家的时候，王婶显得很吃惊，怎么小姐自己一个人先回来了？刘月只得撒谎说，自己不舒服先回来休息。然后她把行李箱找出来，开始收拾东西。

正收拾到一半，突然房门被用力地打开。刘月吓了一跳，转身就看到叶涵冰冷的俊脸，他脸色铁青，眼睛里竟然带着痛。她不是眼花了吧？

叶涵看到她，直接就走过来，将她按到墙边上。两个人这么亲密地贴在一起。刘月忍不住又脸红起来。她把头侧向一边，不敢看叶涵的脸。

叶涵似乎有些失控了，完全没有平时的冷静自持，他怒气冲冲地开口：“又想逃？这次你打算走多久？又是五年？你到底要伤我到什么程度才甘心？”

刘月听得愣愣的，他在说什么？她怎么好像都听不懂。叶涵似乎也没指望她回答，自顾自地说下去了：“每次都搅乱一池春水，然后就不负责任地逃开。你到底将我置于何地？”

刘月怯怯地插了句：“因为你都不喜欢我啊。”

叶涵似乎更来火了，着急地问：“你哪只眼睛看到我不喜欢你了？你给我机会说了吗？五年前，我也以为我们是两情相悦，你这丫头迟钝又胆小，我一直等着你成年，结果我等来了什么？你一声不响就走了，留下我一人活得像行尸走肉。”

刘月诧异地抬着头看他，他说的是真的吗？她一直以为他只当她是邻居家的小妹妹。

叶涵似乎想把所有压抑的苦闷都吐出来：“我千方百计打听你的消息，知道你在玩游戏，我也去玩。结果聚会的时候，你一看见我又跑了。害怕再吓到你，我告诉自己不能急，慢慢地来，好不容易有点进展，婚礼那天你再次跑了，你知道我心里多难受吗？然后我告诉自己，得把你放到眼皮底下才放心，才那么坚持地让你搬过来。”

刘月完全就傻了，愣愣地看着叶涵，还没完全反应过来。

“每次我忍不住的时候，我就告诉自己不能急。我已经无法再等一个五年了，你呢？主动地亲了我，扰乱了我的心，现在又想不负责任地跑掉！”叶涵用手臂紧紧将刘月锁在自己的怀里，生怕自己一个没看紧，她又像以前一样消失在自己的世界里。

刘月傻傻地待在他怀里，似乎懂了又觉得像在做梦，她不确定地问：“你是真的喜欢我吗？”

叶涵无奈地叹气，这丫头还不懂他的心：“我喜欢你，喜欢得快疯掉了。不管你愿不愿意，总之我不可能放你走。”

刘月觉得压在自己心里那块千年巨石，似乎突然间挪开了。原来上帝并没有忘记她，她也可以获得幸福。她突然就伸出手抱着叶涵，把头死死地埋在叶涵怀里。

叶涵满足地叹了口气，这丫头总算是明白他的心了，才这样想着，突然感觉不对劲。他马上紧张地将她的头抬起来，果然一张清丽的小脸上满是泪痕。

叶涵有些慌乱，边用手抹她的泪边自责道：“别哭啊，我不是故意凶你，我是气过头了。”

刘月边哭边笑：“不是，我是太高兴了。”

说完，她又埋到叶涵怀里，抱得紧紧的，一副坚决不肯松手的模样。

叶涵没办法，只好顺势把她抱在怀里，然后坐在床边等她哭够。结果接到刘浅打来的电话，因为刘月的手机特意关机了，刘浅只好打到叶涵这来。叶涵一接起，对方就噼里啪啦说了一堆。

叶涵看了下那个惹得天下大乱，现在又撒娇着赖在他怀里不肯起来的小女人，无奈地对刘浅解释：“没事了，她在家里。”

刘浅还是不确定地问：“她真的没什么了吗？”

叶涵看着在她怀里做鬼脸的刘月，对刘浅说：“应该是没事了，她还在对我做鬼脸。”

一听这话，刘浅才放下心来，接着她又恢复本性："出来玩一次，连个温泉都没泡成，告诉小月，都算在她头上了。"

叶涵也笑笑，然后很大方地说："下周再去吧，所有的费用我出。"

刘浅听了，马上欢呼一声，心满意足地把电话给挂了。

刘月刚哭过，眼睛还有点红，她扬着头问叶涵："我是不是又给你惹麻烦了？"

叶涵的心情特别好："是啊，不准再跑了。"

刘月乖巧地点头，然后又把头埋到他怀里。他挑着眉看她，不怀好意地问："怎么，赖在我身上不想动了？"

听完这话，刘月的耳根都红了，可是还是不愿意离开他的怀抱，她怯怯地说："我再待一会儿行不行？"她那样子在叶涵眼里可爱得不行。

叶涵忍不住收紧手臂把她抱得更紧，然后坏坏地说："夫人想待多久都行，不过先让为夫伺候夫人吃饭吧。"说完，就轻轻抱起她到餐厅去。

王婶正在餐桌前准备早餐，一看到刘月被叶涵给抱着出来，一下子笑得眼睛都眯起来了，似乎期待这一天很久了。她同往常一样乐呵呵地说："少爷和小姐慢用，我下去了。"说完还看着刘月笑眯眯地点头，羞得刘月挣扎着要下地。

叶涵不乐意了："刚才不是说要多待一会儿吗？"

刘月咬着下唇，不满地说："被别人看到多不好意思。"

"昨天你亲我的时候，他们全看到了，我都没不好意思。"他是故意说给刘月听的。果然本来脸皮就比较薄的刘月，更是羞得不行。

以前刘月一直认为叶涵是个感情很内敛的人，可是自从他们俩在一起后，她发现自己完全想错了。叶涵像是变了一个人，或者这才是他的本性。用刘月的话来说，叶涵变得很坏！总是喜欢欺负她，她却越来越喜欢叶涵了。

晚上，两个人一起窝在书房里打游戏。很久没上游戏了，这一上去才发现，游戏里又发生了翻天覆地的变化。

战盟解散以后，游戏里多了很多规模不大的小帮派。至于天下无贼，他自从外挂事件曝光后，名气一落千丈，当年很多和他一起打拼天下的兄弟们都看不惯他的行径，不愿意再跟着他。

而天下无贼非常不要脸地重新回来练了一个新号，名字叫天下无敌。他原本想把战盟给重新组建起来，可是大部分人都对他的所作所为寒了心。他在世界频道刷了几天，他的新帮派还是没有建起来，只建起了一个小家族，据说不到二十人。

无毒当时还在家族里笑话他们，说他那新建的家族其实就是被删号的那二十来人，因为他们的名字都是以“天下”开头，就连烟雨迷情也回来了，不过她现在叫天下烟雨。

叶涵也懒得理他们以后要怎么发展，只要他们不主动招惹嗜血堂，嗜血堂也不会刻意去打压报复。

倒是江湖里新发展出的一个家族，吸引了叶涵的注意力。这个新出现的家族和嗜血堂很相似，人数虽只有三十来人，但招收的标准都是 PK 精英，而且只招收翠烟玩家。

而这个小家族出名的原因，就是他们做了一件让玩家津津乐道的大事。

当年战盟横行的时候，所有的小帮派都被不同程度地打压和欺负，但是也有一些小帮派很努力地生存了下来，情义盟就是其中之一。

当时他们是只有一百多人的小帮派，自从战盟解散以后，他们发展为两三百人。虽然规模远不能和当初的战盟相比，但是在现在的江湖里，也算是个大帮派了。他们的帮主情深一剑，口碑不错，平时也不爱 PK，仇家甚少。

然而就是这个口碑还不错的帮主，突然间却被人给杀得掉了三级。这件事一下子就在江湖里给传开了，情深一剑的朋友看不过去就在世界频道上刷着骂。

本来游戏里的仇杀和决斗，被杀得掉级也是因为自己技不如人，但情深一剑的等级却是因为被暗杀而掉下去的，这让他的朋友觉得咽不下这口气。

结果一个小家族的族长突然冒出来，说他们对这起买凶暗杀的事件负责。这个小家族的族长叫要你命三千，家族的名字就叫暗部。

他在世界频道上说，人是他们杀的，他们暗部的宗旨是拿人钱财，替人消灾。只要出得起钱，他们就替人卖命，暗部门下三十个优秀的杀手，随时听候老板的差遣。

本来情义盟是打算寻凶报仇，结果却变相地给对方打了个广告，于是这个暗部家族的生意突然就红火起来。

江湖里各种恩怨数不胜数，自从暗部出现后，这些恩怨似乎就有了发泄的出口。一时间花钱买凶的，怕被人暗杀的，江湖上闹得乱七八糟的。

这甚至还带起了一股潮流，以前大家在游戏里碰面，大多先问："日常任务做了没？"要么就问："唉，你几级了？"现在全改口了，相熟的人碰面先问："你身价多少？"

关于身价这个问题的出现，是暗部私下定的。暗部曾出示过一张所谓的身价单。PK 榜上前十的玩家身价都是五千金起，因为暗杀难度偏大，孤夜寒星的身价更是高达万金，前五的几个玩家，身价略低，但是都在五千金以上，后五名基本是五千金。

像各门派的大师兄、大师姐一类称谓的，身价在两千金到三千金不等。其余排行榜上有名、帮会长老级别的都是一千金起价。结果他们这身价单一经公布，大家都开始研究起自己的身价来，身价低的怕被别人轻易买凶，身价高的反而沾沾自喜。

以前身穿极品装备的玩家，都是横着走路，谁也不放在眼里。现在换有钱的玩家开始嚣张了，我装备没你好，打不过你又怎样，我有钱，我可以买凶杀你。

而且暗部的暗杀术确实让人防不胜防。你外出去做任务，走在偏僻的小路上，明明什么人都没看到，结果一走过去，马上被偷袭。有时候他们甚至是几个人一起出任务，一轮还没完，你已经倒地身亡。再看刚才偷袭暗算你的，他们早隐身走了。

嗜血堂的人当然也没少议论这个家族。无毒是第一个不满意的，觉得他们的出现破坏了游戏的平衡。不要杀我的看法到很客观，认为这是必然发展的结果，买凶杀人在古代都不算少，现在在游戏里出现，也算不得什么稀奇。

神之右手他们几个倒觉得这个要你命三千很有经济头脑，这笔生意稳赚不赔。刘月看叶涵一直微笑不语地看着家族里的人聊天，很好奇他的看法。然后他在家族里说，他们的出现是必然的，他们的消失也是必然的。此话一出，整个家族都沉默了。

最后无毒忍不住先吭声了：“老大，别和我们讲哲理，你这话听着和‘鸡生蛋，蛋生鸡’有得一拼。”

孤夜寒星还是没解释，就留下一句：“话先放这里，静观其变。”

结果没出几天，江湖果然生变。当然这个变化不针对暗部，而是烟雨迷情又惹事了。刘月和刘浅几个人正在长安帮夜色收购材料，结果突然间世界频道开始吵起来了，这一看，竟然又和烟雨迷情扯上关系。

[世界][天下烟雨]：看见的都做个见证，烟雨迷情这个号已经被封，现在的天下烟雨和原来的天下无贼，即现在的天下无敌，已无半点关系，男婚女嫁各不相干。

[世界][统一冰红茶]：这位姐姐，你要和谁离婚没必要刷世界吧？甩了人家还要上世界糟蹋人家吗？

[世界][写得一手好诗]：我就爱你这样水性杨花的女子，来！和小爷回家吧。

[世界][雅之蝶]：哇！哥哥快看，那传说中的烟雨迷情又准备换男人了。

[世界][小泥马]：唉，小妹有所不知，娶了她的男人，脖子都能

被绿帽子给压断。

[世界][天下第一]：烟雨，老大待你如何，我们做兄弟的都看在眼里，为了你连帮派都散了，你这时候落井下石，你还是不是人！

刘浅早在电脑前笑得死去活来了，然后让夜色和刘月看那对兄妹的对话，刘月也忍不住发笑。这游戏里怪人特别多，不久前突然冒出来一个家族叫“百度十大神兽”，然后将网上那些逗人发笑的名字都取了游戏名。

平时也不见他们做什么，但是只要一有热闹，他们绝对是第一个凑上去起哄的，而且讲出来的话还特别讽刺，完全就是杀人不见血。

[世界][天下烟雨]：结婚了都能离婚，何况是个游戏。

[世界][天下不败]：烟雨你不要太天真，老大不松口你以为谁敢娶你?

[世界][法克魷]：游戏而已，闪婚闪离那么多，干吗揪着人家不放。妹子嫁给我啊！我娶!

[世界][天下无敌]：烟雨，我自认待你不薄，你要走我不会留你，就当我瞎了眼。劝告各位兄弟一句，别步我的后尘。

[世界][武林笑笑生]：独家报道：前战盟帮主天下无贼与前妻烟雨迷情离婚事件。现在正在直播，锁定我们哟，千万不要走开。

[世界][天下烟雨]：我确实对不起无贼，但感情的事不能勉强。

眼看天下烟雨和天下无敌这对前夫前妻，准备在世界上开战了，刘浅私下和夜色、刘月人三个在组队频道也开始讨论起来。

[组队][夜色]：按我说该不是天下无贼丢了帮主位子，烟雨迷情嫌弃他，所以来闹婚变吧?

[组队][流月]：看现在这样子，很有可能。

[组队][浅浅忧愁]：烟雨是什么人，你们还不清楚吗？不就是喜欢出风头嘛，以前老缠着老大，想混个第一高手夫人做，老大没理她，她才靠上天下无贼的。

[组队][夜色]：她也真够衰的，第一帮主夫人的位置都没坐稳，帮派就解散了。

[组队][浅浅忧愁]：哟！越吵越凶了，继续看，继续看！

果然世界频道因为天下无敌的出现，掀起一个小高潮，又因为天下烟雨出来接话，再掀起高潮。这两个人撕破脸以后，完全不顾过去的情谊了，什么事都拿出来骂，居然把深藏许久的第三者给爆出来了。

[世界][天下烟雨]：我既然已经不愿意跟你了，咱们就各走各的，大家互相退一步，讲话不要那么难听，都是文明人，离婚还非得撕破脸吗?

[世界][天下无敌]：我今天还真不准备要脸了，我要把你的丑事都抖出来，让大家自己看看你是什么样的人。和我结婚后，还一直惦记着孤夜寒星，天天给人家发私聊，你以为我不知道吗?

[世界][我来打酱油]：难道这就是婚变的导火索？孤夜寒星是夫妻反目的元凶?

[世界][武林笑笑生]：夫妻婚变牵扯江湖第一高手孤夜寒星？本节目正在直播，请继续锁定我们。

[世界][天下烟雨]：打个招呼而已，这能证明什么?

[世界][天下无敌]：你以为人家看得上你吗？你哪次发过去的私聊不是石沉大海？最后孤夜寒星把你拖黑名单，你还把气撒他老婆身上，你以为我不知道你申请和流月生死决斗是为什么?

[世界][葡萄果果]：内幕！赤裸裸的内幕啊！原来决斗背后另有隐情，因爱生恨?

[世界][小龙女的大姨妈]：女人啊！嫉妒让你变得如此丑恶……

[世界][天下无敌]：你和我在一起不就是想刺激孤夜寒星吗？故意邀请他参加婚礼，他根本不理你。他结婚那天，你心情不好一直冲我发脾气，你以为我不知道原因吗？我今天全说出来，我看你以后怎么在江湖混。

这边刘月三个人看得目瞪口呆，情节曲折又戏剧化，简直比娱乐新闻还要八卦。

[组队][浅浅忧愁]：原来那次决斗还有这么个插曲啊，这个烟雨迷情真是不简单。

[组队][流月]：我竟然一直没看出来……

[组队][夜色]：简直是高潮迭起，看得我好销魂啊！

[组队][浅浅忧愁]：不过天下无敌忒毒了，他把烟雨迷情的隐私全抖出来，她以后真没脸在江湖混了。

[组队][夜色]：虽然我也有点同情她，不过要不是她水性杨花，天下无敌恐怕也不会和她拼个鱼死网破吧？你看他的话，他以前真的挺包容烟雨的。

就在几个人还准备为天下无敌和烟雨迷情的婚变再讨论一下时，又炸出一个更惊天动地的内幕来。

[世界][天下烟雨]：天下无贼！你太卑鄙了！我今天才认清你竟然是这种人！

[世界][落花随流水]：身为女人，我出来说句公道话。夫妻离婚在游戏里也正常，大可不必拿出来争论，天下无贼，我知道你是因爱生恨，不过你这样揭露别人隐私，实在不太道德。

[世界][小辣椒]：这也怪不得人吧，谁让她三心二意、水性杨花。

[世界][天下无敌]：不是我卑鄙，我一直希望有一天能感动你，

结果你把我利用完就甩了。我只想让大家知道你的为人。

[世界][要你命三千]：行了，都少说几句。烟雨是我的女人，有什么不爽的，可以直接找我。

[世界][狂踹寡妇门]：你们演八点档啊，又冒出来一个，前任和现任?

[世界][天下无敌]：哈哈哈，烟雨迷情你真厉害，难怪急着要和我撇清关系，原来你已经有奸夫了。

[世界][要你命三千]：你错了，你们是游戏，我们是现实的。

[世界][武林笑笑生]：婚变事件从游戏牵扯到现实，内幕扑朔迷离，请继续锁定我们!

这边三个人看着这曲折的剧情，已经懵了。刘浅和夜色怎么都想不到，烟雨在游戏外已名花有主，那她在游戏里到处勾搭，要你命三千竟然完全不吃醋?

[组队][浅浅忧愁]：情节如此曲折，内幕暗藏内幕，好狗血!

[组队][流月]：要你命三千不是暗部的族长吗，怎么和烟雨成了一对?

[组队][夜色]：你没看人家说的啊，以前就在一起了，还是现实的。

[组队][流月]：可我总觉得怪怪的……

刘月正准备继续说点什么，叶涵回来了。她听到开门声，回头一看，叶涵穿着一件黑衬衫，边走过来还边解开两颗扣子，那动作性感十足，看得刘月眼睛都直了，完全忘记自己刚才在和刘浅她们争论什么了。

叶涵当然也注意到她呆呆的表情，唇边的笑更邪恶。他走到她旁边，两手一伸就轻松将她抱起了，刘月下意识地用双手环住叶涵的腰。

叶涵坐在她刚才坐的位置上，扫了眼游戏，似乎看到天下无敌和天下烟雨还在争吵，转过头问刘月：“又怎么了？”

刘月乖乖地坐在他怀里，挪了个舒服的位置，然后把头埋在他肩上：“就是天下无贼和烟雨迷情闹婚变了，突然又冒出个要你命三千，说烟雨迷情是他现实里的恋人。”

叶涵听了挑挑眉，似乎对这些八卦不太感兴趣。不过刘月到对某件事很有兴趣：“听说烟雨迷情经常给你发私聊？”刘月嘟着嘴很不满地问。

叶涵低下头看她，发现她表情闷闷的，语气也酸溜溜的。忍不住笑了：“是有发过，后来嫌她烦，就把她丢黑名单了。怎么了？”

接着他凑到刘月耳边轻轻地吹气：“吃醋了？”刘月的耳朵一下子就红了。

叶涵觉得很可爱，还故意咬了一下，惹得刘月到处躲来躲去。

叶涵看得出刘月心里还是很担心，也一直不敢相信他们是真的在一起了。他无奈地抱住刘月，用额头抵上她的额头说：“不管现实还是游戏，我们永远不会婚变。”

婚变事件最后闹出个什么结果，刘月不清楚。只要有叶涵在，她的注意力就没办法从这人身上移开。虽然事后问了刘浅和夜色，不过她们也说不清，似乎一直到最后都没吵出个结果来，倒是爆了不少对方的隐私出来。

婚变事件之后，天下烟雨从江湖第一美女升级为江湖第一妖女。记得她曾经在网上发过不少自己的照片，当时追求者众多，更被游戏公司选为论坛代言人。可是婚变事件牵扯出太多她的隐私来，她的形象一落千丈。

更有甚者还说她是个灾星，去哪个帮派，哪个帮派就要解散。细细想来，她先害得自由联盟解散，又逼得战盟解散，似乎还真是那么回事。

有好事者，还将那天世界频道的话全给截了图，在论坛上放了个帖子，标题特别醒目，不到一天，点击率就上了十万。这倒好，本来那天有些没在线的，也都知道了，这件事已经被列为江湖第一丑闻了。

在大家都以为天下烟雨会从此退出江湖的时候，她又让人大跌眼镜了。非但没有低调地落幕，反而更加高调地复出了。婚变事件的第二天，她就在世界继续上发了公告。

[世界][天下烟雨]：本周六晚八点，我与要你命三千的婚礼，认识的朋友都可以到场观礼，只接受祝福，砸场的请自重。

[世界][统一冰红茶]：这个世界如此和谐，连女人改嫁的速度都如此迅速，我果然快退出历史舞台了。

[世界][天下有鬼]：烟雨，哪个男人娶了你简直是自取其辱，还敢公然出来刷屏，要脸?

[世界][鹳狸猿]：这位兄台，冷静啊！世界如此美好，你却如此暴躁，这样不好，不好!

[世界][武林笑笑生]：江湖最新消息！这个备受争议的婚礼，是圆满举行还是血洒月老庙？让我们期待本周六，请持续关注本台最新消息。

[世界][天下无码]：有鬼别骂了，谁爱戴绿帽谁娶呗。

[世界][要你命三千]：天下无敌就那么爱戴绿帽。

看到这里，刘月不得不对要你命三千说个“服”字，那么云淡风轻的一句话，就轻松把来找碴的人给挡回去了，真真是四两拨千斤啊。

说起要你命三千，以前在江湖里从来没见过这个人，似乎是最近才练起来的号。这个人自从出现就吸引了嗜血堂家族里很多人的注意，刘月把家族里的人的评价和议论都整理了一下。

神之右手和要你命三千是同门师兄弟，他在上周的门派争霸赛上见过要你命三千本人，查探装备发现，他的装备完全称不上极品，不过勉强过得去而已。神之右手说，在争夺门派大师兄的时候，要你命三千打入四强，却在半决赛输给了神之右手。

神之右手很诚恳地描述道，当时他打得并不轻松，赢得也很艰难。以要你命三千那身装备能和他打那么久已经很不错了。这件事从另一个角度证明了，要你命三千的PK技术不弱，甚至可能比神之右手更强。

然后是夜色的描述，她说她做过几笔要你命三千的生意。感觉他是个大方且很了解市场的男人。夜色的东西一般都是明码标价，要你命三千从她那儿买装备时，如果觉得价格合理，都是一口价买下，认为价格有点偏高的，他会提出一个合理的价格。

夜色感觉他应该是一个很有生意头脑的人。夜色也悄悄透露，当时要你命三千买的是一套极品的翠烟女装，她也查探过他的装备，不算垃圾，但完全算不上好装备。可是昨天在摆摊的时候看到天下烟雨，一查探，发现那套极品装备竟然穿在烟雨身上。

这件事证明要你命三千是个大方且有生意头脑的男人，除此之外，似乎还说明他又是一个被烟雨迷住的男人。

最后是无毒的话。无毒在三天前，就是婚变事件的前一天，接到了要你命三千下的挑战书，并不是惩罚严重的生死决斗一类，而是PK排行榜的挑战赛。无毒一向对自己的PK技术很有信心，当时就接受了。可是比赛的结果令人惊讶，他竟然输给了一个刚出道的新人。

为这件事刘浅没少打击他，结果就是无毒和刘浅夫妻俩的排名各降了一位。当然神之右手也替无毒辩解了一下，若是要你命三千换套极品点的装备，估计排行榜第三都得换上他的名字，连神之右手都没绝对的把握能赢他。

所有的消息和证据表明要你命三千是一个不可小觑的人。而且看他这势头，似乎隐隐有要与孤夜寒星一比高低的意思。最后的最后，所有人把注意力转向那个一直沉默着看他们分析的人。

孤夜寒星原本对这些事不太在意，谁第一谁第二他是无所谓的。可是一看家族里所有人等着他的发言时，他只得无奈地说：“谁要当着江湖第一，谁就拿去吧，这东西本来就是虚名。”

这话一说完，无毒立刻被刺激到了，他嚷嚷着说：“这话太潇洒、太帅气了！上天什么时候给我一次这样的机会啊，我也想当着所有人的面说，‘这天下第一，我根本不屑，谁喜欢谁拿去吧’！”

结果他马上被刘浅逮住了，刘浅一如既往地彪悍：“你都跌出前十了，还有脸说这话？！”无毒立刻沉默了。

嗜血堂关于要你命三千的猜想看似就这么结束了，但是大家都满心期待周六那场备受争议的婚礼。

本来以天下烟雨和孤夜寒星那因爱生恨的往事来看，嗜血堂去参加这次婚礼绝对属于不速之客，偏偏在周六下午，嗜血堂的所有玩家竟然都收到了要你命三千发来的请帖。大家都挺意外的，可是有好戏可看谁不看啊？

刘月她们一群人早早去月老庙里占了有利位置，就等新人出现了。嗜血堂的大部分人还是出于礼貌到场了。唯独孤夜寒星缺席了。是为了避嫌，还是过于厌恶烟雨？什么猜测都有，不过嗜血堂内部倒是很坦然，反正他们是收到请帖来的。

眼看时间差不多了，要你命三千和天下烟雨共骑一匹马出现了。相对于天下烟雨身上闪烁着金光的极品装备，要你命三千那身蓝中泛紫的装备，就显得寒碜多了。

不过他个人似乎毫不在乎，见到来参礼的各位，马上就热情地打起招呼来。刘月在心里悄悄评价道，看来是一个很通人情世故的人，处事也很圆滑老道。

眼看马上就到晚上八点整，好多期望着看戏的玩家，都有些失望了。毕竟八点整一到，两个人在月老面前许下誓言，就算是正式夫妻了。一心期望看天下无敌来搅局的人，心里都有些失落。

天下无敌那天还放话说绝对不会让他们好过的，结果连带人来砸个场都不敢么。不过既然都来了，还是祝福新人吧。

这时，远远地看见一个身穿白色道袍的男子，骑着白马，一身七彩光环，犹如谪仙下凡。所有人知道，是孤夜寒星来了。刘月也看到他来了，于是朝门口走去，想等会儿和他站一起。

谁知，孤夜寒星刚刚踏入月老庙大门，系统的红字就刷出来了。

[系统]：好事多磨！玩家要你命三千和玩家天下烟雨的婚礼受人阻挠，已有玩家申请抢亲。

然后现场所有的人目光“唰”地一下全落在进门的孤夜寒星身上。大家心里想的都是，孤夜寒星要抢亲？就连刘月都被那话吓了一跳，然后立刻转过身看向坐在身旁的叶涵。

叶涵的表情也很奇怪，然后苦兮兮地和刘月解释道：“老婆，这事真的和我无关！”

刘月也知道叶涵不会去做那么无聊的事，可是这也太巧了吧。她嘟着嘴转身继续看屏幕，果然在大家震惊了半分钟之后，第二条系统的红字又刷出来了。

[系统]：玩家天下无敌申请抢亲成功，正带领兄弟们杀向月老庙，玩家要你命三千请做好准备，保护自己的未婚妻。

这话刷出来后，现场的气氛这才松懈下来，不过等着看好戏的玩家们，又蠢蠢欲动起来。

孤夜寒星刚才被那系统红字吓得站在大门口不敢进门，眼看系统已经还他清白，这才又慢慢地走进来。要你命三千倒是很客气地欢迎他：“感谢来观礼。”

孤夜寒星礼貌地回了一句：“百年好合。”

两人间那微妙的气氛，让一旁看戏的人暗暗猜测，会不会有点什么事发生，却又被月老庙门外的吆喝打断了。天下无敌带着人已经杀过来了。

在场的人都把焦点移到天下无敌那伙人身上去了。说起来，一直觉得以前的战盟虽然规模比较大，不过人多了吧，就什么牛鬼蛇神都冒出来了。但是这些被天下无敌牵连到账号都被封了，还是誓死追随他的玩家，刘月和刘浅等人都不得不说声服。

他们还很心齐，连抢亲这么丢脸的事都陪着来了。大概数了一下，应该是全员到齐了，二十多个人，齐刷刷地把月老庙门口给挡住了。

天下无敌还算有点风度，从队伍里走出来，对着月老庙里的玩家说：“不论是来看戏的还是来观礼的，这件事其实和大伙没什么干系，我们也不想误伤，如果要看戏就请到月老庙左右两边空地。在庙里被误伤了可别怪我事先没打过招呼。”

大多数玩家其实也就是来凑个热闹，既然天下无敌的话已经放下了，当下就有一些玩家开始向月老庙两边撤去，还很识相地给他们留下足够的空地。

刘月看向坐在旁边的叶涵。叶涵明白她的意思，在家族里打了一句：“我们也撤。”

嗜血堂的毕竟比其他的家族要团结友爱得多，就连撤退也很有风度，很整齐地站到了月老庙的右侧，围了一个圈打起坐来。呃……其实他们这习惯完全就是和老大孤夜寒星学的。

天下无敌看时机差不多了，拿出系统给的道具，往月老庙的空地一放。所有人的屏幕上出现了一个倒计时，竟然有三十分钟。

刘月还是第一次看抢亲，扯了扯叶涵的衣袖，要他解释。叶涵看她那样，就知道她又好奇了。让游戏人物坐下打坐，然后把鼠标一丢，就转身把刘月从旁边抱到自己腿上来：“这个旗帜是系统给的道具，在月老庙前使用。大概的规则就是，在旗帜倒数的三十分钟内，只要天下无敌带人攻进了月老庙里，和月老对话就算成功。”

刘月差不多明白了，点点头。不一会儿，她另一个问题又冒出来了。来这儿观礼和看戏的人都从月老庙里退出来，所以月老庙这时视野是很开阔的。但是，现在的月老庙里只剩下新郎官和新娘子，这怎么看都觉得很别扭。

难不成新郎官准备一个人力敌对方二十个号人？他以为他是孤夜寒星么。在这个依赖装备的游戏里，要你命三千的装备就是满大街一抓一大把那种。就算他是神，一个人把月老庙守下来，这怎么想都不大可能吧？

刘月又瞪大眼睛，一副好奇宝宝的样子看着叶涵。叶涵看她那样子，忍不住轻笑一下，故意用手点了点她的鼻尖说：“小笨蛋，你忘记要你命三千是什么家族了？”

这话一出，刘月才恍然大悟。对呀，自己怎么那么傻，要你命三千就是靠暗杀起家的，他家族里的人全是暗杀系的高手啊！这么一来，天下无敌他们反倒要吃亏一些。

天下无敌他们也不弱，就算是重新练的号，可是毕竟是老玩家，怎么样升级快，怎么样打装备快，他们心里可比其他玩家要清楚得多。

这才半个多月的时间，不但级别都上来了，装备也跟上来了，虽然不能和他们以前的比，可是在游戏里也都算是中高档级别了。这一站到底哪边会赢，谁也说不好。

其实旗帜插上时就开始倒计时了，可是都两三分钟过去了，两边却僵持着，竟然没一边贸然动手的。也许是在商量战术，也许是在等哪边先沉不住气。按叶涵说的，其实他们这一战，哪边先动的手，哪边就失了优势。

要你命三千的暗杀部队，专靠隐身潜行在暗处下手，如果他们先动手，就等于暴露了自己的位置。而天下无敌他们如果先动手，就等于把自己暴露给那群伺机待发的偷袭者了。

可这老不动手，他们不急，旁观的人可急了。有很多没耐心的已经吼上了，有些曾经是战盟的，或者看清了这一战门道的人，回了他们几句，结果还没开战，这系统频道里先开战了。

[世界][力大如牛]：老子看你来抢亲，真当你是条汉子呢，结果站人对面一动不动！不敢上就赶紧回家去，让你妈好好哄哄你。丢男

人的脸！

[世界][其实我是卧底]：给爷闭嘴，你懂什么！你就看不懂局势？又来个小白乱叫。

[世界][我是你爷爷]：别浪费大家的时间，爷爷我年纪大，身子骨挨不住啊！

[世界][天之痕]：楼上那个爷爷，你都半边身子入土了，快别诈尸了啊！

[世界][力大如牛]：你以为就你懂局势？你就不是从小白起来的？见人就骂小白，你牛你怎么不上去打啊，又是一游戏败类！

[世界][我是你爷爷]：我说小天孙子，你怎么不懂得关爱老人家呢？

这厢两队人马互相谨慎地盯着对方有什么动作，那厢世界上吵架吵得火药味十足。要按平时，月老庙是属于安全区，这里是不允许PK的，可是抢亲时，只要旗帜一插上这里就成了战场了。

果然，那几个在世界上吵吵嚷嚷的玩家，一言不合就打起来了，战争竟然先在两边观战的群众堆里爆发了。

这导火索一燃，更大规模的火拼开始了。很多玩家都是魔法攻击为主，一个大规模的群体魔法这么丢过去，要误伤多少人？

本来在看戏的很多玩家，无缘无故就被打，一气之下也开始还手。这技能的眩光大片大片地闪烁在人堆里，不时还伴随着很多玩家死亡时的白光，那叫一个壮观。反正这战已经打起来了，谁还顾得上旁边有人准备抢亲呢，原本特意给抢亲队伍留下的空地，被到处躲藏和追打的玩家给搅乱了。

天下无敌毕竟曾是战盟的帮主，深知群体PK的诀窍，也很会把握时机。他一看人群混乱起来，马上就下令开始进攻，在大片的技能眩光和混乱的人群掩护下，他们已经快速地逼近了月老庙门口。

战局在一瞬间转变，原本潜伏着的暗杀者们是比较占优势的，可是在这么混乱的情况下，他们连锁定目标都变得不易，更别提先前的优势了。

周围的玩家越打越凶，很多被误杀了的玩家，心有不甘，又喊了更多的朋友来报仇。这一天的月老庙就是个屠杀场，所有人杀红了眼，也不管是敌是友了，见人就放技能。

战况一路波及，就连整齐地在月老庙最右边的嗜血堂也受到波及。刚开始有几个不小心打到的，看了一下这是嗜血堂的地盘，还赶紧跑开了。可是还有些趁乱打劫的，躲在人群里悄悄地冲这边放技能。

嗜血堂可不是吃素的主，但是被骚扰了两次还是没动静，完全无视骚乱一般，还是镇定地在角落打坐，原来是因为老大还没发话，虽然叶涵没兴趣参与这场混战，不过似乎哪里都有无聊的人。

刘月坐在他的腿上咯咯地笑，因为她看到叶涵的人物头上竟然带着个毒。平时谁敢惹他？也只有这种时候，那些人才敢躲着暗袭一把。

眼看场面越来越混乱，叶涵也不坐以待毙了，伸出只手在键盘上快速地打道："战斗部准备，靠过来的都清了。"

嗜血堂的玩家因为天赋和爱好不一样，被叶涵分为战斗部和生活部，像夜色他们那些给家族提供强大经济后援的专业的商人就属于生活部。

嗜血堂的战斗力绝对是一流的。原本想趁乱过来骚扰的，刚到边上，不要杀我一个顺劈斩直接秒杀了。神之右手隐身了在旁边晃，看到远处有故意朝这边丢技能的，过去就是两刀。弯刀和无毒站在一边骂："留几个活口行不行啊！"

看到嗜血堂的几个高手站在那儿准备出手了，混战的大部队竟然打着打着偏移了地盘。嗜血堂这边竟然成了混战中唯一的净土了。刘月不得不感叹，嗜血堂在玩家心中的威慑力还是无与伦比。

这时候她倒有了更多时间看抢亲了，天下无敌和要你命三千早就拼作一堆了。因为现场的混乱，要你命三千的暗杀部队发挥不了优势，只得现身和天下无敌带来的人火拼起来。

天下无敌的家族装备毕竟要更精良很多，虽然要你命三千的家族实力都比较强，可是翠烟是布衣职业，不一会儿，就有两个玩家死了。

刘月看着有些皱眉，她虽然不满天下烟雨利用完天下无敌就甩了他。可是毕竟是婚礼，看到别人来捣乱，她心里有些不舒服。也许是因为她曾经也在这里和叶涵举行过婚礼吧，她知道站在月老面前，心里是很希望得到祝福的。

所以这一瞬间她甚至开始有点同情天下烟雨。天下无敌和要你命三千还在僵持，两边一下子还分不出胜负，可是天下烟雨到哪儿去了？刘月又好好在月老庙门口那堆人里找了一圈，竟然还是没看到她。难道她在所有人为她打得头破血流的时候，自己溜走了？这未免太不仗义了吧。

结果不到一会儿，她就看到天下烟雨在哪儿了，原来天下烟雨一直隐身在旁边，看到要你命三千和天下无敌打得难舍难分的时候，她悄悄地靠过去。对着天下无敌就是一连串技能，天下无敌眼看只剩一层血皮，他们家族的峨眉反应倒是挺速度，那么紧急的时候，竟然还给刷上去了。

天下无敌似乎真的愤怒了。刘月估摸着，虽然他那天在世界上揭了那么多天下烟雨的隐私，骂得也够难听，可毕竟还是放不下烟雨的吧。这下倒好，天下烟雨竟然决定置他于死地。果然，天下无敌发疯了，看也不看要你命三千一眼，只追着天下烟雨打了。

天下烟雨的装备虽然和他有得一拼，可是论 PK 技巧绝对比不上天下无敌。果然不出几下，她的血就掉了一半以下。要你命三千此时就算有心救她，也根本帮不上忙。刘月就这么瞪大眼睛看着天下无敌一个狂斩，呃……

这个场面突然就戏剧化了，抢亲的亲手把新娘子给杀了。待会儿就算和月老对话了，到底算不算成功呢？凡是看到那一幕的人，估计都愣住了。

第九章 抢亲无效

就在刘月愣住时，叶涵轻拍她的肩，示意她继续看。要你命三千被天下烟雨的死刺激到了，不知道他吩咐了什么，所有的暗部成员，全部集体强行消失了，这场面一下子又变得诡异起来。

刘月不解地问：“这是什么意思？他们放弃了？”

叶涵摇头说：“要你命三千动真格了。”

这话说得刘月更糊涂了，现在动真格了？那刚才是在干吗？叶涵看她皱眉苦想的样子，忍不住凑过去亲了她一下，实在是太可爱了。

“今天是他的婚礼，他开始可能并不想动真格的，一直在拖延时间，拖过这三十分钟也就结束了。可是天下烟雨太冲动了，可能是想帮忙，不过帮了倒忙，逼得要你命三千准备玩真的了。”随着叶涵的话音一落，刘月也看到了。

原本暗部有三十多人，一场混战后大概还有三十个人。现在他们突然全体隐身了，那暴露在外的天下家族就显得危险了。

天下无敌的反应速度也不慢，正让大家集合。可是他们毕竟还是慢了对方一步，等要你命三千重新出现时，天下家族的四个峨眉同时死了，原来他们以五人一组为单位，开始分头偷袭。

天下家族还没反应过来，就损失了强大的治疗。他们想反击时，那几个鬼魅般的身影同时钻到人群里，一下子就消失了。原本这混乱的局面对天下无敌很有优势，可是突然之间，似乎要你命三千有扭转乾坤之能一般，把这优势转变为他的优势了，和天下家族打起了游击战。天下无敌毕竟是经历过风浪的人，并没有马上乱了手脚。

他让天下家族的人围成圈，这样不容易落单，然后他也开始分析起形势。叶涵原本觉得很无趣，看到这样的情况，也不免勾起嘴角。刘月知道，他开始对要你命三千这个人感兴趣了。

天下无敌也改变了战术，他们开始围成一圈，集体向月老庙移动。这场战斗，输赢就在他能否冲破拦截，进入月老庙与月老对话。他自己是很清楚的，也没有追着敌人死缠烂打，可是要你命三千会那么容易让他进去吗？

就在他们快踏入月老庙时，右边的天下有鬼连声惨叫都来不及发出，突然就化作了一道白光。天下家族的人立刻同时向右边丢技能，结果下一刻左边又被偷袭成功了一个。眼看自己家族的人数越来越少，现在的形势对自己实在是不利，天下无敌也被逼急了。

现场的局面再次混乱，原本那边在大混战，此时竟突然有不少人朝月老庙过来了。这让在一旁看戏的嗜血堂的人有些吃惊，无毒还在家族里问："老大，怎么回事？"

叶涵没来得及回复他。从混战中出来的人竟然还不少，估计有五六十个，本来以为是过来添乱的，结果竟然非常有秩序、有组织地又把月老庙给围了一圈。

叶涵微微皱眉，正要说什么，刘月就看到天下无敌带人继续往里面走。果然要你命三千的人又从后面出来了，只是眨眼间，又偷袭成功了。可是这一次偷袭的五个暗部成员，就没前几次那么好运了。

暗部他们偷袭的套路似乎是成功之后，马上走到人群里散开。可是正好来了一群人围在那儿，他们散开的时候就没有人群遮挡的优势了。而且这群人似乎还是天下无敌的帮凶，暗部偷袭得手的五个玩家刚跑进围圈的范围，那些后来的几十个人竟然一起动手，马上就把他们给秒杀了。

这样一来暗部就完全没有优势了，要你命三千也知道，现在对他非常不利，暗部的偷袭似乎停了下来，估计他也在思考破解的办法。

嗜血堂的很多人都看到了刚才那一幕，刘浅头一个在家族里开骂：“太卑鄙了，这样不是破坏规则了么，他们又来了五十多个帮手！”

无毒也看不下去了：“这天下无敌名字没取对啊，应该加个字叫天下无敌贱。”

神之右手平时也不爱多话，看到这里也忍不住出来说：“老大，帮不帮？”

叶涵皱眉不语，应该是在考虑，毕竟这是家族和家族、男人和男人间的事，外人不大好介入。

叶涵看了眼时间，倒计时只剩下五分多钟了，这样下去，应该是天下无敌胜，虽然不知道他杀了新娘子以后还能不能算他胜。

刘月一直很认真地盯着他们看，突然她扯扯叶涵的手，指着后面来帮忙的人说：“涵，你看！这几个不是刚才在世界频道吵架的吗？都在人堆里呢。”

叶涵瞥了一眼，瞬间明白过来，他在家族里发话：“把后来帮忙的人清了，别的不参与。”

刘月知道他想帮要你命三千脱困，也很自觉地从他腿上下去，坐到自己的电脑前，准备给嗜血堂的人加血。

嗜血堂的战斗力之凶狠，估计在游戏里算是相当稀有的。战斗部那十来个人，一下子冲到在外围圈的人群里，几个漂亮的魔法技能放出，一下子就倒了一片。刘浅和无毒这对夫妻更是交替地在人群里放群体毒，到处都是绿色的毒障。

天下无敌傻了眼，自己安排好的后续部队，就这么几下子被嗜血堂的人给清干净了。他被逼得只有往前冲了。要你命三千虽然很吃惊嗜血堂会突然帮忙，但是看到天下无敌已经冲进月老庙，马上组织所有待命的暗部成员又开始新一轮的偷袭。

天下无敌似乎准备血拼到底了，让所有家族成员在外围组成一道人墙，他在中间向着月老的位置冲。他们家族的人在一个个减少，可是他的步子却不停。这条用血铺的路，看似很近，又似乎走了很久。最后天下家族只剩下不到十个人了，倒计时也只有一分钟不到了。

所有的暗部成员几乎是同时出现，攻击围在外围的天下家族成员，虽然战斗力分散，不像刚才那样此次成功，可是掉血的速度也不容小觑。天下无敌眼看自己离月老都那么近了，也顾不得管替他挡着的人墙了，自己冲出了人群向月老的位置跑去。

这时一直没现身的要你命三千现身了，他直接出现在天下无敌身后，把天下无敌定在了原地。他的偷袭很成功，天下无敌只剩下一半血了。谁知道天下无敌管也不管他，开了天王的盾墙就跑。他终于冲到了月老面前，刘月瞥了眼时间，还有十秒。

似乎是听到了命令，原本在绕着人群打的暗部成员同时冲了过来，刘月看到同一时间至少有四名玩家在读翠烟的终极技能血斩。看到这么关键的时刻，刘月忍不住屏住了呼吸。

最后的结局无疑是相当让人无语的，天下无敌竟然对话成功了。可是他在对话成功的同时，正好被要你命三千给杀掉了。这样，到底是算谁赢？倒数的时间也结束了，月老庙又变为不可PK区域，外面打得正酣畅的混战也不得不停了下来。

大家现在都在等待系统给出的结果，甚至还有人私下猜测着。有的说点到月老了，肯定是天下无敌赢；也有的说点到的同时就死了，不算点到吧，应该是要你命三千赢。

这时，系统的红字终于出现了。

[系统]：本次抢亲因为新娘子被杀害，所以视为无效。

这通告一刷出来，所有人再次无语。

眼看没有好戏可看，所有的玩家都开始撤离。嗜血堂的人也准备走了，要你命三千却追了过来，非常诚恳地和叶涵道谢：“刚才谢谢你们援手。”

叶涵似乎心情不错，竟然回复他：“我们只是为你们清理战场，可没帮忙。”

结果大家突然被吓到了，因为要你命三千说了句：“孤夜寒星，我想交你这个朋友。”

刘浅是第一个没忍住的，她说了句很煞风景的话：“你们两该算是情敌才对吧。”

无毒一看老婆冒了句这样的话出来，虽然他心底是很赞同啦，可也不好让别人下不了台不是，他马上更正道：“别乱说，就算要是情敌那也是以前的。”结果现场的气氛更尴尬了。

叶涵反倒很爽快地回复要你命三千：“我也想交你这个朋友。”

气氛终于在这句话下重归和谐。结果，要你命三千又突然冒出一句：“小雨是个好孩子，只是大家对她有点误会。”

此话一出，刘浅又被雷到了，她弱弱地问：“你家小雨几岁？”

要你命三千回了一句：“其实她刚成年。”所有嗜血堂的玩家顿时觉得天雷轰顶。

那一天因为抢亲事件，婚礼当然是没完成，虽然不知道要你命三千和天下烟雨这场婚礼是玩真的还是一个玩笑。这都是那天要你命三千那句“小雨只是个孩子，刚成年”给害的。大家一边猜测他们的关系，一边猜测这场婚礼的内幕。

可是第二天的论坛却是相当热闹，论坛上因为这次的抢亲事件，多了很多火爆贴。刘月本来在游戏里做烹饪，结果却被刘浅激动万分地喊去看游戏论坛。刘月狐疑地点开论坛一看，也吃惊不小，竟然有好几个帖子被置顶了。

她一个个地看下去。第一个是“抢亲还是仇杀？新娘惨死刀下”，第二个是“江湖第一混战，血染月老庙”，第三个是“窘！无效的抢亲”，第四个是“嗜血堂——混战中唯一的净土”。

看到嗜血堂，刘月瞬间眼前一亮，忍不住就点进去了。里面截了好多张图，第一张是插旗之前，嗜血堂集合打坐的图，第二张是插了旗之后，开始混战的画面，第三张是叶涵吩咐战斗部清理靠近玩家的图，画面上很清晰地截下了生活部的玩家依旧在打坐，还谈笑风生的画面。最后一张是嗜血堂集体出动，帮要你命三千清理战场的图。那张图后楼主还特意标注了一段小字：“路见不平，拔刀相助，眼见抢亲现场突然出现搅局人，嗜血堂出面清理。”

后面马上跟了一堆帖子，好多当时在现场的人，都目睹了那一幕，有很多人夸嗜血堂都是高素质玩家，也有说嗜血堂的纪律好的，更有很多申请加入嗜血堂的。作为嗜血堂的一员，刘月看了这帖子心里无疑是很开心的。

等她又回到首页时，突然发现了一个刚才没有注意到的帖子，题目是“关于抢亲的一场惊天阴谋”。

刘月忍不住好奇，也点了进去。里面把插旗前后的经过都详细的描述了，最可贵的是楼主把当时在世界频道掐架的情况也截图了，并重点圈出了那几个人的名字，在后来突然出现的搅局人群里，楼主竟然非常细心地把那堆人给放大，然后又把名字圈了出来。其实刘月昨天也看到了这一幕，可是这人不但看到了，还处理得这么仔细，把这一场可能是天下无敌策划的阴谋给揭露了。

刘月心里还挺赏识他的，就把帖子拉到最上面，去看看发帖人，竟然是游戏里那个唯恐天下不乱的武林笑笑生。

这论坛刚逛了一半呢，QQ 又响得跟抽筋似的。刘月点开来看，又是刘浅，和刚才一样激动万分地要刘月赶紧上游戏。刘月顿时无语，让我看论坛的是你，让我上游戏的也是你。可她还是迅速地回到游戏。

才上去，夜色就在家族里喊了：“小月你好慢，我不是让刘浅叫你了吗？”

刘月无限委屈：“我刚一直都在呢，是刘浅让我去看论坛。”

夜色也不多话，马上就讲到最新知道的消息：“知道吗，战盟重组了！”

刘月一看这话，整个人都傻了！

刘月愣愣地问：“之前天下无敌刷了那么久，都没人愿意回去，怎么现在突然……”

夜色也奇怪不已：“我也不知道内幕，只知道昨天抢亲结束以后，天下无敌刷世界说，天下会成立了。当时我没在意，结果今天我上线，看到好多天下会的人。刚才我找几个一起做生意的伙伴询问了一下，天下会发展得相当迅速，现在都有三百多人了，估计还要往上涨。”

刘月彻底窘了，这是怎么回事？就因为昨天那一场让人无语的抢亲，天下无敌就把人气拉回来了？怎么想都觉得不可能呀，肯定有什么原因。

果然傍晚的时候，天下无敌又在世界上公然地刷屏了，看状况有点像动员大会。

[世界][天下无敌]：各位被暗杀过的、怕被暗杀的，大家都行动起来，为了游戏的和谐，为了不再终日惶惶不安，加入我们天下会吧。让我们一起来对抗暗杀，这将不再是有钱人买凶的时代！

[世界][天下有鬼]：仇家太多怕暗杀？已经上了暗杀名单？不要紧，只要加入我们天下会，就将不再畏惧，将破坏游戏平衡的暗杀团清除出去，还我们一个公平的江湖！

[世界][得瑟]：我要入帮！暗部他们连续追杀老子三天了，都被杀掉了一级了还不放过我。

[世界][很傻很天真]：天下会是干什么的？专门清理暗部的？算我一个！

[世界][天下天上]：我们天下会就是专门铲除暗部那帮垃圾的，只敢躲在角落里，真不是个爷们，有本事咱明刀明枪地上啊！要入的兄弟们都把世界顶起来！

刘月早前已经和叶涵说过天下无敌组建天下会的事，叶涵当时也有一点小小的吃惊，不过看到这个之后，大家都明白是怎么回事了。刘月还在气愤天下无敌的奸诈，叶涵反而淡淡地笑了，似乎早料到会有这一天。

接下来的几天，游戏里就有趣多了。每天数百名的天下会的玩家在各个游戏地图里进行地毯式搜索，只要发现暗部的玩家，就开召集令，一堆天下会成员立刻就聚齐起来，直到把整块地图的暗部成员清干净了才走。

暗部现在可没以前吃香了，倒是天下会人气正旺。一般人也不敢再随意买凶，而且就算买了，成功率也不高，因为暗部的成员现在不管去哪儿，都会被天下会一路追杀。

时间一长，暗部有些混不下去了。其实要你命三千也不是没想过办法对抗，比如大家是群体出动，尽量不落单。可是他们家族毕竟人员稀少，和天下会三百多名玩家比起来，简直就是自寻死路，只要他们敢出城，基本是免费回城转生。

暗部全是翠烟的玩家，虽然有个隐身的技能，可是你总要出来打怪升级吧？最后，实在受不了煎熬的玩家陆续退出暗部，当初加入暗部要么是觉得好玩，要么是为了赚钱，可是现在不但赚不了钱，还得贴命，很多玩家退家族走人。

眼看着暗部撑不下去了，嗜血堂里几个无聊的人，又开始讨论起来。天下烟雨跟了要你命三千是因为现实里有点关系呢，还是因为当时暗部很红火？按她以前的行事风格，似乎是见风使舵型，哪边厉害，她就倒向哪边。

刘浅甚至在家族里公开发言：“我看过几天天下烟雨就要和要你命三千闹婚变了！”

她话刚说完，夜色插进来说：“错了，他们那是无果的婚姻。现在又出这事，天下烟雨就算要走，也没人好说什么。”

刘月弱弱地插了一句：“可他们不是现实里也有关系吗？”

“那又怎样，大家还看不透天下烟雨吗？”刘浅十分果断地下了结论。

果然，又过了几日，暗部几乎消失了，要你命三千也好几天没出现了。大家暗自猜测着，天下烟雨这次还会不会厚着脸皮回去找天下无敌。

天下烟雨这一次却让所有人大跌眼镜了，她非但没有回头去找天下无敌，反而一个人死守在暗部。在天下会针对暗部进行了一系列的毁灭性的打击，暗部其他成员都退出家族后，暗部仅剩的两位成员，除了烟雨，就只有那个两三天没上线的要你命三千了。

原本在暗部四分五裂的时候，天下会就已经停止了那疯狂的清剿活动。可天下无敌不知道哪根筋抽了，突然宣布，从现在开始他要追杀天下烟雨直到她退出江湖为止。所有人震惊不已，这到底是在唱的哪一出，难道他俩真的由爱生恨到这地步了？

可是天下无敌竟然说到做到了，他还放下话，说不许任何人插手这事。结果游戏里就出现了非常奇葩的一幕，天下无敌每天骑着马追在天下烟雨身后，不论天下烟雨去哪一块地图，片刻之后，天下无敌就寻迹而来。

然后有好事者就喜欢跟在那两人身后看热闹，边看还边在世界频道解说，这么无聊的人便是武林笑笑生，那个特别喜欢传播八卦的。

当然，游戏里绝大部分的人，是非常希望他将八卦事业进行到底的。

[世界][武林笑笑生]：天下烟雨出现在桃源溪畔，天下无敌呢？让我们期待他多久后出现吧。

[世界][桃李无言]：呀，昨天杀了一天，今天又继续啊……

[世界][武林笑笑生]：出现了！天下无敌在两分钟内出现在桃源溪畔，我正在跟踪观察中，请继续关注本台的现场直播，锁定我们哦！

[世界][别开枪是我]：加上今天，整整三天了吧？天下无敌他丧心病狂了吧，不是就是被甩了吗，有必要这么和个女人较真吗？太丢

男人的脸了。

[世界][武林笑笑生]：天下烟雨正在杀任务怪，很远看到天下无敌过来，隐身遁走。天下无敌在清地图了，他能找到天下烟雨吗？大家敬请期待。

[世界][葡萄果果]：我一直都很看不惯烟雨这女人，天下无敌杀得太解气了！我顶了！

[世界][统一冰红茶]：话说，游戏里变个心也没啥啊，何必这么赶尽杀绝，已经把暗部给弄得解散了，现在还要把烟雨给逼死么……天下无敌不是心理扭曲了吧？

[世界][武林笑笑生]：天下烟雨真是倒霉到家了，竟然被天下无敌给逮到了，好了，猫捉老鼠的游戏结束，天下烟雨被免费送回城了。我们会继续跟踪报道，请大家随时关注！

刘月现在几乎每次上线，都能在世界频道看到这样的新闻。她原本也很气天下烟雨这个女人，有时候甚至觉得她太无理取闹了，可是毕竟女人的心还是善良的，看到她落到今天这个地步，刘月还是觉得有些同情，也认为天下无敌有些过分了。

嗜血堂的在线玩家也都看到世界频道了，开始讨论起来。嗜血堂的玩家毕竟更同情弱者一些，都觉得天下烟雨这个下场过于凄惨，也认为天下无敌一个男人欺负女人到这个地步，实在是有些让人唾弃。

结果一直在摆摊的夜色，突然插出来喊有内幕，刘月很奇怪，还没来得及问，刘浅比她更快地问："啥内幕？什么材料要涨价了？"

"我说的是天下烟雨和天下无敌的内幕！我刚刚从别人那里听来的。"夜色这话一说出口，所有人的好奇心都被调动起来了，"知道吗，其实天下无敌看暗部解散了以后，找过天下烟雨，希望她回心转意，结果天下烟雨没同意。"

夜色一句话刚打完，刘浅就迫不及待地问："不是吧！难道人家不愿意回他身边，他就要杀到人家退出游戏？"

无毒平时是最讨厌天下烟雨的，都忍不住出来说了句公道话：“天下无敌太丢咱们男性同胞的脸了！不过天下烟雨是吃错药了吗，想做回贞洁烈女？”

夜色的下一句话又打出来：“据说是天下烟雨当时说了句话，把天下无敌给刺激到了。天下烟雨和他说，就算暗部没了，就算要你命三千天天被人追杀，她也愿意留在他身边。”

刘月看了这话，觉得有些无语。这天下烟雨不是对要你命三千动真感情了吧，难道他们在现实里真有关系？

刘浅和无毒也被这话雷得不行，刘浅说：“她突然转性，我好受不了，我去吐下，但愿我吐着吐着就习惯了。”

无毒马上跟上说：“老婆大人等我，我也要去吐一下。”

夜色的反应倒没那么夸张：“这也是听来的小道消息，谁知道烟雨能装几天呢，搞不好过两天就得变脸，先看着吧。”

结果还真出乎大家意料。一个星期过去了，要你命三千和消失了一样，始终没有出现。很多人都断言，他肯定是因为暗部解散，所以准备不玩了。可是天下烟雨宁愿天天被天下无敌追杀，都誓死不退出暗部，一个人死守在那儿。

这确实叫很多人刮目相看，本以为她只是装装样子而已，撑不了两三天就要走人，可是在被天下无敌连杀得掉了四级多后，她还是半点都不松口。当时武林笑笑生在现场直播时，转播了他俩的对话。

天下无敌说：“烟雨，你已经掉了四级了，退出那个家族，我就放你一马，不然我会杀到你删号。”

天下烟雨说：“我答应帮他守着家族，你就是把我杀到零级我也不会退。”

这段话被曝光后，天下烟雨的人气暴涨，不少人出来顶她，说她“浪女”回头金不换，知错能改就是个好女人。

这么深情地给未婚夫守着名存实亡的破家族，而且她未婚夫都消失那么久了，也不知道是不是不玩了，烟雨还这么死心眼地替他撑着。

天下无敌估计也被这话刺激到了，追杀的力度更大了，而且手法更加变态。

刘浅和夜色也在家族里讨论起这事。刘浅说：“那烟雨还真叫我刮目相看了。我一直以为那女人水性杨花，没想到她还真的从良了。”

夜色也觉得有些不可思议：“她这么死心塌地地等着要你命三千，还真有点王宝钏的感觉。”

刘浅忍不住吐槽：“你以为要你命三千是薛仁贵么，搞不好他不会回来玩了。”

刘月看他们聊得正欢，也忍不住去插嘴：“我觉得要你命三千不是那样的人啊。”

夜色以过来人的语气说：“小月，这毕竟只是个游戏，别人花钱来玩游戏，那是为了寻开心的，如果玩得不开心了，离开也是很正常的。你看暗部也差不多快解散了，其实要你命三千回不回来都无所谓。”

刘浅也附和道：“其实他现在回来，不过是天下无敌再多追杀一个人而已，根本改变不了什么。”

真的是这样吗？刘月开始觉得有些同情天下烟雨。

时间又过去了几天，天下无敌的追杀还在继续，天下烟雨的坚持也没停过。原来那些觉得新奇有趣的，喜欢凑热闹的人，也从一开始的兴致勃勃到见怪不怪了。

好在游戏里的焦点天天都在换，大家现在的注意力全放到另一件事上面了。那就是游戏官方网站最近要推出新的资料片，将要开放新的等级和新的地图，还有更多新奇的元素将会加入。

当所有人的注意力都放在新资料片上时，一直消失许久未上线的要你命三千回来了，当别人猜测他回来是因为要看资料片，还是因为觉得自己对不住烟雨时，他倒干干脆脆地把烟雨死守了两周的暗部给解散了。

刘浅本来是很讨厌天下烟雨的，不过天下烟雨这两周的努力和坚持，整个江湖的人都是看在眼里的。她坚持了这么久，被天下无敌都杀得掉了七级，七级可不是小数目，结果呢？她的坚持算什么啊，正主一上线，什么都不说，先把家族给解散了，他到底是想置天下烟雨于何地。

刘浅马上就在家族里叫嚣开了：“要你命三千居然一上来就把家族给解散了！我虽然一直讨厌天下烟雨那女人，可是也没这么欺负人的，她都掉了七级了！”

夜色也很为烟雨抱不平：“他就是一人渣！烟雨这是造的啥孽哦！出来混果然是要还的，她玩弄了天下无敌的感情，结果现在换人家玩弄她的感情！”

刘月也挺气不过的，刘浅和夜色都商量着准备去找要你命三千理论，刘月也忍不住附和，三个女人讨论得正激烈。

一旁观望了很久的孤夜寒星突然出来冒了一句:“你们有证据吗？”

刘月不解地看他，叶涵无奈地揉她的头发：“你们三个别激动，你们怎么知道这解散家族，不是经过烟雨同意的？”

刘月瞪大眼睛问他：“那烟雨干吗死守两个星期？”

叶涵想了想说道：“你们没有证据啊，所以什么都有可能。”

刘月看着叶涵一瞬间无语了。

众人还在为要你命三千一上线就解散了家族而好奇，结果没等讨论出个结果来，要你命三千和来时一样突然，又莫名其妙地下线了。众人震惊！难道他上线就为了解散家族？！

那天下烟雨这两周来的坚持和付出不都打水漂了吗？一时间，幸灾乐祸的有之，同情鼓励的有之，为她抱不平的也有之。

刘月看着频道里刷得乱七八糟的言论，扭过头看叶涵，眼里都是疑惑。叶涵咳嗽一声，有点尴尬地赔笑：“夫人啊，我又不能未卜先知，他们之间的事我可说不好。”

刘月不满地伸手去捏叶涵的俊脸：“那你刚才还阻止我！早知道我们应该先去把要你命三千给骂一顿。”

叶涵只得苦笑不已："虽然不知道发生了什么事，可是要你命三千不是那样的人。"刘月看他还在坚持，对着他做了个鬼脸，不理他了。

刘浅和夜色原本也想去替天下烟雨讨个公道，结果人家正主上线不到五分钟就又下了，她们也只得在一旁干瞪眼。

暗部解散以后，天下烟雨的日子似乎更难过了。如果说前两周是肉体上的折磨，那这几天就是精神上的折磨了。天下无敌忒毒了，不断地刷世界向众人宣传烟雨被要你命三千抛弃的事。

[世界][天下无敌]：天下烟雨，要你命三千不但不感激你一片深情，还把你苦苦守下来的暗部解散了，这样负心薄情的男人还有什么可留恋的？你只要当着大家的面给我道歉赔罪，我念着旧情，还能考虑一下收留你。

[世界][小泥马]：见过不要脸的，没见过这么不要脸的。让别人连掉七级，现在回头来装善人，恐怕是迟了。美女不愁嫁，走了一个要你命三千，千千万万个要你命三千得蹦出来。

[世界][雅之蝶]：哥哥啊，你和禽兽说什么，他不懂人话的，让他自己继续叫唤吧。

[世界][天下无敌]：不相干的人别来插嘴。天下烟雨你出来，现在是你最后的机会，你自己看着办吧。

[世界][天下烟雨]：我和你没话说。

[世界][瑶池清莲]：烟雨姐好样的！和这种人本来就没话说，打一巴掌给块糖，你当咱们女人是什么东西！

[世界][天下无敌]：我看你嘴硬到什么时候，你就那么死心塌地跟着要你命三千？人家领你情了？你就别再傻了！

[世界][葡萄果果]：我不是眼睛花了吧，怎么这招降越看越像复婚请求？

[世界][喜羊羊]：你没有看错，群众的眼睛是雪亮的，这就是赤

裸裸的逼婚。

[世界][天下无敌]：不相干的都滚下世界!

[世界][天下烟雨]：爱杀就杀吧，随你！就算解散了，我还是暗部的人。

刘月被天下烟雨的深情感动到了，再看刘浅，她更是忍不住说：“这天下无敌真过分，人家的家族都解散了，他还想趁火打劫，不过天下烟雨确实让我刮目相看了！”

无毒照旧出来捧老婆的场：“她在我心里从第一水性杨花女变身为第一苦情女了。”

结果沉默很久的神之右手突然出来说了句话：“要你命三千和天下烟雨真是现实里认识的？”

夜色也不太确定地说：“要你命三千自己说的，是不是大家也不确定。怎么了？”

神之右手顿了一下才继续说：“我查到了要你命三千的 IP 地址，想入侵他电脑看看，结果他的电脑还有反追踪系统，我差点被他给黑了。”整个家族都震惊了。

叶涵第一个反应就是追问神之右手：“对方也是一个懂电脑的高手？”

神之右手很肯定地说：“绝对是一个高手，搞不好和我是同行。”

刘月沉默，难道要你命三千也是黑客?

神之右手突然又出来补充了一句：“他刚才上线时的 IP 地址是在英国。”刘月看到一旁的叶涵看到这句话时忍不住挑了下眉。

她马上星星眼地转过身期待地看着叶涵，叶涵知道她的意思，又无聊地伸只手过去揉她的头发：“听到他在国外，只是有种意料之中的感觉。不然他怎么会任由老婆被人杀得那么惨？”

刘月嘟着嘴，似乎对这个解释一点也不满意。哎呀，她肯定是游戏玩太多，变得越来越八卦了！

就在天下无敌劝说天下烟雨无果的那天晚上，停了一天的追杀又开始了。虽然大家都很同情天下烟雨，可是除了口头上的支持，也没人去真正帮她，似乎都在怕势力迅速扩张的天下会。

刘月、刘浅还有夜色三个人组了队，去帮刘月打食材，因为烹饪材料不够了，市场上又非常缺少这一类的材料，三个人只得每周都抽空去刷材料。

三个人在野外刷得正起劲，远远看见一个女翠烟骑着马在跑，后面还跟着一个一身极品装备的男天王。

刘月把鼠标移过去一看，竟然是天下烟雨和天下无敌。虽然平时总在世界频道看到他们说天下烟雨如何被天下无敌追杀，却没有亲眼见过，今天竟然这么巧，就给碰上了。三个人本来对天下烟雨是极其厌恶的，如今却因为她的痴情不悔，而有些同情她了。

现在遇见这样的事，当然是不会坐视不理的。眼看天下烟雨头顶只剩下一丝血条了。刘月马上一个最高级的天降甘露，把天下烟雨的血条给加满了。

烟雨似乎很意外，逃命的速度竟然慢了下来，结果就很惊异地看到在一旁打怪的三个嗜血堂女玩家了。她在看到其中有刘月的时候，明显一惊，因为她跑偏了，马正好卡在一片树丛之中。

原本天下无敌就在身后紧追不舍，这一慢下来，他就追上来了，马上就是一个冲锋把烟雨给定在了原地，现在他一身极品，两刀下去，烟雨的血又掉了一半。

刘浅看他不顺眼很久了，一抬手，几个毒都丢在他身上。刘月看到天下烟雨被困住，马上开始读天降甘露加血，还给她加了攻防。天下烟雨虽然是个女玩家，可是操作并不差，抓住刘浅攻击天下无敌的一个间隙，马上用了一个强隐脱离了天下无敌的控制。

夜色也冲了过来，朝天下无敌丢了个昆仑派的捆绑术。天下无敌立刻显得很被动，只能在原地挨打。他肯定也没想到会有人出手相救，毕竟他追杀天下烟雨半个多月了，从来只见到在旁边围观的，却没见到伸手相助的，一时可能有些反应慢了。虽然天王这个职业血多防厚，他又是一身极品装备，可是被几个人围着打，还是很吃亏。

特别是刘浅也一身极品装备，又是高伤害的五毒玩家，毒和毒的效果相互叠加，天下无敌的血已经只剩不到一半。夜色也是对他不满已久，几乎从不在野外PK的她竟下了狠手，拼命地丢自己的高伤害技能过去。

天下无敌也不是只会挨打的傻子，他当然看出这几个人里伤害最高的就是刘浅，马上一个转身就追着刘浅打。刘浅一时不慎，被他给近身打到两下，血瞬间掉落一半。可刘月加血的速度那是公认的快，刚掉下去就给刷了上来。

再看天下无敌自己身上带着一堆毒，还被刘浅牵着绕圈子，夜色又一直在后面追打，此时只剩一层血皮了，而她们都以为走了的天下烟雨突然出现在他身后，一个偷袭，天下无敌竟然倒下了，化作一道白光转生去了。

留下四个女的面面相觑，天下烟雨无疑是最尴尬的。刘浅和夜色虽然同情她，可是对她也没什么好脸色，不恨她了可不代表愿意和她做朋友。

刘月毕竟心地善良，也觉得场面有些太冷了，对天下烟雨说了句：“没事了，你安心做任务去吧。”

却没想到，天下烟雨不但没走，还走到刘月面前。刘浅以为天下烟雨忘恩负义，准备偷袭刘月，她立刻锁定了天下烟雨，准备随时出手。可是天下烟雨走到刘月面前，竟然呆呆地站住了，刘月也被这一幕搞得有点茫然，连打出了几个问号。

天下烟雨这才说：“我以前不懂事，做了很多对不起你和嗜血堂的事。感谢你不计前嫌地帮我。”

刘浅和夜色看到她的话，才松了口气，气氛又稍稍缓和了一些。

刘月有些尴尬地解释：“以前的事就算了，大家也都没放在心上。”

天下烟雨却还是不走，她继续说：“我让你们杀到解恨为止吧。”

所有人沉默了，刘浅都忍不住劝她："别这样了，虽然以前我确实恨不得杀死你，可是游戏里不就是这样子么。"

夜色也说："就是因为有各种各样的恩怨情仇，才能称为江湖啊！"

天下烟雨似乎在这半个月里受尽了欺负和侮辱，一时间竟然感动得有些说不出话来："为什么我玩游戏的时候，没有遇到过像你们这样的朋友。大家除了利益，就只是互相利用的关系而已。"

刘月看气氛越来越偏向悲情化，赶紧岔开话题："游戏其实就是社会的缩影嘛，什么样的人都有。我想问一下，要你命三千到底怎么了？"

提到这个人，天下烟雨又沉默了一会儿，老半天才说："我也不知道他什么时候回来，他一直很忙。"

刘浅听到这样的回答，骨子里正义的细胞沸腾了："他就这样？太不负责了吧！那你为他撑了两周，他上线就解散家族又怎么解释？"

天下烟雨回道："其实他解散家族是不想我被天下无敌杀。"

夜色原本就属于比较八卦的人，马上插进来问："他怕你被天下无敌杀，怎么不帮你报仇？解散了家族就下线，太不厚道了！"

天下烟雨马上为要你命三千辩解："不是的，他是真的有事，他很忙的。"

若说刘月以前还有点怀疑天下烟雨不是真心对要你命三千，那现在，这点儿怀疑可就完全消失了。受了那么多委屈都憋在心里，还要拼命维护自己喜欢的人，这不就是陷在爱里的痴情女子才会做的傻事么？

那天下午，四个女人竟然在野外聊了很久。晚上刘月坐在叶涵怀里，搂着他的脖子，把头靠在他肩上，声音有些迟疑："我以前很讨厌天下烟雨那女人的。"

叶涵正坐在椅子上，一手抱着刘月，另外一只手还腾出来翻一份文件。听到刘月这样说，他把文件合上，说："嗯，大家都不喜欢她。"

刘月在他肩头蹭了两下，犹豫着说了下午发生的事，最后补充了一句：“难道是因为同为女人？大家突然就不那么讨厌她了。”

叶涵知道刘月很善良，天下烟雨以前找了嗜血堂那么多次麻烦，所以她现在原谅了天下烟雨，自己心里又觉得似乎对不起嗜血堂的兄弟们，有一种负罪感，认为自己背叛了大家。

叶涵勾起嘴角，伸出手轻拍她的背：“这又不是什么要紧的事。这只是一个游戏，就算是现实，也没有永远的敌人。”刘月茫然地抬头看他。

叶涵忍不住用手指刮她的鼻尖：“与其做一辈子的敌人，不如化干戈为玉帛。”

刘月睁大眼睛看他，狐疑地问：“你什么时候变得这么宽宏大量了？”

叶涵挑眉说道：“难道在你眼里我就那么睚眦必报？”

刘月听了忍不住笑，心里也没刚才那么郁闷了：“你不是有仇必报的吗？”

叶涵不怀好意地笑道：“也分情况啊，如果是有人欺负我夫人，我当然不能忍了。”

刘月的脸一下子红了，她笑得有点羞涩又带点甜蜜。叶涵看了更忍不住想逗她：“就算这世上什么都变了，有一样东西一定不会变。”

刘月好奇地问：“什么东西？钻石？”

叶涵又好气又好笑：“你个小财迷想要钻石？”

刘月更不好意思了：“不是啦，你快说啊！”

叶涵突然很轻柔地把她抱紧，那双漆黑的凤目带着刘浅的笑意：“我对你的爱。”

刘月看着他的眼睛，听着他低沉的嗓音呢喃地说出永恒的承诺，一双眼也跟着迷离起来。叶涵带着浅笑凑过去，轻轻地吻了她。

似乎在那天晚上之后，天下烟雨的命运就没那么凄惨了。因为叶涵那晚和刘月聊过之后，在家族里说了句话：“嗜血堂行事一向有准则，遇见不平的事时该出手就出手，我们不怕麻烦。”

很多人都猜到孤夜寒星这话是针对天下无敌追杀天下烟雨这件事说的，其实嗜血堂都是热血分子，满腔正义，看到一个大男人每天追杀一个女人，还把人家杀得掉了七八级，早就按捺不住了。可是这女人的身份又确实很尴尬，以前她不但找过他们家族麻烦，而且似乎对老大还有意，一时也就忍着没有出手，不想多生事端。

在那晚叶涵明确地说了之后，天下无敌发现一个很诡异的现象，就是他追着天下烟雨跑的时候，经常会很“意外”地遇到嗜血堂的人。然后人家不分青红皂白就开始打他，在他连续死了三四次之后，他就肯定了，嗜血堂似乎和他杠上了了，打算保护天下烟雨到底。

天下无敌马上不服气地上世界频道去骂，原本还算平静的江湖，又开始闹腾了，一堆沉寂了很久的八卦分子也出来凑热闹。

[世界][天下无敌]：嗜血堂你们傻了吗？我追杀天下烟雨关你们什么事？

[世界][浅浅忧愁]：一个大男人欺负一个小女子，你也不嫌丢人？还是你的脸早被你丢尽了！

[世界][无毒不丈夫]：老婆大人骂得是！像他这种专以欺负女人为乐的人渣，简直就是我们男人的耻辱。

[世界][天下无敌]：真以为你们嗜血堂素质高呢，放对狗男女出来见人就咬？！

[世界][武林笑笑生]：我台正在直播：天下会叫板嗜血堂，一个女人惹出的事端？

[世界][不要杀我]：有不满可以好好说。上世界就开骂，你素质也不见得多高啊！

[世界][我是来打酱油的]：人家嗜血堂那是看不惯你天天追着一个女人杀，多大的仇啊？让别人连掉七级还不够？欺负女人上瘾了吧。

[世界][天下无敌]：你们凭什么三番五次地阻挠我！咱们走着瞧，看你们能嚣张多久。

天下无敌在世界上骂了几句，却发现世界上都是拿他开涮的人，眼见没人出来挺他，他只能气冲冲地下了世界。

而这边，嗜血堂的人可开心了，总算出了口气，每天看到天下无敌欺负一个女孩子，说实话，他们早就看不过去了。

自从那天世界上骂过以后，天下无敌就没再追杀天下烟雨了。天下烟雨很感激嗜血堂，可是也不知道怎么表达，只能一直刷屏说着谢谢。

这时官网发布了消息，最新的资料片要在周末发布，除了提高了等级，还要开放很多新地图、新任务，最让嗜血堂心动的是，可以占领新地图的村镇，然后由玩家自己开发。

这个消息刘月倒不是特别在意，可夜色激动疯了，她给刘月解释，要是嗜血堂有了自己的城镇，若正好在大家打怪练级必经的地方，那城镇里的店铺该有多少利润啊！然后她就喜滋滋地继续盯着官网研究去了。

叶涵似乎也对这个新的资料片有些兴趣。

刘月和刘浅两个人对赚钱没太大的想法，觉得够用就行了，于是两个无聊的女人结伴去刷材料。天下烟雨最近和她们走得很近，姑且算是还人情吧，完全属于义务工作。只要刘月和刘浅、夜色她们要去打什么怪，做什么任务，她一定会主动来帮忙。比如现在，她知道刘月她们俩要去刷材料，马上就到了。这段时间相处下来，刘浅对她的看法也改变不少，虽然天下烟雨是一个心机比较重的女孩子，可是她那有恩必报的性格，还是让刘浅刮目相看。

虽然她们不知道天下烟雨有什么样的过去，可是她们直觉地认为，她似乎憋了很多事在心里。以前在世界频道嚣张的她似乎变了一个人，有点沉默，也不爱表现了。

刘月很好奇地问过，天下烟雨却淡淡地回答："有很多人在网络里会变成另外一个自己，我也是吧。”

天下烟雨接着说：“其实我有点自闭。”刘月和刘浅看到这话，彻底无语了。

打怪打到一半的时候，天下烟雨突然不动了，刘月以为她是死机了。刘浅看她站在怪中间不动了，赶紧把打她的怪给拉到另外一边。

一会儿之后天下烟雨突然又回来了，极其兴奋地对她们说：“对不起，对不起，我得走开一下，不能帮你们打了。他回来了！”

她的话一出，刘浅马上敏锐地问道：“哪个他？要你命三千吗？”

结果天下烟雨马上回复："是啊，我先去机场了，晚上我来帮你们打。再见！”然后她雷厉风行地下线了，留下刘浅和刘月满肚子八卦，没地方发泄。

两个人只能私底下讨论，刘浅神秘地问：“我刚才乱猜竟然猜对了，难道他们真是一起的？”

刘月想了想刚才天下烟雨的话：“我猜是，都去机场接人了，搞不好住一起。”

“难怪她被杀没人管来着，原来要你命三千出去了，我还以为他真的抛弃她了呢。”刘浅最后来了句。

当晚，要你命三千果然上线了。所有关于他抛弃天下烟雨的谣言全部被粉碎了，因为他当晚就在世界频道宣布，他和天下烟雨的婚礼将定在周末。

看到这个消息，游戏里的玩家又开始八卦起来。武林笑笑生是绝对不会放过这种机会的，马上就开始煽动大家下注，猜这一次天下无敌会不会再去抢亲。

最近江湖里最重磅的消息就是要你命三千又重回游戏了，而且他还要娶天下烟雨。这个消息把游戏里所有的八卦玩家都炸出来了。武林笑笑生是这游戏里的顶尖八卦者，他除了煽动大家下注以外，还在世界频道办起一个辩论会来。

[世界][武林笑笑生]：大家都对这第二次婚礼心存疑念吧，这次到底能不能圆满呢？会有第二次抢亲吗？大家各抒己见啊，咱们只为发挥八卦本质，不争输赢。

[世界][老婆是豆腐西施]：天下无敌那么恨天下烟雨，怎么可能轻易让她嫁人，这第二次抢亲是绝对的！

[世界][小龙女的大姨妈]：天下无敌应该不会去抢了，第一次也没抢出个结果来。这种事吃力不讨好啊，牺牲一堆兄弟，新娘子抢来了也不嫁他，有什么意思啊！

[世界][其实我是卧底]：当然要抢啊！不抢我们有好戏看么！

[世界][浅浅忧愁]：就看他还要不要脸！老做这些缺德事，早晚有报应！

[世界][天下有雪]：你们很闲吗？这么爱刷世界，爱讲别人是非？不八卦会死吗？

[世界][武林笑笑生]：哟！这位小姐说对了，不八卦，毋宁死！

[世界][我是来打酱油的]：上面那位小姐很面熟啊，似乎最近经常看到她跟在天下无敌身后。这还没过门呢，就这么心急出来为男人出头了？名不正言不顺啊！

大家一阵调侃，天下有雪闷闷地下了世界，也不敢再出来替天下无敌出头了。

刘浅和夜色也正得意着呢，天下家族的人她俩都看不大顺眼，特别是和天下烟雨的关系不僵硬以后，就更不喜欢他们仗势欺负一个女人。结果那这两个家伙还没高兴够，突然就傻眼了，只见家族里刷出一条消息：要你命三千加入嗜血堂。

神之右手似乎特别开心，马上出来欢迎他，无毒也很客气地欢迎他加入。

刘浅是个急性子，也顾不得别人在场，直接就问："怎么回事？

他怎么会来？”

刘月知道叶涵一般不大和别人解释自己做的事，她赶紧出来说明：“这是寒星的意思，暗部解散了，天下无敌整天想着怎么对付他，既然大家是朋友，就出手相助一下。”

谁知道要你命三千进来的第一句话，不是为自己说的，而是为了天下烟雨：“我知道以前天下烟雨不懂事，很多地方做得不对，得罪过大家。我以后会好好约束她，大家能不能不不计前嫌接受她？”

此话一出，家族了有一小会儿沉默。之后，叶涵淡淡地说：“进了家族就是一家人，你也不用和谁见外。”

无毒似乎也很想交要你命三千这个朋友：“天下烟雨这段时间已经在努力地弥补以前的错误了，大家也都看见她真心悔改了，不会介意的。”

神之右手对要你命三千一直有些惺惺相惜，当下也很客气地说：“既然是兄弟未过门的老婆，大家当然不会排斥她。”

刘月看着气氛还不错，也笑道：“我们最近常和天下烟雨一起玩，你让她放心吧，大家不会为难她的。”

得到了大家的保证后，要你命三千也放下心。过了一会儿，又刷出一条消息：天下烟雨加入嗜血堂。

刘浅这一次竟然是第一个去欢迎她的，夜色和刘月也都真心地欢迎她加入。

天下烟雨很感动地说：“对不起，以前我那么对大家，大家竟然还肯接受我！真的对不起！”

嗜血堂这个家族有个特点，就是特别齐心。不管发生什么事，大家都会优先为集体考虑，既然加入了嗜血堂，那就是一家人。大家也没和她客气，七嘴八舌地开始调侃她，没多久，她就完全融入了这个大家庭里。

也不晓得是谁说漏了嘴，刚才世界上还在讨论天下无敌会不会再一次抢亲，结果马上换了话题，成了嗜血堂 vs 天下会。

[世界][盗亦有道]：最新小道消息啊！要你命三千加入嗜血堂了！这可真是柳暗花明又一村，要你命三千现在后台强硬，天下会是否会在婚礼上和嗜血堂对抗呢？

[世界][武林笑笑生]：你说什么？！嗜血堂收人了？嗜血堂不是早就决定不再收人了吗！

[世界][哎哟哎哟]：呀！我看到要你命三千了，真的加入嗜血堂了，天下烟雨也是！

[世界][别开枪时我]：哈哈！现在又有好戏看了！嗜血堂vs天下会，不知道天下无敌是不是又要死在孤夜寒星手上哟……

[世界][天之痕]：孤夜寒星不是脑子有病吧，天下烟雨以前和嗜血堂那么不对盘，也收了？

[世界][葡萄果果]：脑子有病的是你吧！寒星大神那叫宽大为怀！天下烟雨被天下无敌欺负得也够惨了，嗜血堂这是路见不平，拔刀相助！

刘月看着世界频道吵来吵去，闹得很凶，就回头问叶涵："你怎么突然想加要你命三千进家族啊？"

叶涵正在回武林笑笑生的私聊，刘月好奇地凑过去一看，忍不住就捂着嘴笑了。

[私聊][武林笑笑生]：啊啊啊！你要气死我，你骗我说嗜血堂再也不收人了，我才一个人在外面流浪了这么久。结果呢？你一次收俩？！你就这么不待见我是不是……人家不要活了！

[私聊][孤夜寒星]：我看你一人活得也挺滋润。

[私聊][武林笑笑生]：哪有啊！没有你哪来的滋润，我的内心都是干涸的，不信你摸摸，看！多深一条口子，还不停地往外流血呢！

[私聊][孤夜寒星]：流了这么久都没死，问题不大。

[私聊][武林笑笑生]：人家跟在你身边这么多年了，没功劳也有苦劳吧！你玩个游戏都不带我，你的心是铁做的吗？你就收了我吧，收了我吧！

刘月看到这里笑得直不起腰来，她第一次看到叶涵会如此打趣别人，而且对话居然这么搞笑。

叶涵淡淡地瞥了她笑得通红的小脸："这家伙脸皮厚得很，不这样对他不行。"

刘月看着叶涵那有点无奈的表情，突然想到了："啊！我知道了，武林笑笑生就是那天我们在山顶咖啡屋遇见的那人是不是？"

叶涵还在和那人聊，点点头示意就是他。

原来武林笑笑生就是那天在咖啡屋遇见的眼镜男啊！看他那斯文的外表，真不敢相信他的性格其实有够恶劣的，而且在游戏里还那么八卦。

刘月看着叶涵和他斗嘴，觉得挺有意思的，而且叶涵讲话的语气相当随意，似乎是关系非常好的朋友："你们关系很好吧，干吗不收他入家族啊？"刘月挺好奇的。

叶涵叹了口气："关系是还不错，可这家伙太吵了！"

后来，可能是实在禁不住武林笑笑生的死缠烂打，原本嗜血堂几个月都没收玩家，这一天之内竟然收了三个人进来。所有人愣愣地看着提示：武林笑笑生加入嗜血堂。

刘月看着那句提示，心里暗暗想，以后的日子绝对不会无聊了，游戏里的风云人物，都齐聚嗜血堂了，就看他们能把这游戏折腾成什么样了。

第十章
终极 BOSS

本以为天下会可能因为嗜血堂的收人，出来折腾一下。可是他竟然一点动静都没有，完全不像天下无敌一贯的作风，难道他又有什么阴谋？

刘月心里突然想到周末是要你命三千和天下烟雨的婚礼，第二次抢亲吗？就算嗜血堂的综合战斗力非常强，可是天下会发展迅速，虽然比不上以前战盟最辉煌的时刻，可是已经有五百来人的天下会，又成了江湖第一帮派。若真打起来，输赢还真的说不定呢。

刘月把自己的顾虑说出来。家族里很多人附和道，天下无敌可不是什么善类，不可能闷不吭声，绝对是有阴谋。

然后要你命三千说了一句：“我和他也有笔账需要好好算一算，天下无敌的事就交给我来处理吧。”

无毒马上不乐意了：“三千，大家都是兄弟，你这样说话可不对啊！太埋汰我们了。”

要你命三千呵呵一笑：“我老婆的仇，我当然要亲自去报。”

无毒这才明白他的意思，当即也笑了。

要你命三千想找天下无敌报仇，可是明眼人一看就觉得不可能。虽然他的PK技术没话说，可是装备差距还是很要命，特别这游戏又是非常依赖装备的。他才决定了要去找天下无敌报仇，嗜血堂的其他兄弟们就开始带着他去刷BOSS，打装备。

要你命三千似乎第一次遇到这样的家族和朋友，才加入家族不到一天，就可以全心全意地帮助对方，这就是嗜血堂的特色吗？

孤夜寒星似乎也有意帮要你命三千弄套好点的装备。他召集了嗜血堂的所有人马，去天池顶挑战一个高级BOSS，有一些BOSS都是需要一个家族甚至出动一个帮派才能打下来的。

要你命三千无疑对这些BOSS比较了解，他看到整个嗜血堂不过三十来人，有点皱眉头，去挑战天池BOSS，不是找死吗？

可是毕竟别人是为他才决定去刷BOSS的，他也不好泄大家的气，反正舍命陪君子，游戏里命可没这群兄弟的情重要。

结果他确实有些震惊，天下烟雨也是。他们两个都是头一次跟着嗜血堂去刷BOSS，只有真正打起来才知道，嗜血堂的配合和战术灵活完美到了一个境界。

BOSS的第一招一般都是杀招，一不小心引怪的人就会被直接秒掉。所有的帮派打这BOSS，都是派出一个血厚防高的人去顶住，然后后面的人才敢上去打。

嗜血堂也一样，不过他们第一个出去顶住BOSS的人是孤夜寒星，一个武当去抗BOSS？要你命三千有些迟疑。看着那个武当的少侠手持一把七彩眩光的长剑，直接就冲上去了。

一进入BOSS的视野，它就狂吼着扑了过来。这是一个手持双手斧的怪物，他雷霆万钧地一斧子下来，孤夜寒星头上飘起一个一万以上的巨大数字，还没等下一斧头接着砍伤来，刘月已经把血加起来了。

看到这里，要你命三千有些无语，这都是些厉害人物啊。还没等他准备好，旁边的众人已经跑到了BOSS的身后开始攻击，而且站位很有秩序，近身搏斗的都在BOSS背后的脚下，而远程则在BOSS背后二十码开外的距离。

他和天下烟雨看明白了，也马上加入战斗，突然孤夜寒星在家族里打出一个“退”！原本在 BOSS 脚下的众人立刻就朝后跑，他虽然不明所以，却也跟着跑开。

果然不到三秒，BOSS 开始举着巨斧不断地锤地面，若站在二十码以内，玩家就会持续地掉血。

等BOSS的动作停下，散开的近战攻击玩家们，又重新聚集到它脚下，而孤夜寒星突然和不要杀我换了个位置。要你命三千有些奇怪，这不是大忌吗？

一直抗着 BOSS 的人突然换位置，BOSS 万一掉转个头，那不是大乱吗，他最终还是忍不住在家族里问了：“为什么要换人去抗？”

夜色是远程，打得也比较轻松，抽空给他解释：“刚才锤地面之后就进入第二阶段了，现在没有仇恨的，谁抗都行，老大伤害高，他攻击比抗 BOSS 要作用大，第三阶段他再回去。”

要你命三千有些惊异，嗜血堂打 BOSS 似乎把所有资源都利用得很好，也许是环境逼出来的，也许是他们中有些人对 BOSS 的了解很透彻。

因为整个家族人数少，所以把攻击提升至最大化；因为治疗少，所以跑位非常准确，避免大部分人吃到技能，让治疗只需要安心地加好一个人的血。

但是，不可否认，这样的方法确实是最有效而且最科学的，要你命三千不自觉地对孤夜寒星生起一股敬意。

孤夜寒星再次在家族里喊了句：“散！”

要你命三千不像第一次那么彷徨，马上就跟着大部队散开，这一次连站在远处的远程都跟着散开了，只见 BOSS 锤打地面的动作更剧烈，山崩地裂的效果夸大到了二十五码以内的范围。

要你命三千醒悟，难怪远程也跟着散开了，BOSS 的技能一结束，孤夜寒星和不要杀我迅速地又交换了位置，而周围的人站好了位置也没急着打 BOSS，而是让孤夜寒星多打了几下，在 BOSS 身上建立了足够的仇恨。

孤夜寒星喊了句："打！"

之后，所有的人开始疯狂地打，不到一会儿，BOSS倒下了，地面上掉了一片装备和材料。最让要你命三千吃惊的是，大家非常有秩序地散开到一边，竟然没有争抢的。

他以前也是玩过网游的，他记忆中似乎每次掉了装备，都是所有人上去哄抢，谁的动作快，装备就归谁，难道嗜血堂的人就没有一点功利心？这似乎和以往所看到的都不太一样，不过随即他又想开了。如果和别的家族一样，那这还是嗜血堂么，还是那么多玩家心目中最完美、最强悍的家族么？

果然所有人跑到一边休息区了，孤夜寒星一个人过去收拾了地上的残局，一共出了六件装备，逆天级别的出了两件，其他的都是史诗级别的。

孤夜寒星过来把装备发在家族频道里，让有需要的都示意一下。结果家族里的人都主动说，自己的装备已经很好了，都让给要你命三千和天下烟雨。

孤夜寒星把翠烟能用的装备都交易给了要你命三千，让他换上。这个BOSS出的东西都是极品，就算是史诗级别的也比外面小BOSS出的逆天级别的好很多。要你命三千有些不适应这样分装备，迟疑地在家族里问："大家都不要吗？"

神之右手解释道："家族成员的装备基本是一个档次，现在唯一需要武装的就是你了。"无毒也不失时机地挖苦了他两句。要你命三千没有再多说，只好将装备换上了。

就如神之右手所说，嗜血堂的成员装备都在一个档次。因为人数不多，所以武装起来没那么麻烦，再加上孤夜寒星对每个BOSS的攻略都很熟悉，也熟知它们的刷新时间，大家配合又那么默契，别的家族和帮派觉得很难刷的BOSS，对他们来说似乎也不算什么。

几天下来，竟然把要你命三千全身的装备给换了一套。他终于不像最初那么寒碜了，一身透出金光的极品装备，让他显得潇洒不已。

就连不要杀我也忍不住说了句："终于有点大侠的风范了。"

无毒更是口无遮拦："这下你和天下无敌是半斤八两了，装备上他也占不了你什么便宜，周末他再抢你老婆，直接把他干掉！"

周末很快就到了。所有有事的没事的，都在讨论着这场婚礼的结局，有上次的例子，所有人早早围在了月老庙，等着看天下无敌来抢亲。

就连嗜血堂也是这么认为的，夜色和其他几个生活型玩家，还特意给每个家族成员准备了大量的药品和烹饪食物。若是天下无敌真的带着天下会来闹场，嗜血堂也不是那么好欺负的。

谁知快八点了还是没一点动静，大家不免怀疑，难道天下无敌有了上次的教训，不来丢这个人了？要你命三千和天下烟雨安静地站在月老庙里，平静地看着时间，就在八点差五分左右，天下无敌带着天下会的成员浩浩荡荡地出现了。

不少八卦者看到这一幕，心里想，看来天下无敌到最后一刻还是没有放弃啊！他带着这么多人出现，是准备和嗜血堂拼个你死我活吧？

[世界][飘零]：看到没有！我就说天下无敌不会放弃的，怎么可能不出现呢！

[世界][武林笑笑生]：哇！主角终于出现，大家真是久等了，不知道今天会来个什么新的戏码。嗯……这一次不会再傻到把新娘子给杀了吧?

[世界][雅之蝶]：哇！出现了！出现了！不要脸的人出现了，破坏别人婚姻的恶魔又出现了！

[世界][天下无敌]：大家安静，别误会。我们今天是来喝喜酒的，不是来找碴的。认识我的人，也可以进来喝杯喜酒，祝福我和天下有雪百年好合。

世界上讨论得轰轰烈烈，天下无敌丢的惊雷，不但炸到了来看好戏的围观者，更让嗜血堂的人也一下子拿不定主意，觉得事情实在太蹊跷。要你命三千很有风度，看着天下无敌带着人走了过来，并没有失去理智。

天下无敌故意走到他面前，冷笑着说：“哟，你们也是今天啊，正是巧了。”

要你命三千也和气地回：“呵呵，帮主那么忙，哪有时间看世界频道呢。”

那话让天下无敌有些闷火，却也不好直接发泄：“果然是人靠衣装马靠鞍，换了身行头也人模狗样了。”

要你命三千不气不闹，语气依旧淡淡的：“嗯，比起穿着衣服的禽兽总要强些。”

两个人你一言我一语，针锋相对，天下无敌说话是越来越有些动气，要你命三千雷打不动的淡然，气氛一时间有些尴尬起来。嗜血堂的人本就比较护短，眼看天下无敌一进来就讲话很嚣张，不由得有些看不下去。

无毒第一个站出来说：“我说帮主大人，您这么号人物结婚也不提前通知一下，这么匆忙未免显得寒碜了，不合您的身份啊！”

刘浅则把所谓的夫唱妇随发挥出来了，调侃道：“就是啊，您看今天来这儿的朋友都是给咱们三千庆婚来的，您这么低调，未免派头不足，让我们抢了风头啊。”

天下无敌本就对这对夫妻没什么好感，又听到他们话中带刺的，更是不舒服。

结果他还没吭声，天下有雪插了一句：“是我不喜欢太招摇，结婚嘛，没必要像别人一样弄得太夸张，像看笑话似的。”

刘浅一听这话当然不爽了，结果要你命三千先还嘴了：“太低调也不好，大家会以为是小三。”

天下有雪气极，刘浅在一旁乐得不行。曾经有传言天下有雪是小三，那时候天下烟雨和天下无敌还没闹婚变，很多人私下里也拿她当狐狸精开涮，结果三千随随便便一句话，又刺中了她的死穴。

天下无敌似乎对方发现在嗜血堂这边根本占不到口头上的便宜，也就不再理会。八点准时到了，心里还存着侥幸心理的玩家，都默默地看着月老庙的四个人，猜测会不会突然来个剧情大转变，可是他们还是失望了，天下无敌竟然什么都没做。

看着要你命三千和天下烟雨结为了夫妻，嗜血堂的玩家们马上给他们放了烟花。在一片闹闹哄哄中，天下无敌和天下有雪果真很低调地结为了夫妻。

一看到没戏可看，人群比来的时候散得更快，马上月老庙就空旷了。嗜血堂的玩家一群人吆喝着要去帮他们庆祝，热热闹闹地慢慢走远。最后只剩下天下无敌他们这群人时，月老庙显得更尴尬了，空旷而寂静，完全感受不到一点结婚的喜悦。

结果就在第二天，在大家对天下无敌彻底死了心，觉得没好戏看的时候，事情又突然来了一个戏剧性的转变。嗯，其实挑起事端的是要你命三千。作为天下烟雨的正牌老公，他现在是名正言顺，于是乎，他公然地在世界频道给天下无敌下了战书。

[世界][要你命三千]：天下无敌，你追杀我老婆半个多月，让她连掉七级，这笔账我们现在该算一算了。决斗还是野战随便你选一样。

[世界][幽冥]：这才结了婚就要出来为老婆出头啊！是条汉子，我欣赏你！

[世界][天下无敌]：一级生死决斗，输了的掉三级，再丢一件装备，你敢吗？

[世界][糊涂酒仙]：你这分明是投机取巧，天王本来就克制翠烟，在野外你怕他偷袭，选PK台你就占了绝对优势！

[世界][浅浅忧愁]：三千你别听他的，选PK台对你不利啊！他这是故意针对你啊！

[世界][要你命三千]：谢谢各位的提醒和关心，既然我敢让他自

己选，大家就应该相信我。

[世界][天下无敌]：明晚八点PK台见，你就等着死在我手里吧。

嗜血堂的内部也对这个决斗有些争议，神之右手是翠烟的大师兄，他最有劝说权，直言道："三千，我知道你报仇心切，可是天下无敌这根本就是故意针对你，上了PK台，翠烟的实力不好发挥。"

不要杀我平时话很少，也出来劝："在PK台这种范围位置内，我们天王很容易把你击晕了定身打。"

要你命三千很是感激："大家的关心我很感谢，我让他选，就是想让他输个心服口服。"

无毒还想劝他："三千，和这种卑鄙的小人，你何必啊！"

结果一直没说话的孤夜寒星突兀地冒出了一句："都别说了，相信三千。"

武林笑笑生也插进来说："板上钉钉的事，你们劝了有什么用？想支持三千的不如到我这儿来买一注，现在天下无敌和要你命三千是一赔五哦！"果然，瞬间掀起了一股买注风潮。

刘月心里其实也挺担心的，她看见叶涵刚才讲的那句话，转过头去问叶涵："你认为三千会赢吗？"

叶涵摸摸自己的下巴说："你以为他会输吗？"

刘月想了一下，他一身蓝紫混穿的中低档装备都能打赢无毒，和神之右手交手时也没有完全处于下风，现在换了套极品装备，按理说应该是问题不大。可是刘月心里老是不放心，天下无敌也不是什么善类，他会答应得那么爽快，搞不好其中有什么阴谋。

刘月一个人默默地在那儿思考，叶涵伸出手直接把她抱到腿上，凑到她的鼻尖前，张嘴轻轻咬了一下："这关乎一个男人的尊严，他不会输的。"

刘月叹了口气看着他："我是担心天下无敌又用什么奇怪的法子。"

叶涵却丝毫不在意："三千也不是个任人鱼肉的人。"

好吧好吧，看叶涵这么相信要你命三千，刘月也不好意思再瞎操心了。

叶涵看她不再那么纠结于那个问题，马上抛出个新话题来：“家族里的人都是见过面认识的，所以他们商量着准备再聚会一次。”

刘月不解地抬头：“再聚会一次？好是好，可是这么突然，难道是他们想见三千？”

叶涵笑了，边揉她的头发边说：“这下你又聪明了，是神之右手，还有不要杀我他们想认识要你命三千。说实话，我对他也有点兴趣。”

刘月不满地嘟嘴：“你怎么能对男人感兴趣！”

叶涵的笑意更浓：“夫人，我感兴趣的可从来都只有你啊！”刘月的脸忍不住又红了。

周日本来是新资料片公开的日子，按理说，游戏里的所有玩家都应该在期待这件事，可是江湖上大家讨论的却并不是这事。他们的讨论焦点一直都在今晚的决斗上。

那些唯恐天下不乱的家伙，不但希望他们打起来，还希望打得越凶越好，最好是以他们俩为导火索，再引发嗜血堂和天下会的火拼。

似乎每次决斗之前，世界频道总是不安静的。武林笑笑生原本就是个不安分的家伙，每次只要有热闹，绝对少不了这家伙。

[世界][武林笑笑生]：下注了啊！最后的机会了啊！想知道孤夜寒星是怎么赚钱的吗？您只需少量的投资，就有可能得到大量的回报。天下无敌 vs 要你命三千，一赔二了啊！

[世界][牙签牛肉]：嗜血堂的嚣张太久了！该是咱们天下会翻身的时候了，天下会的兄弟们都帮老大顶起来啊！

[世界][浅浅忧愁]：下注就下注！别牵扯帮派和家族，今天只是个人决斗！

[世界][武林笑笑生]：想发财吗？这是你最后的机会了！要眼睁

睁看着自己与万元大户擦肩而过么，还在犹豫什么呢？！

刘月看了眼世界频道的争论，既无奈又好笑：“这个武林笑笑生……我突然有点明白了，为什么你当初一直不肯收他入家族。”

叶涵也靠在椅子上，静静地看着那些人吵闹：“玩个游戏也摆脱不了他，真麻烦！”叶涵说这话时，表情非常无奈。

好在武林笑笑生也没多少时间可以折腾了，八点还差几分钟的时候，要你命三千和天下无敌一起出现了。嗯，让人难以置信的是，要你命三千的女性支持者众多，家族里几个常年光棍的成员有些不满了。

弯刀恨恨地说：“三千，平时也没看你要帅啊，怎么站我们这一边的全是女的哇！”

三千不知道怎么回答，只能静默了。

无毒经他提醒，也发现了这个问题，语气酸溜溜的：“你小子真好命啊！什么时候我去决斗也能有这么多妹子来支持就好了。”

“都怪我平时没看出来啊，你这么需要妹子的关心。”刘浅突然阴恻恻地冒出来一句。

无毒抖了一下，立刻巴巴儿地迎过去：“老婆大人说哪儿的话啊！自从有了你，别的女人根本入不了我眼了。”别人一看到这一幕，都不禁会心一笑。

天下烟雨一直站在要你命三千的身边，也不多话。安静的样子，让刘月有点不适应。她悄悄地给刘浅发私聊：“你有没有觉得天下烟雨好像完全换了个人。”

刘浅马上就回话过来：“还用你说，我才是最接受不了的那个人。以前我可是恨她入骨，可是她突然间转了性，乖乖巧巧的样子，让我都无从恨起了！”

刘月眯着眼睛想了想：“是不是因为谈恋爱了啊？她爱上要你命三千了，所以就变成小女人了？”

刘浅很干脆地吐槽：“呕……她以前追老大的时候，可是不择手段啊！要你命三千和她的关系太诡异了，我觉得他们之间有秘密。”

刘月听她这么说，也觉得认同。虽然和烟雨的关系改善了很多，却还是猜不透她。她前后突然间的转变，让刘月和刘浅她们好奇不已。看来，下次聚会时，必须得问个清楚才行。

时间似乎到了。看到要你命三千被传送到PK台中央，刘浅和刘月马上停下私聊。要你命三千只穿一套很简单的玄黑劲装，没有孤夜寒星的出尘绝俗，没有不要杀我的威风凛凛，也没有无毒的风流倜傥。

他腰侧各悬挂一把锋利逼人的短剑，漆黑如墨的长发随意地扎着，几缕不听话的发丝散落在脸庞，竟然有些风流与颓废的味道在里面。他的脸上自鼻梁以下，半张脸都覆着黑色的面具，只留了一双寒气逼人的黑眸在外面，看起来分外冷酷。

再看天下无敌那身金光闪闪的盔甲，一把长枪也是闪闪发亮。平时看他这样，总有种威武不屈大丈夫的感觉，可是今天两个人在PK台中间一站，总觉得天下无敌似乎招摇过度了。

刘浅小声地在家族频道里说：“难怪美女都到这边来了，天下无敌这样怎么看怎么像暴发户。”

夜色也嘿嘿地笑着插嘴：“你别说，三千这一套真是帅呆了！”

刘月也起劲地加入她们：“现在流行冷酷帅哥了！”几个女的你一言我一语的，聊得还挺开心。可是天下烟雨竟然一句话也没插进来，一直在场外呆呆地站着，也不知道是不是在担心。

一直让人期待的决斗终于开始了。倒计时一结束，要你命三千马上就消失了。天下无敌也不是省油的灯，他没有慌着四处闪躲，反而站在场中央等要你命三千来偷袭。要你命三千当然也知道一直隐身着不去打，是不可能赢得胜利的。

但关键就在，明知道对方在等你出手偷袭他，等着你暴露位置再反击你，你要怎样才能尽可能地多制造伤害，又不会因为位置的暴露而受到太多伤害。

看似简单的东西往往越难，叶涵也饶有兴趣地坐在一边看这场决斗。要你命三千终于还是出手了，他的偷袭加连击，果然伤害高得惊人。天下无敌一个血高防厚、有一身极品装备的天王派玩家，都被他打掉了快一半的血。

刘月正准备叫好，结果发现要你命三千也只剩一半血了！她马上明白过来：“啊！天下无敌穿的物理反伤装备啊！三千危险了！”

叶涵当然也看到了刚才那一幕，他倒没刘月那么慌，他用手撑着下巴，静静地继续观战。

天下无敌一直在等的就是这一刻，他知道翠烟是以偷袭和爆发力为主，所以他特意选了决斗这样的模式。在PK台上，范围固定了，翠烟的隐身在这里发挥不出实力，就算被偷袭也不怕。他换上了全套反伤的装备，到时候对方的伤害越高，死得越快。

眼看要你命三千完全中了他的计谋，翠烟原本就属于血薄防低的布衣职业，血下了一半那就等于是找死了。天下无敌马上反身，一个冲锋将要你命三千给晕在了原地，然后他长枪一甩，就是天王的终极技能狂斩。

台下一干来看决斗的玩家，心里不禁为要你命三千抱不平。老婆的仇报不成，还得把自己赔上，掉三级可不是好玩的，练级速度再快，练起来都得好几天啊。

而嗜血堂这边，刘月和刘浅的视线一直在决斗中的两个人身上的，可是她们还是眼尖地发现了，天下无敌一个狂斩放出去的时候，天下烟雨忍不住向前冲了几步，然后碰到了PK台的防护罩，又被一道隐形的光墙给弹了回来。刘月悄悄地想，原来她真的很担心要你命三千。

在大家都觉得决斗应该结束了时候，要你命三千安然无恙地站在台上，连天下无敌都有些反应不过来，他的终极技能打布衣，少说都要爆八千的啊，这个只有六千血不到的翠烟，怎么可能撑得下来！

天下无敌心里第一个想法就是，系统出错了！但是毕竟还在决斗中，他还是努力的地平静下来，继续决斗。可是因为他刚才那一秒的迟疑，要你命三千早就离开了他的攻击范围。

天下无敌以为他要强行隐身，结果他没有。天下无敌乐上了，这不是故意找死么？他马上追过去，快进入攻击范围的时候，要你命三千突然消失了。天下无敌忍不住想开骂，然后他马上用一个横扫千军的范围技能，想把他给打出来。结果竟然没用。

只是一瞬间，要你命三千诡异地在他身后出现了，又是一串偷袭加连招。场外所有人有些震惊，要你命三千是想和天下无敌同归于尽么，明知道他身上有反伤装备。果然，两人的血同时掉到最低血量线，天下无敌一个转身又是一招狂斩。结果，竟然被打断了！

场外很多玩家简直快吐血了，怎么可能打得断？！狂斩的读条时间只有一点五秒，是所有职业里读条最快的终结技能了，要你命三千实在太狠，竟然能够打断这种类似瞬发的技能！

天下无敌一招被打断了，却也没有迟疑，马上又接着用普通攻击打。他一身极品装备，就连普通攻击都能爆两千多，要你命三千挨到这一下，也绝对得死，天下有些得意。

系统又出错了！天下无敌心里正是这样想的，因为他的攻击打上去，竟然一点伤害都没有，不过这一次他没走神，他眼尖地瞥见要你命三千头上冒出一个“闪避”。

他还没想明白，要你命三千已经把翠烟的终结技能血斩读出来了，天下无敌最终化为一道白光转生去了。

场外的嗜血堂玩家欢呼不已！有很多围观玩家没看明白，四下询问着刚才那场比赛诡异的结果。

似乎是受不了一大堆人在那吵吵嚷嚷，却摸不着门道的模样，人群里有一个叫战败的玩家出来解释：“不懂的好好听着，我只解释一遍，真不知道你们到底在看什么。”

旁边有几个经常和他一起玩的，看他愿意解释，马上就围了过来。

战败说：“要你命三千每次攻击天下无敌，就自身掉血，你们看出来没？”旁边几个附和道，开始不明白，后来看出来了。

那个战败看这些人还没那么无药可救，就继续说："要你命三千第一次狂斩打出去没掉血，是因为要你命三千一身闪避装备，再加上他当时开了躲闪，天下无敌那招根本打不到他。"

停顿了一下，战败继续说："而且天下无敌太自负了。他太想赢，一身反伤装备，反倒丢了命中，这也算他输的一个原因。"看周围人恍然大悟的表情，他接着说："他的攻击模式都是一个套路，要你命三千早看清他的攻击手段了，他的技能还没读出来，要你命三千已经等着打断他的技能了。他不输才见鬼了！"

经过他这么一解释，周围的人似乎都懂了。这才慢慢地散开。

刘月看着自从要你命三千赢了以后就显得异常兴奋的天下烟雨，不禁微笑。天下烟雨就算转变得有些不寻常，可是她对要你命三千绝对是真的。

刘月转身正想和叶涵说这事，一看，她发现叶涵眼神里带着思索，正静静地盯着屏幕看，她有些好奇："怎么了？"

叶涵没回头，对她说："我发现个有意思的人。"

刘月歪着头不明所以，就看到要你命三千在家族里发了句话："寒星，那个战败。"

叶涵嘴角突然勾起一抹笑，在家族里回道："你也看到他了？"

要你命三千也说："嗯，既然我们都看到了，那我们想法应该差不多。"

叶涵挑眉笑了笑，就转身朝那个叫战败的玩家走了过去。

旁边的人已经散得差不多了，战败看到孤夜寒星朝这边走来，虽然搞不明白他要干吗，还是很礼貌地给他让了路。谁知道他没走开，反而停在他面前，还跟他打了个招呼："你好，可以认识一下吗？"

战败虽然一肚子疑问，还是很礼貌地回了话："你好，你是在问我吗？"

"除了你周围也没别人了。"叶涵似乎心情很好，还和对方打趣。

刘月很奇怪，可是还是静静地站在叶涵的身后，带点好奇地看他们聊天。要你命三千也走过来了，天下烟雨很兴奋地跟在他身后，虽然也不知道他要干吗。

聊了几句之后，孤夜寒星很正式地对战败说：“我可以邀请你加入嗜血堂吗？”

战败一下子愣住了，有种受宠若惊的感觉。他玩这游戏有一段时间了，当然知道眼前这位在游戏里被传得像神一样的人物，更知道嗜血堂是大多数玩家心里最想加入的家族。他虽然激动了一下，可还是很理智地问：“可以告诉我你找上我的原因吗？”他毕竟工作了很多年，深知天下没有免费的午餐。

叶涵对他的反应似乎很满意，难得有心情慢慢地解释道：“其实以前我就注意到你了，你的观察很敏锐，又有自己独到的见解，冷静而不浮躁。”

刘月很少看到叶涵夸人，看到他这么说，她忍不住打量这个叫战败的玩家，一身很普通的史诗装备，并没有什么特别显眼的地方啊。

要你命三千一直站在旁边，叶涵说完以后，他也插了一句：“我也注意到你了，你不但把我和天下无敌的优劣说得清清楚楚，也很清晰地分析出了我们的心理。我和寒星一样，热忱地邀请你加入嗜血堂。”

战败看到两个在江湖里当红的人物，一起邀请自己，也不好再装模作样：“我感到非常荣幸，可是我还是没搞清楚你们邀请我的目的。”

对方这荣辱不惊的态度似乎更得他们欢心了，要你命三千替孤夜寒星解释了：“你也知道新的资料片就要公布了，到时候会增加更多的新元素进来。嗜血堂以后的重心将放在城镇建设方面，而你是一个非常理想的投资管理者。”

经过要你命三千这一解释，战败开始明白为什么他们要邀请自己了，他也是个干脆的人：“我愿意加入，你们确实找对人了，现实里我也是搞投资这一块的。”这话一出，孤夜寒星和要你命三千一起笑了。

嗜血堂短短几天内就收了四名玩家，确实在江湖里引起了点动静，很多人都在千方百计地想办法进嗜血堂。而且资料片已经公开了，就在决斗当晚的十二点，当天的在线率几乎达到了顶峰，很多帮派和家族在新地图的入口徘徊。人多必然要出事，这是不变的定理。果然，因为争前抢后，不少帮派当时就火拼起来。

嗜血堂却没去趟这浑水，孤夜寒星带领家族的所有人，来到了另外一片地图的入口。众人一看，不由得傻眼。就连不要杀我都有些发怵："寒星，这里的怪级别最低都要高我们五级左右，打这样的怪升级很慢的。"

别人同样也是一肚子疑问，要你命三千竟然是唯一懂孤夜寒星心思的人："这你就不知道了，入口地图那里现在早就人满为患了，几十个人抢一个怪，能打到多少？不如组队慢慢在这里越级杀怪。"不要杀我也是聪明人，马上衡量了利弊，也明白了。

战败是刚刚加入家族的，他以前虽然听说过这几个人的事迹，但是毕竟是第一次相处，看大家丝毫没有架子，也开始喜欢上这个家族的气氛。他本来也好奇为什么嗜血堂不早去新地图那里准备抢位置练级，却来这高级地图门口等待，经要你命三千一解释，不禁也开始佩服起孤夜寒星的深谋远虑、考虑周详。

结果是很明显的，十二点一到，新地图开放了。嗜血堂很轻松地包下了这边一整块的地图，仗着装备等级比较高，他们分为几个人一小组，各自找了空旷的地点开始刷怪。可能是越级打怪的原因，每个人分得的经验竟然不比自己刷怪低，这练级速度竟然也不慢。

而另外一边的两块地图就要热闹得多了。新开放的供新手练级的地图有两块，原本也是考虑到大家都来升级，会发生抢怪的事件。可是真正开放的时候，怪物还是明显不够。

在有强大利益为导火索的情况下，大规模的火拼又开始了。大一点的帮派开始集结人手，把四周的小家族全部清场了，争取抢占一片大一点的地图练级。可能是人实在太多了，刷怪的速度竟然跟不上屠杀的速度了。在越来越大规模地扩大地图的时候，好几个帮派也开始冲突，然后战斗从以大欺小渐渐转变为同等级间的较量。

帮派和帮派间照样有强弱的区别，很多战斗力不是太强的帮派又被欺负了。但是大家输了又不甘心，想着自己不能升级也不让别人升级，在别的帮派圈了地图刷怪升级的时候，旁边看了眼红的玩家们竟然都出手阻挠。

结果就是新地图开了好几天了，大家还在火拼得死去活来。天下会实力最强，原本抢了一大片地图安心刷怪，可是在别的帮派都被战火波及的时候，他们又能安然到哪儿去。到处都在喊打喊杀的时候，嗜血堂竟然奇迹般地升了四五级，已经开始准备换新地图了，回头看那些生活在水深火热中的玩家们，以大帮派遭受的损失最惨重。

天下无敌也不是傻子，看到嗜血堂的都没和他们在一块地图，难道他不会好奇？答案是肯定的。他早就知道嗜血堂的人去了高级地图，若是以前，他肯定也会带着兄弟们一起去的。至于他为什么不去，其实原因很简单。那天他决斗失败，连掉三级，他根本就不敢去高级怪区，连带着他们一个帮派都在混战中沉沉浮浮，不少人级没升上去反而还掉了级。

其实嗜血堂也有人奇怪地问过这个问题，要你命三千笑得贼兮兮的：“没人想过为什么我偏要那一天找他决斗吗？”众人疑惑不解，除了个别像孤夜寒星那般已成精的在一旁偷笑外。

接着要你命三千得意地解释：“除了要报仇外，再掉他三级，他就不敢到高级怪区来混。”

最后孤夜寒星总结道：“不过是一个简单的连锁报复。”

众人大悟！一起感叹道：这两个人实在是太阴险了！这远不是掉三级的代价啊，这是拖累了一个帮派总体实力的代价。

因为新资料片引起的全服火拼，把游戏和论坛搅翻了天。游戏公司也不得不重视。于是，新资料片开放的第一个周末，服务器关闭维修一天，估计是要准备增加更多的地图，这个消息让嗜血堂的成员兴奋了一下，因为他们正好可以利用这一天，来个线下聚会。

约好了时间、地点，虽然有个别的玩家因为实在脱不开身，不能参加这次聚会，但其实大家最关心的是要你命三千能不能到。不过他倒也爽快，和大家保证了自己一定会到后，也利索地下了游戏。

聚会当天，叶涵载着刘月到了酒店。刘浅和叶希也是刚到，三个小女人最近因为忙着游戏，也有大半个月没见过了，一时间又叽叽喳喳闹到一块去了。

刘浅牵着刘月往里面走，刘月习惯性地转过头看叶涵。叶涵勾着嘴角微笑，示意她自己去玩就可以了，不用担心。

刚好这一幕又被走在后面的叶希看到了，她夸张地惊呼："天啊！还没结婚呢，你就被叶涵吃得死死的，这怎么行啊！"

叶希开了个头，刘浅也不甘落后："热恋期都还没过，你就被老大制得服服帖帖了，你得抓回主动权啊！"

刘月依旧茫然地看着她俩："怎么主动啊？这样也挺好的啊！"她觉得自从她和叶涵的关系明朗化，正式升级为情侣后，叶涵对她好得不得了，既温柔又体贴，被他吃得死死的也没什么不好啊。

刘浅深知刘月简单化的思维模式，马上打断她："别想得那么简单，男人可是很容易对小白兔一样的女人生厌的。"

"是这样吗？"刘月毕竟没经验，一下就被唬住了。

叶希不怀好意地撞了一下她的胳膊问："问个隐私点的，你俩那个了吗？"

看着叶希脸上促狭的笑容，刘月更茫然了："那个什么？"

刘浅白了她一眼："难不成你俩还没做过？"

这句话太过直白，刘月的脸一下子就红了，带着无限羞意地摇头。

叶希看到这情况，伸手捂住额头，喊了一句："神啊！救救她吧！"

刘浅也是一副要吐血的神情："别的就不说了，你们住在一起啊！天时地利又那么长时间了，你都没主动过？老大也真是的，该不是真的不近女色吧！还是他有什么难言之隐？"

刘月赶紧解释："没有啦，我们只到接吻那步。"她此话一出，旁边两个人同时翻白眼，叶希最直接，非常邪恶地吐出一句："难道你就不想吃掉他？"

刘月的脸持续升温，她悄悄瞥了一眼在人群中和别人聊天的叶涵，看见对方没注意这边，才小声地说："想是想，可是这种事我怎么好意思主动。"

刘浅瞪着他，一副恨铁不成钢的样子，说："该主动时就主动，有什么不好意思的，他现在都是你的人了！"

刘浅还准备继续讲点什么，突然门口有阵骚动，三个人也好奇地停下闲聊，一齐望过去。先走进来了一个高大帅气的男子，气质出众，显得干练成熟。

一身浅灰色的西装将他健壮修长的身躯衬托得更挺拔。他身后跟着一个女孩子，巴掌大的脸上有着很明艳的五官，她的相貌糅合了妖艳与冰霜，看得三个人眼前一亮，这就是天下烟雨吧。论坛的照片她们是看过的，没想到真人比照片漂亮多了，真人的气质尤其出众。

想当初看照片，只觉得她妖艳，隐隐带着些狐媚子的感觉，可是真人站在你面前，她身上那冷傲的气质，倒让人觉得她不可亵玩焉。明显她也看到了这边的三个人，嘴角勾起一抹笑意，眼角也弯起来，竟然让刘月觉得有种冰雪消融的感觉。被称为游戏第一美女的天下烟雨，果然是个绝色美人啊！

她抬着头和那男子耳语了几句，就轻快地向这边走了过来，微笑着介绍自己："我是天下烟雨，你们谁是谁呢？我都认不出来了。"

刘浅看到美人似乎心情特好，笑嘻嘻地介绍说："我是浅浅，这个是流月，她是夜色。"

叶希马上凑过来细细地看天下烟雨，不禁夸道："以前看照片就觉得是个美女，没想到真人这么有气质！"

刘月也笑着说："是啊，我也被惊艳到了呢，刚才那个是要你命三千吧？"

天下烟雨笑得一脸甜蜜："嗯。我们本来准备早点来的，可是路上堵车，你们已经到了很久了吗？”

刘浅又开始八卦，一脸暧昧地看着烟雨说：“你和要你命三千在现实里也是情侣吧？”

天下烟雨的脸有些微红，还是点点头承认了，脸上浮现出甜蜜的笑容来。

席间，刘浅和叶希两个人一直忍不住打量要你命三千，潇洒帅气的外表确实没话说，可是怎么看都觉得他言谈举止间透露出来的成熟内敛，不像一个普通的人，应该大有来头。

就连一向比较迟钝的刘月都感觉到，要你命三千似乎比天下烟雨要大上很多，他应该有三十来岁了吧。

而烟雨刚刚成年，这样的两个人是怎么走到一起去的，刘月和刘浅、叶希私下里交换了个眼神。

聚会结束后，大家便解散了，最后只剩下七八个人。叶涵也抬手看了看表，准备载刘月回家去了，然后要你命三千突然开口说：“咱们到楼上喝咖啡去吧，我想你们应该有很多事想问我。”

他这样一说，原本准备离开的几个人，都会意地一笑，然后跟着他转战到楼上。不得不说有人的地方就有八卦，就连男人也逃不开这八卦的吸引力。

刘月和刘浅她们当然也好奇地跟上了，刘月细细看了下留下的这些个人，除了叶涵、孙铭、周逸凯，这些经常在一起玩的，神之右手王峥也在。

要你命三千坐下以后，就先开始说了：“刚才席间我都没有自我介绍一下，真是失礼了。其实我叫秦迁。”

叶涵听到这名字眉毛就扬起了，似乎知道他的身份，而孙铭直接就不客气地喊出来了：“啊！是你！怎么可能？！”

旁边的刘浅凑过去就敲了孙铭的额头一下，敲得孙铭咧着嘴假哭：“老婆大人，我错了！”

刘浅也不在乎周围人都是一副忍笑的表情，说：“干吗那么惊讶？

你们早就认识他？”

毕竟连一向爱冷着脸的周逸凯都露出了惊讶的表情，刘浅认定他的身份应该不寻常。还没等孙铭解释，秦迁自己开口了：“我来解释吧，其实我本人并不出名，不过你们应该听说过迁信集团。”

刘浅马上张着嘴，一副不可思议的表情。刘月也愣住了，别的不知道，可是迁信集团的大名是绝对听过的，因为它旗下的游戏公司就是《仗剑江湖》的出产运营商。这么说，三千其实是游戏公司的内部成员？

结果更爆炸的消息还在后面，叶涵面带微笑地扔了一颗炸弹进来：“他是迁信集团的老大。”

这次换叶希忍不住了：“天啊！那你不就是《仗剑江湖》的幕后BOSS！”

孙铭还一脸恍惚的表情，喃喃：“这游戏都是你们开发的，你怎么会来玩？”

秦迁的表情孑变得有点无奈，还有点宠溺：“都是因为这小家伙啊。”

叶涵了然地一笑，没有插嘴。

叶希的八卦本质又体现出来了：“等一下，我混乱了。你说你是因为天下烟雨才玩这个游戏，那天下烟雨以前在游戏里追求老大，还和天下无敌结婚，这是怎么回事？”

她这么一说，在场的其余几位也混乱了。刘月也狐疑地看着他们，她是亲眼看到天下烟雨的帖子的，当时天下烟雨放下话来说一定要追求到叶涵，可是看她对秦迁的态度，眼里根本就容不下第二个男人了啊，这到底是？

秦迁一直靠着沙发，嘴角带着淡淡的笑，他看着大家：“我把你们叫上来，其实就是为了解释一下这件事，虽然大家都接受了我和烟雨，可是不解释清楚，心里总归有根刺。”

他的话确不错，虽然大家一直没提，可是天下烟雨前后转变突然，心里毕竟还是有怀疑。

秦迁喝了一口咖啡，半眯着眼睛整理思路。天下烟雨不自觉地靠近他身侧，秦迁感觉她有点不自然，轻轻地握住她的手，然后抬起头来对大家咧嘴轻笑，用一种带着怀念的语气说：“这是一个有点长的故事。”

秦迁的故事果然很长，中途大家竟然都没有打岔，连一向喜欢凑热闹的刘浅和孙铭，都静静地坐在一旁听，整个包厢里一直流淌着秦迁略带低沉磁性的嗓音。

刘月坐在叶涵旁边，若说她以前对天下烟雨的行为有过不满，听完这个故事，她心里只剩赞叹和佩服了。天下烟雨实在是太勇敢，这么坚定地追求心中所爱。

原来烟雨竟然是秦迁父母的养女，两个人从小一起长大也算是青梅竹马。不过秦迁比烟雨大了十岁以上，所以说起来他更多时候也许是把烟雨当成女儿和妹妹一起养。可惜烟雨对秦迁的感情却是男女之情。

之后就是一个追一个逃，秦迁为了躲避烟雨的感情，以开发《仗剑江湖》这款游戏为借口直接躲到了国外。而烟雨在游戏上市之后，就立誓要把这游戏闹得鸡犬不宁，逼着秦迁回来收拾烂摊子。

现在想来，虽然烟雨的种种行为实在太过孩子气，可是她那为了爱勇往直前的劲头，却是让人不得不刮目相看。

刘月下意识地看向叶涵，叶涵挑眉看着她浅笑，然后长臂一揽，将她揽入怀里。刘月心里忍不住感叹，比起天下烟雨感情路上的辛苦，她的感情之路似乎顺畅许多。

解释完后秦迁嘴角带笑，紧紧抓住烟雨的手，然后说道：“小雨做的事比较任性，虽然只是个游戏，可还是给大家添了不少麻烦。”

众人似乎才从故事中回过神一般，刘浅也微笑着说：“以前是真的很讨厌她，觉得她有些无理取闹，现在知道了原因，佩服她都来不及了。”

然后刘浅转过头看着秦烟雨的眼睛，很认真地对她说：“小雨，你真了不起！”

叶希也忍不住赞同：“是啊，敢于追求自己幸福的女孩子不多了，特别是像你这么执着的。”

秦烟雨下意识地就看向刘月，这场闹剧里，她最对不起的人其实是刘月。刘月知道她的意思，她靠在叶涵怀里轻笑：“我从来都没有怪你的意思，而且我真的很羡慕你的勇气，我如果有你一半的勇气，我们也就不会拖这么久了。”

她说话时悄悄地瞥了一眼叶涵，叶涵收紧手臂把她抱得更紧，大有一副“你现在才知道自己笨”的意思在里面。

其他的几个大男人更不会抱怨什么，特别在知道了一切都是事出有因之后。秦烟雨从参加聚会开始，就一直微锁的眉头终于放平。秦迁抬表一看，这个故事讲完，现在都晚上十一点多了，他也知道叶涵他们几个现在住在 L 市，于是干脆提议道：“反正游戏得维护到明晚八点，现在时间也不早了，今晚就住在这儿吧。”

其他几人商议了一下，也没异议。

秦迁十分热情地想要招待他们，刘月也是这时才知道，原来秦氏财团除了运营游戏之外，竟然还经营酒店。这一次是秦迁去订的房间，所以接过房卡的时候，刘月暗喜不已。她和叶涵住一间，而且是情侣间！她突然觉得秦迁实在是太善解人意了。

似乎看到她暗自偷笑，刘浅和叶希看准时机，一把将刘月拉到一边。平时都是三个人一起共商大计，现在又多了个烟雨。烟雨也挺好奇，大家凑在一起准备讲什么。

就看到刘浅对她使眼色：“小雨，好好教教她，今晚就把老大就地正法了！”

烟雨听完，小脸一下子就红了。

“我也不会啊。”叶希凑过来揶揄她，“秦迁不是说你生日那晚，你们不是那个了嘛。”

烟雨小心地回头看了看秦迁，见他们一群男人在那边闲聊，没注意到这里。这才敢小声地对她们说："他那天喝得烂醉，早就没意识了。我只是把他脱光了，自己再脱光了躺在旁边，然后在身上掐出几个红印，让他误以为是吻痕，他就相信了嘛。"

烟雨说完还有些不好意思，刘浅用更加崇拜的眼神看着她："小雨，这计谋太不错了！"

刘月听完沮丧地说："叶涵从来都没喝醉过，我连机会都没有。"

叶希不怀好意地说："那你就自己主动滚他床上去啊！"

烟雨也带着羞意说："其实我也想和秦迁更进一步发展，可是他老嫌我年纪小。"她的话，成功地吸引了其他三个人注意力。

刘月有种找到同伴的感觉，拉着她的手说："小雨，我和你想的一样，只是叶涵也不碰我。"

刘浅又吐槽道："那是因为你没魅力啊！"

叶希也安慰性地拍拍刘月的肩膀。

反倒是烟雨拉着刘月说："今晚是个机会啊，你们不是住一间房吗，你可以主动点啊！"

刘月下定决心地点头。

然后烟雨又害羞地说："刚才我耍赖说要陪你们玩，所以秦迁和我今晚也住在酒店。月姐姐，我们一起努力吧！"

刘月一听这话，马上懂了她的意思，两个女人对视一笑。

叶涵牵着刘月走到房间前，刘月打开一看就愣住了。哇！好豪华、好温馨啊！入眼就是一对米白的情侣沙发，还有那些可爱的摆设、层层叠叠的白纱窗帘。刘月忍不住赶紧走进去看，用水晶一样透明的珠子串起的珠帘后，有一张豪华舒适的大床，床上的心形抱枕让刘月一眼就喜欢上了，赶紧拿过来抱在怀里。

叶涵跟在她身后进来，刚把门关上，就看到刘月抱着个抱枕一脸满足地坐在床上，不由得想笑："怎么？这么喜欢？"

刘月看着他点头。叶涵忍不住用手把她的头发揉乱，然后宠溺地说：

"小笨蛋！"接着坐到沙发上看电视去了。

刘月狐疑地盯着叶涵的侧脸，暗暗地想，简直就是天时地利人和啊，为什么叶涵看了她一眼就去看电视了，难道她连电视都比不上吗？这个想法让她备受打击，叶涵看她坐在床上出神，以为她困了，问："累了吗？洗完澡赶紧睡吧。"

这一声把刘月让回过神来，她马上奔去洗澡。洗完澡后刘月特意按叶希的吩咐，穿着酒店提供的丝质睡衣，还故意系得很松，并且露出胸前的大片肌肤。她在镜子前照了照，果然有种若隐若现的诱惑，刘月暗暗给自己打气，然后走出浴室，贴着叶涵坐下。

还没等她开口呢，叶涵瞥了她一眼就站了起来，留下一句"换我洗了"，就走进浴室把门关上了。

刘月大感受挫，就算她长得没有刘浅和烟雨那么好看，可是好歹还算清秀吧。叶涵不是说很喜欢她嘛，自己喜欢的女人刚出浴，又穿得这么清凉，为什么他连看都不看一眼？刘月再次看了看自己，嗯，肩膀和锁骨露出了大半，酥胸也是若隐若现啊，不是说这样很诱惑吗？难道是因为自己胸小，叶涵不感兴趣吗？

刘月越想越觉得这个可能性比较大。

等叶涵洗好出来时，刘月已经在被窝里埋伏很久了。刘月虽然背对着叶涵，但是她可是按照吩咐，故意把睡衣撩起至大腿，露出了一大截修长的美腿，一切都准备好了，就等叶涵来掀被子了。叶涵终于没让她失望，缓缓走到了床前，似乎打量了她一下，然后叶涵动作很轻地掀起被子。

刘月心中暗喜不已，虽然自己的胸比不过别人，不过刘月对自己的腿挺有信心，又长又直，应该能成功吧。结果被子被掀开不到两秒，叶涵就躺到床上了。刘月愣了一下，难道叶涵没看见吗？还是光线太暗看不清楚？

想起小雨说的，我们要像打不死的小强一样勇往直前。于是刘月再接再厉，她干脆翻过身黏到叶涵身边。叶涵挑眉看她，声音如凉风过境，让刘月觉得舒适不已：“不是困了吗，怎么还不睡？”

刘月笑嘻嘻地再凑过来一点，直到完全贴紧叶涵，然后脸色微红地靠在叶涵胸前说：“嗯，我第一次和你睡一起嘛。”

叶涵勾起嘴角笑笑，习惯性地伸出手玩刘月的头发，发丝柔顺，从指尖穿过的感觉仿若上等丝绸。

刘月感觉气氛正好，于是又凑过去一点，轻轻地吻叶涵的嘴角。叶涵的眸子漆黑而明亮，他微眯着双眼看刘月，然后抢过主动权，用手扣住刘月的后脑，将她凑得更近，唇舌缠绵不休。

刘月不一会儿就双眼迷离、气喘吁吁，脑子也乱成糨糊了，不过她还是记住了最重要的事，所以她靠在叶涵胸前轻喘着说：“涵，嗯……避孕套……”

叶涵突然轻笑出声，语气亲昵地笑她：“小色鬼，你在想什么啊。乖乖睡吧。”

然后用手环过她的腰，将她锁在怀里，就闭上眼睛了。刘月算是完全清醒过来了，她瞪大眼睛不可思议地盯着叶涵，他！就！这！样！睡！了！

看着他逐渐平稳的呼吸，刘月挫败地把头靠回叶涵胸前，不甘心地闭上眼。叶涵的嘴角不自觉又悄悄勾起一抹浅笑。

第十一章
同归于尽

第二天刘月醒来，叶涵已经叫了早餐，自己静静地坐在沙发上看报纸。刘月虽然醒了，却不想起床，躺在床上看叶涵的侧脸。完美的轮廓、挺直的鼻梁，就连那眼角的阴影，也让刘月动心不已。

叶涵边翻报纸，边侧过头来看她，嘴角带着宠溺的笑："小懒虫，还不起来？"

刘月被他的浅笑迷惑住了，一时间耳边再听不到任何声音，满心满眼只有他的笑颜。叶涵看到她直直盯着自己，无可奈何地摇头，把报纸放到一边，走到床边来。

当刘月意识到时，叶涵的脸已经贴到她面前了。刘月不禁"啊"了一声，话音未落已经被叶涵吞掉，他温柔缱绻地在她唇上流连。刘月被他吻得双眼迷蒙，浑身无力，睁着雾气氤氲的大眼，茫然地看着他。

叶涵意犹未尽地舔舔嘴角，又伸出手把她的头发揉乱。刘月算是回过神了，但是她心里的迷雾更深了。她扯着叶涵的衣袖，叶涵看着嘟着嘴耍赖的刘月，挺配合地也躺在了旁边，然后把刘月揽在怀里，低头吻她的头发。

刘月越来越困惑了，她咬着嘴唇，犹豫了一下，还是决定问出口：“涵，你是真的喜欢我吗？”

叶涵搂着她的手臂僵硬了，好看的眉头皱了起来：“谁又在你面前造谣了？”

刘月突然也有些气他，翻个身懒得搭理他。

叶涵有些莫名，但更多的是担忧，他贴在刘月的耳边轻轻问：“夫人，我哪儿做错了，你说就好了，别自己生闷气啊。”

刘月每每听到叶涵叫她“夫人”，都忍不住脸红心跳，这次听了却觉得心酸。

她把头埋在被子里，瓮声瓮气地说：“你如果真的喜欢我，为什么不碰我？”

叶涵离她很近，当然听清楚了。他有些僵硬，然后伸出手摸刘月的头，轻轻地哄她：“夫人，总要给我个解释的机会吧。”

刘月听到他这么说，把被子拉开一条缝，恨恨地瞪着他。叶涵无奈地笑：“其实我不是圣人。”

刘月脸有些发红，那他干吗无视她那么久，该不是身体有隐疾吧？刘月用怀疑的眼光打量叶涵。叶涵一看她那眼神就明白她在想什么，忍不住伸出手在她头上敲了一下：“我正常得很！”

那怎么？刘月无声地询问他。他踌躇了一下，还是决定说出来：“因为我答应了伯父，嗯，一些条件。”

叶涵讲了一半，又停下来。但是刘月听到和自己老爸有关系，更加好奇了，偏要他说清楚。

“他告诉我你的消息，给我一年的时间追求你。嗯……如果你不答应，我以后都不能纠缠你。如是你答应了，我也必须等到你毕业以后才能……”叶涵似乎觉得有些不好意思，说话停停顿顿的，不过刘月倒是明白了。

刘月眯着眼想，自己一个人跑回国来，若没有人给叶涵消息，叶涵也不可能找得到她。可是老爸和他定的什么约定啊，给别人一年时间追自己的女儿。刘月想想脸就发烫。

等叶涵终于带着别别扭扭的刘月下楼时，其他人早就坐在餐厅里等了一会儿了。刘浅是第一个发现刘月不自然的人，又想到两个人起床这么晚，马上不怀好意地笑了。叶希收到了刘浅的眼神，马上咳嗽两声，两个人拉着刘月就准备往洗手间撤。

看到一旁有些莫名其妙的烟雨，刘浅也顺手抓着烟雨一起撤。叶希边走边留下句："现在是女人聚会时间，男人自己找活动。"

刘浅看到四下没人，马上就忍不住问："成功了是不是？"

叶希也赶紧过来抓着刘月："真的成功啦？！哈哈，我就知道老大不是吃素的。"

刘月一脸无奈地把自己的手抽回来："哪有你们想的那么容易！"烟雨莫名其妙被抓着过来，听到刘浅她们的话，马上醒悟过来。

于是烟雨眯着大眼笑得贼兮兮地问："为什么没成功啊？是不是月姐姐你没主动？"

刘月皱着张小脸抱怨说："不是啦，你们教的办法我都试过了。"

烟雨不可置信地说："不可能，老大是男人的话，肯定受不了。"

刘浅和叶希也在一旁点点头。刘月无奈地说："不是他的问题啦，是他和我老爸定了个什么约定，他不会碰我啦。"刘月虽然心存不甘，但是她清楚叶涵是言出必行的人，所以是没指望了。

刘浅虽然有些无奈，也暂时想不到办法。

烟雨倒是狡黠地一笑："办法多得是，他不碰你，你碰他嘛。"她这话，让其他三个人瞬间目露精光！

叶希很敏锐地打量了烟雨一眼，然后抓紧烟雨的手问："你成功了？"

刘浅也仔细地看了烟雨一遍，也笑嘻嘻地靠过来："怎么样？秦迁很厉害吧？"

刘月看着那两个人转移注意力开始打趣烟雨，她也凑上去看。烟雨的锁骨还有细颈上，都有明显的吻痕在。刘月一下子也明白了过来，她甚至比那两个人更激动。

烟雨被她们三个逼得没办法，只好细细交代来：“其实也简单啦，那个，他抱着我睡，我就一直不安分啦，到处点火，然后看形势不错了，我就直接压他身上霸王硬上弓了。”

刘浅不由得对她竖一个大拇指，叶希也赞叹着：“对啊对啊，现在的女孩子就是要主动点嘛。你看小月，都这么久了，一点进展都没。”刘月看矛头又指向自己了，无奈地吐舌头。

刘月悄悄拉过烟雨，小声地问：“秦迁没有拒绝吗？”

烟雨捂着嘴笑：“他一开始都不同意，反正我就一直闹他，他又舍不得推开我，磨到最后肯定是我赢嘛。”烟雨边说边对刘月眨眼睛，暗示她照着自己的办法做。

刘月转过头看刘浅和叶希。刘浅点头，想了想说：“叶涵和你老爸的约定是他不碰你，可没规定你不能碰他嘛。”刘月一听这话，脸又红了。

叶希在旁边插嘴道：“别不好意思了，你都喜欢他那么久了。”

烟雨也给她打气：“月姐姐，成与不成都在你一念之间哟。”

最后叶希总结道：“小月，革命任重而道远，你千万不可以退缩。”

等四个人商量好回去时，秦迁点好的菜已经陆续上齐了。烟雨乖巧地坐到他旁边去，秦迁和她们三个打招呼，示意赶紧入座，然后夹了条鱼到自己碗里，认真地剔刺，将剔好的那一块夹到烟雨碗里。

席间虽然大家一直有说有笑，不过刘月眼尖地发现，烟雨总是不时地换着坐姿，而秦迁一直忙着给她布菜，还体贴地替她揉腰。

刘月开始还有些不明白，烟雨的腰怎么了，连坐着也不舒服？然后突然才想到，她和秦迁昨晚……于是脸下意识地红透了，也不敢再打量对面那对恩爱的小情侣了。叶涵看着她一直低着头若有所思，然后又突然红了脸，宠溺地笑了笑，继续往刘月碗里夹菜。

吃完饭以后，秦迁说烟雨不舒服，然后就揽着她离开了。刘浅和叶希一直在身后笑得鬼鬼祟祟，搞得孙铭和其他几人都莫名其妙。

于是孙铭一直追问到底怎么了，惹得刘浅又给他一个白眼：“笨男人，不该问的别问。”一句话说得孙铭好委屈，更想知道，却又不敢问。

回到家以后，刘月做了个决定，她要主动色诱！就算她没几分姿色，反正她豁出去了。

叶涵和平时一样，洗完澡躺在床上看一份计划书。没过一会儿，突然传来敲门声，叶涵应了一声，然后刘月才战战兢兢地开门进来。她特意穿了叶希给她挑的黑色蕾丝睡衣，胸口是V领的设计，还有那勾边的蕾丝，更是让衣服显得性感又魅惑。

叶涵皱着眉看刘月站在门口不动，合上计划书。他揉了揉太阳穴，问：“怎么了？”

刘月想到自己下的决心，坚定地走了进去，坐在叶涵床边撒娇：“我睡不着，你抱我睡好不好？”叶涵当然看到了她一身性感女神的打扮，眉头有些微皱。

但是他能拒绝其他人，却唯独拒绝不了刘月。于是他点点头，然后让出位置来。刘月心里有些小小的紧张，不过这是个好的开始呀，于是她爬到叶涵怀里躺下。她能感觉叶涵的身体有些不自然的紧绷，她想起今天烟雨说的，这代表他对她的接触有感觉。

于是她决定再接再厉，她在心里给自己打气！加油啊！今天一定行的！

刘月埋头在叶涵的臂弯里，深呼吸，再深呼吸，然而半天也没敢进入下一步。她脑子里一片糨糊，现在……现在该做什么呀？

书上都说勾引好像挺容易的，蹭蹭就磨出火花了。怎么放到她身上就那么难呢？但是她是绝不放弃的。咬着牙，她开始回想平时小说里看到的，以及刘浅和叶希教过的步骤。

叶涵眯着眼看乖乖趴在自己怀里不动的刘月，用爱怜的眼神打量了她一下，又勾起嘴角笑笑。这丫头今天倒挺安分的，然后也跟着闭上眼，准备入睡。可是没等一会儿，叶涵的俊眉就忍不住皱起来。刚夸她安分，立刻就不安分了。

刘月小心翼翼地把小手滑到叶涵的胸前，偷偷睁开眼瞥了一眼叶涵，发现他闭着眼睛，似乎没察觉到她的动作，刘月胆子又大了一点，小手悄悄地滑进睡衣里。

触碰到叶涵肌肤的一瞬间，刘月忍不住轻颤了一下，一直知道叶涵的身材非常好，可是这么细致地摸到，还是第一次呢。就像包裹着钢铁的丝绒，皮肤的触感细腻柔滑，可是触感下的肌肉又是那么结实。

叶涵闭着眼假寐，却也能清晰地感觉到，那作乱小手的一举一动。本想制止她，可是凭他对这丫头的了解，当然知道她是抱着什么想法来的。干脆装睡好了，玩腻了她就知道收手了。

刘月不知道叶涵在想什么，但是她被叶涵那肌理分明、坚实又触感极佳的身体迷住了，摸着摸着竟然上瘾了。她偷偷地仰起头看了眼叶涵的睡脸，叶涵的眉头微皱，但是表情并没有生气。

她放下心来，动作也更大胆了，小手开始沿着叶涵的身体曲线逐渐向下，滑到坚实的腰腹。

叶涵眉头皱得更紧了，他开始后悔一时心软，放她上床了。本以为这丫头很快就会没了兴致，谁知道她越摸越来劲了，而且，他也低估了她对他的影响力。叶涵的喉头又忍不住动了动，他这算是引火烧身吧。

刘月越摸越得意了，但她也没忘了今天的主要目的是什么。摸了这么久叶涵都没动静，难道真是因为自己对他没有吸引力？

难道是刺激不够？刘月突然冒出这个念头来，然后她心中一动，悄悄地支起身子。叶涵敏感地察觉到那双作怪的小手已经撤离，一时间松了口气，却又有点意犹未尽的感觉。正混乱着，唇上突然多了一抹温润的感觉。

听着耳边吐气如兰的呼吸声，他就知道那丫头换了种方式来折磨他了。刘月看着叶涵平和的睡脸，看着那带着绯红的薄唇，将自己的唇靠过去，慢慢地感受那果冻一般的触感，然后轻轻伸出小舌，一点一点地轻舔叶涵的唇瓣。

叶涵几不可闻地轻叹一声，反被动为主动，大手一伸将刘月抱得更紧，另外一只手扣住她的后脑，将她的唇更加贴紧自己，在她微张小口换气的时候，毫不客气地钻入她的口中，肆无忌惮地勾引她。

隔了很久，叶涵才放开她。她身子一软，直接滑在叶涵的胸前。叶涵满意地看着她绯红的小脸，然后大手一揽，将她固定在自己的怀里，拥着她睡着。刘月好一会儿才回过神来，然后才发现自己的窘状，她的双手竟然被叶涵固定得死死的，再也作不了怪。

不死心的刘月在叶涵怀里蹭来蹭去，就是挣不开叶涵的禁锢，无奈她只得开口叫叶涵："涵，放开我。"

叶涵微微地挑了下俊眉："别闹了，乖乖睡。"

等了一会儿，发现对方没动作了，叶涵忍不住睁开眼看了看，发现刘月的眼眶微微有些发红，一副受了极大委屈的样子。他放软语气轻轻问："乖，生气了？"结果刘月一声不吭，不肯理他。

叶涵用手撑着头叹气，天知道他忍得有多辛苦，结果他的宝贝还埋怨他，他做的一切不都是为了她吗，竟然弄得自己两边不是人了。

叶涵又哄了好一会儿，发现刘月还是不理他，最后他只得轻轻吻着她如玉的耳垂，近似无赖地撒娇："夫人，要打要骂随便你，就是不准赌气。"

结果刘月还是不愿意理他，这让叶涵也不由得反省起来。他死死守着与岳父的约定，却因此得罪了自己的宝贝，万一宝贝变了心，他就算完成了约定，也似乎没有什么用，反倒是得不偿失。

叶涵也不再执着："老婆大人，我答应你还不行吗？"

话音一落，看着刘月顶着一张兴奋的小脸转过头来，他不由得也跟着勾起嘴角，好吧，今天晚上他就由这小丫头为所欲为吧。

等刘月醒来的时候已经是第二天中午了，她揉揉眼睛，还没完全睁开，就感觉有人凑过来细碎地吻她的脸颊。她纳闷地出声：“涵？”

叶涵轻轻地哼了一声当作回答，然后不客气地吻住她的唇瓣。刘月刚刚醒来，脑子还昏昏沉沉的，被叶涵这么一吻，更加昏得不知东南西北。

等叶涵放开她，她微睁的双眼里水雾弥漫，那迷茫的样子像个孩子。叶涵的呼吸一下子粗重起来，凑过去又想继续吻她。刘月看到他凑过来的俊脸，下意识就用被子盖住脸。

再被他那样吻一次，她可以肯定自己绝对会窒息的！绝对！

叶涵看着她孩子气的举动，忍不住靠着她笑起来。刘月被他那一吻，算是彻底醒来了，这才后知后觉地发现身体的不适，特别是下半身隐隐作痛。她掀开被子的一角，露出半个脑袋瞪着叶涵。

叶涵不解地挑眉：“怎么了？夫人。”

刘月嘟着嘴巴恨恨地说：“好痛！”

叶涵的表情马上变得慎重起来，凑过来吻吻她的额角，又用手轻轻地揉着她的小腹和后腰：“这样会不会好一点？”

刘月点点头，叶涵用另一只手揽住他，不怀好意地打趣她：“谁昨晚说一定不会后悔的？”

刘月马上不乐意地回嘴：“我现在也没后悔啊。”说完，又狐疑加愤怒地看向叶涵：“难道你后悔了？”

“嗯。”叶涵点点头。然后看着刘月的小脸一下子变得惨白，张开嘴轻咬她的鼻头，“乱想什么呢！”

刘月低低地指责他：“是你说了后悔的！”

叶涵忍不住咧开嘴轻笑：“我当然后悔啊！早知道你这小丫头这么执着，我应该早点从了你。”

扑哧，刘月也忍不住笑起来，接着又下意识地想到了昨晚的一切，脸更是烧得厉害。

刘月怕被叶涵知道她脑子里的画面，赶紧转换话题道：“今天又不是周末，你不用去上班吗？”

叶涵理所当然地说："夫人身体不适，为夫当然得小心伺候着，公司一天没我倒不了的。"听着他那么暧昧的说法，刘月忍不住又有点脸红。

经过叶涵按摩之后，身体也不再酸痛，刘月挣扎着要起来，然后又发觉身体似乎很清爽，记得昨晚睡着的时候流了一身汗的呀？她回头看向叶涵，犹豫地开口："你帮我洗过了？"

叶涵小心地扶着她起身，听她这么一问，下意识地就"嗯"了一声，然后发现刘月有些害羞地红了耳根。

叶涵顿时玩性大起，更加恶劣地加了一句："害羞什么呢，昨晚我可是什么都看见了呢。"果然，这话让刘月的脸红得几乎要滴出血来。

刘月以前从来没有想过叶涵会变得如此温柔体贴，就连做梦都不敢想。可是现在真的发生了，简直让她觉得受宠若惊。

之前就算和叶涵发展成情侣了，他对自己的温柔里还夹杂着一些淡淡的不易察觉的距离。但今天叶涵不但抱着她到客厅，甚至还无视了王婶暧昧打趣的笑容，坚持抱着她，喂她用餐。

刘月晃着脑袋有些不大明白，她若有所思地打量叶涵。叶涵看她的表情就知道这丫头又在胡思乱想，于是直接问了："又在乱想什么了？"

呀，又被他发现她在想心事了。刘月不好意思地皱了一下小脸，说："我是奇怪你怎么突然对我这么好了。"

叶涵皱着眉看她："夫人是在指责我平时对你不够好吗？"

"不是的，只是不像今天这样……"刘月斟酌了一下措辞，"没有距离，你平时好像有点排斥我。"

叶涵听完，眼神也微暗了，将唇凑到刘月的额角轻吻一下："对不起宝贝，不是排斥，我只是有些压抑自己，你知道我和你父亲有约定。"

刘月理解地点点头，心里因为他的解释一下子变得晴空万里。

晚上上游戏的时候，刘月看叶涵忙着指挥大家刷怪。偷偷得了个空闲，悄悄地和刘浅私聊起来。她和刘浅在一个小队里，却不敢用队聊，就是生怕叶涵看到。

[私聊][流月]：浅浅，我把叶涵吃掉了。

[私聊][浅浅忧愁]：呃？老大不是在指挥吗？活得好好的呢。

[私聊][流月]：笨浅浅！！！

[私聊][浅浅忧愁]：啊啊啊！我刚刚没反应过来，你真下手了？我以为凭你的胆量，加上老大神一般的定力，你俩要修成正果还有得等呢。

[私聊][浅浅忧愁]：不行不行，这么劲爆的事，不能不让她们知道，我们退了重组。

刘月侧过头跟在认真指挥的叶涵招呼了一声：“涵，我退一下哦。”

叶涵正忙着，也没细问她原因，“嗯”了一声表示同意，然后流月赶紧退了。才退了就接到浅浅发过来的组队邀请，点了确定一看，夜色和烟雨竟然已经在了。

[队聊][夜色]：小月，浅浅说你有大事要通知，是什么啊？

[队聊][浅浅忧愁]：而且是惊天动地的大事呢！

[队聊][流月]：呃，那个，就是我成功了嘛。

[队聊][天下烟雨]：什么成功了？

[队聊][夜色]：我也没明白过来。

[队聊][浅浅忧愁]：小月把叶涵吃干抹净了，我开始也完全没料到，吓了一跳呢！

[队聊][夜色]：天啊！天啊！小月你终于开窍了！快告诉我，你是怎么成功的？

[队聊][天下烟雨]：哇！好事啊！恭喜月姐姐啊！

[队聊][浅浅忧愁]：你总算是跨出一大步了！老大终于从神坛上走下来了，我都以为他快要成佛了呢！

聊的这个话题让刘月忍不住回想起昨晚的事，脸烫了好久都降不下温，害得叶涵以为她发烧了，让刘月觉得更加尴尬。

刘月洗好澡后，躺在被窝里等叶涵，一颗心七上八下的，又害羞又紧张。等叶涵洗好澡出来的时候，她的心简直要跳到嗓子眼了，她把头缩进被子里，只敢露出一双眼睛，看着叶涵修长结实的身体逐渐靠近，她竟然忍不住地咽了一口口水，天啊！这样子的叶涵真的好诱人。

叶涵没察觉她的不对，只当她有些害羞。躺在床上以后，他大手一伸，将她纤细的身子揽过来，轻轻地环住她的腰身，在她的额角轻吻，声音慵懒又低沉："宝贝晚安。"

叶涵本来打算晚安吻之后就拥着刘月入睡的，谁知道还没来得及把头伸回来，刘月竟然没有任何征兆地抬起小脸，主动凑上来吻他。叶涵有点惊讶，不过爱人主动送吻，他怎么可能无动于衷，便勾起刘月小小的下巴，抢回主动权，加深了这个吻。

刘月趁势用身体磨蹭他，惹得叶涵忍不住倒吸一口气。叶涵皱着眉用手将她挡开，硬是拉开了两人之间的距离，刘月不依不饶地蹭过去，却被叶涵挡住了，他声音虽然有些喑哑却很坚定："乖乖听话，不要胡闹。"

刘月用力地点头，然后趁叶涵晃神的一瞬间，她又投到他的怀里，伸出手臂环着他的腰撒娇。于是叶涵在面对她时本就所剩不多的自制力，又一次失效了。

等第二天刘月从叶涵怀里醒来时，全身都有些酸痛，但是比起前一次，却要好得多了。叶涵靠在床头，手里拿了一份合约在看，察觉到她醒了，马上将合约放到一边，轻轻地将她抱紧："怎么样？有没有哪里不舒服？"

刘月用手抓紧被子，有些不好意思地摇头，示意自己没事。

叶涵看到她一副羞涩的模样，挑眉揶揄她道："现在知道羞了？昨晚是谁那么主动？"

"那还不是因为你！"刘月瞪他。

叶涵勾起嘴角坏坏地笑了："夫人是责怪为夫不够主动吗？为夫以后不会让夫人失望的。"这话一出，刘月的脸更是烧得通红。

刘月和叶涵的感情一日千里，眨眼间就有了质的转变。曾经大家都觉得是刘月比较依赖叶涵，事事都以他为中心。可这段日子，大家明显发现，他们那个惜字如金、冷淡疏离的老大，简直快成妻奴了，把老婆捧在手里怕摔了，含在嘴里怕化了。

就连刘浅和无毒都不得不承认，爱情的力量实在是太伟大！如果不是因为对他们的事太清楚，刘浅他们都要怀疑老大是不是被外星人抓去洗脑了。

《仗剑江湖》的资料片把等级封顶提高到了一百二十级，虽然只是上升了二十级，可是升级所需的经验非常巨大。嗜血堂的成员在孤夜寒星的战术指挥下，以最快速度达到了满级，却不知，满级并不是结束，恰恰只是开始。

新的资料片并不以升级为主要目的，新加入的城战系统才是它的魅力所在。作为第一个整体实力达到满级的家族，嗜血堂得到了系统奖励，他们家族获得了一张探索迷之谷的卷轴。

这个卷轴的使用方法很简单：由家族族长点击使用，打开一个空间传送门，所有家族成员点击这个传送门，就可以被传送至迷之谷内进行探险。听上去似乎挺简单的，可是叶涵在拿到这张卷轴的时候还真的兴奋了一下。

刘月是个超级懒人，平时有时间宁愿去刷食材，也不喜欢去看官网的介绍。反正她旁边有个万事通，她不知道的时候只要问就好了。于是她看到叶涵那么兴奋，屁颠屁颠地去问了一下。

叶涵心情很好，揉着她的头发跟她解释："这个卷轴必须要打一百二十级的精英怪才会出，而且出的概率还很低。我们算是省了很多麻烦。”刘月听了也觉得挺好，只是不大明白为何叶涵会这么兴奋：“迷之谷里有什么让你这么兴奋的东西吗？”

“当然有啊！迷之谷里有个BOSS，它会掉落建城令牌。你说我能不激动吗？”叶涵笑着说。原来是这样啊，刘月算是明白了。如果运气好的话，他们就可以第一个拿到令牌建属于自己的城市了。而且叶涵以前说过建城的地点是由玩家自由选择的，第一个拿到就代表着可以第一个选择。

当晚，嗜血堂内部集合开了一个会。要你命三千提议大家开始准备药水和各种加攻防的装备和可能用得到的物品。于是每个人都开始分配任务，收集草药的、负责炼药的，还有刷材料的、制作装备的，各种各样零碎的活都分配妥当后，大家才解散去各忙各的。

刘浅不大喜欢练生活技能，于是干脆帮刘月去刷食材。生活技能后期的必要性在《仗剑江湖》里体现出了极大的价值后，很多人都开始热衷于学习各种生活技能，更有很多专业的生活技能玩家出现。就连烹饪也有很多人开始练习，可是高级厨师的食材特别难刷，很多人坚持不下去就放弃了。这导致现在高级烹饪的食品还是价格昂贵。

刘月虽然在家族的帮助下，把烹饪技能练到了满级，可是高级的材料非常难找，想做些属性特别好的烹饪出来，也有心无力。看着大家都在为明天探险迷之谷努力，她也想碰碰运气，去刷刷怪，看能不能掉些好的食材。于是她拖了刘浅和烟雨往高级怪堆去了，夜色由于要去收购材料，没有跟来。

三个人往人烟稀少的高级怪区去了，不停地刷了一个多小时，掉落的都是些普通的材料，刘月有些丧气。烟雨安慰着她，然后指着一条小径对她们说：“我发现一条小路，好像还可以上去，咱们上去碰碰运气吧。”

刘浅和刘月想着，怪物都是越往上级别越高，说不定上面的怪物会掉出什么好材料呢。于是三个人又走了上去，上面竟然是一块平坦的高地。上面有很多怪，似乎没人来过一样，三个人一看，不由得有些乐。这可真是块宝地！

烟雨利用翠烟的高移动速度，“嗖”的一下上前引怪。刘月则密切地注意着她的血量，刘浅利落地给烟雨身后的小怪上毒，等烟雨跑完一圈，将怪引过来时，刘浅迅速地丢群体毒技能，一大片的怪在毒的叠加和烟雨的快攻下，一下子就清完了。

地上掉落了一大片的材料，三个人乐得心花怒放，迅速地清理战利品。结果还没等她们捡完，突然屏幕里的画面开始抖动起来。刘月很是茫然，还以为是地震了，看到自己放在桌上的水杯一点动静都没有，才醒悟过来是游戏里出了什么事。

屏幕上的视角一转换，刘月看到一个巨大的熊怪慢慢地朝她们走过来。刘浅在队伍里直接骂了句：“这死熊怪，我还以为地震了！看姐上去灭了它！”

她正准备冲上去，烟雨忙阻止了她：“别去，似乎是个 BOSS！”

刘月也觉得可能是个BOSS，可是在这块地图刷怪也不是一两天了，却还是头一回见到这只熊怪。有点拿不定主意，她赶紧扯了扯叶涵的胳膊，叶涵侧过头来一看，有点愣住地说：“宝贝，你们运气也太好了吧。”

刘月边绕着圈躲熊怪的攻击，边迅速地给烟雨和刘浅补血，然后还要抽空问叶涵：“到底是什么东西？”

叶涵看到她们三个撑得吃力，马上在家族了喊了帮手就往她们那儿赶，然后跟给刘月解释：“这个是稀有精英怪啊，是随机刷的，肯定能出好东西。你们再撑一会儿，我们快到了。”

刘月点点头表示知道了，于是继续和熊怪玩躲猫猫的游戏。

等了一会儿，叶涵他们还没来，刘月正要问怎么这么慢，叶涵突然语气凝重地说：“你们有麻烦了。”

刘月借着躲避 BOSS 大招的间隙，往叶涵电脑屏幕那儿看了一眼，然后也愣了。这是怎么回事？！

叶涵眯着眼有些不确定地说：“我是按你说的路上来的，可是我们这里只有这些小怪，根本看不到你们人影。可能你们现在正处于一个独立的空间。外人应该是进不去。”

看着游戏里的孤夜寒星明明就站在和自己相同的位置，可是就是看不到她们的人影，刘月也相当郁闷地承认了，他们果然没在同一个空间。现在她们只有三个人，面对的却是难得一遇的稀有精英。实力相差太悬殊，能有胜算吗？

听到叶涵的解释，刘月原本还有点兴奋的心一下子就凄凉起来。原以为她们运气好，竟然连随机刷新的稀有精英怪都能遇上，结果呢？搞不好这就是送她们转生的死神。如果是以前，刘月可能还会抱着大不了一死的想法。

可是现在她们是决计不能死的，不仅因为升到一百二十级需要巨大的经验值，还因为明天的迷之谷探险。迷之谷必须是满级的玩家才可以进入，若是她们三个死在了这里，单凭一晚，那一级是绝对升不上去的。

刘浅和烟雨的攻击力不弱，刘月也是个强大的治疗，虽然为了建城，嗜血堂招了不少新人，可是峨眉职业还是不多。

如果因为这样，突然损失三个主力，那明天的迷之谷也是凶多吉少。刘月想得到的，刘浅和烟雨也能想到，于是三个人一时有些拿不定主意，此时放弃就是害了大家，拼一拼也许还有条生路，最坏的结果也就是战死，但是毕竟尽过力了。

刘浅忙里偷闲地边绕着 BOSS 打圈，边在队伍里打出：“姐妹们，救援进不来，咱们出不去，干脆拼了吧。”

刘月正有此意，烟雨也速度回了一句“好的”，可是叶涵突然在家族里发了条消息，是发给她们三个看的。

“别冲动，未必是死路一条。上语音，听我指挥。”看到老大的话，刘浅和烟雨原本要冲上去的脚步突然一停，又躲猫猫一样四散开来。等她们都上了语音以后，叶涵靠在刘月旁边，边快速地分析胜算，暗自琢磨战术，边戴着耳机吩咐道：“咱们得打消耗战，你们看看自己包里还有多少蓝。”

刘浅很快就回话：“老大，我包里还有一组加六瓶。估计撑不了很久。”一组是二十瓶，五毒如果一直持续攻击，耗蓝是非常快的，这点蓝想打消耗战，很不现实。

刘月也赶紧打开自己的背包看，她包里只有十二瓶蓝，一组都不到呢。叶涵看了她的蓝也皱了下眉，烟雨清脆的声音突然插了进来：“我这里有一组加三瓶。”

按理说烟雨是物理攻击的玩家，身上竟然有蓝，让刘浅和刘月惊讶了一下。还没等她们问，烟雨自己先解释了：“刚才刷怪，你们只拣材料，我看这些药浪费了可惜，就都捡了。”原来是这样，烟雨这无意中的举动，竟然给她们多了一点点胜算。

叶涵心里马上有了计较，镇静地吩咐：“把那组蓝药丢给浅浅，剩下三瓶丢给流月月。”烟雨马上跑到一边的空地把药丢出来，刘月和刘浅过去各自捡了起来。

叶涵立刻又问道：“三千，这熊怪的资料你知道多少？”

秦迁的声音有点小，似乎是在用烟雨的麦讲话，不过还算清楚：“这我就不清楚了，这是研发部那些家伙弄出来的。”

叶涵微微皱了下眉：“烟雨去背后试一下，刘月注意加血，看BOSS伤害值多高？”

烟雨的移动速度是三个人里最快的，迅速地来到BOSS身后，乘BOSS在追刘浅，上去就是一刀。BOSS头上冒出一个三百，结果，BOSS立刻回头看向烟雨。

烟雨也没躲，而是又给了它一刀，结果还是一样，三百多一点的伤害。反倒是烟雨被那熊怪一掌给扑下去七千血，三人都吓了一跳，还好刘月的大治疗一直在预读状态，不然熊怪再补一下，烟雨当场就可以回老家了。

叶涵也在一旁认真地看着。三千这时突然插进来一句话：“这熊怪的防御高，伤害更高，还好速度比较慢。”

叶涵微微点头：“嗯，注意控蓝，不要无谓地加大伤害和治疗，耗蓝和回蓝尽量保持平衡。蓝瓶留在关键的时候喝。”叶涵刚说完，刘浅已经在熊怪身上挂上几个小毒了。

刘月看了一下，会心一笑。刘浅用的小毒虽然伤害不是最高，但是中毒时间比较长而且低耗蓝。在现在这个情况下，是最好的技能。叶涵也看到了，眼里闪过一抹赞扬。

果然，所有的BOSS都有一个共性，物理防御高，魔防就偏低，几个小毒的叠加伤害，竟然有一千四百多。看到这个还算高的伤害，刘月和烟雨仿佛看到了曙光。

还没等她们多乐一下，刘浅泼了盆冷水过来：“有没有搞错，三个毒才掉一千四百点血，它有一百万的血量，两组蓝怎么够耗。”

刘月有些纳闷地问：“那你平时三个毒是多少伤害？”

刘浅的语气依旧有些愤然：“就算是满级BOSS，三个毒叠加下来也该三千到四千以上的伤害啊，这死熊毒防巨高。”

熊也有毒防吗？刘月瞥了叶涵一眼，叶涵挑眉淡淡道：“据说熊胆可以解毒。”

这也算解释吗？结果现场就陷入了尴尬的局面，三个人，两个高伤害的职业竟然都拿这熊怪没办法，还剩下一个治疗，这怎么打呢？

“小月，上去试试！”叶涵突然出声道。那边厢被熊怪追得跳脚的刘浅，百忙中竟然还抽空在语音里回了句：“小月怎么打？峨眉的伤害很低。”

叶涵不以为然地挑眉：“那不一定，她身上有不少极品。”刘月很听话地靠近熊怪，用峨眉的倚天剑法打了它一下，结果竟然冒出个四千多的伤害，一群人皆愣住了。

果然高伤害马上吸引了熊怪的仇恨，刘月玩峨眉那么久，说来可笑，她最擅长的就是保命。

眼看熊怪一个转身就奔着自己来了，她赶紧放下一个冰天雪地，然后转身边跑边给自己加上了攻防。

熊怪刚靠过来就吃了她的冰天雪地，移动速度变得更慢。烟雨原本就在它身旁苍蝇似的绕，一看有机会，马上贴到它背后开始偷袭，虽然伤害不高，可是也掉了它几千血。刘浅一直注意它身上的毒效，时间一到马上补上新的。这一来一往间，倒也掉了它不少血。可是相较于它一百万的超高血量，简直是九牛一毛。

刘浅边补毒边啧啧感叹："呀！没想到峨眉这么能打，邪乎了！"

叶涵看着刘月轻轻一笑："不是她攻击高，是这 BOSS 魔防比较低。从它只能近身物理攻击就看出来了。"

刘月有些崇拜地看了叶涵一眼，才这么两三下，叶涵已经把这 BOSS 的情况都分析出来了。

接下来叶涵的战术就分配到位了，还是由烟雨牵制住 BOSS，因为她的速度和闪避都是三个人里最高的，而刘浅的任务就是不间断地上毒，刘月最辛苦，不但得注意烟雨的血量，还得打出伤害。还怕烟雨的伤害不够，牵制不住 BOSS 的仇恨，叶涵让刘浅随时准备着在 BOSS 仇恨一混乱的时候到它身边丢剧毒陷阱抢仇恨。只有把 BOSS 拉在她们俩身边，刘月才有更多的时间和注意力专心攻击与加血。

这种安排似乎是最合理的，三个人也不是第一次合作了，配合相当默契。烟雨一直依靠自身的高移动速度，在熊怪的背后绕来绕去，像一只恼人的苍蝇。想打又打不到，不打她又纠缠你，熊怪对她的仇恨相当高，一直就扭着身子追她。

刘浅和刘月倒显得轻松许多，一直躲在远处放冷箭，看烟雨的表演。竟然轻易地把 BOSS 的血耗到了将近三分之一，刘月心里挺诧异的，不是稀有精英吗，能有这么简单？果然在它血量到三分之二时，它没像之前一样挥掌追打烟雨，而是停止了动作。

它刚停下叶涵就对着语音吼出一句："跑开！"烟雨马上就往外面冲，饶是她那么快的速度，还是被 BOSS 突然放出的大招给蹭了一下边，瞬间血量下了一半。

好就好在，在叶涵一吼“跑开”的时候，刘月就察觉不妙，下意识地就读了一个满级天降甘露，果然这时机把握得正好。

烟雨血刚掉下去，就被刘月给加满了。她跑出 BOSS 的攻击范围后，还有些心惊肉跳，讲话也有些气喘：“哎呀，吓死我了，怎么突然就出大招了，还好老大一吼我马上就跑。”

刘浅也有些诧异地说：“还好老大观察入微，我也没想到它突然就变招了。”

刘月瞥了一眼叶涵，他没搭她们的话，若有所思地看着平地中央的熊怪。那熊怪在刚才那地动山摇的大招发出以后，就站在中央不动，看上去似乎在聚气。

耳机里又传出三千的声音，貌似他又抢了烟雨的麦：“寒星，BOSS 攻击好像加倍了。”他这话一出，刘月还没反应过来，就见到屏幕中央的熊怪突然直起身子来，身上竟若隐若现地带了点淡淡的荧光。

叶涵在这时候突然开口：“我看到了，我就奇怪稀有精英怎么会这么好对付，原来它是属于增长变异性型的。”

“什么是增长变异型？”刘月对这个词很感兴趣。叶涵一边研究着 BOSS 的攻击，一边淡淡地给她们解释：“就是随着血量的减少，他就会变异而攻击力翻倍。”

刘月算是听明白了，她讷讷地说：“难怪刚才烟雨只是被大招擦到点边，血量就降了一半。”

知道了这怪物变态的属性以后，烟雨骚扰它的时候更加小心翼翼，生怕自己一个不注意就被它给拍死了。刘月也更小心谨慎，既要注意着烟雨的血量，又要在保证自己回蓝的情况下不停地使用技能攻击它。在大家小心谨慎的态度下，倒也没出什么差错，磨着磨着，熊怪的血量又降到三分之二。

眼看就要到三分之二，不用叶涵提醒，烟雨率先就离开它的脚下。可是熊怪的仇恨在她身上，她一动，熊怪也跟着过来了，烟雨跑的时候似乎也没想过，她径自朝山壁那边跑，等刘浅吼她的时候，她已经跑入一条死路，避无可避了。

眼看BOSS的下一次变异马上就要来了，而烟雨已经被它逼入死角。刘月想都没想就朝它冲过去，速度喝下一个蓝瓶，就朝着熊怪疯狂地攻击。熊怪的巨掌已经抬起来了，眼看就要一掌拍下去，刘月心急如焚却毫无办法。

突然，熊怪脑袋上冒出一个大大的“12000+”，呀！出暴击了！熊怪那一掌没有拍下去，反而转身就朝刘月奔过来。而刘月离它太近，一时间竟然跑不出它的攻击范围。眼睁睁看着BOSS离得越来越近，刘月心里叹了口气，糟糕，她死定了！

刘月看着BOSS巨大的熊掌抬起，眼见就要拍下来。狗急了跳墙，兔子急了也咬人。刘月简直把峨眉的技能给操作到了极限，在自己身上丢了个冰天雪地，BOSS的手掌快碰到她时，吃到了那个技能，下落的速度缓了那么一秒，她一个闪身就赶紧从BOSS手下钻过，从BOSS的腿间钻了出去。

果然她的决定没有错，BOSS看到她躲避的方向，呆愣了一下，然后转身再找她。她乘着这空档，又灵活地钻过它的胯下跑向另外一边。

刘浅和刘月合作很久，默契十足。这时已经在另一边准备接应她。就在刘月转身狂奔时，刘浅上前几步在BOSS必经之路处放下剧毒陷阱。果然BOSS中了陷阱，停止了追赶。

逃过一劫的烟雨也从石壁的边沿赶过来和她们两个人汇合了。烟雨看到BOSS突然不动，在语音里问了句：“它不是被毒傻了吧？”

叶涵看了看呆愣的熊怪：“在变异了，少安毋躁。”然后三个人死死盯着熊怪的举动，提防着他突然发的大招。

结果大招没等到，它倒是立着身子开始一阵一阵地抖动。刘浅忍不住插了句嘴：“抖得挺起劲啊，该不是抖虱子吧？”

这话一出，烟雨和刘月都忍不住笑了。结果还没来得及收声，烟雨那边隐隐传来三千的声音：“不好！”

刘月急忙把注意力转移回来，心下也暗道了声“这下完了”！她下意识地就去看叶涵，之前他没出声，不过皱紧的眉头，让刘月的心又沉了沉。刘浅也发现不对了，她的声音也没有刚才那么活泼了：“咱们今天搞不好就要横尸在这儿了。”

原来BOSS突然站住不动，挥舞着巨臂开始颤抖，身上的荧光颜色变为橙色，而且竟然慢慢地开始分离，等它完全停止颤抖时，已经分离出一只和它一模一样的熊怪了。一只已经够受的了，现在还变成了两只，难不成今天真得横尸此地？

两只熊怪一分离成功，就开始朝她们三人走过来，三个人很默契地马上散开，分别朝三个方向跑，想把熊怪引开。可是熊怪很有默契地追着刘月，无论旁边的烟雨和刘浅怎么引其他的一只，都不为所动，竟然如此团结？

就在一筹莫展的时候，叶涵却像是看出了什么门道来，他声音依旧镇定低沉，没有丝毫慌乱地说：“不用引了，其中一只是影子，行动都是一致的。”叶涵的话点醒了她们三个人。

刘浅因为在两只熊怪身上都丢了毒，听完叶涵的提醒，马上分辨出来，也忙着在语音里吼：“打主体影子也跟着掉血。中四个毒的那个是主体，瞄准它打！”

原来BOSS分离成两个个体后，每个个体的攻击都是相同的，这也就意味着，就算知道了其中一个是影子，但是它依旧拥有同本体一样强悍的攻击，而且两只熊像连体一般同时行动，稍不注意就容易混乱了目标，而攻击影子是不造成任何伤害的，这就为她们的攻击增加了难度，不但要躲避两只熊怪，还不能攻击错对象。

还好刘浅比较聪明，认出主体后，在主体身上下了毒，影子身上的毒消失后，也没有再补。于是剩下的两个人就可以从哪只熊身上带毒来区别主体和影子。三个人在空地不住地躲闪熊怪的攻击，还要抽时间反击，打得不可谓不辛苦。

三个人靠着那点不服输的意志力强撑着和这该死的熊怪死磕。终于把它给耗到只剩百分之十的血量。因为这熊怪变异似乎没有规律，三个人边打边全身心地注意它的动作频率，就怕错过了它变身前的提示。

这时熊怪在追烟雨的路上突然停了下来。三个人心下顿时明了，又要变异了！烟雨速度极快地赶过来集合。远远地观察它的变异过程，叶涵一直在刘月旁专心地看她们对付这BOSS，看到熊怪再一次变身，忍不住提醒："应该是最后一次变异了，效果应该不一般，小心！"

就在逐渐增强的荧光中，两只熊又合二为一，身上的橙光变成更浓重的红光。众人还不解这一次变异是什么，刘月的屏幕上竟然出现了系统提示：稀有精英变异熊王发动终极变异——怒意滔天，三分钟后BOSS开始狂暴。

刘月看到这条系统提示时，顿时傻眼。估计烟雨和刘浅也有这提示，刘浅的声音有些幽幽的，看似非常疲倦："这根本就没给咱们留条活路啊！三分钟打下10%，系统以为我们是神啊！"

叶涵也无奈地揉揉额角，本来想靠拖延战术，一直耗死它的，结果突然冒出个狂暴来，仅凭三个人要在三分钟打下十万的伤害，有没有这个可能啊？

倒是烟雨反而来了劲，不断地给刘月和刘浅打气："不到最后一刻，别放弃！我们都和它死磕两个多小时了，现在放弃不可惜吗？"确实，一直和这熊怪纠缠，这都打了两个多小时了，一晚上的时间基本就耗在这儿了，就算死也要拼一拼看。

三千的声音也传了过来："先别放弃，虽然我不知道研发部开发这些BOSS时的数据，不过我知道这些BOSS的强弱会根据玩家的人数来均衡分配。"

三千的话引起叶涵的注意："你是说BOSS的强弱和人数有关系？"三千更详细地解释道："这是新资料片的人性化设计，以前的BOSS有的家族可以靠人海战术轻松取胜，而个别家族人数偏少，打得就很艰辛，但是大家得的奖励都是一样的，所以人多的就占了优势。研发部当时为了平衡，特地弄了这个设定，人强则怪更强。”叶涵挑眉，突然间明白了什么。

叶涵安慰着刘月她们：“既然BOSS有这个规则，那三个人级别的BOSS应该还算简单，三分钟狂暴的时间足够你们吃下来。”

刘月还没明白他的意思，烟雨已经在变异熊BOSS后面开始偷袭了，然后她激动地大叫：“快打啊！它的防御变弱了！”

屏幕上烟雨的偷袭竟然对熊BOSS造成了六千多的伤害，刘浅一看也来劲了，马上用大招开始轰它，果然，毒防也低了。叠加的毒竟然达到了每秒四千五百多的伤害。

刘月也伺机用自己的技能攻击它，伤害果然只高不低。可是BOSS的移动速度和攻击速度却加快了不少，让她们躲避得更加频繁和吃力。

最后一次变异是怒意滔天，难道这意味着BOSS快陷入疯狂，只管毁灭不管防御了，所以攻击的频率和伤害都增加了，但是防御却减少了？刘月想明白以后，意识到她们三个似乎也不是完全没有活路。

看着在奋战中的烟雨和刘浅，刘月忍不住提醒她们：“刘浅，烟雨，BOSS现在只知道攻击，防御极低，我们只有三个人，只要躲得好，不要吃到它的技能，还是有希望把它打倒的。”

刘浅也看出了BOSS的弱点，有些得意地回道：“嘿嘿，这该死的熊怪，老娘今天非灭了它不可。”话音落，她的攻击更加频繁。

在三个人丝毫不停息的攻击下，BOSS的血越来越少。而她们三个人则越来越兴奋，难道游戏里稀有精英BOSS要倒在她们的手下？眼见马上就要迎来胜利的曙光，三个人只注意疯狂地赶在系统倒计时前解决它，完全专注于攻击的她们，在看到BOSS突然双掌捶地的举动时，一下子有些晃神，竟然没有第一时间散开。

于是，整个屏幕都跟着BOSS的动作开始晃动，山崩地裂的群技能发动了。三个人脚下的大地不断地冒出尖锐的石刺。刘浅一边躲着一边狂骂：“这就是乐极生悲吧！”

烟雨的移动速度比较快，躲闪得还不算吃力，她也抽空在那边骂：

“这熊怪竟然耍阴的！我今天死也要和它同归于尽。”

刘月心里也是万分不甘。只剩百分之一血的 BOSS 就在眼前，可是不停歇地冒出的石刺，却让她们极端被动，她只得到处闪避，稍慢一点停下来加血都不行。刺到一次就是五千多的伤害。这样下去，她们三个必死无疑！而系统狂暴的倒计时也快结束了，眼看还剩十二秒，怎么样都是死，干脆拼了吧！

三个人的想法几乎是一样的，甚至没有约好。就见刘月、刘浅还有烟雨全部冲到熊怪身前，这时候根本没有加血的时间了，完全是顶着脚下不断冒起的石刺，拼命用出自己职业里最高伤害的技能打在 BOSS 身上。于是，悲壮的一幕出现了。

血量同时低于最低血量线的三个人，刘浅的身边开始涌出浓烈的毒雾，烟雨使出了临死前最强的杀招血斩，刘月也用了峨眉的倚天剑法。浓烈的毒雾几乎遮盖了场中央，叶涵原本一直镇静的表情也变得有些纠结。

毒雾散去了，熊怪旁边还躺着三个纤细娇娆的女性尸体。原来，她们真的一起同归于尽了。

第十二章
建城令

本应该欢呼，本应该庆祝。可是语音里突然安静了，刘月呼吸因为刚才紧张的画面有些急促，她静静地看着横尸的场面，半晌，松下一口气来。

刘浅的声音也从语音里传来：“皇天不负有心人，果真是同归于尽了。”

三千的声音有些低低的，似乎也有些压抑：“你们已经做得非常好了，这游戏里哪儿还找得到比你们更强的女玩家。”

叶涵看着刘月松了口气的表情，轻轻地凑过去吻她的额头：“已经过去了，你们做得非常好。”

刘月扯出抹笑：“可是我们三个死了，明天的迷之谷……”

叶涵干脆搂着她，轻轻地说：“不是你们的错，迷之谷什么时候去都可以。”这话不止是说给刘月听，也是说给语音那边的刘浅和烟雨知道，让她们不要有任何心理负担。

然后系统不失时机地刷出通告：系统刷新的第一只稀有精英熊王被玩家刘月、玩家浅浅忧愁、玩家天下烟雨成功击杀。

这系统红字刚刷完。就听见三千的声音传了过来："寒星，你快看。"

叶涵抬头一看自己的电脑屏幕，刚才他们的屏幕都是空旷的一片，甚至连小怪都没刷新，于是他和三千在山壁的一个角落坐下打坐，也没再管别的。

等她们这边和 BOSS 的战斗结束，原本空旷的场地中突然出现了一只巨大的熊怪尸体，还有散落在旁边的装备和材料。

刘月马上将三千和寒星加入队伍，而她们三个点了屏幕上弹出的转生框，三个人都化作白光传到长安城去了。长安城依旧车水马龙，到处是吆喝的小贩和忙碌的人们，反观她们三个，一身褴褛的衣裳、萎靡不振的神态，看上去还真不搭调。

刘浅看到这个场面忍不住想笑："哈哈哈，看咱们还真像是乞丐啊！"

刘月无语，确实是狼狈得很，几个人找到装备修理商，边修边骂修理商是黑商。

叶涵突然激动地将刘月一把搂住，然后在语音里大声地宣布："你们竟然打出建城令牌了！"三人瞬间石化。

建城令牌？那不是迷之谷里的 BOSS 掉的吗？刘月不可置信地看向叶涵，叶涵马上指着自己的包裹给她看。三千的声音也传了过来："是真的！我和寒星都不敢相信，收拾 BOSS 遗物竟然收出一个建城令牌来。"

刘浅似乎终于相信这不是做梦，得意地狂笑："哈哈哈哈，这游戏里第一个建城令牌是我们打出来的，哈哈哈！乐死我了！"

刘月也忍不住得意地笑起来，这就意味着他们可以第一个选择建城了吧！耳边隐隐传来烟雨抱着三千欢呼的声音和刘浅放肆的大笑声，刘月也忍不住投到叶涵怀里，吸了吸鼻子："我还以为我们三个要拖累大家了，没想到老天也在帮我们。"

叶涵笑着刮她鼻子说："你们三个是我们家族的骄傲，你想想，仅凭三个人就打下建城令牌，这是多惊天动地的大事。"

系统当然也不会沉默，建城令牌的出现是何等大事，于是所有在线的玩家都看到系统刷出三条红色的通告：嗜血堂率先打出建城令牌，普天同庆，让我们一起见证江湖里第一座玩家自主建的城市诞生。

系统刷第一遍的时候，所有的玩家都被震撼到了，等三条刷完之后，世界频道炸开了锅。所有的人都在惊奇嗜血堂竟然能在如此短的时间内打出建城令牌。更有无数热血的玩家积极要求加入嗜血堂。

刘月她们没管世界频道刷得如何热烈，她们首先在家族频道和大家分享了喜悦。武林笑笑生不知什么时候上线的，正好看到了系统的公告，在家族里吵个不停。

[家族][武林笑笑生]：老大你又欺负我！打建城令牌这么大的事，你竟然都不带上我！你对得起我这颗千疮百孔的心么，你怎么能如此辜负我一片赤血丹心啊！

[家族][孤夜寒星]：要疯回家疯去。

[家族][神之右手]：哈哈，都别激动，我们大家都搞不清是怎么回事呢，寒星你给我们解释一下，不是明天才去迷之谷吗？

[家族][不要杀我]：我正在收集材料呢，怎么系统就说我们已经打到建城令牌了？

[家族][要你命三千]：大家别急，我来解释吧。

[家族][夜色]：大家都静一下，让三千说。

[家族][要你命三千]：其实这建城令牌跟我和寒星一点关系都没有，是咱们会里三位女侠打出来的。

[家族][夜色]：三位女侠？

[家族][要你命三千]：我和寒星赶去时，她们已经在结界里了，我们完全没帮上什么忙，只是在一旁看她们打而已。她们仅凭三人之力就把系统刷出的第一只稀有精英熊王打死了，当然，我们也付出了不小的代价，这建城令牌来之不易。

[家族][夜色]：刚才系统好像也刷了一次，稀有精英被击杀。我

都忙着收集材料没仔细看，难道就是小月她们杀的那个?

[家族][战败]：是有这么个事，我当时也没细看。

[家族][孤夜寒星]：是的，她们三个和BOSS同归于尽了。这建城令牌全是她们的功劳。

家族里欢腾一片，为第一个拿到建城令牌，也为三位女侠而欢呼。系统的第一只稀有精英竟然是被三个女玩家联手击败的，这事想不轰动都不行。更何况这BOSS还掉落了第一块建城令牌，短短半个小时，流月、浅浅和烟雨的大名就传遍了所有玩家的耳朵。

不少慕名而来的女玩家想要结识她们几人，还想加入嗜血堂。也不知道哪里传来的风声，自从嗜血堂拿到了建城令牌后，越来越多的人想要加入嗜血堂一展拳脚。

叶涵虽然也有意多招些人，方便以后管理城镇，可是要加入嗜血堂也不是件易事。具体就由不要杀我和要你命三千去负责，这两个人分别出去招收新的玩家，当然并不是装备好、PK厉害就行，最重要的是人品。

这次主要是招收一些管理人员，以后方便城镇建设，战败也被叶涵派出去悄悄挑选自己看得上的玩家。

可就在嗜血堂风风火火地扩招时，一直忙于追赶练级的天下会也不甘寂寞地出来抢风头了。不知道是天下无敌授意，还是天下家族的几个人看不惯嗜血堂的高调选拔，世界频道突然冒出几个天下家族的刷屏，声称天下会开始收人。

[世界][天下有鬼]：江湖第一帮派天下会再次扩招，招收有抱负、有激情，想在江湖里扬名天下、一展拳脚的热血英雄儿女。

[世界][天下天上]：天下会出马，谁与针锋！好消息不容错过啊，为了建设属于自己的城市，天下会广招天下英雄豪杰，还犹豫什么呢?加入我们吧！让我们共同谱写江湖的传奇，让我们千秋万代，一统江

湖！

[世界][默默无言]：天下会怎么突然冒出来收人了？该不是怕嗜血堂抢了你们的风头吧？

[世界][我是来打酱油的]：千秋万代，一统江湖？这不是魔教的台词吗？

[世界][天下有鬼]：江湖第一帮派天下会再次扩招，招收有抱负、有激情，想在江湖里扬名天下、一展拳脚的热血英雄儿女。

[世界][白菜花]：两大巨头同时收人，也不知道哪边待遇好些。

嗜血堂的玩家冷眼看着天下会疯狂刷着世界频道招人，不屑去抢，也不屑攀比。照旧慢慢地在前来报名的玩家里挑选着口碑不错、人品上佳的玩家。用他们的话来说就是，招人并不是比谁招的人多，而在于精，招到一个人品不错又有能力的成员，比你胡乱收十个还顶用。

不知道因为是不是人的逆反心理，嗜血堂的收人条件越复杂、越麻烦，来应征的玩家越多。反观天下会，只要有玩家愿意加入就收，而且还附带了很多不错的条件。比如玩家满级后，需要做师门给的任务，那任务比较麻烦，必须要组队才能做完，天下会甚至承诺，只要愿意加入，他们帮派内的高手会主动帮忙完成满级任务。更有一系列的优惠，比如自己帮派内的商铺打折、材料优惠。

叶涵看到之后，浅笑不语。刘月猜不透他的想法，硬要他解释。叶涵边揉着她的头发边发表自己的看法："他们用各种优惠条件吸引玩家加入，其实不失为一种手段。可是我认为这样招来的只会是贪图利益之人，用利益来维持的关系毕竟不会牢固。"

刘月似乎明白了他的想法，贪小便宜是正常的心理。可是利益维系的关系毕竟不稳固，若是哪天天下会失了势，没有利益可图的时候，又会有多少人剩下呢？

几日之后，因为达到了人数上限，嗜血堂升级成了帮派，改名嗜血盟。而以前嗜血堂的老玩家都坐上了长老位置，独立地负责各种帮派和建城的管理。一切看上去都进行得有条不紊。

然后孤夜寒星带着帮派里几位长老，去长安的皇宫找到了皇帝，拿出建城令牌申请建立自己的城镇。刘月和刘浅她们几个女玩家也都来了，因为没有见过这样的场面，显得特别激动。刘浅一看到皇帝就忍不住开口了：“这老头面黄肌瘦的，一看就是纵欲过度。”

刘月一看到这话，忍不住喷了。夜色本就是唯恐天下不乱的性子，也凑过来说道：“这后宫真有三千佳丽吗？这老头一看就是心有余而力不足。”

眼看她们说得越来越肆无忌惮，不要杀我有些不好意思地赶紧打断：“老婆，别乱讲话。”

也不知道不要杀我还做了什么，夜色竟然乖乖地闭嘴了。

刘浅一个人讲着，没人接应，也就偃旗息鼓了，不过还是忍不住抱怨着：“无毒那家伙出差这么久，都没人陪我唠叨了。”

这边还在叽叽歪歪，那边孤夜寒星和要你命三千已经办好了手续。皇帝吩咐抬了一块巨大的模型地图上来，刘月忍不住睁大眼，一直以来在游戏里东游西逛，看的都是平面地图，这还是首次看到立体的微缩地图，上面有很多没标记名称的微小城镇。看来，皇帝就是要他们在这地图上选自己看中的城镇了。

孤夜寒星他们早在地图刚抬上来时，就已经仔细研究起来了。刘月看不懂这些，她觉得建城嘛，选一块风景优美的地方不就好了，还需要挑选些什么？但是看到叶涵在一旁细心地研究，她也不好说什么，只得静静地等在一边。

然后就看到他们几个男的在队伍里讨论。几个人一一发表了自己的想法和见解。刘月在一旁听着，觉得这个说得有理，那个的见解也不错。转头看叶涵，他却没有什么多余的表情。最后要你命三千出来说了句：“寒星，说说你的看法吧。”

叶涵这才开口，语气不疾不徐：“其实我看中的是这一块。”他用鼠标在地图上插了块旗子。

那是三块地图的一个交叉点，刘月顺着他的旗子看去，不是很明白他的意图。三面都是高山环绕，正前方只有一条峡谷通行，这样差的交通，怎么可能发展成高级城镇。就连她这个不是太懂经商之道的人，也能大概明白，经济发展不就是要道路顺畅，利于流通吗，叶涵不可能没想到这一点。于是她静下心继续等他的后文。

其余的几个人看到他独特的选择，也愣住了，但是一直以来孤夜寒星在家族里的首领地位是不可动摇的，所以就算他的选择再奇怪，都没有任何人出来反驳，相反都是静静地等待他解释。

唯独要你命三千竟然忍不住附和："寒星，我果然没有看错你！你不但善于经营，还有大将之才。"这一席话，又说得其余几个人更加好奇。

似乎知道大家都等不及要知道原因，孤夜寒星慢慢地讲解道："首先是地形，三面靠山，只余一条峡谷，易守难攻。"

神之右手忍不住插了一句："可是建设城镇不是要优先选择交通便利吗？"

要你命三千适时地为众人解惑："寒星的考虑比较长远和全面。建城面临的第一个挑战不是经济发展，而是守不守得住。你们没注意官网的消息吧，建城之后的第三日，就要面临第一个挑战，怪物攻城。"

刘浅对这个特别感兴趣："怪物攻城？这么说，我们要是守不住，这城就没了？"

要你命三千肯定地回答她："就是这样，而且怪物分三拨进攻。寒星选的这个地形最适合守城，我们有相当大的地形优势。"

大家突然明白过来，如果选一个地势平坦的城镇，就算便利于发展经济，可以到时候漫山遍野都是四处攻来的怪物，只怕这城刚到手三天就得丢。于是众人都想通了。

孤夜寒星看他们静下来，于是开始叙述第二个原因："这是一个交界处，周边三块地图都是高级怪区，以后升级和做任务的人数不会少，在这中心建立一个城镇，需要补给药品和材料的玩家不会舍近求远，可以推动商业发展。”他话一说完，众人顿时明白过来。

刘月也跟着四处观察。高级怪区根本没有补给的城市，最近的城市也要骑马穿过两到三块地图，所以如果这里有一个城镇，那么一定是在这三块地图刷怪的玩家们的首选。而且城镇升级为郡之后，还可以和系统申请开放传送点。那么以后来刷怪、刷材料的玩家们可以直接传送过来，又省去奔波之苦。

就在所有人为孤夜寒星的独特见解赞叹时，他又接着说：“其三是前两个优势的综合，由于地势，以后开了帮派城战，我们也可以轻松地守城，而且周围分布着密集的高级怪，对方不太容易集结部队。”

孤夜寒星才说完，要你命三千忍不住开口赞道：“我只想到了前面两点，没想到你连以后的事也考虑进去了。不过官方确实有提示，在一部分帮派的城镇建立起来后，就会开通帮派间的攻城战。”

看着大家你一句我一句地细细分解，刘月对叶涵更是崇拜不已。她凑到叶涵身边，星星眼地说：“天啊！你考虑得太周全了，我怎么一点都没有想到呢。”

叶涵听到她的赞美，忍不住泛起浅笑：“这种动脑子的事就交给我吧。”刘月傻笑着点头，点完头后又觉得不对。

“你的意思就是说我笨，是不是？”刘月有点恼羞成怒地问。叶涵一边无奈地揉着她的脑袋，一边窃笑着安慰：“没有，我哪敢说夫人的不是，我的意思是不管发生什么，一切有我。”这才让刘月心里舒畅不少，她嘟着嘴转过头不再搭理他。

接下来，孤夜寒星和一旁的官吏对话，选定了刚才挑中的那块地图。接着官吏告诉孤夜寒星，他已经是这个城镇的拥有者。他只需到城镇去找书记官确定身份，然后开通他帮派的驻守权，整个嗜血盟的成员就可以拥有一个新的技能，就是传送回驻地。这个技能当然是方便所有的成员在敌人入侵时，以最快的速度救援。

于是，大家都非常兴奋地想去看看自己的城镇是什么样。一群人闹哄哄地骑着马，一路上一边把上前阻挠的怪物送去投胎，一边暗地里猜想，这城镇到底是什么样。结果好不容易穿过那不怎么宽敞的峡谷，进入到峡谷内部时。所有人忍不住叹气，实在是太令人失望了！

刘浅和夜色马上开始抱怨："虽然是要让我们自己建设，可是也不需要弄得这么有建设前景吧！"

"竟敢打着城镇的幌子，这连新手村都不如！"

其他几个男性玩家也失望不已，只有孤夜寒星和要你命三千还算镇定。

不要杀我忙着安慰大家："大家别丧气，相信自己的实力，咱们一定可以把它建设成大城市的。"

孤夜寒星和要你命三千也随意地安慰了一下大家，然后刘月就看到孤夜寒星一个人去找书记官了，而要你命三千和不要杀我则四处转悠开了。

刘月无聊没事做，只好赶紧跟在孤夜寒星后头，去看他确认身份。走进一看，更觉得这个城镇，好吧，其实是比村子还不如的地方很凄凉，只有几间还看得过去的瓦房，四周还分布着些破烂的茅屋。城镇的外围由一些破烂的土墙围成，难道这就是所谓的护城墙？实在是太没有安全感了。

城镇里几乎没有几个NPC，非常空旷和寂静。刘月跟在寒星的身后，一直走到最深处，才看到有一个老头子坐在椅子上，似乎在打瞌睡。鼠标移上去，看到他身上显示出"书记官"三个字，原来要找的就是他。

寒星马上过去和他搭话，等了一会儿，刘月看到自己的人物身上飘起一阵柔和的光。然后自己的人物技能里多了一个传送，她点开一看，"传送寒月城"。

呃？难道这就是这个城镇的名字？刘月奇怪地看叶涵，扯着他的衣袖问："这个寒月城是怎么回事？"叶涵看着她困惑的小脸，轻轻一笑，也不解惑。

刘月直觉有什么不对，但是看叶涵一副不打算说的样子，她就发私聊问刘浅："浅浅，城镇的名字有什么特别的吗？问叶涵他都不说。"

刘浅一会儿就回复了她："知道猪是怎么死的吗？笨死的！寒月=寒星+流月。这是昨天大家商量好的，想给你个惊喜呢，你怎么就这么不开窍呢？"

原来如此，刘月这才明白过来，这竟然是大家私下决定的，用他们俩的名字来决定城镇的名字，她一时感动得都不知道要怎么和大家表达自己的感谢。

叶涵看她愣在那儿不动，担心地过来摸摸她额头："怎么了？生病了？"

刘月顺势靠在叶涵肩头："你竟然不告诉这城的名字是根据我们俩的名字取的！"

叶涵闻言又是一笑："我是想让你自己猜啊。"

刘月乖巧地靠在叶涵肩上傻笑，寒月城，哈哈，这是她和叶涵的城镇。以后这就是我们的家了，哈哈，寒月城！

叶涵无奈地看着一个劲傻笑的她嘲笑道："傻丫头！"然后，嘴角也忍不住勾起浅笑。

寒月城的出现，让游戏中的其他帮派红了眼。现在每个嗜血盟的玩家，只要出现在城内，无论走到哪儿总会受到"X射线"追击。那一干嫉妒的眼神！天下无敌也没有例外，看着长安街上那些嗜血盟玩家，还在帮派称号后缀着"寒月城"三个字，他心里就有些隐隐的不甘。

若不是他上次不小心吃了要你命三千的亏，一次降下三级。他们又怎么会落后嗜血盟这么多。说不定，第一个城镇还是由他们建成的。愈是这样想，他的心理愈是不甘，看来，与嗜血盟的仇是越结越深了。

话说，一山不容二虎，游戏里同样如此，嗜血盟与天下会，孤夜寒星与天下无敌，总有一个要被压在下面。

舆论的力量是强大的。嗜血盟与天下会本就有些不大对盘，现在更是风雨欲来。天下无敌当时就发布了一系列的命令下去，帮派里派出了数十名翠烟玩家去探查嗜血盟的驻地。他熟读了官网的每一个新举措，当然明白，申请建城后的三天，就发生怪物攻城。于是，他想利用这一次机会，挫挫嗜血盟的锐气。

派出去的翠烟玩家立刻就回来了。天下无敌正信心十足，准备大干一票，却看几人都闷不吭声，不由有些狐疑。终于，其中一个元老级的玩家开口了："老大，嗜血盟太阴险了。他们的驻地在峡谷深处，峡谷门口不但有人防守，而且还布置了很多陷阱，根本就进不去。"旁边几个人连声附和。

天下无敌眉头皱紧："除了正门就没其他路了吗？"

那人颤颤巍巍地接话："老大，他们那城特邪门，三面环山，唯一的路就是峡谷。"听完此话，天下无敌反而笑起来，只有唯一的出路？他突然有个计划。

怪物攻城马上就要到来，嗜血盟的玩家基本是轮流上线，一群新入帮派的玩家们凭着极高的热情，通宵不睡地帮忙改建寒月城。这都是孤夜寒星想出的措施，从当天孤夜寒星和要你命三千、不要杀我几个人细细观察过整个城镇地理和建设后，讨论出了一套建设方案，在最短的时间内将寒月城的防御体系给弄上去。

书记官那里可以申请建设高级城镇，只是要付出大额的金币。还好嗜血盟建设帮派的时候，大家都热情高涨地投入了不少金币作为帮派资金。孤夜寒星一次性拿出了十万金，在书记官那里申请建设三级城镇。

打开书记官身后那看似平凡无奇、简陋不堪的瓦房，里面竟然堆满了城砖和木料。

刘月很不解，这些东西有什么用？难道只给材料，还得自己建不成？刘浅和夜色她们也觉得挺新奇，不是已经给过钱了吗？

按理说，系统收了钱之后，城镇该自动升级，可那老头给了他们一把打开这房子的钥匙，就睡觉去了，再和他对话就谁也不理了。一伙人不禁愣在当场，孤夜寒星沉默了一会儿，镇定地吩咐了下去，所有嗜血盟玩家，除了分配到站岗的，其余全部过来背砖。

原来，这游戏太过逼真，就连城镇升级，也得自己亲自动手去建。得知这个消息，刘月不知该喜还是该悲。喜得是，竟然可以亲手建造一座属于自己的城市，这是多么有意义的事；悲的是，只有三天时间了，怪物攻城眼看就快来了。

好在，游戏规则虽然变态，但是还没有把他们逼入绝路。孤夜寒星手里还有一份三级城镇的建设图。孤夜寒星将地图拿出来放在议事厅的地上，几个人都忍不住围过去点开来看。一看之后，都有些愣怔。三级城镇不知要比他们现在这个一级城镇高级出多少倍，可是同样的，那城墙和护城河也复杂了许多。

相比于现在城外那勉强被称为城墙的土坯，这简直是个浩大的工程，在众人心里，这比建一个埃及金字塔简单不了多少。孤夜寒星对这种空间立体的建筑图，也没多大的把握把它给变成实物。

众人都沉默下来。突然，要你命三千灵光一现，想起一个许久不见的人来。于是，一名久违的老玩家，被友情邀请回游戏，并加入帮派，他就是王者归来。嗜血盟的老玩家基本认识他，大家很快就打成了一片。

王者归来是一位知名的建筑工程师。他看了图纸以后，稍微沉吟了一会儿，马上就开始吩咐帮派里的玩家工作起来。孤夜寒星和不要杀我、要你命三千他们也抢着开工起来，其余人看到帮主和两位副帮主都亲自上阵了，也赶紧加入大部队。

王者归来不愧是建筑工程师出身，每一个环节都一丝不苟，认真地指挥和吩咐。好不容易都吩咐好，他也忍不住在帮派里抱怨道：“好久没上游戏了，这新资料片还真是不同凡响啊！”他这开了一个头，大家也都冒出来唠嗑了，也算是劳逸结合了。

[帮派][要你命三千]：我也吓了一跳，竟然给了我们一堆材料和一张图，让我们自己建城。

[帮派][浅浅忧愁]：这游戏越做越真实了，竟然还来个纯手工建城，

有意思！

[帮派][天下烟雨]：果然比其他游戏有趣许多呢。

[帮派][王者归来]：我到对这图感兴趣，应该是请专业人士画了再弄到游戏里的。

[帮派][不要杀我]：什么意思？难道非专业人士看不懂？

[帮派][王者归来]：简单地说，就是它上面什么也没标注，城墙的高宽还有厚度也是有讲究的，若是不懂建筑学的，拿着材料乱弄一气，建出的实物也是空有其形，而无其用。

[帮派][孤夜寒星]：这游戏越来越有意思了。

[帮派][要你命三千]：看来找你来是正确的。

于是，嗜血盟几百名玩家就在王者归来的指挥下，勤劳地奔波于城镇周围，在大家通宵达旦的努力下，城墙也渐渐地显出大致的形状。照这样的速度，绝对能赶在怪物攻城前完成，大家也没有先前那么急切了。

倒是帮派里派去巡守的玩家报告，自从寒月城建成之后，一直有大批的玩家找上来。有一些纯粹是好奇，好言好语也就打发走了；也有一些玩家疑似是别的帮派来探查情况的，想要硬闯的，只得免费送他们回城；更多的则是在峡谷里分布频繁的陷阱里丧生。这些事说明，游戏里很多帮派都对寒月城虎视眈眈。

在利益面前，就算孤夜寒星和嗜血盟名气在外，也威慑不了这些亡命之徒。一批又一批的玩家开始硬闯，美其名曰来凑个热闹，欣赏一下。暗地里还不知打的什么主意。这时候寒月城的地形显示出很大的优势，三面都是悬崖峭壁，除非你能飞，不然必死无疑。唯一的峡谷通道，早就按孤夜寒星的吩咐，布满了密密麻麻的陷阱，基本上来一堆死一堆。一时间，整个峡谷尸横遍野。

刘浅和夜色两人，面对着疑似乱葬岗的峡谷，默默地叹气。夜色哀怨地说：“何必呢，这又是何必呢？明知是条死路，你们还一个劲地往前冲，你们这种不怕死的精神太值得我们学习了！”

刘浅故作忧愁地接口：“同志们，你们不会白白牺牲的！我们会再接再厉，制造更多的血案，制造更多的冤魂下去陪伴你们，黑夜如此漫长，怎能让你们孤魂难眠……”

刘月看着那两个假装慈悲的家伙，忍不住嘴角抽搐。

今天是寒月城建成的第三天，也就是怪物攻城的日子。城墙也已经完工，各种连发弩和投石车都准备完毕，嗜血盟的玩家都在城墙上静静等着怪物大部队的到来，这才有了刘浅和夜色抽风的那一幕。

怪物攻城是晚上八点准时开始。一群人按照孤夜寒星的吩咐，各自埋伏好，站好位置。怪物攻城一共分为三拨，第一拨等级比满级低十级，对战斗力强悍的嗜血盟来说，只能算是热身练习；第二拨是和他们同等级的满级怪，也不算是太大的威胁，就是打起来会比较吃力；最不可小瞧的是第三拨精英怪，全部由满级的精英组成。他们是怪物攻城压阵的部队，也是嗜血盟最头疼的对手，若是输了，那就意味着城镇没了，而且这三天大家通宵达旦的努力，全部毁于一旦。

刘月站在孤夜寒星的身旁，她有些紧张。虽然她明白叶涵和要你命三千两个人已经把战术推算和演练了很多次，确定没有明显漏洞了。可是这一战成败关系重要，刘月心下还是有些忐忑不安，就连一旁耍宝的刘浅和夜色也安静了下来。

时间好似过得很快，又似过得很慢。所有站在城楼上的玩家，都不约而同地感受到那隐隐传来的震动。语音里马上传来前锋部队的报告：“老大，怪物出现在峡谷入口了。”

叶涵没有讲话，倒是要你命三千回复了一句：“继续报告情况，隐藏好自己。”

过了一会儿，另外一个小队传来报告：“怪物大军中了陷阱，逐步减员。”

叶涵似乎很满意这个结果，要你命三千的语气也稍微轻松了一些：

“第一批有多少？”

那边暂停了一下，大略估算了一下，回话道：“不算太多，五百来只。”

寒月城门外的峡谷不算短，好几百米的距离，却已经被嗜血盟的玩家全部挖上了陷阱，布置了各种机关。站在城门口的刘月，终于看到前方隐隐出现的黑影，一大批怪物横冲直撞地朝寒月城冲过来，沿路全部是陷阱和机关，它们的大部队不断地减员，可是后面依旧不停，踩着前面的尸体继续往前冲。

刘月看着忍不住皱眉，这些怪物太敬业了吧。看来这样打下去，等下非得尸横遍野。

等到怪物冲过陷阱重重的峡谷到达寒月城下时，已经只剩不到二十头了，孤夜寒星在语音里果断地下令：“一小队，射！”

旁边一批被分配到负责操作连射弩的玩家，毫不犹豫地开始连射，怪物还没靠近城门口，就悉数倒地。

第一拨解决得太轻松了，大家原本十分紧张的心情，开始有些缓和。不要杀我赶紧分派了一些玩家下去收拾尸体，把怪物爆出的东西大致收集了一下。

还有一批玩家被分派出去检查和修整陷阱。因为第一拨和第二拨怪物间隔了半小时，大家有充足的时间，也就认认真真地把陷阱都检修了一遍。

等他们退回来时，第二拨也快到了。前锋部队的首先在语音频道里通知：“老大，第二拨来了，大概上千只。”

刘月听到叶涵的声音很镇定，和往常一样淡然：“射击组准备，法系组和近战组待命。”

远远地，一片浓重的黑影在快速地袭来，而城楼上的玩家都感觉到了颤动，这足以证明这急速奔来的大部队人员绝不少。

这一拨比上一拨更来势汹汹，照旧是视死如归地直往前冲，前一批落入陷阱，后来的直接踩在它们尸体上继续前进，也不知道死了多少。等他们冲过峡谷，快到城门前时，刘月透过它们的间隙看到它们身后的峡谷已经尸横遍野，满地都是怪物的尸首，身旁还有很多爆出来的金币在闪闪发光。

“一、三、五小队，射！二、四、六小队接应。”刘月还有些没回过神，身边的叶涵已经开始敬业地指挥了。一批批连击弩，带着漫天的箭雨，城墙下的怪物还没回过神，已经有一批挣扎着倒地。可是它们数量众多，前面的刚倒下，后面的马上补上。

一时间，也不能有效地阻止它们靠近城门。孤夜寒星当机立断地下令：“法系组攻击，近战组准备！”

绚丽的魔法技能瞬间灿烂地绽放在城墙下，华丽丽的炫光，让刘月眼睛不由得一花，大片大片的技能光开始闪耀。技能交替的间隙，刘月看到原本城下密密麻麻的怪物大军，在箭雨和魔法的攻击下，它们的数量在大量地减少。刘月一边帮忙攻击，一边松了一口气，看来第二拨也不是太难呀。

谁知她还没完全放下心来，前锋小队又传来了报告：“老大，又来一批了！”

孤夜寒星忍不住皱眉：“是精英怪吗？”

那人稍顿了一下马上回答：“不是精英，还是第二批，估计是后援部队。”

“嗯。”他回了一句，表示听到。

还没等他吩咐接下来的战术，前锋小队的声音又响起：“老大，有麻烦，有百来只左右的飞行怪。”

要你命三千忍不住插嘴问道：“你没看错？有飞行怪？”

那边声音也很着急：“绝对错不了，移动速度很快，已经进入峡谷了。”他话说完没多久，刘月已经看到峡谷尽头出现了一批黑压压的阴云，很快速地朝这边移动着。

再看城楼下，还剩下几十个怪物没有收拾，孤夜寒星果断地吩咐：“近战组出来清场，一、三、五小队准备瞄准天上的。”

不要杀我那几队人，早在下面埋伏了很久，听到终于轮到他们场上，气势汹汹地冲上去了。一下子，城楼下一片刀光剑影，很是华丽壮观。

还没等他们多欣赏一下，那移动的黑云已经快速地穿过了峡谷，就要来到眼前。这时，刘月才看清楚，竟然是以鹰组成的怪物军团。

“放箭！”随着孤夜寒星的命令，刚飞入射击范围的鹰军团，就被漫天的箭雨淹没了。

虽然打得它们措手不及，可是它们毕竟有优势，身处天空，移动速度也快，它们瞬间打乱阵形，快速地在空中散开。散开的飞行怪移动和躲闪非常迅速，连击弩根本发挥不了作用。

“给它们上毒！”孤夜寒星突然转换战术。刘月虽然也被天上那些飞来飞去的鹰怪搞得头晕眼花，可是她同时发现，在鹰怪后的怪物军团也快冲到城下了。那是一群海怪，人首蛇身的纳迦怪，前面的一批个个都手持长枪，后面还跟着一堆海妖，正着朝城下奔来。

孤夜寒星当然也看到了，他吩咐二、四、六小队射击，近战组和法系组全开，先把海妖解决。因为海妖是使用大范围魔法的怪物，若是不先解决，待会儿有些麻烦。在他的吩咐下，大片的技能炫光和刀光交相辉映。而那些强壮的纳迦怪，站立在城墙之下，开始朝城楼上投掷标枪，杀伤力还很巨大。有些没有注意的玩家，瞬间就掉了一半的血。

刘月她们治疗小队，开始使用大范围的群体加血技能，虽然耗蓝非常快，但是在混战中，也没有谁舍不得磕蓝。

余下的五毒派玩家，全部抬着头找天上的鹰怪，五毒的叠加毒效果在这里体现了很强的实力。几个五毒玩家互相重叠下毒，那些鹰怪就算防高血厚，几个回合下来，也只剩下血皮。

城墙下的怪物大军，在群技能的疯狂席卷之下，大多数都被灭了。还剩下零散几只依旧顽抗，看着情形，第二拨怪也算拿下了。孤夜寒星清冷的声音镇定依旧，不疾不徐地说：“法系队单点鹰怪，剩下的近战组打扫场地。”

不一会儿，不管是天上飞的，还是地上跑的，都被消灭得一干二净。

几队玩家迅速地开始打扫场地，把值钱的、有用的药品、材料全收拾了一下，准备等候第三拨。

要你命三千也乘这个喘息的机会，对孤夜寒星说："寒星，刚才第二拨的后援部队是怎么回事？官网上没提到啊！"

孤夜寒星也不太清楚："也许是海妖移动速度慢，所以和前面的大部队脱节了吧。"

要你命三千不太乐观："我总觉得这些怪物的IQ似乎越来越高。"

听他这么说，孤夜寒星开始皱着眉沉思："那第三拨恐怕是凶多吉少了。"

经过要你命三千的提醒，孤夜寒星开始一点点回想刚才的对战。第一拨怪完全就是傻子怪，只知道冲，而第二拨怪似乎就聪明了那么点，竟然分为陆、海、空三军，陆军前锋，空军偷袭，海军用魔法压阵。

如果怪物的IQ越来越高，那第三拨会是什么？孤夜寒星开始觉得有趣了，他心里开始隐隐期待第三拨怪的到来。

第十三章 守城艰难

第二拨总算是扛过去了，几个小分队迅速地打扫了一下战场。峡谷里那密密麻麻的陷阱，大多因为刚才那密集的大军踏过，已经不能再用了，机关也被破坏殆尽。负责修理的小分队报告的状况时，孤夜寒星忍不住皱眉。

虽然这些陷阱起不了什么关键的作用，可是一路来，毕竟减缓了不少怪物大军的行进速度，而且或多或少地造成了对方战斗力的损失。现在还没到第三拨，就已经不能使用了，确实是让他们陷入了被动的局面。

要你命三千也知道现在的情况对他们比较不利，他在语音里建议道："全部重做来不及了，不然让前锋部队尽量赶做一些出来？"

孤夜寒星不太认同他的提议，这么长的峡谷，而第三拨怪物攻上来是半小时后，重新做陷阱很不现实，当初他们也是花了半天多的时间才把峡谷里的陷阱做出来的。

越是时间紧迫，他就越显得镇定。

整个帮派都静静地等着他下令。大概过了一分钟，他淡漠的嗓音透过语音系统传到帮派每个玩家的耳里："几个近战小队全部听令，把建城剩下的材料，全部安置到陷阱里去，在上面铺层茅草，速度要快。"他的命令一出，不要杀我迅速带着几个近战组的小队忙活去了。

要你命三千愣了一下，然后隐隐带笑的声音传来："真有你的，我怎么没想到这招废物利用呢。"原来当时建城特别仓促，很多剩下的木料和竹材，还有砖瓦都还没来得及丢弃。

于是孤夜寒星想到利用这些废物来加工陷阱，虽然未必会有什么强大的杀伤力。可是在这种危急的关头，没有材料，又没有时间，利用那些废弃的材料，做成竹刺和木尖，虽然不能造成多大的伤害，可是用于拖延怪物大军的行动却是很有效的。

材料是现成的，那些废弃的木料和竹材在这时候起了不小的作用。大家也知道时间太紧张了，几乎是争分夺秒，等后面来接应的小队在地上随意地撒上遮盖的茅草后，大家立刻退回寒月城里，全部安静地等着前锋部队的消息。

语音频道里突然传来不可置信的声音："老大！……这个……不会是真的吧？！"

孤夜寒星似乎早知道了一样，丝毫不见惊讶地开口："不必慌张，看到什么照实报告。"

要你命三千也很感兴趣地接了一句："怎么？见鬼了？"

那边的人深吸了一口气，然后无比慎重地说："老大，第三拨是军队。"

要你命三千还没听清楚，又问了一句："什么军队？前两拨不也是吗？"

"这次是真的军队！连投石车、攻城梯都搬过来了！"情况似乎有些出于孤夜寒星的意料，他闻言忍不住挑了挑眉，随后还是稳稳地开口："报告具体情况和人数。"

"投石车十两，攻城梯二十架，弓箭手大概两百来人，还有一百来人的骑兵，剩下的全是步兵，大概有近千人。"他声音里全是难以置信，似乎根本没想过，怪物攻城竟然会出现军队。

孤夜寒星知道现在军心有些乱了，难得出来解释几句：“大家先别慌，既然是攻城，这种情况也不奇怪，只是军队的 NPC 而已，难道我们还斗不过电脑吗？”

他说得不疾不徐，让所有人有种他已经胸有成竹的感觉，于是，刚才那紧张的心情又安安稳稳地平复了下来。大家照旧静静地看着峡谷的那头，等着传说中的攻城部队到来。这一次的军队似乎比前两次都要强，而且 IQ 也高上许多。

他们在峡谷口列了阵形，竟然没有像前两拨的怪物一样，不管不顾地直接往里冲。嗜血盟前锋小队的玩家很敬业地一直在报告情况。只见那军队中有一个似乎是指挥官的家伙，骑着马转身后退了一下，然后原本走在队伍最后的步兵团，竟然和最前面的骑兵团调换了位置，一旁潜伏的前锋小队成员看得目瞪口呆。

“老大！他们竟然调整队形了，步兵在前，骑兵在后。”那个人急急地说，生怕自己讲漏或者错过些什么。

孤夜寒星了然地点头：“不急，他们是准备拆陷阱。”刘月在一旁听着这话，也忍不住嘴角抽搐，这些 NPC 太人性化了吧，不是应该直接冲到城下，和他们直接决一死战，然后就完了吗？

果然如孤夜寒星所说，那些前面的步兵开始缓缓上前，在那些茅草上乱戳，使他们埋好的陷阱一个个暴露，然后后面的部队也跟着缓缓前进，似乎一点都不着急。难道他们是在比耐心？

这边，寒月城里待命的玩家都有些焦急了，好不容易布置好的陷阱，就这样被他们一个个挑出来，那刚才不是白忙活了吗，更不满的是，刚才想利用陷阱拖延他们速度、减弱他们战斗力的法子完全派不上用场了。

在一群隐隐沉不住气的玩家中，孤夜寒星依旧镇定自若，让刘月有种他把一切都掌握在手中的错觉。他不急不气，只是淡淡地让负责报告的玩家密切注意他们的位置。时间一分一秒地过去了，对方依旧不急不忙，缓缓地寻找陷阱，缓缓地抬着、推着攻城器材一点点前进，就连骑兵都如遛马一般，悠悠地跟在后面。

一直到前方传来报告，说他们整个军队已经完全进入峡谷，孤夜寒星这才突然勾起嘴角一笑。这一笑让刘月忍不住心里发寒，这笑容实在是太阴险了，她猜叶涵肯定事先准备好了什么埋伏。

果然，他清冷的嗓音响起："无毒、神之，你们小队开始攻击，弯刀善后。"就连一直在孤夜寒星身边的刘月都没想到，什么时候还准备了这么一手？

无毒和神之刚刚不都还在城下么，弯刀又什么时候跑到峡谷外去了？可是她还来不及细问，也无暇去考虑。

从城楼上看去，军队的身影已经能看到大半了，而孤夜寒星的命令一下，就看到峡谷两侧的高山上，突然飘下漫天箭雨。那些缓缓前行的军队被这突来的攻击给打了个措手不及，一时间，场面有些混乱，步兵们在这样毫无遮掩的情况下，显得十分被动，而那些骑兵的马也开始慌乱起来。

那个骑黑马的指挥官似乎也没料到有埋伏，想后撤，眼看军队正准备掉头。弯刀带着的几个小队正好杀上来，又是一片铺天盖地的连击弩，大有要把他们堵在这峡谷里射程刺猬的架势。那个指挥突然抽刀挥舞了一下，然后，情况突变，所有的步兵、骑兵都开始疯了一样朝城下冲来。

刘月忍不住叹气！这才对啊，你们是NPC啊！那么人性化太让人不适应了，这样没头没脑地冲过来，才符合游戏设置啊。这时候那些简陋的陷阱又显示出了作用，步兵毕竟速度要慢一些，而冲在最前面的骑兵们可不好过了，不但要迎着箭雨疾驰，那些坑洼洼、密密麻麻的陷阱又绊住了他们的速度，不一会儿，刚才还威武潇洒的骑兵团，大半都倒在陷进里不成气候了。

还是有一些骑兵冲到了城下，可是马上、身上也挂满了箭，战斗力损失大半。城墙上的法系组几个大型群体魔法放下去，他们挣扎了两下也就死了。眼看对方的骑兵团这么轻易就被我方给灭了，大家一下子就充满了士气！

不光是刘月，帮派里其他人都对孤夜寒星崇拜不已。果然是神一样的人物，他就像未卜先知一般，竟然能将对方的行动早早地掌握在手中，看来，这传说中的第三拨怪，也不足为惧了。

眼看对方的步兵也来到了城下，早就准备好了的连击弩小队，已经开射了。刘月觉得眼前的天空几乎都要被箭雨给遮盖了。看着顶在前面的步兵团一个个倒下，似乎胜利的天平已经在朝他们倾斜了。对方的指挥官看到这个情形似乎也有些慌乱了。然后一批抬盾牌的步兵做掩护，他们的弓箭手也开始朝这边射箭，而且他们的箭似乎包裹了火药，一落地或者擦到别的东西就开始燃烧起来。

寒月城的城楼上不一会儿就烧了大片，很多玩家被火烧得只剩半血。刘月她们的治疗小队，也忙得晕头转向，只得一个劲地群疗。孤夜寒星倒也不急，只是吩咐了隐藏在一旁的近战组开打，然后守候在一旁的近战组玩家动作迅速地加入了战场，对方似乎没料到还有埋伏，弓箭手的射箭频率被打乱了。

对方的指挥官也不是个吃素的，似乎打定了主意要攻下这城。他长剑一挥，身后的士兵们一下子变得气势汹汹，一个个视死如归一般直往城下冲，那些扛着攻城梯的士兵们前仆后继，毫不退缩，不一会儿，城楼上就架上了十来个攻城梯，法系组不断地用魔法攻击那些准备爬上来的士兵。

对方又怎么会任由他们攻击而不还手，那几架投石车突然被推上前。然后就看到那些巨大的石块一个个飞舞着砸在城墙上，不少躲避不及的玩家被当场秒杀。就连要你命三千看到这场面都忍不住发牢骚："太阴险了！还好咱们的城墙没偷工减料，不然这一砸不是当场就得倒么！"

王者归来虽然没他反应那么大，也忍不住悄悄地嘀咕："难怪要我们自己修城墙！"

战局一下子僵持了起来，对方的投石车威力巨大，造成了不小的伤亡。突然，又传来前锋小队的报告："老大！这次是真的不好了！"

看他冒冒失失的，刘浅忍不住插嘴："有话你就快说，我们这儿打得正忙呢！"

"天下无敌带着天下会的人杀过来了！"他的话一说完，所有嗜血盟玩家的心都忍不住下沉。

天下无敌可不会那么好心带着人来给他们雪中送炭，这个时候带着大批人马过来，一看就知，是敌非友。

就在所有人有些不知所措、乱成一团的时候，孤夜寒星清清冷冷的声音响了起来，仿佛清泉一样，拥有一种让人镇定下来的魔力："别慌。近战组强压，法系组增援，治疗殿后，打乱他们的攻势。"一群人听着他的吩咐，迅速地集结起来，朝对方的大部队压过去。

果然，当大批的法系成员从城墙上撤到城下时，对方的燃烧箭威力剧减，躲在城墙洞里的弓箭队成员们则丝毫没有受他们的影响。

要你命三千带领的暗杀小队，已经非常利落地解决了好几个操作投石车的步兵，这边的攻击强度一下子就减弱不少。

而不要杀我，挥舞着长枪，大有一夫当关，万夫莫开之势，带着近战组冲到对方的队伍中，一下子就将对方的前线冲得七零八落，身后不断有大范围的魔法呼啸而来，只是转眼间，形势似乎一下子就被嗜血盟给控制住了。

在场的玩家都不得不佩服起孤夜寒星的镇定和果断，他似乎是唯一没有被任何情绪影响、最理智冷静的那个人。

"他们到哪儿了？"孤夜寒星在语音频道里问，前锋小队的探子马上回报："他们集结完毕了，大约有三百人，正准备进入峡谷。"

孤夜寒星继续镇定地分配任务："无毒、神之，你们两小队准备，弯刀小队先隐蔽，等他们进峡谷。"虽然不知道孤夜寒星下一步想做什么，不过所有人坚决地执行了他下的每一个命令。

看着第三拨怪物大军原本气势汹汹的进攻被压制了下来，孤夜寒星的眉头稍稍放松了一些。那些被打乱了阵脚的弓箭手和步兵们，失去了优势，一时间有些场面有些混乱，站在大军中间，挥舞着长剑的指挥官似乎也有些慌乱起来。

“近战组继续压，逼他们往峡谷退。法系组加大攻击力度。”他一边估摸着形势，一边观察周围的情况。很多刚才在城墙上死了的玩家，又转生了再传送回来，然后丝毫没有停顿，也没有畏缩，立刻又奔向大部队，跟着一起战斗起来。

“老大，天下会的人进入峡谷了。”前方小队又传来消息。

孤夜寒星眯着眼悄悄勾起一个邪笑：“弯刀小队尾随，按我说的埋伏。”虽然不太明白孤夜寒星让他们埋伏什么，但是刘月转头看到叶涵脸上不怀好意的笑容，突然就放下心来，他是早就有所准备的吧，不然不会笑得这么奸诈，似乎是早就挖好了坑，就等天下无敌来跳一样。

孤夜寒星带着另外一对近战组和不要杀我的那一组，同时施压，攻势凶狠。加上身后那绵绵不绝的魔法狂潮，怪物大军倒真有些抵挡不住了，第三拨的怪物 IQ 似乎比前两拨都要高，行为更加人性化，看着不断冲上来的玩家，他们竟然不自觉地就开始边打边退。不一会儿，他们也退进了峡谷里。

孤夜寒星的声音即刻响起：“给我放火烧！”

刘月他们还没明白是怎么回事，就透过混战的大部队看到峡谷的尽头突然燃起了熊熊大火，火势蔓延得极快，不知道孤夜寒星到底吩咐了弯刀些什么。

刘月还没琢磨清楚，就看到天下无敌的大部队一股脑地朝这边冲过来。

“放箭！”孤夜寒星又是一声令下，埋伏在峡谷两旁的弓箭手小队，毫不犹豫又是一阵箭雨，铺天盖地地洒向峡谷中间。

就连刚才第三拨的精英部队都受不住这漫天箭雨，更何况是比他们血少防低的玩家。只是眨眼，就见天下无敌带来的大部队少了三分之一。

天下无敌一直以为嗜血盟的守城大战，正进行到白热化。压根就没有料到，孤夜寒星竟然会把原本就不多的帮派成员，分出三分之一埋伏在峡谷两边的山壁上，还是说，他太有自信，认为仅凭那些人，他也足够守住城池。

当他们进入峡谷之中，身后突然燃起熊熊大火，他当时就意识到他们中埋伏了，可是面对那蔓延极快的滔天烈焰，他们根本没有第二个选择，只能一个劲地朝里冲。冲到峡谷中间时，他们竟然和被嗜血盟逼着退出来的怪物大军碰头了。

天下无敌当时还庆幸了一下，他们若是配合着这些攻城的大军，简直可以轻而易举地把寒月城拿下。

可惜他还没来得及高兴，就被峡谷两边突然冒出来的箭雨给吓到了。怎么峡谷两边竟然还有埋伏，难道孤夜寒星早就料到自己会来突袭？眼看天下会的人死伤惨重，天下无敌决定豁出去，带着剩下的兄弟冲破嗜血盟围在前面的人墙。

随着孤夜寒星淡淡的一声：“全体撤退，烧！”近战组的成员训练有素地立刻转身就撤，不仅天下无敌愣了，就连怪物大军也傻了，不明白他们怎么突然就全体撤退了。

天下无敌眼尖地发现，不知道什么时候峡谷两侧和地上堆满了游戏中可以采集的稻草。那些东西虽然游戏里一直都可以采集，但是既不能炼药又没有其他用途，一般人根本就不会在意，可是放到攻城战的时候，这稻草的用处可大了！

天下无敌这时候突然想明白了，大声呼喊着，让兄弟们赶紧向前冲。

天下会的玩家听到他的怒喝，马上朝寒月城的方向冲。可是来不及了，就在近战组全退出来的时候，两边准备已久的小队，马上点燃稻草。

大火一下子就蔓延开来，熊熊的烈火带来的巨大伤害阻挡了天下无敌他们的脚步。峡谷里的陷阱都是用稻草覆盖的，可以说这整条峡谷的地上都是易燃物。

而且山壁两边躲着放暗箭的小队，看到孤夜寒星他们撤出峡谷，点上火的时候，立刻换上了燃烧箭。带着燃料点着了火的箭矢落在峡谷的地上，立刻就把铺在地上的稻草点燃。一时间，整个峡谷都被烧着了，那熊熊的烈火映红了每一个玩家的屏幕。

刘浅看着那几乎要覆盖住整个屏幕的烈火，忍不住开口道："在烈火里寻求永生吧！"

刘月一听这话，想笑又觉得不太好，面前这一幕确实是壮烈无比，几百号人全死在这大火中了，不说第三拨的怪物军团了，就是天下无敌带来的玩家也有三百来个吧。不知道现在天下无敌的心里作何感想。

明明算准了时间，想乘嗜血盟最脆弱的一刻，带着人马来突袭破坏的，却中了孤夜寒星的计谋，一个人都没杀掉，就全体在烈火中永生了。若换成刘月，她肯定是想死的心都有了。这件事恐怕会在天下无敌心里造成巨大的伤害，搞不好他会被打击得一蹶不振了。

于是，刘月对着渐渐弱下来的大火发表感慨："出师未捷身先死，长使英雄泪满襟。"

她刚说完，刘浅就在那边笑起来了："这叫活该！谁让他心怀不轨，他要不是卑鄙无耻，想趁机偷袭我们，会死得这么凄惨么？不过老大真是料事如神了，我简直佩服死了！"

孤夜寒星没有回话，只是随意地勾起嘴角，然后率先转身朝寒月城走去。看着被三拨怪物军团轰炸过的寒月城，孤夜寒星心里突然唏嘘不已。虽然这只是个游戏，就算设计得再人性化，就算再逼真，其实也只是一个游戏，可是刚才守城的时候，他还是忍不住全身心沉浸在里面了，那种"人在城在，城破人亡"的感觉竟然不知不觉地充斥了他全身。

[系统]：恭喜嗜血盟守城成功，寒月城正式晋升为城镇。作为第一个新建城镇城主，玩家孤夜寒星可以到长安皇宫任意领取一项奖励。

系统突然闪过红字消息，刷完三遍，整个游戏又沸腾了。很多感兴趣的玩家其实一直都静静在等待着攻城的消息，想知道嗜血盟的传说是否会就此破灭。可是，今天看来，孤夜寒星和嗜血堂再次延续了他们的不败神话。

和嗜血盟的风光无限相比，天下会现在简直就是搬起石头砸自己的脚，而且还有气撒不出。他们想偷袭嗜血盟的事情也跟着曝光了，而且他们不但没有得手，还全军覆没，惨败而归，这件事一时间成了整个游戏的笑柄。

武林笑笑生作为游戏中的顶尖八卦者，这样惊天地泣鬼神，史无前例、惨绝人寰，还可以借机报复，大快人心的消息，要是不让他宣传一番，他简直坐立难安、寝食难眠。

于是，由于以上种种原因，天下会的丑事终于被公布于众了！

刘月和孤夜寒星在攻城结束以后，就来到了长安城。因为系统刚才通知，说孤夜寒星可以到皇宫领取奖励。孤夜寒星原本打算先带着嗜血盟的兄弟们把战场打扫干净，再把城里的布局给规划一下，可是却经不住刘月的请求，只好先带着这个小好奇鬼去见识一下。虽然孤夜寒星也不大清楚系统到底会奖励什么。

好在，嗜血盟的兄弟们都很义气，也很豪爽。说他指挥了一晚上，太辛苦了，体谅他消耗了太多的脑细胞，主动地把剩下的事情全部包揽了，留给他足够的时间和空间，让他带着刘月去享受二人世界。

两个人刚到长安城，就发现世界频道闹哄哄的，有自己人发的庆祝、别的玩家发的祝福，还有忙着招揽商源的。

最显眼的当然是武林笑笑生的小道消息。刘月原本不是一个爱八卦的人，可是玩了这个游戏以后，也潜移默化地喜欢上了各种江湖小道消息和各种隐私秘闻。当然，游戏里的大部分人都很好这一口，所以只要挑起个头，马上就能闹得沸沸腾腾，和点燃的爆竹一样。

叶涵一侧头就看到刘月目不转睛地看着屏幕，他马上就知道，她又被八卦给吸引住了。

虽然他自己不太感兴趣，可是看那丫头一脸兴奋的表情，他不得不停下来，坐到她身边去打坐，等她看够了，再一起去领取奖励吧。

刘月看到武林笑笑生在世界频道上大肆宣传，心底也猜到他想说的是哪件事。

[世界][武林笑笑生]：话说，今日的怪物攻城，三拨怪物大军一拨比一拨强悍，进攻越来越猛烈，就在我们和第三拨大军战斗至白热化的时候，在这个生死存亡的危急时刻，游戏里最无耻的一幕出现了！

[世界][日后再说]：关键时刻怎么能停！赶紧接着往下说啊！

[世界][天之痕]：哎呀，这还有什么好琢磨的，又不是写高考作文，赶紧的！

[世界][武林笑笑生]：就在我嗜血盟的一干兄弟，决定与这怪物大军拼个你死我活之时，突然，寒月城外又出现了一批新势力，他们大约有三百人，乘大家都伤亡惨重，竟然想来个螳螂捕蝉，黄雀在后！预知后事如何，敬请期待下一集新内容！请锁定我们哟！

刘月边看边笑，这个武林笑笑生，她和他也算混得很熟了。这家伙一直都唯恐天下不乱，每次不把事情搅个天翻地覆，他就不尽兴。看着世界上那些被他气得吐血的家伙，刘月忍不住窃笑，八卦的魅力果然是无穷无尽的！

大家一直不依不饶地在世界上催促，总算把武林笑笑生又给请出来了。不过这次反倒把一直沉默着，敢怒不敢言的天下会给逼出来了，于是一场争吵又开始了。

[世界][武林笑笑生]：你们何苦逼我，我就是不想说得太清楚，

想着还给他们留那么点面子。

[世界][统一冰红茶]：真的假的？是哪个帮派那么缺德啊？最关键是怎么这么丢人啊！

[世界][葡萄果果]：事实再次证明，寒星大神是无所不能的！

[世界][天下有鬼]：你们有完没完，叽叽歪歪一晚上了，消停会儿行不，都把自己当救世主了？就你们不丢人？你们就高尚到哪儿去了？

当时整个世界频道静默了十几秒，然后像决堤的洪水一样，奔腾而泄！

[世界][天之痕]：哈哈哈！这傻子自己出来承认了！

[世界][我是你大爷]：你大爷我一直潜水看戏呢，没想到硬被你的愚蠢给炸了出来。现在可算是真相大白了！

[世界][葡萄果果]：刚刚就在猜会不会是你们，结果自己倒出来认了，还真是有勇气！

世界频道里依旧吵得闹哄哄的，但是刘月却一眨不眨地用星星眼看着叶涵，想到叶涵在那场守城战里的精彩表现，那眼里有崇拜，有爱慕，水汪汪的一片。

叶涵突然忍不住勾起嘴角轻笑出声，这丫头的表情也太可爱了吧。看着她更加水亮的双眼，他心情极佳地揉揉她的头发说：“别看了，赶紧跟我去皇宫领奖励。”

刘月像小型犬一样，乖巧地连连点头。

和上一次带着激动的心情不同，这一次刘月心情还算平静。上一次满心喜悦就只想着建城，这一次才有时间稍稍打量一下皇宫。满地的金光晃花了刘月的眼，她不断移动着鼠标的视角到处看，可是不论是上看下看，左看右看，都是一样的金光闪闪、华丽异常。

最终她只得在电脑前面赞叹道："实在是太奢侈了！"外加一个长长的叹息，那双湿漉漉的眼睛里，闪过无比的憧憬。

叶涵被她的样子逗笑，忍不住打趣："以前怎么没发现你这么贪财？"

刘月忙转过头，义正词严地辩解道："有钱多好啊，我可以买很多东西吃很多好吃的。"

叶涵突然眯起双眸，不怀好意地问了句："哦？钱比我还好吗？"

呃……刘月连忙低下头假装思考。看得叶涵牙痒痒，很想给这丫头一点颜色看看，竟然还需要考虑吗？

"还是你比较好。"刘月突然正经又认真地看着叶涵说。

叶涵听到这话，心情又开始飞扬，他得意地挑眉看向刘月，一副"算你识相"的表情。

"你就是提款机嘛，有你还愁没钱吗？"刘月骄傲地宣布了她最后得出的结论。

叶涵咬牙切齿地扭过头去，不想再继续这个话题，再说下去他估计会被气死。

似乎察觉到叶涵的不悦，刘月怯怯地扯了扯叶涵的衣袖，很小声地说："可是就算你身无分文，我还是照样爱你呀！"

虽然叶涵还是不想搭理她，可是这话成功地让他的嘴角悄悄上扬。

也不知道系统是怎么规定的，领赏一定得找皇帝。两个人在大殿等了一会儿，皇帝才被一群侍从前后簇拥着，缓缓地从后殿出来。还一副高高在上、唯我独尊的样子，让等得有些不耐烦的刘月忍不住碎碎念："这老头太嚣张了！拽什么拽，一个游戏也做得这么逼真！"叶涵身子没动，侧目看了她一眼。

刘月因为刚才惹他不高兴，心里还有点虚，看见他投过来的那一眼，立刻闭上嘴装乖。

接着就是皇帝唠唠叨叨地宣布了一堆，具体说了些什么，刘月根本就没在意，她正忙着偷看叶涵。该不是真那么小气吧，只是随便说说，明明就是开玩笑嘛，为何他也会当真？自己怎么可能真的为钱不要他！

叶涵面无表情地坐在电脑前，神色丝毫没变，可是他眼角的余光也看到那丫头一直在朝这边看。最后实在是受不了那偷偷摸摸、小心翼翼还鬼鬼祟祟的目光了，叶涵直接回过头问她："你想说什么？"

"你还在生气吗？"刘月怯怯地问，心里七上八下的。

叶涵突然起了作弄她的念头，嘴角邪恶地上扬，带着坏笑说："不想我生气？那你晚上好好补偿我。"此话一出，刘月的脸蛋瞬间烧成一片。

两个人正在用眼神无言的交谈。游戏里的皇帝已经宣布完那冗长的旨意，给孤夜寒星的赏赐也出来了，刘月马上假装感兴趣，转移了目光。那眼神里露骨的暗示，让她完全不敢再看下去。

"咦！"回头看到皇帝赏赐的东西时，刘月忍不住发出一点疑问。系统通知，奖励是颁给城主孤夜寒星一个人的，她以为可能会赏赐一些极品装备。

以前孤夜寒星的装备都是最极品的，可是开了资料片之后，那些极品装备也落伍了。更高等级的怪物会掉落更好的装备，虽然他现在的装备也算整个游戏里数一数二的，却不像以前那么拉风了。所以刘月其实还是希望皇帝奖励他一套极品装备的。

可是没有，什么实体的奖励都没有，没有装备，没有武器，甚至连金币都没有。刘月突然觉得失望。可是孤夜寒星却像中了大奖一样，非常好心情地挑眉浅笑起来。

看得刘月莫名其妙，于是忍不住发问："你觉得不错吗？我倒宁愿奖励装备呢。"

"小笨蛋！别小看这个免税三个月，如果寒月城的商铺和生意都发展起来，每月成交量可以达到百万，甚至千万，这其中的利润也不会低。这免税三个月可是一笔巨额数目。"一谈到商业方面的事情，叶涵总是能迅速地分析出利弊来。

刘月对这些一窍不通，不过听到他的解释，大概也明白，这个赏赐的好处比起装备和金币要好太多了。

孤夜寒星马上将奖励的内容在帮派里宣布了，夜色是最激动的，一门心思扑在经商上的她，对这种有利可图的事情最感兴趣。其他几个极富经商头脑的元老，也忍不住有些心动，就连要你命三千都在盘算着，准备拿点钱出来投资，说要给自己未来的孩子存下点奶粉钱，这话把整个帮派的人都给逗乐了。

这厢嗜血盟开始了轰轰烈烈的招商投资，大兴土木，改建寒月城。那厢天下会偷袭不成，反倒损伤惨重，丢了面子。于是天下无敌突然发布了一个命令，一定要在半月之内建一个属于自己的城镇。

于是，天下会的成员异常积极努力，整天玩命一般升级、刷装备。自从上次集体被送回城，全体掉落一级后，天下会整体实力大损，还经常被其他帮派冷嘲热讽。此时天下会竟变得异常团结起来，现在他们简直就是万众一心，誓死要超越嗜血盟。

据游戏里不少八卦爱好者偷偷透露，最近天下会活动频繁，不但把掉落的一级给追了回来，还投入大量的精力，提高每一个帮派成员的装备档次。纵观现在的天下会，已经达到了空前强大的程度。

孤夜寒星带领的嗜血盟继续大力兴建寒月城，对于天下会的野心和改变，采取了彻底无视的态度。

武林笑笑生代表八卦迷们，曾就这个问题悄悄采访了孤夜寒星，他只回答了一句："对手太弱，这游戏就没意思了。"

于是乎，众人一起猜测，孤夜寒星难道是准备让天下会积攒实力，准备等它足够强了，再战一回？

还没等大家猜出究竟来，天下无敌终究没有让孤夜寒星等太久。天下会玩命一般打了一周的精英怪，终于在某一天掉落了迷之谷的卷轴，他们正式向建城令发起冲击。天下有鬼等人那天在世界频道受了气，这一日终是扬眉吐气了！

他们又上了世界频道，刷了个尽兴。可惜却没有任何一个嗜血盟的玩家上来接话，不免觉得有些扫兴。几个人最后也只能不了了之，心灰意冷地下了世界频道。

接下来的几天，天下会的人一反常态，开始安静下来。众人猜测，他们应该是忙着打建城令牌，或者是过程进行得不太顺利，所以不敢出来叫嚣了。可是大家都猜错了，直到大家的热情都开始减退的时候。系统突然公告出，天下会打出了建城令牌，普天同庆。

众人大骇，天下会如此低调的行事作风，实在是有些让人大跌眼镜。莫非是天下无敌转性了？打出建城令牌，也不上世界频道炫耀了。若不是系统主动公告了，大家恐怕还都被蒙在鼓里呢。

武林笑笑生总是能得到第一手的八卦消息。天下会才打到建城令牌没多久，他竟然连他们选了那块土地建立城镇都知道了，不得不佩服他的人脉关系，还有为八卦献身的精神。

[帮派][武林笑笑生]：寒星，天下无敌选了三岔口那地方建城，你有什么看法没？

[帮派][要你命三千]：三岔口？就是上次神之和不要两个人看上的那地方？

[帮派][不要杀我]：对。离三座主城都不远，交通便利，适宜经商，不过地势平坦。

[帮派][神之右手]：那地方我以前也觉得还不错，不过经过这次怪物攻城，说实话，我还真不看好那地方。

[帮派][武林笑笑生]：最新消息，天下无敌已经定了三岔口为驻地，明天开始建城。

[帮派][要你命三千]：他是不是太自信了，那里地势那么平坦，到时候怪物从三面攻来，防守很吃力，战线也拉得太长。

[帮派][孤夜寒星]：我们静观其变吧。

[帮派][要你命三千]：说得对，也许天下无敌会给我们一个意外的惊喜。

接下来几天，天下会显得异常神秘，几乎没日没夜地在驻地忙活。别人可能不清楚，嗜血盟的玩家因为建过城，都很明白，他们正在加紧赶工建城。只有三天时间，若是不能赶在怪物攻城之前把城墙、城楼建好。这攻城还没开始，已经算先输了一半。

孤夜寒星对他们的建城进度丝毫不感兴趣，只是吩咐了自己帮派的人，别去凑热闹。想当初，他们为了防止怪物攻城时被敌家钻了空子，建城一开始就封锁了出入口，完全截断了敌对玩家进入的可能，天下会不可能想不到这点。

果然，那几天世界频道经常有人出来刷屏吵架，说稍微靠近天下会的驻地，就被驻守在外围的玩家 PK，已经到了宁可错杀一百，也不放过一个的程度。这比当年嗜血盟只是驻守入口的程度要霸道得多，因此引起不少民愤。

武林笑笑生不愧为江湖第一八卦人，就在众人都对天下会的进度好奇不已时，他永远都能掌握最新鲜的第一手资料，这本事让刘浅和刘月佩服不已。

[帮派][武林笑笑生]：最新消息：天下会的城墙已经建设完工，外围的陷阱和机关也基本安装完毕，他们对今晚的怪物攻城很有把握。奇怪的就是，他们的城墙和我们的是一样的，听说设计和规格什么的，都是一样的。不会是咱们有内鬼给他们卖消息吧？

[帮派][浅浅忧愁]：别瞎猜！这设计图纸是在王者的电脑里，怎么卖啊？巧合吧。

[帮派][要你命三千]：说不定对方也有建筑方面的人才，王者的人品我可以担保，他绝对不可能卖设计图纸给天下会。

[帮派][王者归来]：慢着！我突然想起件事来！

[帮派][天下烟雨]：到底是怎么回事？我被你们搞糊涂了。

[帮派][王者归来]：前两天，我电脑的防火墙提示被非法入侵，

重要的资料和图纸都没丢，就少了那张城墙设计图。我想着城已经建好，丢了就丢了，也没在意。这么一看，搞不好是被盗了。

[帮派][浅浅忧愁]：不是吧！就天下无敌那笨蛋还能干黑客这行当？

[帮派][武林笑笑生]：我还听说这次建城天下无敌请了高人帮忙。

众人又是一阵七嘴八舌地议论，可是谁也没有证据，证明那图纸就是被天下无敌给盗去了。别人帮派可有六七百人，人数足足比嗜血盟多上一倍，谁也不敢肯定里面没有一个懂建筑的，所以这样凭空去责怪他们，是很不现实的。

至于武林笑笑生为何连这么隐秘的消息都能知道，他本人倒是十分大方地承认他在各个大帮派里都有线人、这些人和他是老伙伴了，只要有第一手的八卦或者私密消息，第一个卖给他。

按武林笑笑生自己的解释，他就是个消息中介人，别人卖给他消息，他把这些消息再整理一下，又可以卖给其他感兴趣的人。刘月和刘浅当时就对他崇拜得不行，这样的人，要真生活在古代，那一定是情报头子。那头脑，那人脉，用在游戏里实在是太大材小用了。

当晚，怪物攻城快开始的时候，要你命三千带着会里一些比较机灵的翠烟玩家，准备到危险的前线去给大家搞个实况转播。

玩游戏不就是图个乐子，他这一提议立刻得到了大批玩家的支持。可是他也不敢带太多人去，万一暴露了，就不是死一次那么简单了，谁知道天下无敌会不会借此挑起两个帮派的矛盾，搞个帮派决斗什么的。

要你命三千挑了四个身手敏捷、反应迅速的玩家，和神之一人带两个，分成两个小组埋伏在路边，准备随时观察天下会的守城情况。

天下会选择的驻地被嗜血盟称为三岔口。这个地方是个凹进去的盆地，因为正好是三条路交界的地方，而这三条大路分别通向三个主城，此处可谓是中心枢纽地区。若是这次能守得住城池，这个天下城以后的发展绝对不可限量。

天下会这次也算是准备充足，耗费了大量的材料，除了三条大路，外围的大片区域都被栅栏和各种陷阱覆盖。他们似乎想要把待会儿四面八方涌来的怪物大军给切割成三面，于是分别派了大量的玩家重点驻守在天下城三个城门处。

由于是凹形的盆地，要你命三千带着两个队员找了一处地势高的占据点，只需远远站着，就能将整个战场看得一清二楚。而神之右手则带着人到另一面去了。

晚上八点整，怪物大军带着奔腾而起的烟尘，大步地朝着天下城汹涌而去，连要你命三千看着都觉得有些骇人。这次怪物攻城的数量远远多于上次攻寒月城的数量，原来攻城的怪物的数量取决于守城玩家的数量，守城的玩家越多，攻城的怪物就越多。

那些怪物咆哮着，接二连三地冲向天下城，沿路的陷阱全被践踏而过，前一批刚倒下，后一批停也不停，踩在前面怪物的尸体上大步踏过，比起那天攻打寒月城的怪物大军只强不弱。

虽然它们冲到城门前时，已经损失了三分之一的成员，可是它们依旧无畏地直接朝城门扑过去。天下城的弓箭手在它们一进入射程范围内时，就开始疯狂地射击。

果然很快就有一半又死在了城门下，剩下的一半身受重伤，虽然速度减慢不少，但还是有不少漏网之鱼奔到了城门下，开始死命地撞门。一些早就埋伏好的近战玩家，赶紧上前近身肉搏。

要你命三千所站的位置很完美，正好可以把三条路的战况都收入眼内。他倒是没继续关注那些怪物残兵，而是开始研究起那些陷阱来，然后略带可惜地说："陷阱质量不行啊！"

那些陷阱里都是怪物横七竖八的尸体，几乎填满了他们挖掘的陷阱。远远看去，简直就是一条用血肉铺就的大路。

眼看三个城门前的怪物都被消灭干净，天下会的成员兴致有些高昂，似乎觉得攻城战没有他们想象中那么恐怖。一时间充满了自信，就连先前躲在后面的法系，也雄赳赳气昂昂地站在了城楼边。近战组的被派出去收集怪物掉落的材料和金币。

可能是因为有三条大路，需要清理的太多，还没等他们清理干净，第二拨已经来了，照旧是海、陆、空三军。地面部队还在踏着方步缓缓走来，那些在空中行进的鹰怪部队早就呼啸着靠近了。天下会的玩家似乎有些没料到，开始有些慌乱。

站在城楼的法系玩家在惊恐地往楼下撤退，试图找遮挡物。因为地势，鹰怪大部队在靠近天下城不远处，就得意地滑翔着俯冲而下。一时间天下城的上空弓箭乱发，有些闪躲慢了的法系玩家被鹰怪给叼到高空中，然后抛下去摔死，场面开始混乱起来。

鹰怪虽是从三面而来，但是位于盆地中心的天下城，四周几乎没有遮掩物，算是给它们提供了得天独厚的条件。鹰怪在空中肆意滑翔俯冲，一个起落就随意抓起抛下一个玩家，天下城的城头上一时间到处都是逃命的玩家。而那些弓箭手边闪躲着边四处射箭，不但效率不高，还把场面弄得更加混乱不堪。

要你命三千忍不住皱眉，就现在这个状况，局面太不乐观了，弄不好这城会守不住。

眼看着步兵部队已经走近了，刚才沿路挖掘的陷阱，现在也起不了多大作用，大部分都被第一拨怪物破坏了，而天下无敌刚才派人打扫战场时，并没有派专人清理和维护，造成这些陷阱大多只有其形，没有其用了。

不过经过刚才的混乱后，天下城现在的局面开始好转，法系职业不再一味地逃命，而是有组织地开始反击。但是因为地势平坦，那些鹰怪利用空旷的四周，躲避起来似乎也轻松很多，空中的战役开始僵持起来。但是最起码，现在天下城没有开始无意义地减员了。

而那些一开始对着空中乱射的弓箭手，也都停止了动作，开始瞄准靠近的步兵部队。只等他们一进入攻击范围，就开始射箭。

漫天箭雨齐飞的场面无疑是相当壮观的，虽然要你命三千在之前自己守城战中也看过不少，可是这都比不上这一次，大概是因为地势，毕竟寒月城只有一条通道，打起来也比较集中，而天下城的怪物攻击则是来此四面八方，虽然大部分被切割为三部分，可是还有不少散落的怪物穿过外围，逐渐地朝他们靠近。

于是他们那四面八方齐发的箭雨，让要你命三千一瞬间想起一个词——百花绽放。就在步兵大军顶着箭雨靠近城下时，一直待命着的近战玩家，马上蜂拥地迎上去，开始进行肉搏战。

要你命三千看到这里再次皱眉，天上的鹰怪迟迟未灭，完全拉住了法系攻击的火力，而城下的近战玩家加弓箭手，看上去虽然比法系组要稍轻松些，可是也不乐观。

因为这攻城战是争分夺秒，这城下的步兵军团要是消灭不及时，等后面那一批会魔法的怪物来到，天下会的处境恐怕会越来越糟。他才这么想，就发现远处又有大部队靠近，等它们稍微靠近，全是纳迦族，它们用粗壮的尾巴在地上蜿蜒地着朝天下城靠近。这下好了，真正是海、陆、空三军都到齐了。

第十四章 怪物攻城

当时嗜血盟在面对这所谓的海、陆、空三军时，也是吃了不小的亏。纵然有孤夜寒星那般完美出色的指挥，嗜血盟当时也没能避免少量的伤亡。看着天下城的城楼上那些慌乱的人群，只是一部分空中部队，就把他们打得无力还手，这海、陆、空三军一集合，还不知道会是什么状况呢。

要你命三千静静地看着，对天下城的管理和指挥有些失望。和他一起来的另外两个嗜血盟玩家，已经忍不住在小队里私下讨论起来了。

[小队][你是疯儿我是傻]：天下无敌不是一直自命不凡吗，才第二拨就打成这个鬼样子，那第三拨不是得直接卷铺盖回长安?

[小队][咖啡中毒]：也不能怪他，这天下城地势不占便宜，守起来要比咱们难多了。

[小队][你是疯儿我是傻]：这只是其中一个原因，但要是换了咱们老大，绝对不会打得这么被动。你看他们乱得跟盘散沙似的，人数多有什么用啊!

[小队][咖啡中毒]：老大是什么人物，玩过这么多网游，我就服过他一个!

[小队][咖啡中毒]：三哥，你看若是换成我们来守城，胜算有几分?

[小队][要你命三千]：这个不好说，不过应该有一半以上。伤亡恐怕也少不了，就算守住了，损失也太大了，这就显得有些不划算了。

眼看海妖部队已经到达城楼下，和先前的步兵部队会合了。天下城的人不知道是不是脑子抽筋了，竟然开了城门，一堆近战组的玩家立刻杀了出来，加入了战场。只看第一眼，似乎还挺像那么回事的。

可是接下来就轮到他们哭了，那些海妖本就是远程的法系怪，前面又有步兵当盾牌，弓箭手射不到他们，楼上的法系们被天空中的鹰怪弄得手忙脚乱。无可奈何之下，才让近战组冲出去主动迎敌。

却不知，这正好撞在枪口上了。天下会的战斗小队，分配的阵形还是不错的，先有血厚防高的职业压在前面，再是攻击高的职业在后面补上，翠烟的玩家则全部隐身散开来。

可是还没等他们的人靠近，海妖们的魔法已经铺天盖地的呼啸而来，冰霜魔法特有的减速和定身效果，更是让这些近战组的被动不少。

他们的主动出击没有成功，反倒被困住，给前面的步兵型怪物拣了便宜。几爪子拍下去，天下会的玩家不断地变成白光转生去了。场面虽然看上去像是稳定了，至少大家都僵持着。可是明眼人也看得出，这样拖下去，天下会的人早晚要玩完，他们的战斗力一直在减少。他们甚至打不出出有效的攻击，去扰乱海妖们的魔法攻击。

要你命三千倒还好，不对别人发表太多的质疑，尽职尽责地当他的旁观者，只负责在语音频道里叙述这边的战况。他身边两小子早就叫嚷开了，边看还边骂，情绪一直处于亢奋状态。嗜血盟守城时，也没见他们这么激动。

“笨死了！那些鹰飞来飞去，魔法能瞄准么！五毒上去下毒就是了！天下无敌是猪脑子啊！”疯儿同志早就亢奋到忘记自己只是来看戏的了，一副恨不得冲上去帮忙的样子。

咖啡同志还算有些理智：“抽一半的法系出来也好啊，把楼下的海妖给压一下啊，近战组都快死完了！”

疯儿回应他道：“和那些步兵死磕什么！猫过去偷袭那些海妖啊，那些熊怪交给弓箭手去射就是了！你以为你铁打的，竟然还要冲上去！”

那两个人左一句右一句，完全把自己当成指挥了。要你命三千看他们俩吼得正兴奋，插了一句进去：“没有好指挥，再强的部队也白搭。”

听到这话，咖啡忙接上：“我有几个朋友，技术那是没话说，当时我让他们和我一起加入嗜血盟，他们偏说天下会的福利好。看吧，跟错老大，九条命都不够死的。”

好在天下会别的都不多，就是人数特别多。看着那些不断转生，又再次赶回城，继续填上来的玩家，就连要你命三千都忍不住夸赞道：“虽然天下无敌不是个合格的老大，可是天下会这些玩家，真是好样的！”

看着那些玩家组成人墙，不断地冲上去挡住前来冲撞城门的怪物部队，要你命三千确实有些触动。

天下城的三个城门处都黑压压的一片，早被玩家和怪物围满了。其中不断闪现出的白光，在告诉大家，又有不少玩家牺牲了。每当前一批的玩家支撑不住倒下时，后面又有一批新的玩家顶上去。这样死磕下去的结果就是，前面的步兵团竟然都死了，没有了盾墙保护的海妖无疑变得很脆弱。

一直被压着打的天下会玩家，一雪前耻的机会到了。立刻一鼓作气就压了过去，身旁是那些杀红了眼的玩家，头上还有城楼上射下来的箭雨，海妖们到底撑不了多久，竟然就这样被扫清了。等到下面的局面完全被控制住后，剩余的弓箭手开始转移目标攻击天上的鹰群。

第二拨攻击也扛过去了，可是付出的代价实在是太惨烈。要你命三千忍不住皱眉，他们虽然是守住了城池，可是耗费的时间太长了，要是他没计算错，第三拨马上就到了，他们连个喘息的时间都没有，更别说修理陷阱、清理战场了。如此一来，待会儿他们将要陷入巨大的被动。

果然不如他所料，第二拨攻击刚结束，天下会的玩家甚至还来不及喘口气，清扫一下战场，第三拨怪物已经来了。还是那标准的攻城阵形，骑兵开路，步兵压中间，投石车和攻城梯垫底。

天下会的玩家估计也是第一次看到这样的阵势，一时间都有些傻眼。其实当时嗜血盟的玩家第一次见到他们这阵形时，也吓了一跳，唯一从头到尾都冷静自若的人，恐怕就只有孤夜寒星那个怪胎了。

天下无敌从一开始就没有重视过陷阱这种东西，从第一拨利用完之后，就再也没有派人去修补过。而孤夜寒星则是想办法利用身边一切可以利用的条件，尽量用最少的投资，得到最大的回报，也许这是他商人的本能。这一比较，天下无敌的缺点又显现出来了，摆在眼前的材料也不知道多次循环使用。

要你命三千刚回过神，第三拨怪物攻城开始了。不同于上次进攻寒月城，他们进峡谷之前还特意改变了队形，这一次前方也没有障碍物，简直就是骑兵的天下。大部队离天下城还有三分之一的路程时，指挥官突然抽刀示意，骑兵团直接就冲过去了。

这简直给天下城来了个措手不及，弓箭手一直不断地制造密不透风的箭雨，可是骑兵不但速度快，防御又极高，这些箭雨竟然没有给他们造成多少伤害，完全是隔靴抓痒。只是一瞬间，他们已经顶着箭雨冲到了城下。楼上的法系小队开始用魔法不断地攻击他们，近战小队也从城门里冲了出来，似乎企图再用人墙的方式拖住这些骑兵。但是第三拨怪明显更高级，也不和他们死磕，反而骑着马不断地冲撞人群，将围成人墙的近战组冲击得七零八落。骑兵原本就是在马上作战，这一冲散之后，完全就是收割一样。近战小队的人根本还来不及反应，已经被送去转生了。身后的大部队也不知不觉地靠近了。

第一队的步兵在进入弓箭射箭范围内时，立刻举起盾牌，保护伞一般分散在整个部队的四周，竟然也挡下了大量的箭雨，大部队停也不停，直接朝着天下城杀过去。最中间的指挥官时不时地抽刀示意，让部队不断地移动和改变阵形。

天下会再次处于被动的局面，城楼下是作乱的骑兵，那边是顶着盾牌压过来的大军，一时间大家也没了主意，只能尽可能地攻击着自己能攻击到的怪物。场面乱得不像样，完全没有纪律和组织。要你命三千眉头再次皱紧，这才只是开始呢，他似乎已经能预料到投石车如果过来了，天下城的防守会崩溃成什么样子。

似乎为了证实他的猜测，靠近城下后，步兵部队加入了战场，一大批士兵冲入人堆。有了大量步兵的支援，骑兵们更是如鱼得水。而后方，投石车已经架好，攻城梯也已经准备就绪。指挥官似乎挥刀喊了一句什么，然后要你命三千他们就看到投石车的巨石被高高抛起，准确地落在城楼上，一直专注于用魔法攻击城楼下大军的法系小队，被打了个措手不及。

一个接一个，接连不断的巨石被抛上城楼，法系开始慌慌张张地躲避，稍有躲避不及时的，立刻就变作石下亡魂。少了楼上法系的攻击后，步兵和骑兵们的压力也减轻了不少，化作死神一般，一刀一个，收割起天下会的玩家们。

眼看时机已经成熟，对方完全乱了阵脚，抬着攻城梯的几组小队马上扛着梯子冲上来，楼上的法系忙着逃命，根本就无暇攻击这些试图爬墙而上的士兵。近战组似乎想要靠近摧毁投石车，却又被骑兵给和大量的步兵挡在路上，还没靠近，已经牺牲。

要你命三千看到天下城的城墙下那搭了不下二十多架的攻城梯，长叹一声："天下城失守了。"

大量的步兵从梯子上爬上去，把隐藏在城楼间的弓箭手斩杀，又开始追杀奔逃的法系玩家。天下城大势已去。

随后天下城三面城门一齐被从里面打开，指挥官骑着马，带着大军杀入城中。几乎是片刻之后，就看到天下城中间树立的城旗被人砍下。

然后所有人看到：

[系统]：天下会的驻地天下城已被怪物大军攻下，天下城失守！天下会所有玩家均受到责罚，掉落一级。

一时间，有人欢喜有人愁。

天下会守城失守这事，立刻变成了各大帮派、各大八卦团伙打趣的对象。世界频道有同情的，有幸灾乐祸的，也有劝解安慰的，突然间变得热闹非凡。而破天荒的，天下会竟然没有任何一个人出面对此发表任何看法。难道一战就彻底消磨了他们的锐气？

有很多人私下议论，这一败不但损失了大量的金钱和人力，而且还受到系统的处罚。全帮派都降一级，恐怕想再爬起来就难了。而且天下会一直是以人数众多、平均等级偏高、综合实力强悍出名的，虽然嗜血盟风头一直很劲，可是天下会也丝毫不差。不过经过这一次，大家对天下会未来的前景突然不太看好。

也有小道消息说，天下会因为这一次守城失败，天下无敌引咎辞职了。现在天下会换了一个新任会长，据说是才练起来的号，以前都没见过这个人。好像还是天下无敌特意请来的，就为了弥补自己的过失，似乎有意再一次建立城镇。但是没有任何一个天下会的人出来澄清和说明，所以这些小道消息的准确性有待商榷。

天下会虽然没有明确地出来说明，可是明眼人还是看出了点门道来。当年天下会纵横江湖，骄傲得不可一世，完全不把各大帮派、家族放在眼里，而且尤其喜欢惹是生非、逞凶斗狠。现在，却突然间沉寂了下来，从不在各种公开场合与人争执，也不再肆无忌惮地欺压新手了。难道真的是转性了？

一个月后，大家逐渐淡忘了天下会守城失败的那件事。江湖里每天都有新的八卦，新的资讯在传播，大家的注意力开始集中到另外一件事上。寒月城在成为江湖第一城后，它的规模一直不断地壮大，简直有小长安之称。它的地理位置正好位于练级最佳地点交界处，大家都喜欢去那里进行补给。

而寒月城的商业发展得十分迅速，各类大型的店铺和商业街，还有摆摊小贩，看得人眼花缭乱。而且与长安相比，这里的物价更低廉，品种更丰富、更齐全。这一点吸引了不少玩家，现在已经有大批的玩家试图进行移居。

这是玩家城镇的一大特色，就是玩家可以居住在自己的城镇里。不但可以随意地传送回自己的住宅，还可以快速地回复气血，最好的是在这个城里买卖商品都可以享受比其他地方都低的税。当然，就算没有这些便利条件，大家还是会踊跃过来定居，在游戏里成家可是很多玩家都感兴趣的事。

这一天，孤夜寒星他们几个长老都聚在一起商量寒月城的发展和管理。正事聊完以后，又忍不住八卦了一些有的没的。

武林笑笑生可是江湖第一情报人，提到八卦，可没有他不知道的。他看着大家都在，也就把最近听闻的事给说了。

就如大家私下里传的一样，天下会果然换了帮主。天下无敌现在是副帮主，帮主是一个新人，之前基本没有人见过他，这个人叫天下悠然。名字虽然取得很休闲、很诗意，但是这个人做事雷厉风行，赏罚分明。在他的带领下，天下会不但把等级都提升起来了，而且已经开始准备冲击第二块建城令牌了。

大家都对这个新会长起了兴趣，没想到，天下无敌竟然能拉拢到这样的人才，看来，天下会不会毁在他手上了。可是大家又奇怪，天下无敌那种性子的人，绝对不可能心甘情愿地屈居于人下，这个人又是谁？怎么会让他那么轻易就让出了帮主的位置？

武林笑笑生卖了个关子，看大家都一副猜不出来的样子，他才得意洋洋地宣布了答案，原来这个天下悠然竟然是天下无敌的亲哥哥。

大家一副不敢相信的样子，天下无敌好大喜功，爱逞凶斗狠，而天下悠然则刚好相反，做事谨慎小心，更不喜欢出风头，为人相当低调。

这恐怕也是最近天下会这么安静的原因。

孤夜寒星和要你命三千倒不像别人那么忧心忡忡，他们两个安静地看着周围的人讨论，也不插嘴。

直到刘月问叶涵，他才说道："这样很好啊，有竞争才有突破。"

要你命三千也赞同道："我也期待天下会下一步的动作，有对手才不无聊嘛。"

武林笑笑生突然想起了什么似的，看着大家欲言又止。刘浅忍不住皱着眉头骂他："大男人有话就说，支支吾吾的，你做了亏心事？"

武林笑笑生早就习惯她的疯言疯语了，有些不确定地开口："我还有件事，不知道该不该说。"

刘月听他这么说，一下子也来劲了，武林笑笑生可是八卦之王啊，他这么为难，肯定是件很了不得的事："有什么不能说的，大家又不是外人。"

武林笑笑生想了想，还是开口了："天下有雪大家都知道吧？"

刘浅忍不住插嘴："废话，江湖上谁不知道啊？不就是天下会的副帮主夫人，天下无敌的老婆嘛。"

刘月也好奇地问道："怎么？关天下有雪什么事？"

"有线报告诉我，天下有雪最近这几个月似乎一直和一个叫暗战的翠烟关系密切，经常形影不离，他们看到过很多次了，所以我们猜想是不是天下有雪和天下无敌关系破裂了？"武林笑笑生慢慢地把这事说出来，几个大男人似乎对这种儿女私情不怎么在意，倒是刘浅和夜色一下子来了劲。

就连烟雨都忍不住问："你说天下有雪劈腿了？"看来她对于又有一个女人背弃天下无敌，感到非常欢欣。

这种感情，我们暂且把它归为找到同类。刘浅问得比较详细："你的消息准确不？万一只是一起做任务，也算不上劈腿吧。"

夜色也思量一下后说："游戏里男女在一起做任务，很正常的，也许只是朋友。"

刘月对刘浅和夜色的观点持同意的态度。不能因为天下有雪常和熟人一起做任务就怀疑她出墙，像她还不是天天和嗜血盟的人一起任务，帮他们去打副本。

武林笑笑生早就知道她们会这样说："这些我不知道吗？暧昧的地方可多着呢，他俩常共乘一骑，深夜不下线，在湖边聊天。那人还到处收集观赏宠物，哄她开心。我可不认为一个男人愿意为一个普通的女性朋友做这么多。"

果然很暧昧！夜色等人对视了一眼，凭女性的直觉，她们都感觉，这里面有戏。

不知道是因为那天武林笑笑生讲出来之后，不小心走漏了风声，还是因为常在河边走，哪有不湿鞋，又或者因为天下有雪和暗战情到深处，已经无法自拔了，反正天下有雪劈腿这件事，在一周后，突然闹得轰轰烈烈。

天下有雪倒没有天下烟雨当年那种魄力和勇气，直接跑到世界频道公开说离婚。不过暗战倒是不弱，似乎大有宁为玉碎，不为瓦全的气势。这件事估计他们刚开始不准备公开的，应该是私下在公会里进行裁定，只不过暗战觉得不公平，就上了世界频道，希望大家给他们评理，以求公道。

[世界][暗战]：天下无敌，别躲在家里，有本事大家把话说开了。有雪喜欢的是我，你凭什么不让我们在一起？你以为你踢我出帮派，这事就算完了？你就不是个男人，留不住自己的女人，还不敢接受失败！是个男人你就出来接话！

[世界][天下有雪]：暗战，别刷了。有事好好说，你先别激动。

[世界][出来打汽油]：哎呀！沙发沙发！我是不明真相的围观群众！

[世界][落英缤纷]：哟，这又是唱得哪一出，天下无敌再次被劈腿？这男人有这么差吗，娶一个被甩，娶两个还是留不住，自己也该检讨

检讨了！

[世界][天下无敌]：老子忍你不是怕了你，单挑还是群殴你随便选！

[世界][暗战]：除了用武力解决，你还会不会别的？你脑子用来干吗的？有雪喜欢的人是我，你留得住她的人，也留不住她的心。她一个峨眉做任务多难，她需要帮忙的时候，你管过她吗？她和你讲话的时候，你搭理过她吗？你把她当你老婆看过吗？

[世界][葡萄果果]：我不得不说句公道话了。天下无敌你这样确实很过分，老婆是用来哄的，不是摆设啊！她变心是必然的，作为女人，我同样鄙视你的所作所为。

[世界][暗战]：每天帮有雪做任务的人是我，每天陪她玩、陪她说话的是我，每天哄她开心的是我，每天搜集观赏宠物送她的是我，每天从上线陪她到下线的人一直都是我。除了顶着个老公的称号，你还做过什么？

[世界][轩辕剑]：兄弟，大丈夫何患无妻，你老婆都跟别人有一腿了，你何苦纠缠不休，成全也是一个男人的美德啊！

[世界][花飘摇]：连我都被感动了呢！楼上的暗战哥哥，我们姐妹都顶你！这样的好男人快死绝了呢，有雪妹妹你可真幸福！

[世界][天下无敌]：别和我说这些有的没的，我只想问有雪一句，你和他到底是怎么回事？

[世界][浅浅忧愁]：哎呀，大哥，明眼人都看出来了，你这么追问下去，伤的可是自己。

[世界][无毒不丈夫]：就是，大老爷们，拿出点风度来！

浅浅和无毒这对夫妻，一看到热闹就忍不住想凑过去，明面上像是在劝天下无敌，可是暗地里乐得不行，就等着看他笑话。果然是毒公毒婆，天生绝配。

世界频道一直有不少看热闹的人，有假意劝说的，更有煽风点火的。等了三分钟，还是没见到天下有雪出来答话，就在大家都以为天下有雪不会接话了，她竟然突然就上了世界。

[世界][天下有雪]：无敌，我是真的喜欢你，我也以为我可以坚持下去。可是，遇见他我才发现，我只是一个普通的小女人，我也希望有人可以照顾我。对不起，我爱的是他。

[世界][浅浅忧愁]：女孩子都是娇花，只有被人精心照顾，才能开得更艳丽。谁都有权利追求自己的幸福，姐妹们都能理解你的。

[世界][葡萄果果]：谁也不是天生就欠谁的，你没有必要为谁委屈自己，好男人不多了，好好把握住啊！暗战哥，我顶你们！

[世界][天下无敌]：都怪我自己有眼无珠，竟然那么相信你！不过你放心，你们也不会好过的。我从今天开始追杀你们，凡是天下会的成员，以后见到这对狗男女，见一次杀一次！

[世界][天下悠然]：我代表天下会的会长发表声明，天下无敌擅自发表的言论，与本会无关，亦不会执行。关于此事，我们会在帮派内部私下解决，尽量做到公平公正。

所有人眼前一亮，那个传说中非常低调的天下会现任会长大人出现了。而且他的风度和气势明显完全压制住了天下无敌，这完全就是一个大神级别的人物。

不得不说天下悠然的出现，又挑起了大家的八卦本能，这个新上任的神秘的帮主，从来没有在各种公共场合出现过，这次突然出现，也是为了收拾天下无敌的烂摊子。

玩家中竟然成立了一个小分会，想要挖些天下悠然的秘密。刘月一向对这些东西感兴趣，拉着刘浅一起加入了这个小分会。群众的力量是强大的，竟然也被他们挖出些蛛丝马迹来。

原来天下悠然是天下无敌的亲哥哥，但是比他大了六岁。

叶涵似乎也对这个天下悠然有些兴趣，看到刘月和刘浅跟风似的加入了八卦小分会，也就是无奈地笑笑，没多说什么。所以刘月很精明地察觉，叶涵只是不好意思说出来，其实他对这个人也很好奇。不过，似乎和叶涵在一起之后，刘月的木瓜脑袋也开了窍，也开始有点小聪明了，这就是近墨者黑吗？

大家都在期待天下悠然的表现，想看看天下会在他手里，还能翻出什么花样来。结果他果然不负众望，以迅雷不及掩耳之势，不但带着遭遇重创的天下会强势复出，而且再次冲击建城令牌成功。

最让人不解的是，他竟然再次选择在同一个地方建城。经过一次失败之后，他们本该清楚那个地形的劣势，就在众人疑惑不解的时候，孤夜寒星淡淡地笑道："他只不过想在输掉的地方重新爬起来。"众人这才恍然大悟。

就在天下会守城的那天，要你命三千照旧带着人去观望。回来的时候，他忍不住大加赞叹天下悠然如何用兵如神，如何当机立断。他打破以往的守城模式，并不死板地等着怪物大军进攻，反被动为主动。他们的地势并不如寒月城那般易守难攻，主动出击不但弥补了地形的劣势，还给怪物大军一个措手不及。

要你命三千很敬业地转播，详细地描述天下悠然的左右包抄、前后夹攻，还有伏击部队等各种层出不穷的攻击手段，字里行间都是对他的赞扬和欣赏。随着他的描述，刘月很细心地发现，叶涵的脸上也浮现出欣赏的神色来，嘴角还隐隐带着笑意。

果然，战况成一边倒的形势，天下会强势复出，轻轻松松地挡下了三拨攻城大军，天下城正式诞生。那一刻，游戏历史被改写，不再是寒月城独领风骚。天下城和寒月城一南一北，各占半边天。

让孤夜寒星和要你命三千惊喜的还不只是这样，天下城成立之后，竟然施行了投资制。想要入住天下城的玩家，只需要将自己的财产投入，换取天下城的票据，而每个月底，自己投资的商铺若是盈利较高，大家就可以将多余的利润按比例分配。

孤夜寒星和要你命三千都是商人出身，对这样的手段是极为赞赏的，一致认为天下悠然不但指挥出色，在经营这方面，也毫不逊色。有了强劲的对手，更激发了他们男人的好胜心。寒月城和天下城开始不断地竞争。

有对手自然就有动力，随着这种良性竞争，天下城和寒月城发展得越来越好。当两个城市的资源达到了系统认定的规模之后，就升级成了游戏中的玩家主城，不但具备了长安城那样庞大的传送阵，还有各大门派的分支入驻，学技能也不用特意跑远了。

而最大的好处则是，寒月城和天下城这样的大城，还可以发展自己的附属小城市，叶涵当时就预言，游戏可能要换一个新玩法了。

果然接下来，当游戏中更多的公会建立起了自己的帮派城市之后，江湖系统也宣布升级，并即将进入新资料片国战时代。

国战时代即将到来！从游戏公告宣布的那天起，网络上、电视上、街边到处都是《仗剑江湖》打出的广告，这游戏越来越新颖的玩法和设计，吸引了越来越多的玩家。

游戏永远有层出不穷的新版本推出，而另外一边，刘月也终于迎来了大学毕业。

在参加毕业典礼的那天，叶涵开了车在学校门口等她，看着她满面春风地走出学校，和几个要好的朋友挥手道别，就小跑着朝自己跑过来。叶涵突然觉得，幸福就这样朝自己跑过来了。

他下车，伸开双臂，将奔过来的刘月抱了个满怀。然后不顾刘月有些害羞的别扭，硬是将她禁锢在自己怀里，然后从怀里掏出准备好的戒指，直接套在刘月的左手无名指上。刘月吓了一跳，把戒指拿到自己眼前细细地看了很久，才敢伸出手去触碰一下，生怕是假的。

叶涵被她的样子逗笑了，轻轻地勾起了嘴角，忍不住用手把她的头发揉乱。最后刘月忍不住愤愤地瞪着他，然后将在自己头上作乱的大手扯下来，甚至有些不满地说："哪有这样求婚的呀？你都没有鲜花，没有半跪，更没有问我愿意不愿意……"

刘月还在絮絮叨叨地说着，叶涵微微挑了下眉毛，知道这小丫头的性子是得寸进尺型的。他打开车门，淡淡地抛给她一句："不想嫁把戒指还给我。"

刘月马上下意识地死死护住手上的戒指，咬牙切齿地说："我才不要，这戒指都戴在我手上了，谁要还给你啊！"然后生怕叶涵反悔一般，也赶紧钻上车，就怕他先跑了，却没有看到叶涵在看到她的举动后，嘴角忍不住浮起一个得逞的浅笑。

不久之后，叶涵和刘月在美国举行了婚礼。

婚礼的一张照片被嗜血盟的几个家伙特意传到了网上，然后就有人把他们当初在游戏里的故事扒了出来。

眼看又多了一个宣传游戏的好途径，秦迁拍板找了个制作团队，以他们俩的游戏人物原型为主角，拍了一段游戏短片作为新资料片的宣传，出乎意料地取得了巨大的成功。

国战时代已经来临，我们都相信，他们会继续将他们的传说延续下去，将那份感情延长到永远。

番外
全息游戏上线

运营了多年的人气网游《仗剑江湖》要出全息体验版了，不管是游戏老玩家还是被全息游戏这个概念吸引来的新玩家，都忍不住一边议论纷纷，一边翘首企盼全息游戏公测的那一天。

在游戏上线前的三个月就已经开始正式开售游戏头盔，刘月身边的朋友几乎都买了头盔准备亲身体验一下传说中的全息游戏是什么样的。日子就在刘月迫切的等待里、叶涵忙碌的工作中过去了。游戏上线前叶涵甚至提前把工作处理完，额外腾出几天时间来陪着老婆一起上游戏。

真正的全息游戏的模式和网络小说上面写的还是有区别的，玩家进入游戏后根据扫描数据生成一个和自己形象相似度极高的武侠人物，然后就可以进入游戏畅玩了。

刚开始切换成全息游戏模式，为了让玩家更好的体验游戏，游戏里贴心地设计了很多初级任务，让大家更快上手。而《仗剑江湖》的运营公司除了开发游戏之外，一直以人工智能的开发和研究为主，所以游戏里的 NPC 一个个 AI 高得吓人，如果你说话不客气，NPC 会生气不理你，甚至会故意为难你折腾你。

进入游戏的刘月换上了一身漂亮的纱裙，长发飘飘却只用一根玉簪绾了一个简单的髻，背上还背着那把由叶涵量身为她打造的“一泓秋水剑”。一眼望去就是一位从武侠电影里走出来的侠女。

打量完自己在游戏里的全新形象，头顶“流月”两字的峨眉仙子左右环顾了一下，发现自己在一间极其熟悉的古色古香装饰的房间里，愣了一下才想起这应该是她原先在游戏内购买的住宅。

她正打量着的时候，身侧突然白光一闪，一个白衣长剑的武当侠客出现在房内。

男子出现的时候是闭着双眼的，一头乌黑的长发被玉冠束起，身上是略显禁欲气息的武当制式门派服，与普通的蓝白制式弟子服不同，这一身是雪白的，然而衣襟和衣角处又布满银色的暗绣，比起普通弟子服看起来又显得奢华和大气几分，这就是武当派神级套装的上身效果。反倒是同为神器级别的“太极青云剑”一反常态地变得极其低调，没有了 3D 网游里自带的七彩光泽特效之后显得格外不起眼。

不过这样也好，流月可不想全息体验被光芒刺眼的感觉。

她正在腹议着，眼前的武当剑侠缓缓睁开眼睛，略显深邃的黑眸一睁开就看到了站在跟前的流月。他先是打量了一下她的装扮，然后便微微一笑说：“全息的效果不错。”

流月也笑着凑过去挽住他的胳膊，两人如同现实中那般亲密自然，一边打量房内的布置和摆设，一边对桌上还冒着热气的茶壶品评。

“这热气效果做得也太真实了，不知道喝起来是不是也是茶的味道。”说完便立刻倒了一杯出来。

二人先后尝了一口，惊讶地发现，这茶的味道极其自然浑厚，竟然与现实里没有差别，立刻对这款全息游戏的细致和丰富再次感到了震惊。

还不待二人继续探索一下房内其他不同之处，他们的视野中就弹出了一个私聊的窗口，手指轻轻在虚空中一点，信息便显示了出来。

“上线之后到议事厅集合。”

这是一个群发消息，发件人是要你命三千，看来这位游戏幕后的大 BOSS 有什么重要的事情要嘱咐大家了。

耗费了整个嗜血盟成员数年精力不断建设的寒月城，作为游戏里建设最完善最繁华的玩家城市，吸引了绝大部分的玩家来此安家定居，甚至开设店铺。

而此时此刻，刘月和叶涵第一次在全息游戏里手牵着手逛着这一座属于他们自己的城市，日常耗费心思打理的城市绿化景观在全息游戏里变成实物景观之后，美得让人心旷神怡。

刘月挽着叶涵的手进去寒月城城主府内的议事厅的时候，里面已经有十几位男女就座了，大家兴奋地交谈着，脸上都带着对全息游戏的赞叹和好奇。

正对门口坐着的秦迁第一个发现他们，站起身来微微一笑：“就等着你们了。”

叶涵牵着刘月走过去，随意找了个位置坐下。秦迁也不废话，直接就进入主题，先介绍了一下全息游戏的特点，还有一些与传统网游不一样的地方。全息网游为了不让玩家完全沉溺在虚拟世界里，不但限制了游戏人物形象与本人形象相差不能超过 10%，还限制了在线时间，于是就有了饥饿度和活力的设定，游戏人物在游戏里打怪和做任务会消耗饥饿度，饥饿度过高游戏人物就会失去行动力，还会降低攻击力。

另外就是这个活力设置，在原版游戏里活力主要是作为生活技能使用限制。在全息游戏里，活力会根据在线时间逐渐减少，当活力降到一定程度，游戏会提醒玩家下线休息和进食，而活力降为零的话游戏会直接把玩家踢下线，强制玩家休息六小时才能再登录。

不得不说秦迁提供的这些消息都极为重要和关键，你想要是在打 BOSS 的时候你的活力没了，中途被踢下线不说 BOSS 白打了，再上线的时候那 BOSS 肯定也不在了。

零零碎碎地交代了一些，秦迁马上把话题转到升级上："新版本开放了新的等级上限，原版游戏满级的玩家可以前往各大城市的门派大厅，传送回自己所属门派然后向掌门申请洗精伐髓，等级会重置为一级，但原来满级的技能和属性点都保持不变，之后随着等级上升，不但能学到更多新技能，人物属性还会逐渐增加。"

叶涵明白了这其中的重要性，新等级开放就意味着更多的新玩法，而等级在前列的人如果能一直保持优势，那么玩家之间的差距到后期就会越拉越开。

待秦迁交代完毕，不要杀我也将一些重点注意事项整理出来，然后拉开帮派列表，将这些重点事项发送给了帮派的管理层以及各支队伍负责人，让他们抓紧时间组织人准备冲级。

刘月和叶涵像其他玩家一样，到处找NPC聊天感受全息游戏的不同，他们帮派的目标是在新资料片里独占鳌头，拿下第一。

和掌门对话完毕之后，刘月就感觉浑身上下一阵清凉，甚至有种眉清目明的感觉，也不知道是不是错觉。她点开自己的人物面板就看到自己的等级降为了一级，但是技能等级没有降低，人物数据反而还增加了一些。

她正看着，突然视野里跳出一个半透明的组队邀请。

加入小队一看，队长是秦迁的翠烟号要你命三千，烟雨、夜色、浅浅、不要杀我，无毒不丈夫，刘月入队之后就看到叶涵入队，之后王者归来和神之右手加了小队。

[要你命三千]：准备好药品，检查好身上装备耐久度，去各门派掌门处接上新地图探索任务。最重要的是别忘记准备食物！

[流月]：我可以帮忙做食物，不过食材可能不够。

[夜色]：我仓库里还有一些，我去拿来。不过不知道够不够，大家还是自己准备一些。

[要你命三千]：行，大家分头准备，半小时后新地图入口见。

刘月去找掌门接了探索任务，那位师太看起来睿智优雅，只是气质有些清冷。可是见到刘月的时候似乎脸上还带着一丝笑意，这让刘月忍不住有点惊讶，要知道明霄师太在游戏剧情和设定里可是出了名的冷漠。

而全息游戏里的明霄师太似乎比平面游戏里多了一些生气和人情味，刘月找她接探索任务的时候，她甚至还殷切地交代了一些注意事项，更让刘月惊讶的是，接下任务之后，她还看到了系统弹出的提示。

[系统]：明霄师太赠予峨眉大弟子流月一套身法秘籍，望尔勤加修炼不负恩师的厚望。

[系统]：流月获身法秘籍加成，体质 +3，身法 +3，精神 +3。

刘月看到系统提示之后，整个人都惊呆了。

再看明霄师太的时候，她已经在和另外几位峨眉弟子对话了，然而整个人身上刚刚的那一丝温和已完全消失不见，脸上也没有笑意。

刘月想了想，还是冲着明霄师太作揖行礼道："谢师父厚爱，弟子一定不辜负师父期望。"

礼毕，刘月抬头就见到明霄师太已转身看向她，脸色又浮起一抹若有若无的微笑，神态也不复方才那般冰冷，她微微颔首，对刘月道："去吧。"

不说刘月，就是旁边几位同门师妹都一个个看得愣住了。原来明霄师太对她的态度与别人果然不同。

刘月有些恍惚地走出山门，然后用传送阵到了新地图的入口。

这会儿已经有很多玩家聚集在这里了，刘月还在左右环顾着找人，早已等候在这里的叶涵就直接牵着她走出了人群。

待人齐了他们就上了坐骑往新地图去，刘月轻轻往后靠在叶涵怀里，把刚才明霄师太的事情细说了一遍。

叶涵点点头："公司主打产品除了全息游戏之外，还有人工智能的研发。你应该也发现了，每一次游戏更新之后，NPC 和怪物的 AI 都会不同程度地提升，这一次游戏更是采用超级主脑模式控制，所以 NPC 的智慧和灵动感会更加接近真人模式。"

超级主脑？刘月顿时来了兴趣，又抓着叶涵问了不少问题，毕竟平时在家里为了保密措施，也不会泄露公司的研究。而现在游戏已经完全上市，说出来也没有过多风险，毕竟玩家们早晚都会发现这一点的。

新地图十分辽阔，各种各样的地貌和新的怪物，让玩家们十分的激动。

不过当玩家们单挑完怪物之后，就发现这些怪物远比之前用电脑玩的时候难了许多，怪物的 AI 极高，并不会傻傻地挨揍，甚至还能躲过玩家的大招，有时候打不过了还知道逃跑或者呼朋引伴召唤一堆怪过来一起揍玩家。

于是玩家发现自己一个人单挑怪物不但不能快速升级，反而还被怪物虐了。然后玩家也学聪明了，开始组队去掐怪。于是就出现了新地图门口大量玩家在等着组队的情况。

全息的新模式多了很多自由度，连小组人数都放开了限制。以前一个小队六个人就满员。现在两个人也叫小队，十个人也叫小队，四十人才算是一个小型团队，而大型团队甚至可以组满几百人。

刘月起初觉得他们这一队或许会分为两个小组分开刷怪，结果遇上头一个怪就立马感觉到比普通网游更吃力。

怪物的 AI 变高了是一个难题，另外一个难题就是全息游戏的真实操作，以往按一个技能键，角色就会使出相应的技能去击杀怪物。现在他们需要亲自持剑去砍杀怪物，那刀剑砍在怪物身上的感觉是如此真实，而自身被怪物打到的痛楚，虽然游戏强制降低了 50%，却仍然能感觉到清晰的疼痛。

他们这一行自负是游戏老玩家里的精英，也没有去和大家抢新地图里最弱的怪物，选择的是稍微厉害一些的猴怪，这种怪物来挑战的玩家很少，因为它不止 AI 高，还极其灵活，更是群居，动辄呼朋引伴喊来一堆帮手。

刘月他们打起来也是手忙脚乱的，前几拨更是捉肘见襟，治疗加血加得直接空蓝不说，抗怪的肉盾也是被打得嗷嗷叫，众人的血线更是一直忽高忽低，像坐过山车一样。

好不容易磨死了一批小怪，结果其中一只突然跑了一段距离，叽叽哇哇一阵怪叫，树林里又跑来两只满血小怪。

等终于把所有的小怪干掉，众人才心有余悸地坐在地上回血。

原先游戏店铺里卖的红瓶蓝瓶，都变成了药店里的特殊药丸，吃到嘴里没有什么味道，每个人都往嘴里赶紧塞了两颗。

等着补满血之后，叶涵和秦迁指出了方才队伍里配合不利，还有各自反应不及时的一些问题，大家又互相讨论了一些技能释放的技巧。都是刚刚接触全息游戏的人，每个人都带着满腔热情探索着，互相讨论了一番，即使并没有太多收获，大家也觉得非常满意。

休息完毕又开始新一拨的刷怪，这一次的效率比第一回要好上一些，最起码大家不用徘徊在生死线上那么危险，对付猴怪也稍微有了一点经验。

接下来就是一整个下午的刷怪，越到后面大家配合越默契，技能使用也开始变得圆融贯通，没有一开始那么笨拙，被猴怪追得满山跑的情况也有所改善，最后几乎把满山的猴群消灭了。

其间，猴子还不定时地爆出极品装备，毕竟是一个公会的固定团队，也不存在争抢这个问题，这东西对谁提升大，就先分给谁用，大家都没有异议。

又刷完一拨猴怪之后，队伍里绝大部分人身上白光一闪，升了一级。刘月看了一眼队伍列表，辛苦一整个下午，所有人升到了五级。

瞅了瞅人物界面的饥饿度，也差不多到了该补充的时候，刘月拿出一些小笼包分给大家，大家不客气地一人塞了几个到嘴里。

还没顾得上说话，就感觉到脚下的大地开始震动起来，一开始只是微微晃动，后来震得大家都有些站不住脚。

[夜色]：什么情况？游戏里还有地震吗？

[要你命三千]：情况不对劲，大家小心点。

叶涵没说话，只是走到刘月身边，警觉地拉住她的一只手。似乎在防范着什么，大家顺着他的目光望向树林深处，没一会儿，就听到树林深处传来一声巨吼，所有人脸色顿时不由得露出一丝凝重。

经常玩网游的人都知道，刷怪刷到一定数量有可能召唤出地图小BOSS，看来全息游戏也是这个套路。

果然，地震逐渐平息下来之后，树林开始大面积地晃动，而且那移动的方向径直朝着他们这群人来了。

[孤夜寒星]：准备战斗！集体BUFF(增益系的各种魔法)！

大家起身之后没一会儿，一直嗷嗷叫着的巨型怪物就从树林里窜了出来，它那一下蹦得极高，落地的时候遮天盖日一般的黑影扑过来，给人造成的心理压力极大。

有几位就反应不及，差点被那一击打到，好在身边反应快的忙不迭地扯着人躲开了。

等到那溅起的灰尘稍微散开，众人就看到一只身形极为巨大的猩猩站在中间，周围的树木被它那一击震得横七竖八地翻倒在地。

[夜色]：我们打的不是猴子吗？怎么召唤出了金刚？

[不要杀我]：这里打不了，去开阔的地方。

大家在一片狼藉的树林里乱窜，好不容易走到林中的一片开阔处。然而巨大的猩猩行动和身形刚好相反，一点都不笨拙，轻轻松松就追上来了，一边追，还一边击飞并打断路边的树干，让玩家们左躲右闪。

好不容易跑到开阔的地方，众人默契的摆出日常打BOSS的阵型来，王者归来顶着全套增益BUFF，扛着大剑就顶在了前面。

刘月眼疾手快地给他刷着增加气血的恢复术，其他人也冷静下来，各司其职开始猛揍这只大猩猩。

作为一个野外地图BOSS，这只猩猩当然没有那么好对付。有一个不定时的裂地大招，就是出场时的那招，猛地蹦起再落地，依靠自己的力量将震个地面震得摇晃不已，光这一招就让整支队伍都有些吃不消。

另外还有它自身的高防御，让队伍输出的伤害一直都不高，只能磨血，好在这家伙刷新的时候，整支队伍刚刚补充过饥饿度和活力。不然真的有可能打到一半，就有不少人要被游戏强制踢下线了。

大概坚持了半小时或者更长的时间，刘月觉得自己的疲劳度和饥饿度又要跌破安全线了，BOSS哀鸣一声，倒下了。

整支队伍的人几乎同一时间直接倒坐在地上,露出疲惫不堪的表情。

[系统]：恭喜“匿名”小队完成首杀琅山谷野外地图BOSS金刚，小队所有成员将获得系统随机奖励宝箱1个及升级经验包1个。

所有人均是一愣，然后就收到了来自系统的奖励，果然是一个宝箱和一个经验包。

大家先后打开宝箱，竟然都运气不错地拿到了本职业专属的装备或者武器一件，经验包更是给力，使用之后每个人都升了50%的经验。

[芊芊忧愁]：我刚就想问了，那个匿名小队是什么？每次杀完boss之后都要系统自动通报吗?

[夜色]：那个匿名应该是队长选择了匿名吧，所以隐藏了我们的信息。

[孤夜寒星]：BOSS死后系统让我给小队命名，这是我随便取的。

在尝到了击杀 BOSS 还有装备奖励和经验包奖励之后，大家把原先的升级计划又做了修改，照样以刷怪为主，不过会特意选中某种地图怪一直刷，直到刷出 BOSS 来。

于是全息游戏开服没几天，大家最经常看到的系统消息就是“匿名”小队又击杀了某某野外 BOSS。论坛里不少玩家都在讨论，这些每次好命遇到 BOSS 又成功击杀的小队，竟然都这么低调地匿名，让一些想询问野外 BOSS 刷新和攻略的玩家都不知道怎么找到对方。

然而他们不知道的是，这前前后后发布了十几条消息的匿名小队，竟然真的就是同一个小队。

而一直到另外的一些小队也幸运地杀死野外 BOSS 之后，大家才明白原来匿名就是一个小队的名字。

等到第一批冲级的玩家到达十五级的时候，系统终于放出了第一个全息副本的消息。这更是引得游戏玩家升级的积极性猛涨！毕竟只是野外打怪都已经这么刺激了，那么副本里又会是一种什么样的体验呢？

寒月城的议事厅里，有三十多位成员集中在这里，这也是嗜血盟里目前所有等级达到十五级的成员。而所有人聚齐的原因，就是为了最近闹得沸沸扬扬的新副本。

全息游戏的第一个副本，实在是太引人注目了。甚至有人已经开盘下注猜测到底哪个大公会会率先拿到新副本的首杀，要知道全息游戏对首杀的奖励一直特别丰盛。

[要你命三千]：我们搜集到不少新副本的资料，但是开启这个副本还需要做一个前置任务。这也是为何目前一直没有人发现副本所在地，因为副本还被未开启。

[不要杀我]：前置任务比较烦琐和复杂，在座的各位将分为两个小组分别完成不同的前置任务。

之后，在场的成员按照配置调整成了两个小队。一堆负责去刷小怪搜集要上交的任务材料，另外一对负责去做连环跑腿任务。

刘月被分在了连环任务的小队，一整天几乎都在各个地图穿梭，一会儿帮NPC上山采药，一会儿去帮NPC杀怪，还有帮NPC找孩子的……

一天下来大家也就做了十几环的任务，据说要做满一百环才算完成前置任务，开启副本的条件简直苛刻得不行。

而另外一个搜集物品的小队就更苦逼了，据说最后一环要上交一千块碎片，而到目前为止，他们兢兢业业地刷了一天拿到的碎片还不到一百块。

[流月]：果然要有对比，才会发现自己还算幸福。

[浅浅忧愁]：嘤嘤嘤，我今天刷了一天怪，我现在看到那个怪都要吐了，感觉整个人都不好了。

所以当孤夜寒星将好不容易凑齐的任务碎片交给NPC，圆满完成一百环任务的时候，大家都以为今晚就可以率先去体验全息游戏的副本了呢。

结果NPC小孩笑嘻嘻地说出了让大家忍不住想暴走的话。

[小孩]：我把大哥哥要找的地图给撕成了很多份，只要大哥哥能把地图重新拼出来，就可以拿到地图啦。嘻嘻嘻。

此话说完，浅浅忧愁上前一步。

[浅浅忧愁]：都让开，谁都不准拦着我揍这熊孩子！

无毒不丈夫赶紧上前抱住她，生怕她一个控制不住对NPC开了决斗模式，要知道这可不是键盘网游了，全息网游里NPC是会对玩家的攻击还手的，而且伤害了NPC，还会被游戏里的各大城市通缉抓捕。

被撕成了一千份的地图碎片，让嗜血盟的一众玩家足足拼了两天才终于完成任务，拿到了一副“拼凑出来的地图”。

作为全息游戏的第一个大型副本，嗜血盟慎重地挑选了四十人组成一个中小型团队前往探索。

地图指引的地方在三十级地图的左上角密林深处，等众人一路清着拦路的小怪一路按照指引走到地图所示位置的时候，才发现那里竟然是一个巨大的瀑布和深邃的湖泊。

然后问题来了，全息游戏的副本到底该怎么进入？

如果是普通网游的话，副本前面一定是一个特殊的空间屏障，穿过之后，游戏角色就可以被传送至副本里了。

可是，全息游戏的副本，在此之前从来没有人尝试过。作为第一批吃螃蟹的人，嗜血盟的兄弟们有点头大。

[夜色]：老公，你觉得那个瀑布会不会就是游戏副本的传送门？要不然你去试试？

不要杀我非常听话地去试验了，顶着瀑布的巨大压力在湖泊里游了几圈，什么收获都没有地回来了。

[浅浅忧愁]：老公，你看我们的指引地图到瀑布这里就消失了，我觉得副本入口可能会藏在瀑布后面。

于是听话的无毒不丈夫立马屁颠屁颠地找了过去，顶着瀑布的冲刷在瀑布下面的山壁上摸索了两圈，同样没有任何发现反而极为狼狈地回来了。

[烟雨]：老公，入口会不会在瀑布的上面啊？

要你命三千顿时忍不住瞥了另外两位被老婆坑得跟落汤鸡的男士一眼，然而作为爱老婆团的一员，他还是没有迟疑地出发去瀑布顶探查了。

等了十几分钟，一无所获的要你命三千回来了，摇摇头一脸的无奈，不过比起前面两只落汤鸡，他看起来还好，毕竟没那么狼狈。

[流月]：咳咳，老公……你觉得有没有可能在水下？

流月尴尬地咳嗽两声，她倒不是想刻意使唤叶涵去干吗，只是到处都查过了，只有一直被大家忽视的水下没去过。

孤夜寒星没有迟疑，给自己加了一个水下屏息术，然后一个鱼跃直接跳入湖里。不一会儿，大家的团队聊天框发来一句话。

[团队][孤夜寒星]：找到了，集合。[坐标 78.90]

全团顿时兴奋起来，纷纷站在湖边给自己加上水下屏息术，然后一个个跟下饺子似的往水里跳去。

往水下游了一段距离之后，光线就变得昏暗起来，不过就在大家快要迷失方向的时候，不远处的地方发出一丝隐隐的光亮，引着众人纷纷朝那个方向快速游去。

等靠近之后才看到，孤夜寒星正举着一颗发出光芒的月光石，在那里为大家指引方向。

流月朝着他游过去，站在他旁边左右打量了一下，果然看到身后不远处有一处暗窟，像是山壁里被撬开一个口子似的，若不是刚好在这附近，怕是没人能发现还有这么一个隐蔽的洞口。

朝着那个洞口游进去之后，光线变得更昏暗了，大家不约而同地从包裹中拿出可以照明的石头，这才勉强能看清周围不规则的尖锐石头。

又游了一会儿，头顶突然豁然开朗，往上游了一会儿就从水里钻了出来，这时候才发现他们通过那个水下暗道进入一个宽广的溶洞里。

大家陆续游到岸边的浅滩上，或坐或站地等着其他人过来。除了几个迷路的小家伙，找了人当向导带进来之外，没有人受伤。

进入这里之后，大家都自觉地按照往日副本标准那样，赶紧给队伍加上各种增益系魔法，然后按照肉盾开路，近战随后，治疗法系居中，远程压阵的队伍，沿着浅滩往外前行。

走了十几分钟之后，竟然走到了溶洞的出口。

[要你命三千]：前面就是出口，外面是一个山谷。

阳光和草木的清香混合成一股清新的气味，大家忍不住放下一些戒备来。这个山谷看上去鸟语花香，更远的地方还有高高低低的屋舍和农田，这个时间大概正是午饭前后，远处炊烟袅袅的像是一幅山水田园画。

[夜色]：这里是副本？

[流月]：看起来像是个隐藏地图，但如果说是副本的话，怪在哪里？

刘月说出了众人心中的话来，对啊，如果是个副本的话，那怪呢？叶涵看了大家一眼，倒是显得很镇定。

[孤夜寒星]：别慌，也许在那个村子里。

大家穿过树林和草地，又沿着田垄走了一段路，远远地看到几个在田边玩耍的孩童，几个小孩似乎第一次看到陌生人，吓得飞奔离开。

不一会儿，就看到一堆青壮年男子拿着斧头镰刀，还有锄头围了过来。刘月细心地注意到，大家头上的名字都是黄色的，这说明对方是中立，她扯了扯叶涵的衣角示意他。

叶涵对她点点头，对着那些面色不善的村民抱拳。

[孤夜寒星]：诸位，我们得青牛村村民赠送一张地图，无意间来到此处，多有打扰还望海涵。

[村民王雷]：既是误入，即刻离去吧。我们也不予追究了。

[孤夜寒星]：我们一路到此已是筋疲力尽，还望可以在此处稍作休息。

一众村民面面相觑，侧过头互相低声讨论了一番，似乎没有达成一致。最终还是那位看起来更像是领头的王雷开口。

[村民王雷]：可稍作休息，倘若起了什么不好的念头，就别怪我等不留情面了。

[孤夜寒星]：多谢诸位。

刘月不是太明白叶涵为什么耐着性子和这些人周旋，待村民将他们一行人带入村中央的空旷处休息时，才轻轻地扯了扯叶涵的袖子。

[流月]：怎么了？这是副本的前置任务吗？

[浅浅忧愁]：不是吧，还有前置任务？这个副本怎么前置任务这么变态。

[团队][孤夜寒星]：看看你们的任务后续。

众人均默契的点开任务面板，然后看到原本的找到地图所示位置的任务出现了后续，现在变成了一个可选择的分支任务。

原来地图所示竟然是一处世外桃源，可这里的村民特别排外，这个神秘的村庄到底有什么秘密呢？

[分支一]：与村民套近乎，破解村子的秘密。

[分支二]：用暴力威胁村民，说出村子的秘密。

众人看完任务之后，互相对视了一眼，默默在团队里讨论了一下。

大家都不太愿意使用暴力，特别是他们在这里坐下休息之后，有一些胆大的孩童站在一边远远地看着，时不时地露出一个鬼脸，然后躲在一边窃笑。

这么一个宁静祥和的村子，若是因为他们的闯入而破坏了这份安静，那就真的是太罪过了。

叶涵似乎早就知道这个结果，所以在一见面的时候，他就已经选择了完成任务“分支一”。

于是大家就开始想办法和村民们搞好关系。

全息游戏的NPC就是AI太高，想要讨好他们，靠忽悠是不行的，你必须真的打动他才行。

一群嗜血盟的精锐玩家，又开始满村子地做起了鸡毛蒜皮的杂活，帮村民收庄稼种地喂鸡都是小事，还要帮孩子们寻找丢失的各种小玩意，帮着村民一起去山谷另外一边的森林里打猎。

忙忙碌碌上线下线的帮着村子里的人做了大半个月的任务，总算把村民的好感度刷到了信任。

村民王雷也就是这个村子的村长，终于找了孤夜寒星一次，说晚上要请他过去喝酒。

众人顿时觉得，有戏！看来这个分支任务要完成了，就不知道下一步是不是就到副本任务了。

到村子里晚饭时分，孤夜寒星带着要你命三千和不要杀我三个人去赴宴了，其他人在村子里乱逛或者去村民家蹭饭。

大家正悠闲享受着游戏里难得的舒适时光，突然每个人都听到“叮咚”一声，系统弹了一个消息出来。

[系统]：恭喜天下会的天下悠然带领本帮成员成功通关首个副本，拿到“莽山土匪”首杀成就，并获得系统提供的丰厚奖励！望各位大侠再接再厉，在江湖中建功立业，名垂千古。

系统消息一共刷了三遍，确保了这个时间段所有在游戏中的人都能看到。

然后，刘月马上就看到团队频道里默契地刷起了屏，全是一片叹号。

于是刘月不甘寂寞地也在团队里默默跟上队形。

就在大家刷得正起劲时，孤夜寒星冒泡了。

[团队][孤夜寒星]：别闹。

[团队][不要杀我]：一个副本首杀而已，没什么了不起的，我们好像开启了隐藏任务，这才是最牛的！

[团队][夜色]：什么？隐藏任务？！

不要杀我这话一出，团队里立刻炸了，大家都惊呆了！

本来以为这个折腾了大家将近一个月的破任务就是忽悠人的，说好的地图没有找到副本就算了，现在连副本首杀都被别的公会抢去，真是太惨了！

结果柳暗花明又一村了？

大家在团队频道里猜来猜去，想着会是什么样的隐藏任务，大部分人认为可能会开启一个隐藏副本，小部分人认为或许会开启一个新地图。

等到去赴宴的三人回来时，大家都很默契地回到村中央的空地，哪怕团队频道不管在哪里都可以看到，但是全息游戏就是有种让人忍不住当作真实，甚至不自觉凝聚众人的魅力。

等人到齐之后,孤夜寒星示意不要杀我和要你命三千来说明这件事。

[团队][要你命三千]：没拿到首杀没关系，那不是我们运气差，而是我们运气太好了！

[团队][不要杀我]：是的，我们反而接到了一个隐藏任务，这个任务的触发条件极其苛刻，我们这一个月来的努力并没有白费。

作为副帮主的不要杀我和要你命三千先是鼓励了一下大家，让大家从丢了副本首杀的失落里走出来，然后才开始宣布。

[团队][要你命三千]：这个村落里居住的全部是前朝遗民，都是忠良之后的后代，世代在此隐居为生，一开始对我们抱有敌意，也是因为害怕泄露身份。

[团队][要你命三千]：这个隐藏任务就是，要我们帮助这些村民。任务同样有两个选项，一个是帮助他们继续隐居在此，有重金酬谢。另外一个是帮助他们推翻当朝天子的暴政，建立新政权。

这话一出，全团的人都惊呆了！

[团队][不要杀我]：虽然没抢下副本首杀，可是我们开启了第一个资料片。

[团队][孤夜寒星]：我们将成为第一个在这个游戏里建立国家的公会。

孤夜寒星这话一出，团队的各位都看到任务面板跳了出来。

原来桃源村的诸位都是前朝遗民，他们带着前朝灭国时转移到此的滔天财富隐居在此，希望得到各位大侠的帮助。

[分支一]：继续帮助他们隐居在此，过着无忧无虑的桃源生活。

[分支二]：帮助这些前朝遗民推翻暴君统治，建立新政权。

孤夜寒星选择任务“分支二”。

[系统]：恭喜嗜血盟的孤夜寒星完成隐藏任务“桃源村”，开启本游戏首个新资料片，嗜血盟将获得系统提供的丰厚奖励！望各位大侠再接再厉，在江湖中建功立业，名垂千古。

系统消息不甘寂寞地又刷了三遍。

刚刚获得了副本首杀成就拿到了不少系统奖励，正在庆祝首杀胜利的天下会玩家们都是一僵。天下会的会长天下悠然一个不小心捏碎了手里的酒杯，随后脸上又冒出了跃跃欲试的表情。

[天下悠然]：还以为终于领先了他们一步，没想到他们跑得比我们更快。天下会的兄弟们，有没有信心超过嗜血盟？

天下会的兄弟们各个高举酒杯应道：“有！”

[系统]：新资料片即将开启，系统更新时间为一小时，请各游戏玩家在十分钟内立刻下线，游戏更新完毕之后将第一时间开启。

刘月牵着叶涵的手，嘴角带着大大的笑容：“一起下线吧。”

叶涵微笑点头，在周围不断闪起的下线白光中，跟着一起下线了。

很快，当新资料片更新完毕之后，他们将重新登录游戏，再次带领着嗜血盟的玩家们攀上更高的山峰。

[系统]：通知！新资料片即将开启！

[系统]：通知！新资料片即将开启！倒计时开始……